Ernst Weiss

Le témoin oculaire

Traduit de l'allemand par Jean Guégan
avec la collaboration
de Marie-France Carrier-Guégan

Préface de Jean-Michel Palmier

Gallimard

Titre original :

DER AUGENZEUGE

Ernst Weiss est né le 28 août 1882 à Brno en Tchécoslovaquie, de parents juifs. Il entreprend ses études de médecine à Vienne, en 1902, où il soutient sa thèse en 1908. Il exercera très peu de temps la médecine. Il écrit son premier ouvrage en 1911 — *Die Galeere* — qui sera publié en 1913, après qu'il aura embarqué comme médecin sur un navire et voyagé en Extrême-Orient. C'est en 1913 que Weiss fait la connaissance de Kafka auquel il restera lié par une amitié complexe, parfois haineuse, jusqu'à la mort de ce dernier. Dès cette époque, il publie une œuvre par an — roman, ou pièce de théâtre —, puis il fuit l'Allemagne nazie en 1933, après l'incendie du Reichstag, d'abord à Prague, enfin à Paris où il s'installe, et où il se donne la mort, au moment de l'entrée des troupes allemandes dans la capitale.

Le témoin oculaire est son dernier roman, qu'il avait écrit dans l'espoir d'obtenir un prix de l'American Guild of German Cultural Freedom, qui aidait les écrivains et artistes en exil.

UN CHIRURGIEN DE L'AME : A LA MEMOIRE D'ERNST WEISS (1882-1940)

Jusqu'à l'édition de son roman *Le témoin oculaire* en 1963 et surtout la parution de ses œuvres complètes aux éditions Suhrkamp, en 1982, Ernst Weiss appartenait à l'une des plus étranges et des plus tragiques catégories de la littérature allemande contemporaine : celle des auteurs que l'avènement du national-socialisme n'avait pas seulement physiquement éliminés mais précipités dans l'oubli. Alors qu'il était considéré avant 1933 comme l'un des plus grands écrivains du XXe siècle, l'égal d'Alfred Döblin, de Thomas Mann, de Joseph Roth ou de Stefan Zweig, son œuvre fut pendant longtemps peu accessible et son nom lui-même ignoré des historiens de la littérature. S'il ne fut pas complètement oublié dans les deux Allemagnes, cela tient d'abord à la fidélité, par-delà la mort, que lui témoignèrent certains écrivains émigrés qu'il fréquenta à Paris, en particulier Willi Bredel, Anna Seghers et Walter Mehring. Assurément, sa redécouverte procède de ce complexe « travail du deuil » qui a permis que ressurgissent peu à peu tant d'écrivains que le national-socialisme avait voulu chasser des mémoires. Mais l'audience qu'il a retrouvée, auprès d'un nouveau public, n'a rien d'insolite : il suffit de lire un roman d'Ernst Weiss pour réaliser qu'il est, au même titre que Franz Kafka, l'un des écrivains les plus singuliers de son temps. Et il faut rendre hommage à Jean Guégan d'avoir restitué dans cette première traduction française la beauté et l'étrangeté de la prose musicale d'Ernst Weiss, par une constante fidélité à l'original allemand.

Une approche de son œuvre se heurte, aujourd'hui encore, à des difficultés considérables. Peu de travaux lui ont été consacrés, les informations sur sa vie sont souvent lacunaires, parfois contradictoires. Il est difficile d'éclairer ce climat d'inquiétante étrangeté, d'une constante morbidité, qui caractérise tous ses romans. Ernst Weiss, à côté de ce style incisif qui semble fouiller au plus profond de l'inconscient, ne fut pendant longtemps qu'un visage et une ombre. Tous les portraits que nous possédons de lui frappent par leur surprenante similitude. De son visage émacié, de ses yeux sombres, émane une impression d'angoisse, de tristesse et de mélancolie qu'on ne peut oublier. Quant à son ombre, elle se nomme Weidel. Personnage en partie inspiré d'Ernst Weiss, dont l'histoire constitue le point de départ du roman d'Anna Seghers, *Transit*. La similitude du destin de Weidel et de Weiss — comme de leurs noms — ne peut être le fait d'un simple hasard, même si Anna Seghers affirmera par la suite ne pas avoir pensé consciemment à lui lors de la rédaction de son roman. Elle-même ne pouvait se résoudre à fuir Paris sans tenter de le sauver, ignorant qu'il avait déjà mis fin à ses jours. Le narrateur de *Transit* se rendra à son hôtel, rue de Rennes, et apprendra de sa logeuse qu'il s'est donné la mort par crainte de la Wehrmacht, qu'il ne reste de lui qu'une valise contenant des manuscrits et son visa pour l'Amérique. Désespéré par la défaite de la France, Ernst Weiss s'empoisonna et s'ouvrit les veines tandis que l'armée allemande pénétrait dans Paris. Ecrivain exilé, militant antinazi, il savait que s'il était arrêté il connaîtrait une mort encore plus horrible dans un camp de concentration, comme Erich Mühsam et tant d'autres. L'homme dont l'agonie prit fin dans la nuit du 15 juin 1940 à l'hôpital Lariboisière n'était pour la police française qu'un simple réfugié d'origine autrichienne. Sa mort mettait un point final à une œuvre dont la diversité ne peut que surprendre. Ses romans, ses poèmes, ses essais, ses articles de journaux comme ses pièces de théâtre lui avaient valu une immense réputation en Allemagne. *Le témoin oculaire*, qu'il écrivit en quelques semaines, sans avoir le temps de donner une version définitive à son manuscrit, montre qu'elle n'était pas usurpée.

I

Ernst Weiss naquit le 28 août 1882 (et non 1884 comme il l'a curieusement prétendu), à Brünn (Brno) en Tchécoslovaquie, au sein d'une famille juive. Son enfance n'est pas sans évoquer celle de Kafka. Gustav Weiss, comme Hermann Kafka, était parvenu à édifier un commerce, à force de travail acharné et de privations. Il fut élevé dans le même climat d'assimilation judéo-allemande que décrit si souvent Kafka dans son *Journal* et dans la *Lettre au Père*. Mais leurs situations respectives présentent aussi de multiples différences significatives. Malgré sa passion pour la solitude, Kafka, vivant à Prague, est en permanence confronté à un univers d'une grande richesse culturelle. Dès sa jeunesse, il ne cesse de fréquenter des écrivains et des artistes, car ce milieu formé par les écrivains juifs de Prague (Max Brod, Franz Werfel, Oskar Baum, Paul Kornfeld, etc.) est d'une extraordinaire diversité. En comparaison. Brünn est, avec ses 9 000 juifs, une cité provinciale. Le père d'Ernst Weiss, riche marchand de tissus, ne correspond guère à la figure paternelle assez brutale dont Kafka souffrira tant. C'est un homme assez raffiné et la mère d'Ernst Weiss, qui s'intéresse à la musique et à la peinture, encouragea les dons artistiques de son fils. Si la figure du père joue un rôle important dans les derniers romans d'Ernst Weiss, les conflits qu'ils évoquent — contrairement à ceux des romans de Kafka — sont purement imaginaires car son père mourut en 1886. On connaît peu de chose sur son enfance. Dans son esquisse autobiographique de 1927, il n'évoque que les paysages de sa ville natale qui marquèrent sa jeunesse. Après des études à Brünn, Leitmeritz et Arnau — dominées autant par sa passion pour la musique que par les difficultés financières de sa famille — il commença des études de médecine à Vienne (hiver 1902-1903) où il passa son doctorat en 1908. Bien que l'on retrouve dans toute son œuvre un intérêt constant pour la psychopathologie, il n'a jamais suivi les cours de Freud contrairement à une légende solidement établie, même s'il connaissait ses écrits. Ce qui le passionne à l'époque, c'est la chirurgie. Cette rencontre avec la médecine fut aussi décisive pour Ernst Weiss que pour Gottfried Benn. Weiss multiplie dans ses romans les évocations médicales les plus réalistes — la douleur, la souffrance sont le leitmotiv de son œuvre — et il semble fasciné par la figure du médecin meurtrier. Le poète dadaïste Walter Mehring, qui fut son ami, nous donne dans son recueil de souvenirs *Die verlorene Bibliothek* (La Bibliothèque perdue) d'intéressantes indications sur l'origine de sa vocation littéraire. C'est en rédigeant pour le tribunal le compte rendu de l'autopsie d'une prostituée praguoise, qu'il découvrit sa vocation d'écrivain. Mais l'anecdote correspond si bien au climat de ses propres romans qu'on hésite à la tenir pour vraie.

Lui-même fait remonter le début de son activité d'écrivain au choc qu'il ressentit en découvrant Berlin. Il y écrivit sa première œuvre *Die Galeere* avant de revenir à Vienne (1911), où il travailla sous la direction du Pr. Julius Schnitzler, frère du célèbre écrivain viennois Arthur Schnitzler. En dépit de tous ses efforts, il ne parvint pas à la faire éditer et se consacra entièrement à la médecine. Atteint d'une grave maladie des poumons et trop pauvre pour partir en cure, des amis lui obtinrent un poste sur le navire *Austria* et il se rendit en Inde et au Japon. Peu de temps avant son départ, il apprit que les quatre plus importants éditeurs allemands (Fischer, Wolff, Müller, Rütten & Loening) acceptaient de publier son livre, qui parut au Fischer Verlag en 1913. Ce roman où figurent déjà certains thèmes qui marqueront son œuvre — comme cette passion pour la dissection anatomique et psychologique — fut salué comme un événement par la critique.

C'est sans doute la publication de *Galeere* qui lui permit de faire la connaissance de Franz Kafka. Celui-ci y fait allusion dans une note de son *Journal* (1er juillet 1913) et qualifie Weiss de « médecin juif, de cette espèce qui se rapproche le plus du juif occidental typique et dont, pour cette raison, on se sent aussitôt très proche. » Une amitié assez complexe — à certains moments Ernst Weiss semble avoir véritablement haï Kafka — naquit entre eux, qui dura jusqu'à la mort de Kafka, et son nom apparaît assez fréquemment dans son *Journal* et sa *Correspondance*. Si Kafka ne cache pas son admiration, parfois critique, pour les romans de Weiss, il se sent heurté par sa vision du monde : « Le monde est vaincu et nous avons assisté à sa défaite en témoins les yeux ouverts », note-t-il, de manière prémonitoire, dans son *Journal* (9 décembre 1913) à propos de *Galeere*. L'étrangeté de leur relation tient sans doute à une certaine proximité de leur nature. Etres torturés et angoissés, dévorés par un intense sentiment de culpabilité, ne cessant de s'interroger sur leurs images — thème qui tourne à l'obsession chez Weiss, à travers le personnage du « témoin oculaire » — ils devaient être assez intimes pour que Kafka lui ait confié ses conflits affectifs les plus personnels. Il demanda à Weiss d'intercéder en sa faveur auprès de sa fiancée Felicia Bauer à Berlin : il en naquit une antipathie réciproque. Lorsque Kafka se rendit à Berlin, que Felicia et sa sœur le firent comparaître devant leur tribunal privé (à l'Askanischen Hof, le 12 juillet 1914), explication douloureuse qui devait inspirer en partie le thème du *Procès*, ce fut aussi Ernst Weiss qui joua le rôle de l'avocat de Kafka. Après la rupture des fiançailles, Kafka et Weiss entreprendront un court voyage à Marielyst, au Danemark, en juillet 1914.

Un mois après le séjour de Weiss et de Kafka au Danemark, éclatait la guerre de 1914. Il revint en Autriche et fut affecté comme médecin au front et dans des hôpitaux de campagne. Après l'armistice, il songera à vivre uniquement comme écrivain indépendant. *Der Kampf* parut en 1916, suivi d'un autre roman plus étonnant encore, *Tiere im Ketten* (1918), et de *Mensch gegen Mensch* qui évoque l'atrocité de la guerre. Son succès au théâtre fut inégal : son drame *Tanja*, dans lequel jouait sa compagne Rahel Sanzara, et auquel assista Kafka, fut applaudi à Prague en octobre 1919, mais non à Vienne. Après un séjour à Munich, il travailla à nouveau comme médecin à Prague, avant de revenir à Berlin au printemps 1921. La même année, paraissait son recueil de nouvelles *Stern der Dämonen* (L'Etoile des Démons).

C'est aussi ensemble qu'ils corrigeront les épreuves du second roman de Weiss, *Der Kampf*. Kafka et Weiss se retrouveront encore à Berlin en 1923. De multiples liens littéraires les unissaient — les éditions Kurt Wolff en particulier — et il n'est pas étonnant, qu'à l'époque, tous deux aient été qualifiés (à tort) de « prosateurs expressionnistes ». Ce fut sans doute Ernst Weiss qui représenta le principal lien entre Kafka et l'édition d'avant-garde *Die Schmiede*. Si leur amitié ne fut pas sans heurts — la nervosité de Weiss semblait par moments angoisser Kafka ! — celui-ci le recommanda encore chaleureusement au critique zurichois Carl Seelig, à l'automne 1923, qualifiant ses romans de « parfois doués d'une force inconcevable, bien que difficilement accessibles ».

Les premières années de la république de Weimar allaient être les plus productives de son existence. D'une santé fragile — aussi bien physique que psychique — il publie au moins une œuvre par an, vit pauvrement dans une mansarde, tout en fréquentant les plus grandes écrivains de sa génération. Il est lié aux représentants de l'expressionnisme, à Kafka, mais aussi à Alfred Döblin, Albert Ehrenstein, Rudolf Leonhard. Prodigieusement instable, il change perpétuellement de domicile comme de compagne, semble aussi à l'aise dans les salons les plus huppés qu'au sein de groupes de discussion sur les rapports entre la littérature et la politique, qui réunissent Brecht, J.-R. Becher et Kurt Tucholsky. Sa seconde pièce *Olympia* a été montée en 1923, au Théâtre Renaissance, avec certains des plus grands acteurs allemands, dont Heinrich George, interprète du contremaître dans *Metropolis* de Fritz Lang. Comme Brecht, il sera défendu par Herbert Jhering contre Alfred Kerr, l'autre grand critique de théâtre berlinois, et se fit aussi connaître par toute une série d'articles.

Il est difficile de le rattacher à un quelconque courant littéraire. Si ses recueils de poèmes l'apparentent assurément à l'expressionnisme, il s'en éloigne au milieu des années 20 et son style présente beaucoup plus d'affinités avec la Nouvelle Objectivité. En même temps, son œuvre conserve la même unité thématique. Ce qui semble l'attirer par-dessus tout, c'est la description d'états de conscience, de situations limites où l'unité de la personne, la raison, la morale semblent s'effondrer, thème admirablement évoqué par Alfred Döblin dans sa nouvelle *L'assassinat d'une renoncule*. Seulement ce qui, chez Döblin, apparaît d'emblée comme une fiction — à moins qu'il ne s'agisse d'un délire, inspiré des études qu'avait faites Döblin sur le syndrome de Korsakov — devient chez Weiss une angoissante réalité. S'il a gardé de sa période expressionniste, une nostalgie pour la rédemption et la réconciliation, une large partie de son œuvre évoque les ramifications du mal dans la conscience, la vie obscure des désirs, l'impulsion brutale qui pousse au crime ou à la folie. Ce thème du criminel — qui se confond parfois avec celui du médecin — apparaît nettement dans ses deux romans *Der Fall Vulkobrankovics* (1924) et *Männer in der Nacht* (1925). Il constituera peu à peu le cœur de son œuvre. En même temps, Weiss allait abandonner le plan du récit objectif pour inaugurer ce style du roman à la première personne (Ich-Roman) qu'il a su élever jusqu'au fantastique. Si *Boëtius von Orlamünde* (1928) — qui n'est pas sans évoquer *Les désarrois de l'élève Törless* de Robert Musil — est le premier exemple de ce style pseudo-autobiographique, Ernst Weiss ne cessera de l'enrichir à travers son surprenant récit *Georg Letham, Artz und Mörder* (Georg Letham, médecin et meurtrier) (1931) où culmine cette étrange polarité de son inspiration, mais aussi dans *Der Verführer* (1938) et *Le témoin oculaire*, dernière œuvre d'Ernst Weiss, écrite en exil, publiée seulement en 1963.

Bien qu'il ait été attentif aux événements qui annonçaient la fin de la démocratie en Allemagne, la rapidité et l'efficacité de la terreur nazie le surprirent. Comme la plupart des écrivains de sa génération, il n'avait guère songé à l'exil. Ce fut l'incendie du Reichstag qui le chassa hors d'Allemagne. Il se réfugia d'abord à Prague où il demeura jusqu'en 1934, puis à Paris où il termina son roman *Der Gefängnisartz oder Die Vaterlosen.* Mais il lui devenait de plus en plus difficile d'éditer ses œuvres. *Der arme Verschwender* (dédié à Stefan Zweig) parut au Querido Verlag, l'un des plus célèbres éditeurs d'exilés en Hollande. Citoyen tchèque, il put revenir à Berlin en 1935. Sa compagne, l'actrice Rahel Sanzara devait y mourir en 1936. De plus en plus nerveusement ébranlé, Weiss vivra une existence à la dérive, dans le plus grand isolement, travaillant avec acharnement, en particulier à son roman *Der Verführer*, dédié à l'un des écrivains qu'il admirait le plus, Thomas Mann, et qui évoque, à travers la relation traumatisante qui lie le père et le fils, une adolescence mythique. Tout au long de ces années d'exil, Weiss collabora à la presse de l'émigration *(Mass und Wert, Die Zukunft, Das Wort, Pariser Tageszeitung)*. Sa situation était devenue très précaire et il ne pouvait payer sa chambre d'hôtel que grâce aux allocations versées par les comités d'aide aux exilés, en particulier l'*American Guild for German Culture*, et au soutien financier de Stefan Zweig et Thomas Mann, qui firent preuve à son égard d'une grande générosité. C'est dans cette situation que naquit *Le témoin oculaire*, que Hermann Kesten parvint à faire publier chez l'éditeur bavarois Kreisselmeier. L'étrangeté du roman, son inquiétante beauté, furent à l'origine de la lente redécouverte de son œuvre.

On sait peu de choses certaines sur les derniers mois de la vie d' Ernst Weiss. S'il mit fin à ses jours, c'est sans doute à la fois par peur d'être arrêté et ramené en Allemagne et parce que son désespoir avait atteint son extrême limite. De plus, il était atteint d'un cancer.

II

Tout aussi difficile à préciser est son rapport à la politique. Certains historiens de l'*Exilliteratur* le considèrent comme un « militant antifasciste », partisan du Front Populaire (Volksfront), créé à Paris, en grande partie grâce aux efforts de Heinrich Mann. Beaucoup de témoignages d'écrivains qui le fréquentèrent évoquent au contraire son peu d'intérêt pour l'engagement politique — même s'il fut lié avec Brecht, Becher, Tucholsky — ou sa nostalgie de la monarchie des Habsbourg, si chère à Joseph Roth. Dans sa jeunesse, il n'a appartenu à aucune tendance politique et ne semble même pas avoir partagé les sympathies anarchistes de Kafka. Les écrivains qu'il admira le plus étaient Hermann Hesse, Martin Buber, Thomas Mann, Stefan Zweig, Arthur Schnitzler qui ne comptaient pas, à l'époque, parmi les auteurs les plus engagés. Sa trajectoire est en fait assez caractéristique de beaucoup d'écrivains issus de la bourgeoisie juive de l'Empire, marqués à la fois par la guerre et l'avènement du national-socialisme.

En 1914, Ernst Weiss, s'il n'était guère un militant pacifiste au sens où le seront Ernst Toller et un certain nombre de représentants de l'expressionnisme, fut profondément marqué par le traumatisme du front. Toute son œuvre *Mensch gegen Mensch* (Homme contre homme) en porte la marque et ce n'est pas sans raison qu'on a pu comparer son roman au best-seller d'Erich Maria Remarque, *A l'Ouest, rien de nouveau.* On y trouve étroitement unis, comme dans ses poèmes ultérieurs, une immense pitié, la révolte contre le système qui a permis un tel massacre et un doute pessimiste dans la providence divine. S'il critiqua d'un esprit acerbe la politique allemande expansionniste, la révolution d'Octobre l'a peu marqué, même si elle constitue le décor de son drame *Tanja* (1919). Ehrenstein rapporte que les drapeaux rouges de la mise en scène de Prague furent changés à Vienne... en drapeaux blancs. S'il dut quitter Munich après l'écrasement de la République des Conseils de Bavière, ce n'est pas qu'il fut le moins du monde proche d'Ernst Toller ou d'Erich Mühsam, mais seulement titulaire d'un passeport étranger. Au cours des douze années qu'il passa à Berlin, il fut lié, selon Herman Kasak, au *Groupe 1925* qui comptait des écrivains progressistes et communistes. Rien n'indique qu'il y ait joué un rôle actif.

Le destin d'Ernst Weiss en exil est tout aussi étrange. On ne peut nier qu'il ait été en contact étroit avec certains des exilés les plus politisés. Il se lia étroitement à l'écrivain communiste Willi Bredel, réfugié à Prague après sa libération d'un camp de concentration. C'est là que Weiss acheva son roman *Der Gefängnisartz oder die Vaterlosen,* commencé en 1928. Lui-même le nommera un « roman sur les fascistes ». Il est indéniable que cette œuvre est une évocation étonnante des années les plus dures de l'inflation allemande et des troubles politiques qui les ont marquées. Rien n'y manque : la montée du national-socialisme, les meurtres des communistes, les combats de rues, les souvenirs des assassinats de Karl Liebknecht et de Rosa Luxemburg. Et c'est ici le médecin des prisons qui joue le rôle de « témoin oculaire ». Même s'il se veut objectif, il est évident que Weiss ne cache pas sa haine des nazis et sa sympathie pour la gauche allemande. Dès lors, on pouvait s'attendre à ce qu'au cours de son exil à Paris, il se liât assez étroitement avec les autres émigrés. Or, s'il les fréquente, il ne semble pas décidé à appartenir à un groupe. Son rapport avec Joseph Roth, Leopold Schwarzschild, Walter Mehring, Willi Bredel, Anna Seghers se limite à des liens d'amitié. Il participa néanmoins aux réunions de l'association d'écrivains exilés, le *Schutzverband Deutscher Schriftsteller* et y prit la parole. Il semble avoir été assez proche de Heinrich Mann et de ses positions politiques. Sympathisant socialiste, Ernst Weiss se lia aussi à Paris avec un certain nombre d'écrivains communistes. Lorsque Bredel reviendra de la guerre d'Espagne où il combattit dans les Brigades Internationales, il discutera assez activement avec Ernst Weiss du marxisme et de l'URSS. C'est sans doute par l'intermédiaire de Bredel qu'il fut amené à écrire dans la revue de front populaire antifasciste, paraissant à Moscou, *Das Wort*. Mais il était profondément éloigné des positions communistes — se qualifiant même dans une lettre à Stefan Zweig (17 octobre 1936) d'« anticommuniste » et au fond du cœur, de « Vieil-Autrichien ». Néanmoins, il sera vivement soutenu par les communistes exilés et J.-R. Becher s'efforcera de faire traduire ses romans en russe. Weiss reconnaîtra que cette fréquentation des exilés communistes et sa collaboration à *Das Wort* l'avaient amené à entrevoir des domaines, des possibilités qui lui étaient inconnus. Aussi sera-t-il ébranlé par la fin de la parution de la revue — ordonnée par Staline — y voyant, non sans raison, le signe d'un effondrement des tentatives de « front populaire spirituel » des exilés. Dans sa correspondance, il évoque la nécessité d'une lutte contre Hitler, lutte qui ne peut s'accomplir qu'à travers des guerres et des révolutions. Mais lui-même semblait beaucoup trop pessimiste pour croire réellement à une action historique : si l'avènement de Hitler au pouvoir signifiait l'apocalypse pour l'Allemagne et l'Europe tout entière, seule une violence encore plus forte en marquerait l'anéantissement. Et si Ernst Weiss a mérité le titre d'écrivain antifasciste, c'est avant tout par son étonnant *Témoin oculaire*.

III

La genèse du roman est elle-même difficile à reconstituer. Le thème, bien sûr, s'inscrit parfaitement dans la logique de toutes les autres œuvres d'Ernst Weiss. On y retrouve les mêmes motifs obsédants : la virtuosité introspective de l'analyse qui, par la froideur de son regard, sa mémoire, apporte son témoignage ; le médecin-démiurge ; l'obsession de la maladie et de la douleur ; le crime qui s'élève à la folie ; le pessimisme radical sur la nature humaine qui marque autant la description de son enfance que celle des premiers succès hitlériens.

Il semble que ce soit au cours de l'été 1933 que se situe la plus lointaine origine du roman. Grâce à ses amis Leopold Schwarzschild, Walter Mehring et Joseph Roth, Ernst Weiss aurait fait la connaissance à Paris d'un certain Dr Edmund Forster, qui avait soigné en 1918 Hitler, pour cécité hystérique. Selon un témoignage de Walter Mehring, recueilli par Rudolph Binion en août 1975, il aurait conservé l'ensemble du dossier médical de Hitler — mais pour quelles raisons ? — et autorisé Ernst Weiss à en prendre connaissance sous le sceau du secret médical. Forster revint en Allemagne et fut, semble-t-il, poussé au suicide par les nazis. La mort de Forster, les atrocités commises par les nazis décidèrent finalement Weiss à entreprendre la rédaction de ce *Témoin oculaire,* même s'il ne pouvait en attendre la moindre efficacité historique. Il est probable que Weiss, dans la rédaction de ce roman, a été aussi influencé par la biographie de Hitler — l'une des premières — écrite par l'exilé Konrad Heiden dont il fit la connaissance à Paris et par celle de Rudolf Olden.

Comme *Georg Lethan, médecin et meurtrier,* il s'agit d'un roman à la première personne. C'est le hasard seul qui a conduit le narrateur à jouer un rôle dans la vie de Hitler à l'automne 1918, lorsqu'il le rencontre comme patient. Il en tire un sentiment d'angoisse et de responsabilité qui l'amène à retracer sa vie et, avec une étonnante beauté, teintée de tristesse et de mélancolie, sa jeunesse où il apprit qu'il est interdit de pleurer. Un accident survenu dans son enfance, la volonté d'échapper à une sensation d'écrasement et sans doute aussi la maladie de sa mère déterminèrent sa vocation médicale précoce, inséparable de ce que Weiss nomme « l'instinct de domination », trait caractéristique de tous ses personnages médecins : avec leurs fioles ou leurs scalpels, maîtres de la douleur, de la vie comme de la mort, ils veulent égaler Dieu. L'étendue et la froideur de leur domaine de recherches est sans limites. Et peu de pages du *Témoin oculaire* sont aussi révélatrices de la sensibilité d'Ernst Weiss que celles où il évoque l'émotion qui assaille le narrateur, étudiant en médecine famélique, lors de sa première dissection. Le fait que la main qu'il explore au scalpel soit celle d'un vagabond qui fut presque son ami ne peut l'empêcher de s'écrier :

« Bien vite, je n'eus plus cela devant les yeux que la merveille concrète et tangible qu'est la main humaine. (...) Celui qui n'a pas vu de ses propres yeux comment

s'ordonnent dans le minuscule espace entre la peau et les os les tendons les plus variés, les extenseurs et les fléchisseurs, les nerfs, les veines motrices et sensibles, d'approvisionnement et d'évacuation, comment tout cela collabore ici, se complétant simplement de façon géniale, celui-là peut me condamner. »

Comme il a été le « témoin oculaire » de sa propre enfance, de la maladie de sa mère, des trahisons et des échecs de son père, c'est avec la même distance qu'il deviendra médecin, sous la protection déconcertante du Dr Kaiser, l'Empereur des fous, l'une des multiples figures de ce père qu'Ernst Weiss n'a pratiquement pas connu, apprenant chaque jour un peu plus à vivre « avec la volonté et moins le sentiment », en observant des coupes de cerveaux disséqués. Pourtant, ce qui le fascine, c'est « l'âme souterraine », les « oscillations impondérables du sentiment », tout ce qui échappe à la « lumière froide de la raison consciente ». Si Weiss n'a jamais été l'élève de Freud, il connaissait ses travaux sur l'hystérie et l'hypnose, sa conception des névroses et il n'est pas étonnant que le narrateur consacre sa thèse à la cécité hystérique. La rencontre avec la guerre de 1914 ne fera que le convaincre que la culture et la morale n'ont jamais réussi à endiguer véritablement la barbarie, car lui-même sent battre en lui cette âme souterraine au souvenir des évocations qu'il fait des combats de tranchées, d'un réalisme cruel. Quant à son analyse du rapport de la propagande aux masses, elle s'inspire autant de la réalité du phénomène nazi, que de la guerre de 1914 elle-même.

C'est dans un hôpital militaire, parmi des blessés et des mutilés, qu'il fera la connaissance d'un caporal de régiment bavarois, dénommé A. H. Celui-ci a été gazé au cours d'un assaut mais l'étrangeté de ses troubles l'a fait conduire parmi les « estropiés mentaux » plutôt que parmi les autres gazés. Nuit et jour, il s'adonne à une agitation fanatique contre les juifs, exposant inlassablement ses convictions politiques, attirant, en dépit de sa folie, toujours plus de sympathisants gagnés par la même exaltation pathologique. Le « témoin oculaire » considéra cet aveugle qui, une carte du monde devant les yeux, « bâtissait ou détruisait des empires d'un seul mot » comme un malade parmi les autres, mais en proie à un délire plus dangereux et plus violent. L'habileté d'Ernst Weiss est de parvenir à résumer en quelques pages les thèses centrales de *Mein Kampf* et de les présenter comme les divagations d'un fou. Dès qu'il évoque ce personnage à la voix rauque, à l'accent autrichien, ses hurlements, il est clair qu'il s'agit de Hitler. Et par un raccourci surprenant, il prête au caporal aveugle le style que n'adoptera le Führer qu'au début des années 20. Bien plus, il parvient non seulement à donner une concrétude écrasante à la personnalité de Hitler, aux symptômes pathologiques si souvent mentionnés, mais à saisir les mécanismes de ses discours et de l'audience qu'ils rencontrent : « Quand il mentait, il croyait dire la vérité, il touchait les autres par son idéalisme, il les émouvait par sa simplicité, et beaucoup le suivaient sans la moindre critique, ils ne voulaient pas penser ni recommencer à douter. » Le narrateur comprend que seul un Dieu pourrait le sauver, et qu'en attendant, c'est la société qu'il faudrait protéger contre lui. Mais en tant que médecin, cet être répugnant, il ne se sent aucun droit de le juger. Incapable de se départir de sa froideur de chirurgien de l'âme, il observe sa fascinante maladie et ne peut s'empêcher d'interroger ce somnambule aveugle sur son passé.

Si Ernst Weiss a largement utilisé la biographie de Konrad Heiden pour retracer la jeunesse de Hitler, il s'est aussi inspiré de *Mein Kampf* : ce mythe de l'homme venu du néant, issu de la pauvreté la plus extrême, transfiguré par l'idée dont il se sent porteur, c'est Hitler lui-même qui l'a inventé, et certaines expressions placées dans la bouche de Hitler — ainsi ces yeux transformés en « charbons ardents » sous l'effet des gaz — figurent littéralement dans *Mein Kampf*.

Mais de même qu'il n'a pu juger son père et sa mère, le narrateur se sent plus gagné par la pitié que par la haine. Un aveugle normal peut apprendre à lire le braille, un métier, fonder une famille. Mais que faire d'un aveugle par hystérie ? Et dans un élan de compassion, il s'écrie : « Lui qui avait déjà quasiment mendié, qui avait dû faire du porte-à-porte pour vendre ses cartes postales, il pouvait continuer à mendier, mais quant à peindre des cartes postales, il n'en était plus capable. » En même temps, il comprend que ses symptômes procèdent d'une surdétermination autant historique qu'hystérique : ce n'est pas la brûlure du gaz qui l'a rendu aveugle, mais son refus d'assister au déclin de l'Allemagne. Dès lors, s'affirmera un conflit entre deux volontés de puissance : celle de Hitler qui ne veut pas voir, qui refuse le réel, préférant basculer dans son monde de rêves sanguinaires et celle du médecin qui veut capter l'expression de ces yeux gris-bleu pour les rendre à la vie, en faisant croire au malade que son symptôme est réellement organique.

Il tentera de convaincre le malade qu'en croyant

aveuglément en lui, un miracle pourra s'accomplir et qu'il sortira de sa cécité, car l'Allemagne a besoin d'hommes tels que lui, à la foi absolue. Ecartant la mèche qui barre ce front humide et froid, il rendra cet aveugle à la vue. Après la guerre, le narrateur retrouvera H., devenu agitateur politique, hypnotisant l'assistance comme lui-même l'avait hypnotisé pour le guérir. Loin de le haïr, en véritable apprenti sorcier, il le considère avec le même respect que le rabbi Loew portait à son Golem. La prodigieuse habileté d'Ernst Weiss, c'est de retracer toute cette période qui voit s'affirmer le national-socialisme, avec des notations souvent très précises — liquidation de la République des Conseils de Bavière, assassinat de Walter Rathenau, ministre chargé du respect du Traité de Versailles, putsch manqué avec Ludendorff, réélection de Hindenburg, l'incendie du Reichstag, déferlement de la terreur nazie après 1933 — qui prolongent le regard de ce « témoin oculaire », devenu le témoin de l'effondrement de la république de Weimar. Et les descriptions des meetings de Hitler, de l'attrait qu'il exerce sur les foules contaminées par ses idées, touchent au fantastique. Conscient du cataclysme qui se prépare — qu'il va engendrer —, il ne peut échapper au sentiment de fierté que lui procure le souvenir de la guérison qu'il a opérée, même si le caporal aveugle est devenu un monstre.

C'est l'histoire de ce monstre que le narrateur songera à révéler au monde, après qu'il sera devenu le nouveau Führer de l'Allemagne. N'a-t-il pas gardé précieusement son dossier médical ? Les preuves de sa folie ? Mais le respect qu'il a justement pour son métier de médecin l'en empêche toujours. Et c'est en aidant les milieux pacifistes et socialistes qu'il s'efforcera de lutter contre le monstre qu'il a contribué à engendrer, avant de tenter de mettre à l'abri les précieux comptes rendus psychiatriques qu'il a rédigés. Arrêté et envoyé en K.Z., il parviendra à s'échapper et à franchir la frontière, à gagner finalement Paris. Comme tant d'autres écrivains exilés, il n'aura qu'un désir : continuer la lutte en s'engageant dans la Guerre d'Espagne.

IV

Roman antifasciste, *Le témoin oculaire* l'est assurément. Et c'est à ce titre qu'il appartient à la littérature de l'exil la plus militante. En même temps, sa construction et surtout sa fin ne cessent de surprendre. Car à la lecture, on ne peut s'empêcher d'être frappé par les ruptures de style nombreuses dont certaines s'expliquent sans doute à la fois par des nécessités matérielles et le contexte dans lequel il fut achevé. Tel qu'il existe aujourd'hui, il demeure l'esquisse passionnante d'une œuvre disparue. Ernst Weiss a en effet consacré plus de treize mois à la rédaction d'une forme définitive, aujourd'hui perdue, de ce roman qu'il écrivit pour l'obtention d'un prix de l'*American Guild for German Cultural Freedom* qui lui versait une allocation. Et il n'est plus possible d'établir quelle construction finale il aurait donnée à son œuvre. Nul ne peut même expliquer clairement d'où a resurgi le manuscrit de la première version que fit circuler en 1951 l'agent littéraire américain Paul Gordon, auprès de plusieurs éditeurs européens.

La description minutieuse de son enfance, qui constitue l'essentiel de la première partie, est d'une rare beauté. Elle contraste avec le rythme accéléré de la quatrième. L'évocation de la naissance du nazisme est beaucoup plus longuement travaillée que celle des dernières années de la République de Weimar. Tout se passe comme si Ernst Weiss avait absolument voulu donner une conclusion positive à un roman qui ne semblait pas devoir en comporter. L'engagement dans la Guerre d'Espagne est en contradiction avec le pessimisme fondamental du narrateur. Et lorsque Ernst Weiss soumit le manuscrit à Stefan Zweig, il le lui fit remarquer. Aussi dans sa réponse reconnaissait-il que la quatrième partie n'avait effectivement pas de place dans la composition. Rien ne prouve qu'il l'aurait donc conservée dans la version définitive. Elle est beaucoup plus proche du *Volcan* de Klaus Mann, de tant d'œuvres militantes de l'époque que de l'inspiration la plus fondamentale de l'auteur. A cela s'ajoute le fait que Weiss était lié d'amitié avec Willi Bredel — qui avait combattu en Espagne — et que la solidarité que lui manifestaient les écrivains communistes l'invitait sans doute à se rapprocher de leur vision du monde.

Plusieurs romans possibles semblent même s'être condensés en un seul, comme s'il avait conscience que celui-ci était le dernier. Le récit de l'enfance, d'une minutie pathétique, présente une incontestable autonomie, même s'il prépare le thème du « témoin oculaire », l'obsession de la souffrance et de la maladie, la conception démiurgique de la médecine qui contraste avec le sentiment d'écrasement qui accable l'auteur (et qui disparaît presque complètement des deux dernières parties). L'évocation de la rencontre avec Hitler, en 1918, est le temps fort du roman. Son fantastique macabre est inoubliable et touche au génie. Il resurgit encore dans la description des traitements infligés dans les camps de concentration. C'est dans toutes ces pages que culminent la métaphysique la plus personnelle d'Ernst Weiss, son pessimisme, sa fascination du morbide, sa certitude qu'il n'y a point de salut. Cette image de Hitler, créature pathologique dont la maladie mentale contaminait toute l'Allemagne et l'Europe entière, ne pouvait que confirmer ses plus sombres pressentiments. Et un fossé sépare les sentiments ambivalents du narrateur, qui assiste envoûté à l'explosion de cette « âme souterraine », à son action sur les masses, de la vision froide et objective — militante — de la fin du roman.

Ernst Weiss a-t-il eu l'intention d'écrire, à l'origine, une œuvre politique ? C'est bien plutôt l'histoire elle-même qui l'a amené à modifier sa perspective. D'où le rythme rapide, le caractère artificiel de la fin du *Témoin oculaire*. On peut aussi supposer une véritable surdétermination de son projet lui-même : le tragique historique donnait à cette rencontre du médecin des tranchées et de Hitler, un relief supérieur à toutes les fictions qu'il avait pu imaginer jusqu'alors. Et montrer en Hitler une authentique créature démoniaque avait aussi un sens politique. Sur ce point, il convient peut-être d'accueillir avec prudence les indications que Walter Mehring donne de l'origine du roman. Il est difficile de comprendre les raisons qui auraient pu pousser le Dr Edmund Forster, psychiatre qui aurait soigné Hitler à Pasewalk, à conserver le dossier d'un caporal insignifiant. L'habileté de Weiss consiste justement à opérer une accélération historique en plaçant dans la bouche du caporal aveugle des discours qu'il ne proférera qu'un an plus tard. Or, en 1918, les rares témoignages qu'on possède sur Hitler le dépeignent comme une figure tout à fait grise. Si sa cécité passagère est attestée par *Mein Kampf,* absolument rien n'indique qu'elle ait pu être d'origine hystérique. En même temps, la fiction romanesque semble rejoindre l'Histoire lorsque l'on songe qu'à la fin du IIIe Reich, Hitler, assistant à l'effondrement de son rêve, affirmait à Albert Speer qu'il craignait de redevenir aveugle... comme en 1914. Enfin, il est surprenant que Weiss lui-même n'ait jamais ébruité cette fantastique histoire de la rencontre avec le médecin de Hitler, qu'on n'en trouve aucune mention dans sa correspondance, pas même dans ses lettres à Stefan Zweig. Quant à l'argument du « secret médical » qu'aurait respecté Weiss, il est difficilement crédible. Dans ses *Essais sur le fascisme,* Brecht écrit :

« Durant l'été 1933, j'eus l'occasion de parler de Hitler avec quelques relations (...). L'une des personnes présentes rapporta qu'autrefois, elle voyait souvent le peintre en bâtiment dans un café de Munich, où celui-ci acceptait pour un mark de se laisser cracher au visage. Elle ajoutait qu'elle ne raconterait jamais cette histoire vraie en dehors du cercle que nous formions car à son avis, ce n'était pas un argument contre un tel homme. Un de mes amis, qui était communiste, dit alors : " C'est aussi un argument contre un tel homme. Contre un tel homme, tous les arguments sont bons à mes yeux. " C'était aussi mon avis. »

Le caractère relativement inclassable du roman d'Ernst Weiss au sein de la littérature de l'exil tient justement à sa composition contradictoire. Par l'accent porté sur la « diabolisation » de Hitler, il s'apparente à nombre d'œuvres écrites par les auteurs les moins politisés, qui limitent le national-socialisme à un ouragan d'irrationalisme et de barbarie, venu du fond des âges et qui ramène l'Allemagne au Moyen Age. Et, en lisant les pages admirables dans lesquelles Weiss décrit le phénomène nazi, l'action de Hitler sur les masses, on ne peut s'empêcher de songer à l'image du faux prophète, du Charmeur de rats de Hammeln, que l'on retrouve chez Erich Kästner et Hermann Broch *(Le Tentateur),* mais surtout à *L'Antechrist* de Joseph Roth. L'insistance sur le caractère pathologique de Hitler se retrouve aussi chez Walter Mehring, A. Neumann et Fritz von Unrub. Mais par sa volonté de comprendre de l'intérieur le personnage, c'est peut-être encore du *Frère Hitler* de Thomas Mann que le roman d'Ernst Weiss est le plus proche.

Au-delà de son étonnante construction, de son style musical, comment ne pas être sensible à cette ultime manifestation de la vision profondément tragique qui marque toute son œuvre ? S'il s'apparente à Kafka par son style et sa sensibilité, véritable blessure ouverte, son univers comporte encore moins d'espoir. La mort demeure le thème obsédant de tous ses romans. Passionné par les situations limites, il n'a cessé de brosser des portraits d'êtres torturés, bourreaux et victimes, qui font songer aux personnages d'Erich Unger, son contemporain. De l'évocation des conflits de l'adolescence, des troubles de la puberté, de la cruauté de la guerre de 1914 à ces figures de criminels, de prostituées, de médecins fous et meurtriers, il n'a cessé d'explorer l'âme humaine comme avec un scalpel. Et le narrateur de ses romans, le *Ich-Erzähler* ressemble le plus souvent à un homme qui sombre lentement dans l'abîme, les yeux grand ouverts.

Jean-Michel Palmier

Première partie

Le destin m'a choisi pour jouer un certain rôle dans la vie de l'un des rares hommes qui devaient, après la guerre mondiale, engendrer en Europe de puissants changements et des souffrances incommensurables. Souvent, je me suis demandé par la suite ce qui m'avait incité à intervenir ainsi à l'automne 1918, si c'était la soif de savoir, qualité principale d'un chercheur en médecine, ou une sorte de ressemblance avec Dieu, le désir de tenir moi aussi une fois le rôle du Destin.

Peu importe, je veux tout d'abord décrire ma vie à grands traits jusqu'à ce jour de la fin octobre ou du début novembre 1918. Sobrement et avec clarté, sans fioritures, et en restant aussi fidèle que possible à la vérité.

Je suis né en Allemagne du Sud, fils légitime unique d'un ingénieur des travaux publics qui jouissait d'une assez grande considération. L'aménagement de mines et autres installations de ce genre ne passionnait pas beaucoup mon père. Son véritable domaine, c'étaient les ponts, et je me rappelle qu'un jour d'automne où nous allions par le train de M. à

I., ma mère adorée, de santé délicate, mon père et moi, celui-ci me réveilla brusquement, alors que je m'étais assoupi, au moment où nous passions sur un pont de chemin de fer qu'il avait achevé l'été d'avant. Je ne remarquai rien de particulier à ce pont, il me parut être un pont de chemin de fer comme tous les autres, il franchissait un torrent bordé de saules et d'aulnes, de son lit dépassaient quelques pierres couvertes de mousse, le talus encore dépourvu d'herbe n'était pas particulièrement abrupt, mais ma mère fit comme si elle débordait d'enthousiasme, et elle se mit à tousser comme chaque fois qu'elle s'agitait. Mon père sourit avec modestie sous son épaisse moustache blonde. Il lui arrivait parfois de me confier qu'il y avait encore quelque chose de plus beau à construire que des ponts, c'étaient des châteaux, des magasins grands comme des palais, des gares, mais cette tâche, il se la réservait pour plus tard.

On l'appelait toujours Monsieur l'Ingénieur en Chef. On s'inclinait assez profondément devant lui, mais quand quelqu'un vantait ses mérites, il se détournait en secouant la tête d'étonnement et se mettait la plupart du temps à parler de sa jeunesse difficile ou de son oncle, en fait l'oncle de ma mère, dont on disait qu'il était immensément riche et possédait un pouvoir et une influence incomparables.

J'étais très grand pour mon âge, toujours le plus fort de la classe à l'« Ecole des Bosquets ». Dès cette époque, j'ai eu envie d'avoir un ami, mais je n'ai jamais pu trouver personne pour le devenir. Vraisemblablement, c'est moi qui ne répondais pas comme il fallait aux tentatives de rapprochement de mes camarades de classe ; et cela pour une raison certainement très fréquente chez des enfants qui n'ont pas de frères et sœurs : j'avais peur des étrangers. Mais eux avaient plus peur de moi, de ma force physique, de mon caractère taciturne. S'ils avaient su que j'étais particulièrement sensible à la douleur, qu'un mot brutal me blessait autant qu'une petite déchirure dans ma peau, choses qu'eux ne sentaient pas du tout, ils se seraient peut-être rapprochés de moi plus facilement. Je ne pouvais voir souffrir personne, ni un être humain ni un animal, mais j'ai rarement pleuré.

L'école se trouvait au bout d'une rue assez large, à côté du parc des Bosquets. Une façade donnait sur le parc, ou plutôt sur le haut mur qui l'entourait. De la rue, on ne pouvait voir du parc l'hiver, en allant à l'école, que la cime des arbres, chênes, platanes, érables, hêtres. Mais lorsque, par exemple pendant le premier hiver, je regardais dehors en cachette, depuis mon banc couleur vert pré dans la salle de classe éclairée par les flammes du gaz, les lourdes branches noires ne se dessinaient tout d'abord qu'indistinctement dans la brume crépusculaire sous leur couche de neige qui avait l'épaisseur d'une main. Les flammes du gaz ronflaient agréablement, le poêle de faïence blanc dégageait de la chaleur et les pommes de pin mêlées au bois et au charbon crépitaient gaiement. La surface des cartes de géographie et des reproductions d'animaux luisait. Vers neuf ou dix heures, on éteignait la lumière du gaz, les cartes cessaient de miroiter ; à dix heures on aérait, de l'air frais entrait. Le soleil s'était levé, rouge cuivre. La brume du parc se dissipait ; debout à la fenêtre, le col de ma veste relevé, les mains dans les poches, je voyais à travers les vitres devenues claires les buissons couverts de givre le long des chemins, la patinoire couleur de zinc, sous une mince couche de neige, la grande prairie, les bosquets au milieu du parc, les courts de tennis entourés de hauts grillages, complètement abandonnés. Peu après, la porte s'ouvrait, et le joyeux tumulte de l'école se taisait avant que l'instituteur eût fermé la porte derrière lui.

Non loin de ce parc, se trouvait la caserne du troisième régiment de cavalerie lourde. Et quand nous étions assis là, le dos courbé, la tête penchée sur notre cahier, somnolents de chaleur et d'ennui, occupés à copier silencieusement nos leçons, nous parvenait soudain, rythmé et clair, à une cadence plus ou moins rapide, le bruit des chevaux au trot ou au galop. Que de fois me suis-je accordé après la classe, appuyé à une épaisse barrière de bois rugueux, le plaisir (interdit) de regarder les recrues s'entraîner à cheval et d'écouter claquer le fouet du sergent. De temps en temps, un soldat venait vers moi, vêtu malgré le froid d'une veste de coutil d'un blanc jaunâtre, portant sur sa tête rasée une casquette sans visière en forme d'assiette et tenant sous son bras un gros pain de munition, croustillant, fariné, qu'il voulait échanger contre du tabac ou vendre très bon marché. Mais je n'avais malheureusement ni argent ni tabac. Avec regret, je voyais le cuirassier briser le pain entre ses lourdes mains et en donner les morceaux aux chevaux, l'un après l'autre, avec habileté et sans la moindre peur, et ces chevaux les prenaient d'un mouvement gracieux. A vrai dire, je ne sais pas pourquoi ce pain éveillait en moi une telle envie. Je recevais chez moi tout ce qu'un enfant raisonnable peut désirer. Un jour, un soldat dut avoir remarqué dans mes yeux ce désir brûlant du pain, car il vint vers moi en faisant sonner ses éperons et m'en tendit un assez gros morceau dont il me fit cadeau. Longtemps après, je me rappelais encore l'odeur étrangement mordante de cuir et de tan qui l'entourait.

Je saisis ce morceau de pain, mais je ne le mangeai pas. Je venais de prendre une décision précise, et il fallait que je la réalise. Je rassemblai mon courage, longeai un peu la barrière, puis le mur qui entourait la caserne et arrivai au niveau des sentinelles dont une seule, celle qui était sur le côté droit, m'avait aperçu. Quand elle m'interpella, je répondis que je devais rendre visite au fils d'un sous-officier, qui était malade et habitait la caserne. Je me glissai dans l'entrée de la caserne et parvins dans la cour. Je voyais déjà quelques chevaux, trois je crois, qui étaient là, attachés par les rênes les uns aux autres, frappaient le sol dur et poussiéreux et balançaient leurs longues queues. Glacé de peur, mais brûlant de ravissement et de bonheur parce que j'avais imposé ma volonté, prouvé mon courage, je donnai un morceau du pain au cheval le plus proche de moi. Soit que ma main ait malgré tout trop tremblé, soit que le cheval n'ait pas saisi correctement cette croûte mais l'ait plutôt repoussée, le pain tomba par terre. Prenant alors conscience avec épouvante d'un certain danger, je me baissai quand même pour le ramasser. Mais le sang m'avait tellement monté à la tête que je ne vis pas le pain au milieu des sabots qui s'agitaient. Ces chevaux, que le palefrenier avait laissés un instant seuls, attendaient leur pitance de midi et étaient donc déjà agités, mais ils avaient la discipline militaire dans le sang. Ils dressaient les oreilles, guettant un signal de trompette. Ils tiraient l'un sur l'autre, j'entendais les rênes crisser. Je ne pouvais pas me relever, je me faufilai, toujours sur le sol, entre les douze pattes des chevaux, trouvai le pain ; j'étais déjà sauvé et m'étais donc redressé lorsqu'un cheval — je crois que c'était celui-là même auquel j'avais tout d'abord destiné le morceau de choix — par trop obéissant au signal de la trompette, me donna un coup de sabot. Ce fut la première douleur vraiment terrible de ma vie. Je m'entendis pousser un gémissement et je sombrai dans l'inconscience, mais non dans l'absence de douleur ; je n'étais plus maître de mes sens, mais je restais tout à fait éveillé dans une souffrance atroce. Par chance, le sabot avait glissé sur mon cartable, brisant en morceaux une grosse règle. Je me retrouvai dans une chambrée, hurlant de douleur à en perdre la respiration, le cartable sous la tête, sous les pieds une housse. La douleur me brûlait le dos, je ne pouvais respirer ni pourtant m'empêcher de crier. Je sentais que sinon je serais mort. Les soldats se tenaient tout autour, la plupart me regardaient d'un air pensif et sombre. L'un d'eux se pencha sur moi et m'interrogea. Je ne pouvais pas parler. Mon adresse était dans mes livres, je montrai mon cartable de la main ; embarrassé, un cuirassier me l'enleva de dessous la tête, ouvrit un livre et lut mon nom et mon adresse à haute voix, détachant les syllabes comme un écolier. Soudain tous s'immobilisèrent au garde-à-vous, le médecin entra et les fit mettre au repos. Les visages des soldats, qui s'étaient figés comme à l'église, se détendirent. Alors ils me soulevèrent. Je gémis, un voile noir descendit devant mes yeux. Mais je ne perdis pas de nouveau connaissance comme je l'avais espéré.

Le médecin militaire considéra certainement que ma blessure ne mettait pas ma vie en danger, sinon il m'aurait gardé dans sa petite infirmerie au lieu de me faire ramener chez moi dans une petite voiture du régiment sous la garde d'un sous-officier moustachu.

Pendant qu'il me palpait et m'auscultait, une sorte de sentiment d'anéantissement s'était soudain abattu sur moi. Etant très jeune, j'avais si peu notion de la mort que je pensais à tout sauf que ce pouvait être ma dernière heure. Peut-être que la douleur était trop oppressante, trop déchirante, trop étouffante pour que j'y pense. A chaque respiration, elle transperçait mon côté gauche comme un éclair. Si j'essayais de retenir mon souffle, la douleur s'atténuait, mais lorsque, pour échapper à l'étouffement, j'étais obligé de remplir mes poumons d'air, la nouvelle douleur dont j'étais pour ainsi dire moi-même responsable était encore plus insupportable. Gémir et haleter l'accentuaient également, aussi je m'obligeai à serrer les dents et à me taire, ce qui me valut d'être regardé avec respect par le médecin qui me murmura quelque chose comme « jeune spartiate ».

Peut-être qu'en sa compagnie les tourments du retour auraient été plus faciles à supporter, car en tant que médecin il avait pris part à mes souffrances et en tant qu'homme il m'avait donné son respect en récompense parce que j'avais su me dominer. La seule chose qui importait au sous-officier, c'était de me livrer chez moi le plus vite possible. Lorsque la voiture roula par trop vite sur les gros pavés de nos rues, je lui pris la main, mais il se méprit sans doute sur le sens de mon geste, car il incita le cuirassier qui servait de cocher et faisait claquer son fouet, à rouler encore plus vite, craignant peut-être aussi que je ne meure dans la voiture et que cet accident n'entraîne des désagréments pour le régiment.

Une rage terrible monta en moi. Je songeai à la

manière dont ma bonté m'avait mis dans cette situation atroce, j'écumai de colère — au vrai sens du terme — à la pensée de l' « ingrate monture » qui avait récompensé ma gentillesse d'un lourd coup de sabot. J'étais allongé sur le côté gauche parce qu'il m'était ainsi plus facile de respirer, mais c'est justement de ce côté que se trouvait mon mouchoir, dans la poche de ma veste, et lorsque je me redressai un peu pour le sortir et essuyer la salive de ma bouche, le sentiment d'anéantissement, horrible nausée qui m'étranglait, s'empara encore une fois de moi, et je sombrai de nouveau dans le noir.

Quand la clarté revint (je pensai soudain aux arbres des « Bosquets » qui devenaient plus nets avec le soleil levant), je vis que la voiture était certes dans notre rue, mais qu'elle avait dépassé notre maison. Quelle peine pour convaincre le soldat borné qu'il s'était trompé de numéro et que je devais quand même savoir mieux que lui où j'habitais. Chaque parole me transperçait, et il m'en fallut beaucoup. Enfin nous nous arrêtâmes devant la maison. Il me prit sur son bras, grogna à cause de mon poids et me fit monter les escaliers en me traînant si maladroitement que mes pieds frottaient par terre. C'est seulement quand nous fûmes devant la porte que je me mis à penser combien ma mère allait être effrayée.

Je n'avais donc pas perdu mes esprits, je raisonnais avec précision comme j'avais auparavant, dans la salle d'auscultation, tout vu et suivi avec précision.

Or ma mère était très fragile. J'espérais que ce ne serait pas elle qui ouvrirait, mais la servante ou mon père. Ce fut elle. En me voyant, elle poussa un léger cri et s'effondra, la tête en avant, au milieu de la porte, de sorte que sa tête à la belle chevelure noire, épaisse, tomba sur le paillasson portant l'inscription BIENVENUE. Le cuirassier imbécile avec moi sur le bras n'aurait su que faire. Par chance, mon père était là. Il comprit aussitôt la situation. Il aida ma mère à se relever, la conduisit dans sa chambre et lui dit que je n'étais pas en danger. Elle ne lui répondit pas. Il me fit porter dans ma chambre. C'est lui qui m'allongea sur ma couche avec précaution. Au passage, il avait dit à la servante de rester avec ma mère et de ne pas la laisser sortir de sa chambre. Mais au bout de deux à trois minutes, ma mère vint quand même nous rejoindre, chancelant au bras de la servante, et s'assit sur mon lit. Elle m'enleva tout d'abord mes chaussures, puis mes vêtements. Elle le fit avec tant de délicatesse qu'elle n'accrut pas mes souffrances. Je n'avais pas de pansement et ne saignais pas. Comme elle ne changea pas ma chemise, elle ne vit pas mon côté contusionné. Elle secoua la tête : je ne devais pas parler. Elle toussota et me tint fermement les deux mains comme si je voulais m'enfuir. Mon père était parti rapidement pour téléphoner à notre médecin de famille. Il revint très vite, le médecin était chez lui et allait bientôt arriver. Puis il entraîna le sous-officier dans la pièce voisine et tous deux se mirent à fumer tandis que le moustachu faisait à mon père une description imprécise de l'accident. Il n'en avait pas été le témoin oculaire. Ma mère pleurait maintenant plus fort et mon lit tremblait. Elle me plaignait beaucoup et me couvrait de mots doux comme au temps de ma plus tendre enfance, elle me caressait, voulait me coucher plus confortablement, m'offrait tout ce qui était possible. Elle croyait alléger ainsi la souffrance, mais c'est le contraire qui se produisit :

je commençai à me prendre moi-même en pitié, et mon cœur se crispa encore plus dans ma poitrine blessée quand je songeai quel pauvre enfant malheureux j'étais. L'arrivée du médecin juif, un homme posé qui sentait les médicaments et portait une redingote crasseuse, me fit du bien ; pour l'instant, il se contenta de m'examiner fugitivement et de me poser quelques questions ; tout d'abord si j'avais déjà uriné et deuxièmement si j'avais craché du sang. Je secouai la tête. Il insista pour que je fasse mes besoins. Il demanda à ma mère de s'en aller et m'aida. Il me recommanda d'être patient et passa dans la pièce voisine où il leur fit un rapport. Peu après, ils revinrent près de moi, parlèrent tous en même temps et encombrèrent la petite pièce, me privant d'air. Ils s'étaient tous en quelque manière accommodés de mon malheur et se réjouissaient de ce que les choses n'eussent pas été pires. Mon père et le sous-officier fumaient. Je n'arrivais pas à comprendre que personne ne songe (sauf ma mère qui me posait des compresses inutiles sur le front) que je ne pouvais pas à la longue supporter une telle douleur. Mais ils n'y songeaient pas, tout simplement.

Je ne décrirai pas cet après-midi, cette soirée, cette nuit. Seul celui qui a vécu quelque chose de semblable peut comprendre ce genre de situation. Les paroles de consolation ne font qu'indigner, elles n'aident pas. Ma mère l'a certainement compris. Jamais une main n'a plus légèrement reposé sur ma poitrine douloureuse que la sienne lorsqu'elle s'endormit vers l'aube. Elle n'appuyait un peu plus fort que quand elle toussait dans son sommeil. Mais je le supportais encore comme tout ce qui avait précédé, si désespéré que je fusse. Et de même que j'aurais été incapable d'imaginer auparavant une telle douleur, j'étais maintenant incapable de m'imaginer qu'elle puisse jamais prendre fin. D'ailleurs elle semblait ne pas avoir encore atteint son paroxysme, et parfois me démangeait un chatouillement semblable à ce que l'on ressent avant d'éternuer.

Tant que je fus éveillé, j'eus assez de force pour résister à cet affreux chatouillement. Le médecin m'avait mis en garde : je devais tousser ou parler à haute voix le moins possible et surtout ne pas me retourner dans mon lit. A ce moment-là — quinze heures ne s'étaient pas encore écoulées, et pourtant j'avais l'impression d'une autre vie qui ne reviendrait jamais plus, si belle ! — je n'avais pas encore bien compris cet avertissement. Pourquoi devrais-je me retourner inutilement dans mon lit ? Mais à l'aube, tandis que ma mère, recroquevillée dans le vieux fauteuil à oreilles, s'enfonçait de plus en plus profondément dans un sommeil paisible, les deux mains — mains délicates aux veines bleues — sur son sein, je fus irrésistiblement poussé à céder à la tentation. J'avais en particulier envie de changer de position. J'étais allongé sur le côté droit, donc sur les cinq côtes brisées et sur les muscles contusionnés. Si je me tournais tout doucement, en usant de mille ruses et me mettais sur mon côté sain, j'avais aussitôt moins d'air. Donc j'essayai sur le dos. Mais alors le côté malade, respirant lui aussi et bougeant librement, me causa de telles douleurs que je mordis l'oreiller. Donc retour sur le côté droit. Après ce terrible effort, je fus inondé de sueur, une grande fatigue s'empara de moi et j'eus l'impression de redevenir un tout petit enfant. Je me laissai aller et m'endormis. Je ne sais de quoi je rêvai. Soudain dans le premier rêve agréable qui se déroulait lentement, fit irruption un second rêve véritablement atroce. Je sentais qu'on me chatouillait avec un couteau tranchant, pointu, j'étais traversé comme par un feu brûlant, je faisais des bonds, secoué par un rire nerveux incompréhensible, et le couteau me perçait de part en part. Je le revois encore, c'était comme un de ces couteaux que l'on prend pour couper le jambon, aiguisé des deux côtés, mince, très lisse et long. Je m'éveillai. J'étais assis, tout droit, les oreillers étaient dispersés sur le tapis. Les fenêtres étaient déjà éclairées par la lueur de l'aube, le reste de la chambre était dans l'obscurité. Ma mère était partie, j'appelai à l'aide à grands cris et tout en criant je remarquai que quelque chose d'amer et salé me montait à la gorge. Je me cramponnai aux barreaux en laiton du lit et les secouai. Ma mère se précipita dans la chambre, une lampe allumée à la main, à moitié déshabillée, pieds nus, les cheveux défaits. Elle m'entoura de ses bras encore mouillés par la toilette et tira sa chemise de nuit sur son cou. Mes paupières étaient contre son cou lisse et tiède, et je sentais battre ses artères. Soudain la chose amère, salée franchit mes lèvres, et je ne pus résister, et cette chose affreuse resta accrochée aux ourlets brodés de sa chemise de nuit, du sang rouge clair, écumeux. Curieusement, même en cet instant la pensée de la mort était loin de moi. Pas de ma mère. Dès qu'elle eut remarqué les taches de sang, elle s'écarta de moi, doucement mais fermement, courut jusqu'à mon père et lui demanda d'aller tout de suite chercher le prêtre avec les sacrements, puis le médecin. J'entendis le grincement du lit quand elle se leva, le bruissement des vêtements, le craquement des chaussures. A chaque instant, le sang me venait à la bouche.

Ma mère était de nouveau auprès de moi. Catholique fervente, elle considérait le salut éternel de mon âme plus important que ma vie. Que pouvait-elle faire de mieux pour moi sinon me tenir dans ses bras, prier et faire des serments ? Elle n'exigeait pas de moi qu'à l'heure de la mort je prie avec elle de façon audible. Au contraire, elle me dit de rester tranquille, me remit avec une douce violence en position allongée, entassa les coussins dans mon dos sans interrompre sa prière, alla chercher quelques-uns de ses petits mouchoirs qui sentaient la vanille, essuya délicatement la sueur de mon front, le sang de ma bouche, les larmes de mes yeux. A voix basse, elle fit le vœu d'aller en pèlerinage à Notre-Dame d'Altötting si le sang s'arrêtait de couler et la douleur de me tourmenter.

Je me serais senti mieux si elle était restée tranquille et si elle m'avait laissé m'asseoir et me cramponner aux barreaux du lit. Car maintenant quelque chose de nouveau s'emparait de moi : le meilleur nom que je pourrais lui donner serait peut-être LA SENSATION D'ÉCRASEMENT. Cela n'avait en fait rien à voir avec la douleur précédente, cela ressemblait plutôt à l'instant où le sabot du cheval glissant sur le cartable et fracassant la règle, m'avait brisé le côté gauche, donc au premier instant.

Cela dura peut-être un quart d'heure ou une demi-heure, je ne pus l'évaluer. Sans avoir remarqué que j'avais perdu connaissance, j'avais retrouvé mes esprits quand le médecin entra.

Mon père était avec ma mère dans une vive conversation. Bien moins pieux et catholique que ma mère, il n'était pas encore allé voir le prêtre, il voulait d'abord attendre l'avis et l'aide du médecin. Celui-ci n'écouta pas longtemps mes gémissements. Il me posa son index qui sentait le savon aux amandes sur les lèvres comme pour m'inciter au silence, tira des pans de sa veste d'intérieur crasseuse un étui fourré de satin violet qui contenait une petite seringue en nickel et un flacon d'éther dont l'odeur me donna l'envie terrible de tousser, et d'une autre poche un autre flacon sur lequel était écrit le mot morphine et dessinée une tête de mort avec deux tibias croisés. Mais à la vue de ces insignes de la mort, je ressentis plutôt comme une consolation. Tout m'était indifférent, pourvu que ce fût derrière moi. Je me sentais en sa présence plus léger qu'auparavant, et si l'on peut parler de contentement dans une telle situation, j'étais content que ce soit lui et non l'ecclésiastique qui me vienne en aide le premier. Le médecin avait relevé la manche de ma chemise de nuit, nettoyé ma peau avec de l'éther, rempli la petite seringue de morphine, en avait fait jaillir un jet, puis il me piqua adroitement dans le bras et retira l'aiguille une seconde après. Ensuite il s'assit près de moi, regarda par la fenêtre, les traits tendus, fatigué par le manque de sommeil. Il bâilla derrière sa main fine et maigre.

Moi, je fus envahi par une étrange impression de soulagement. Non que la douleur eût disparu d'un seul coup. Au contraire, elle continuait toujours et devait durer encore longtemps, quoique atténuée, mais comme s'il se fût agi d'un pansement enduit d'une pommade efficace, cette douleur était recouverte par cet apaisement, ce voile, cette douceur, ce silence, ce bâillement, cette clarté qui se faisait dans la chambre. Ma mère entra, des taches rouge vif au visage, vêtue d'une robe sombre. Elle fut très étonnée par la rapide métamorphose qu'elle remarqua tout de suite en moi. Elle ne pouvait pas comprendre que ce petit médecin insignifiant ait obtenu un tel résultat. Le médecin tira sa montre, la tint contre son oreille pour voir si elle marchait encore, me prit le pouls. La chambre était maintenant très claire, mais elle m'était étrangère, je voyais tout avec netteté, mais comme de loin. J'étais là et passais en même temps sur un pont. Je remarquais qu'ils parlaient ensemble, mais je ne les comprenais plus. Quelqu'un essuya l'humidité de ma bouche. Le tissu resta blanc, c'était donc l'hiver.

Ce TRAITEMENT MIRACLE est resté pour moi inoubliable, c'est peut-être lui qui m'a déterminé à choisir la profession de médecin. Les ponts de mon père m'avaient laissé froid. L'armée, qui m'avait beaucoup attiré autrefois, je la haïssais. Le traitement miracle, lui, me convainquit.

Cela ne tenait pas à la personne du médecin, du brave docteur Kaiser, c'eût été plutôt le contraire. Certes, mes parents le faisaient toujours venir dès qu'il était nécessaire, mais à les entendre, il n'était qu'un mal nécessaire. Ils étaient même allés parfois, dans leur mépris, jusqu'à ouvrir les fenêtres et aérer la pièce après son départ. Non que le médecin eût répandu une odeur désagréable, mais parce qu'il était juif. Ma mère avait tous les juifs « en horreur », bien qu'elle n'en connût pas beaucoup et n'eût appris rien de réellement blâmable sur aucun. C'était peut-être son éducation catholique, car elle n' « aimait » pas plus les luthériens qu'elle tenait pour tout à fait « roués ».

Mais il y avait dans notre ville encore un autre docteur Kaiser, un homme riche, fier, très maigre et de haute taille, qui s'était fait construire ici une grande clinique isolée pour maladies nerveuses et mentales, et en outre à S., petite localité sur les bords d'un beau lac tout en longueur — où nous avions un chalet en bois avec un petit potager — une splendide villa en marbre avec glaces et terrasse donnant sur le lac. On ne le voyait presque jamais à pied dans la ville, il se déplaçait la plupart du temps dans une voiture tirée par deux chevaux gris pommelé, un de ses enfants sur le siège arrière, et une jeune femme à côté de lui. Plus tard, il fut parmi les premiers à posséder une automobile. Tandis qu'on appelait notre médecin de famille le Kaiser des juifs, on enlevait certes son chapeau avec déférence devant l'autre, le conseiller aulique, l'aliéniste, mais on lui donnait en se moquant le surnom de Kaiser des fous.

Les jours suivants, durant lesquels j'eus encore souvent de la fièvre et maigris beaucoup, j'eus la possibilité de réfléchir abondamment au « pouvoir supérieur » d'un médecin. Si l'insignifiant et rondelet Kaiser des juifs disposait déjà d'une telle autorité, combien la puissance du Kaiser des fous devait être incommensurable.

C'est qu'il n'y eut pas seulement l'effet magique et soudain du médicament contenu dans le flacon à tête de mort. Si fortes que fussent les douleurs et les difficultés respiratoires qui m'accablèrent par la suite, le Kaiser des juifs n'avait besoin de rien faire, il lui suffisait d'entrer dans ma chambre — et je poussais un soupir de soulagement au vrai sens du terme, et les élancements dans mes poumons étaient comme balayés.

La sensibilité à la douleur fut toujours mon point le plus faible. Mes camarades d'école ne l'auraient jamais cru. Mais moi, je ne le savais que trop bien. Il y a un moyen très facile à comprendre pour se soustraire à la douleur, par exemple dans les combats où les jeunes s'affrontent, combats très cruels dans lesquels toute larme, toute pleurnicherie sont considérées comme une grande honte. Ce moyen, c'est la lâcheté. J'étais un peu lâche, c'est la raison pour laquelle je me suis tenu à l'écart des jeux chaque fois que c'était possible. Jouer et se faire la guerre, chez les garçons c'est presque la même chose. Mes camarades voyaient seulement que j'étais très grand pour mon âge, que j'avais des muscles durs, peu de graisse et de fortes mains osseuses, des « battoirs ». Ils ne pouvaient s'imaginer qu'une nature aussi sensible habitait ce corps si vigoureux. Et non seulement mes propres douleurs, mais aussi ce qui faisait mal aux autres, ce qu'à la différence des douleurs j'appelais souffrances — j'étais incapable de le regarder tranquillement, cela me touchait, les larmes me montaient « cruellement » aux yeux, et j'avais honte.

Peut-être que tout aurait été différent si j'avais eu des frères et sœurs. Nous nous serions endurcis mutuellement et nous aurions été gais. Ma mère, si fragile qu'elle fût, répétait certes souvent, riant au milieu de ses quintes de toux et toussant au milieu de ses rires, qu'elle m'« offrirait » non pas un petit frère ou une petite sœur, mais deux, voire trois d'un seul coup, des jumeaux ou des triplés, mais mon père n'aimait pas entendre cela et trouvait que c'était « un manque de modestie » que de vouloir être plus avisée que le bon Dieu, lequel, par chance pour sa santé délicate, s'en était tenu à un seul enfant. C'était au tour de ma mère de se fâcher, elle rougissait, des taches rondes sur les joues, et ordonnait à mon père de se taire, car de semblables discours n'étaient pas pour mes oreilles.

Or, à rester aussi longtemps cloué au lit, une impulsion naquit en moi, qui m'était nouvelle et me procurait une sorte de satisfaction ou une compensation pour les joies perdues de l'enfance ; c'était le désir de régner sur les grands, d'imposer ma volonté auprès de ceux qui disposaient d'un pouvoir supérieur. Je commençai par le médecin. Il me faisait du bien. Tant qu'il était assis près de moi, ma poitrine se soulevait plus facilement, mes douleurs avaient disparu. Il m'auscultait souvent et minutieusement, car la fièvre, certes peu élevée, mais qui ne voulait pas cesser, lui donnait du souci. Cependant, il ne trouvait rien d'inquiétant et au bout de cinq à dix minutes, il voulait repartir. Il n'est pas de ruse que je n'aie employée pour l'en empêcher et le retenir toujours une minute de plus. Quand il eut percé à jour mes manœuvres maladroites, j'amenai tout d'abord ma mère puis mon père à inciter le médecin à rester plus longtemps. On doublait ses honoraires, on orientait la conversation sur un sujet intéressant, et parfois ils réussissaient réellement à amener le Kaiser des juifs à suspendre à nouveau son chapeau de feutre noir miroitant de toutes les couleurs à la poignée en laiton de la fenêtre, à écarter les pans de sa redingote crasseuse et à s'asseoir près de moi au bord du lit. Il se peut qu'il ait alors fait attendre d'autres patients importants. Peut-être que cela aussi me procurait une satisfaction.

La nuit, j'avais un sommeil agité, souvent je transpirais, et mon père, qui faisait plus confiance au médecin que ma mère, laquelle abandonnait volontiers tout à la mère de Dieu qui l'avait aidée, ELLE, avec sa « poitrine fragile », exhorta le médecin à prendre des mesures plus énergiques. C'est tout à fait ce que souhaitait le Kaiser des juifs. Un jour, il apporta toute sorte d'instruments dans une petite mallette usée. Il en sortit une seringue, mais celle-ci paraissait notablement plus grande et plus inquiétante que la seringue avec laquelle il avait réalisé le traitement miracle.

— Es-tu aussi un petit gars courageux ? me demanda-t-il en me posant comme alors le doigt sur la bouche. Je ne pressentis rien de bon. Je pensai au petit spartiate courageux du médecin de la caserne.

D'ailleurs, c'est une version complètement fausse de mon aventure qui circulait. J'avais en effet voulu donner du pain aux chevaux. Et je ne les avais nullement excités en les frappant par exemple avec la grosse règle comme le FAUX TÉMOIN OCULAIRE, le sous-officier, l'avait raconté à mes parents. Je ne l'avais pas fait par bonté, par pitié pour ces chevaux bourrés de nourriture, gras, aux membres lourds. J'avais seulement voulu vaincre ma lâcheté, mettre mon courage à l'épreuve, car, comme beaucoup d'enfants de la ville, j'avais peur des chevaux — et surtout des sabots et des dents de ces animaux. J'avais surmonté l'épreuve, mais je l'avais payé cher. Cela ne devait-il pas suffire ?

Maintenant, je regrettais d'avoir retenu si souvent le médecin, d'avoir essayé de le dominer, moi le petit garçon alité, sans défense. Mais à quoi bon ? Je serrai les dents. Je retins mon souffle. Retenir mon souffle a toujours été pour moi un moyen d'empêcher ou de diminuer la douleur. Si seulement le médecin avait tout de suite piqué hardiment ! Mais il chercha longtemps le meilleur endroit pour enfoncer l'aiguille, palpa prudemment en tous sens, tapota, écouta et me chatouilla cruellement. Il était alors grand temps qu'il m'enfonce la grosse aiguille creuse entre les côtes. Aucun cri de douleur ne franchit mes lèvres. La nuit suivante, je ne dormis pas. Je me tenais pour un être rare, exceptionnel, sur lequel la douleur ne peut rien.

J'ai oublié de raconter que le Kaiser des juifs m'avait proposé de me faire une légère anesthésie à l'éther si je croyais ne pas pouvoir supporter l'intervention, mais le terme incompréhensible d'anesthésie à l'éther m'avait plus effrayé que l'idée de la douleur. Je m'étais fait fort et j'avais été fort.

Cette petite intervention douloureuse que le médecin qualifia le lendemain de « ponction lombaire remarquablement réussie », me fut d'un grand secours. La fièvre baissa d'un seul coup, comme emportée par magie, au ravissement de ma mère qui honora ce jour-là le médecin d'une pièce de vingt marks en or prise sur l'argent du ménage, que le médecin, en sueur et tout rouge — c'était une journée très chaude — mit dans sa poche. Il cessa de venir me voir aussi souvent. Deux jours après, j'eus la permission de me lever pour la première fois, et bientôt je sortis dans la rue, j'allai à l'école et fus beaucoup admiré.

J'étais fier de ma guérison. En réfléchissant plus attentivement, je comprenais certes que la ponction qui avait consisté à enlever de ma cage thoracique un liquide un peu trouble et d'un rouge jaunâtre aurait tout aussi bien réussi si je m'étais comporté moins courageusement. Mais j'avais tenu bon. Je n'avais pas bronché. J'avais donc fait doublement preuve de courage, la première fois en affrontant le risque d'être écrasé par un troupeau de chevaux sauvages (c'est ainsi que je voyais les choses maintenant), et ensuite en assumant avec une tranquillité d'âme et une maîtrise exceptionnelles la douleur qui était exceptionnellement grande. Je ne cessais de me répéter : je peux si je veux. Je rayonnais intérieurement de joie et de fierté. En fait, mon ambition scolaire était maintenant également éveillée. Moi qui, jusqu'à présent, avais été un écolier paresseux et indolent, je me précipitais sur les livres, et sans que personne eût à m'exhorter (au grand étonnement de mon père), je rattrapai jusqu'à la dernière leçon ce que j'avais manqué pendant ces mois. Motif supplémentaire de fierté.

Le médecin m'avait pris en affection. Mais maintenant je n'avais plus besoin de lui. Il venait de temps en temps, s'asseyait à côté de moi à ma table et bavardait avec moi. J'appris qu'il avait perdu sa femme et qu'il vivait avec sa fille Victoire. Je me représentais cette créature comme une fille vieillotte et desséchée. Un jour, peu avant le début des vacances d'été, je passai devant le lycée de filles. Le Kaiser des juifs attendait devant la porte, sa trousse à instruments usée sous le bras, vêtu d'une veste de lustrine bleu clair un peu délavée au lieu de sa vieille redingote. Quand la cloche eut fini de sonner, une jeune fille ravissante, svelte, blonde comme le miel, vêtue d'une robe de laine blanche qui lui arrivait aux chevilles, se précipita vers lui. Il lui prit une feuille de la main, rayonnant de fierté et de joie. C'était sa fille qui venait de réussir brillamment ce jour-là l'examen de sortie du lycée.

Durant ma maladie, je m'étais très étroitement attaché à ma mère. Je l'avais toujours aimée. Maintenant, j'en étais parfaitement conscient. J'avais beaucoup changé pendant ma maladie, mais elle aussi. Non qu'elle débordât maintenant de tendresses et de mots doux, mais elle fit quelque chose qu'elle avait jusqu'à présent toujours évité : elle se mit à se parer pour moi. Elle achetait ce qu'elle trouvait de plus beau, elle s'intéressait tout d'un coup aux bijoux précieux et elle s'arrêtait parfois, toussotant doucement, devant la vitrine d'un bijoutier, et ses yeux couleur de cerise noire, qui brillaient d'un éclat exceptionnel, allaient et venaient des broches et bracelets exposés à un collier de perles à deux rangs. Son bras, glissé sous le mien comme si elle cherchait une protection, commençait à trembler légèrement, elle ne partait qu'à contrecœur. Je ne l'aimais pas comme quelque chose d'étranger, comme une personne autre, je l'aimais comme je m'aimais moi-même. Elle et moi, nous nous fondions l'un dans l'autre sans interruption. Je la voyais et la sentais près de moi, même quand j'étais seul. Mais cela ne me rendait pas rêveur et ne me ramollissait pas non plus, au contraire, cela me rendait hardi, sûr de moi. L'instinct de domination qui s'était éveillé pendant mes « souffrances et douleurs » n'avait pas diminué après ma guérison, mais je n'essayais pas d'exercer cet instinct sur elle comme il m'arrivait de le faire sur mon père (parfois avec succès, mais aussi parfois sans). Nous étions trop unis, elle et moi.

La période des vacances approchait, mon père pensait naturellement que nous irions à S. C'est ce qui m'aurait été le plus agréable, et le médecin lui aussi était pour. Mais ma mère avait d'autres projets. Pendant que j'étais malade, elle avait fait un vœu, celui d'aller en pèlerinage à Altötting, et ce vœu, elle voulait le respecter. Elle voulait que je l'accompagne. Chaque année, généralement à l'automne après les moissons, avaient lieu de grandes processions à la statue miraculeuse de Notre-Dame, processions que suivaient surtout des paysannes en robes de soie noire retroussées, portant des chapeaux de paille noirs comme du jais, ornés de rubans étroits qui tombaient sur les visages osseux brunis par le soleil. Elles avançaient lourdement en cortège ordonné dans la poussière de la route, vieilles et jeunes, riches et pauvres côte à côte, répétant en chœur la litanie du prêtre qui marchait en tête, dévidant pieusement leurs chapelets. Immédiatement derrière le prêtre venait parfois un petit groupe de citadines et de messieurs vêtus de façon digne, la plupart du temps d'un certain âge. Ma mère aurait pu se joindre à eux. Elle se serait sans doute jugée capable de fournir cet effort, mais elle ne pensait pas que je l'étais, moi. En réalité, elle était dès ce moment là bien plus faible et fragile que moi. Elle eut l'idée de louer une voiture et de ne parcourir chaque jour à pied qu'une certaine partie du chemin. Si je ne pouvais plus continuer, le fiacre nous transporterait plus loin. Elle cacha ce projet à mon père. Nous en discutions secrètement quand il dormait déjà.

Mais comme il n'a presque pas arrêté de pleuvoir, nous n'avons guère marché. Malgré tout, ma mère parvint au lieu de pèlerinage complètement épuisée et claquant des dents de fièvre. La plupart des auberges étaient pleines, finalement nous trouvâmes une petite chambre. Cette fois, c'est moi qui veillai auprès de son lit. Je ne pouvais détacher mon regard d'elle. Tellement elle était belle. Parfois, dans l'éclat de sa fièvre, elle avait l'air plus jeune et plus ravissante que Victoire pourtant blonde comme le miel.

Je ne priais jamais pour moi. Pour elle, je le fis. Après avoir grelotté et brûlé de fièvre pendant deux jours, elle se leva soudain, joyeuse, et se mit sans peine en route pour la dernière partie du pèlerinage, un chemin qui montait à pic et le long duquel étaient indiquées par des tableaux de bois multicolores les stations du chemin de croix du Sauveur. Le soir nous jeûnâmes, le lendemain nous reçûmes les sacrements, puis, de crainte de rater le train, nous courûmes jusqu'à la gare et rejoignîmes S. où mon père nous attendait déjà, riant cette fois de tout son cœur, des fleurs à la main. Mais ma mère resta un peu grave. Il se mit à pleuvoir doucement, faisant briller le toit de notre chalet, alourdi dans sa partie supérieure par de grosses pierres.

Durant les premiers jours, il y eut de la pluie presque sans interruption. Je dormais maintenant beaucoup et mangeais pour trois. Nager m'avait été interdit, je ne souffrais donc pas autant du mauvais temps que si j'avais pu aller dans l'eau. Ma mère était silencieuse, elle se faisait du souci pour moi. Je rayonnais maintenant de santé et de joie de vivre. J'aurais voulu arracher des arbres, faire la course tout autour du lac sans m'arrêter, me laisser rouler du haut d'une prairie, la tête rentrée dans les épaules, les bras autour des genoux, recroquevillé en boule. Ma mère était patiente avec moi. Très patiente, oui.

Mais était-ce le séjour dans le village au bout du lac qu'elle n'a jamais beaucoup aimé, était-ce l'ennui, l'absence de ses occupations habituelles à la maison ou le fait qu'elle ne pouvait pas faire grand-chose pour moi maintenant, elle n'était plus comme avant. Elle restait assise à la fenêtre, morose, dans ses robes neuves, lisses et brillantes, toussait et regardait au dehors en grelottant. Je n'ai jamais été très bavard.

Maintenant que j'essayais de l'être, je n'aboutissais à rien. Ma mère me passait tendrement la main sur les cheveux, d'un air distrait, et se décidait ensuite à un sourire contraint. Elle se regardait fréquemment dans le miroir. J'avais presque l'impression qu'elle s'efforçait de moins rire, moins tousser, moins parler. Quand je voulais la dérider à ma manière enfantine, certainement pas très adroite, ses traits, d'ordinaire si doux, se convulsaient même. Souvent, j'avais l'impression qu'au fond de sa poitrine ou en haut, dans sa gorge, une envie de tousser la prenait, elle portait alors la main à sa bouche comme si elle voulait s'ordonner de rester tranquille.

Malgré le temps défavorable, mon père faisait de petites randonnées en montagne et rentrait le soir, ses vêtements de loden tout fumants d'humidité, mais de la meilleure humeur, son chapeau tyrolien orné d'une fleur rare comme on en trouve dans cette région sur les hauteurs. Ma mère recevait ses baisers patiemment. Mais après, je la voyais s'essuyer la bouche avec un de ses petits mouchoirs en batiste, et elle ne surmontait qu'à grand-peine une envie de tousser particulièrement forte. Je pensais qu'elle s'essuyait les lèvres parce que la bouche de mon père, sa moustache étaient très humides de pluie. Je ne compris que plus tard. Du reste, cela ne se reproduisit plus guère. Le lendemain, après une matinée de brouillard, le soleil perça, bientôt les brouillards tombèrent ; comme chaque fois que le temps s'améliore, de fortes vagues gris-bleu se formèrent sur le lac, lançant çà et là des éclairs argentés, le vent se mit à souffler, rude et fort, et l'après-midi, tout fut si sec que nous pûmes prendre le café dehors sous l'un des pommiers laissés à l'abandon, couverts déjà de minuscules fruits d'un vert criard, durs comme de la pierre, qui ne deviendraient jamais mûrs et sucrés ; c'est-à-dire qu'ils mûrissaient, à leur manière, mais ne devenaient jamais consommables, et même tout l'art culinaire de ma mère qui prétendait faire une sorte de compote avec ces fruits en y ajoutant des masses énormes de sucre n'a servi à rien. Pendant cette belle journée, je restai auprès de ma mère bien que j'eusse, naturellement, très envie de courir au village, au bord du lac, dans la forêt ou au marécage. A vrai dire, peu importait l'endroit où je courais. Toutes mes veines battaient de joie de vivre et d'exubérance. J'étais resté cloué au lit pendant des mois, maintenant j'étais en parfaite santé, seul un gros renflement, dur mais indolore, sur le côté droit du dos indiquait l'endroit où le cheval m'avait frappé. Le jour suivant, je le passai également près de ma mère, car sa pâleur et sa fatigue m'inquiétaient. Nous accrochâmes ensemble un vieux hamac, déjà un peu troué, avec des cordes de chanvre à l'un des pommiers en question et à un antique poirier qui ne donnait plus le moindre fruit.

Nous nous efforçâmes de suivre les exhortations de mon père et de ne pas abîmer les écorces avec les cordes. Ma mère s'installa aussi bien qu'elle put. Mais comme un des côtés du hamac glissait un peu et que sa tête était très basse, j'allai chercher un coussin dans sa chambre tandis qu'elle dormait d'un léger sommeil agité. Quand j'eus soulevé la couverture du lit et pris les coussins, un petit mouchoir de batiste chiffonné me tomba entre les mains. Il présentait des traces de sang couleur de rouille. Je compris aussitôt ce que c'était, et LA SENSATION D'ÉCRASEMENT m'envahit à nouveau.

Je ne voulais pas montrer à ma mère que je savais pourquoi elle était aussi changée. Je remis ses couvertures et ses coussins lisses et blancs comme neige si bien en ordre qu'elle ne remarqua pas le soir que quelqu'un avait touché à son lit. Je revins près d'elle sans prendre d'oreiller. Elle s'était réveillée et me parut énervée. Désormais je n'essayai plus de tirer d'elle quelque chose qu'elle ne me taisait certainement avec autant d'obstination que par amour pour moi. Elle avait peur pour sa vie. Elle avait toujours eu les poumons fragiles, et l'inquiétude que je lui avais causée lui avait fait du mal. J'allai même plus loin. Quand elle m'incita à profiter du beau temps et à aller nager (elle avait oublié en cet instant que cela m'était interdit), je lui cédai et fis comme si je ne pouvais me tenir de joie. C'était ce qu'elle avait voulu. Elle voulait être seule, peut-être estimait-elle que le repos absolu et les prières pieuses étaient le meilleur remède. Mon père s'accordait alors le plaisir d'apprendre à faire du bateau. Naturellement, il savait depuis toujours mener à la rame une barque normale avec ou sans siège à glissière. Ce dont il avait envie, c'était de manœuvrer une de ces lourdes barques de bois, plates et longues de plusieurs mètres, qu'utilisent les pêcheurs, ce qui se fait à partir de l'arrière à l'aide d'une barre de bois plate à laquelle le rameur donne un mouvement tournant, tout en appuyant de tout le poids de son corps. Au début, ce qui suscitait les moqueries bienveillantes des pêcheurs et des jeunes filles sur la rive, mon père n'avançait pas d'un pouce ; bien plus, la barque, que l'on nomme là-bas une « plate », reculait. Mais comme il était très fort et très adroit, il maîtrisa bientôt la technique et persuada un soir ma mère (c'était sa fête) de s'asseoir dans une plate de pêcheur ornée d'un lampion suspendu à des fils de fer et de se laisser emmener, moi à ses pieds, jusqu'à la petite ville de T. J'avais peur que l'air humide du lac ne lui fît du mal, mais, curieusement, elle semblait déjà se sentir mieux, elle ne toussotait presque plus. L'expression grave et fermée de son visage jusqu'alors si enfantin n'avait pas disparu, et elle s'accordait mal avec la très belle robe de soie neuve et la fine broche en or que ma mère portait à l'occasion de cette fête. Pendant le trajet du retour, mon père chanta, ma mère et moi, nous restâmes silencieux. Peu après, elle rangea les nouveaux vêtements dans le coffre et ne les porta plus.

Le lendemain, j'eus envie d'aller au marécage. L'extrémité du lac était constituée de fonds caillouteux de plus en plus plats, qui étaient couverts de roseaux et que le gros bateau à vapeur contournait en un large cercle. Vers l'intérieur des terres, audelà de la large route qui faisait le tour du lac, commençait un tout autre paysage, ni terre ferme, mais ni eau non plus, un mélange des deux. Quelques petits lacs poissonneux, mais sans fond et dangereux, appelés lacs de Pâques, brillaient au milieu d'un vert mat et pâle. D'étroits sentiers conduisaient à travers cette zone où ne se trouvait pas la moindre cabane. Il n'y avait quelques misérables baraques de tourbiers qu'en bordure, là où la montagne reprenait. Tout était ici différent de la rive du lac, les plantes plus luxuriantes, les oiseaux plus craintifs, de plumage plus bigarré et d'espèces inconnues, les papillons plus grands, mais à ce qu'il me semblait, moins peureux. L'air également vibrait ici dans la chaleur de l'été autrement qu'au-dessus des prairies, des champs, de l'eau libre. J'essayai d'attraper un papillon aux ailes couleur saphir qui paraissait très indolent. Je le suivis, sautant souvent par-dessus des passages mous ou de petites rigoles. Une vieille perche avec une touffe de foin à moitié pourri indiquait çà et là, à vrai dire fort rarement, qu'il y avait du danger. J'étais attiré par le sol qui faisait ressort sous mes pieds. Je réussis enfin, à force de patience et de ruse, à coincer le papillon sous mon chapeau. Mais alors je me mis à penser qu'il me faudrait le saisir brutalement si je voulais le garder, et je le trouvai trop beau pour cela. Il s'éloigna comme si de rien n'était, déployant sans bruit ses ailes couleur de pierres précieuses. Quand je voulus rejoindre le chemin, il n'y eut plus soudain autour de moi que du marécage. Dans le grand silence et la solitude se firent entendre, venant du village, les sons bien connus de l'horloge annonçant six heures. Il était donc encore tôt. Il fit de nouveau plus clair. Ce que j'avais pris pour le crépuscule n'était qu'un nuage qui avait masqué le soleil. J'essayai encore une fois de sortir du sol marécageux. Si seulement j'avais su comment j'étais arrivé là ! J'avais sauté, jetant mon chapeau sur le papillon. Mais les traces de mes chaussures cloutées avaient été entre-temps complètement effacées par le sol qui gargouillait, et à chaque nouvelle tentative, je m'enfonçais. J'entendis des voix, des rires et des tyroliennes. Mais je ne pus voir personne. Partout il y avait des buissons, des saules et des aulnes, de hauts roseaux en fleurs, des genêts et de l'herbe. Un mélange de marécage et de terre ferme traversé par de petits sentiers. Des oiseaux sauvages s'envolaient, des taches vertes ou dorées et bleues sur les plumes du cou et sur les ailes. Des grenouilles coassaient, et des grillons chantaient en chœur dans le voisinage. Un chien aboya, d'autres chiens se joignirent à lui.

J'appelai à l'aide, mais j'avais honte de crier fort. J'ôtai mes chaussures, en pris les lacets dans ma main et essayai de voir si je pouvais passer plus facilement pieds nus sur les emplacements cachés par un vert trompeur. Je respirai profondément, partout montait l'odeur âpre de marécage, de tourbe et d'herbe brûlante. Mais je commis la faute que, comme je l'appris par la suite, commettent la plupart de ceux qui sont dans une situation semblable. Après avoir été au début par trop téméraire, je fus maintenant trop prudent, je m'appuyai sur une jambe au lieu de sauter des deux pieds à la fois. En outre, la nudité de mes pieds me donnait une horrible sensation de chatouillement. Et quand je constatai avec un effroi glacé que, sous le poids de mon corps, mon pied s'enfonçait lentement, mais sûrement, centimètre après centimètre, dans le sol qui glougloutait, j'essayai naturellement de m'appuyer sur l'autre pied et de retirer le premier. Mais je n'eus de résultat qu'en enfonçant encore plus mon deuxième pied dans le sol sans fond, spongieux, qui gargouillait. C'est ainsi que l'homme qui n'y connaît rien, s'enfonce de plus en plus profondément dans le marécage. Les rires et les aboiements étaient redevenus plus faibles. Les hommes dont j'avais entendu les rires ne pouvaient tout de même pas être bien loin. Peut-être que si pourtant, car ici le son porte très loin. C'est ainsi que j'entendais mugir les vaches qui paissaient à au moins une demi-heure de là dans une prairie située au bord de la forêt. Me dominant beaucoup, j'abandonnai mes tentatives de m'en sortir par mes propres forces. Je m'assis et restai tranquille jusqu'à ce que les élancements dans la zone non encore complètement cicatrisée de mes côtes cassées eussent perdu de leur intensité. Je sortis mes chaussettes de la poche de ma veste et les enfilai sur mes jambes encore noires et collantes. Soudain, alors que j'étais occupé à cela, quelques personnes et un couple de chiens surgirent derrière les buissons. C'était le Kaiser des fous avec ses trois garçons. Son fils aîné et lui avaient des fusils sur l'épaule, mais lui seul avait du gibier dans sa gibecière, un canard bigarré je crois. Le cou tacheté de vert, de doré et de bleu ainsi que la tête avec le bec jaune pendaient au-dehors. Un peu de sang suintait du bec. Ils avançaient tranquillement tous les quatre sur le sol ferme. Je me levai d'un bond, les suivis, et une fois sur ce bon sol ferme et solide, je fus semblable à eux qui ne se doutaient pas du tout de ce que ce bond signifiait pour moi.

Le petit sentier passait à travers les buissons à moins de cinq mètres de mon île dans le marécage. J'aurais pu reconnaître la direction depuis longtemps grâce à la perche plantée là en guise d'avertissement. Mais une fois de plus, j'avais cherché le danger et m'étais perdu comme si j'étais aveugle. Honteux, je revins au village en trottant derrière le Kaiser des fous et ses enfants. Le cadet, un très joli garçon, mais un peu timide, semblait me voir avec plaisir. Rougissant de ses deux joues couvertes d'un tendre duvet et montrant ses belles dents en un sourire familier, il s'adressa à moi et me dit qu'il me connaissait depuis déjà longtemps, car sa famille venait ici comme la mienne chaque année. Au début, il bégaya, mais se calma bientôt, nous restâmes en arrière de son père et de ses frères, nous les laissâmes prendre le chemin de la forêt avec les chiens qui aboyaient vivement, et nous nous dirigeâmes vers la porte de notre jardin. Quand on l'ouvrait, retentissait le son d'une vieille clochette rouillée et enrouée. Ma mère sortit de la maison et vint vers nous, l'air peu aimable ; elle toisa mon hôte, le visage sombre. Je l'invitai à s'asseoir à la table où se trouvaient des assiettes avec des fruits, puis à s'allonger dans le hamac. Je voulais lui offrir quelque chose, jouer au maître de maison. Mais le regard de ma mère devint encore plus froid, il le remarqua et, un morceau d'une pomme belle mais acide encore dans la bouche, il prit congé de nous avec une inclination maladroite et raide à laquelle ma mère répondit d'une manière glacée, avec un mouvement de la tête tout aussi raide. J'étais moi aussi tellement embarrassé que j'oubliai de lui demander si je pourrais le revoir. Mais le lendemain, alors que je voulais lire à ma mère un passage des contes d'Andersen, je le vis longer notre maison, tenant en laisse un des chiens de son père. Ma mère m'en voulut d'interrompre ma lecture. Elle me lança mon chapeau qui était posé sur un fauteuil, se leva et me poussa carrément hors du jardin, me disant de ne pas perdre une minute, de rester parti aussi longtemps que je voudrais et de me divertir où bon me semblerait. J'hésitai, mais cela ne servit à rien.

Et justement ce matin-là, j'avais pourtant eu la ferme intention de lui offrir joie et distraction, car j'avais un mauvais souvenir de la soirée précédente. Non à cause d'Helmut Kaiser, car ma mère avait toujours souhaité me voir fréquenter des jeunes de mon âge. Mais à cause de quelque chose d'autre. Sans me douter de rien, je m'étais déshabillé le soir et j'avais remarqué à mes pieds en me déshabillant les traces de la terre collante du marécage. Pour ne pas réveiller ma mère qui s'était endormie à table sur son ouvrage, j'étais allé sur la pointe des pieds chercher un baquet en bois dans la cuisine, je l'avais rempli au puits derrière la maison et je l'avais posé sur une chaise pour me laver les pieds. J'avais presque terminé lorsque je remarquai que ma mère me fixait d'un regard perçant. Si seulement elle m'avait interrogé ! Si seulement elle m'avait grondé ! Si seulement elle m'avait, comme cela s'était produit naguère de temps en temps, donné en riant sur la joue une tape sonore ! Cette tape m'aurait été moins douloureuse que ce regard muet dont je comprenais bien la signification. Il voulait dire : « Tu recommences donc ! Sans songer à l'inquiétude que j'éprouve, tu n'as pas pu t'empêcher d'aller dans le marécage interdit. Tu t'es enfoncé, et Dieu sait qui t'a arraché de là et empêché de sombrer comme bien d'autres avant toi. Ta stupide aventure avec le cheval, qui nous a causé tant de souci à ton père et à moi et coûté une partie de notre santé, ne t'a pas suffi. » Elle ne dit rien. Elle toussa comme je ne l'avais jamais entendue tousser depuis la première soirée après notre arrivée à Altötting, et pressa son mouchoir sur sa bouche pâle, maintenant si sévère. Je courus vers elle, pieds nus sur le carrelage froid, je voulais lui baiser la main ou poser mon front contre son cou comme lorsque le sang avait coulé de mes poumons au moment du plus grand danger. Elle ne fit pas le moindre mouvement, rien pour m'empêcher d'approcher. Mais je revins à ma place sans l'avoir embrassée, sans m'être appuyé à elle. J'emportai le baquet avec l'eau sale si maladroitement qu'il déborda. La nuit, je restai longtemps éveillé, mon père rentra tard à la maison ; propriétaire installé au village, il n'avait pu se soustraire à un petit bal des habitants de S. Il chantonnait même doucement, ce qu'il ne faisait pourtant que rarement.

Je pensais en moi-même que peut-être je me ferais au moins un camarade du second fils du docteur Kaiser. Sa timidité venait de ce que son « très puissant » père ainsi que ses deux frères lui menaient la vie dure. Le plus vieux avait justement pour lui le droit d'aînesse et une plus grande force physique, le plus jeune, c'était le benjamin, l'enfant préféré que l'on cajolait. Lui seul n'avait rien de particulier.

Mais il s'en était accommodé. « Monsieur son père » n'avait pas la main légère dans les punitions. J'essayai de lui apprendre mon secret pour alléger la douleur : retenir sa respiration. Il avait, lui, une autre méthode : il comptait à reculons à partir de cent.

Il me racontait des choses excitantes et incompréhensibles pour un jeune de mon âge sur les malades de son père. Mais le plus atroce, c'est ce qu'il disait sur les chiens : c'étaient des chiens en congé que son père avait sortis du « chenil de la clinique ». C'étaient des chiens perdus, attrapés dans les rues par l'équarrisseur, non réclamés par leurs propriétaires et destinés à des expériences douloureuses dont nous ne pouvions naturellement nous représenter ni le sens ni le but. Parmi ces quelques douzaines de chiens, il y avait toujours quelques chiens de chasse, c'est eux que Monsieur son père faisait sortir au début des vacances ; il leur accordait quelques belles semaines de congé et les abandonnait ensuite à leur atroce destin. Je trouvais en effet cela atroce, le flegmatique Helmut n'y voyait rien de particulier. Et pourtant il était capable de sentiments ardents, il parlait beaucoup de sa mère et de ses deux sœurs, versa même quelque chose comme une larme quand nous nous quittâmes, et promit d'écrire. En effet, ses frères et sœurs et lui-même n'étaient pas élevés par leur père, mais par leurs mères. Chaque enfant était d'une femme différente, et ces femmes habitaient dans trois villes différentes. Leur père en était maintenant à la quatrième.

Fin août, le temps redevint très mauvais. Début septembre, il se mit même à neiger. Comme s'il était responsable du mauvais temps, ma mère fit d'amers reproches à mon père, parlant exprès à voix basse comme pour souligner sa faiblesse, ce à quoi mon père répondit en lui proposant sur le ton de la plaisanterie de faire les valises. Il fut surpris de voir le lendemain matin les valises effectivement faites et le journalier qui attendait devant l'entrée du jardin avec son petit chariot vert serin pour les emmener au train. Durant tout ce temps, il avait été d'une humeur solide et joyeuse et m'avait traité en camarade. Il avait longuement parlé avec moi du Kaiser des juifs et du Kaiser des fous et n'avait même pas oublié la belle princesse juive, la jeune Victoire.

Ma mère s'était un peu remise. Mais elle était encore très grave et ne riait presque jamais. Un jour, j'avais fouillé dans le linge sale, bien que cela me répugnât. Je voulais voir s'il s'y trouvait encore de petits mouchoirs tachés de sang. La mauvaise conscience me poussait. Quand je vis qu'il n'y avait rien de semblable, je me sentis de nouveau mieux.

Dans la période suivante, et même à vrai dire jusqu'à mon départ définitif de la maison après le procès de mon père, ma vie fut partagée : d'un côté l'école et le travail scolaire, les bagarres et les réconciliations, le football et le handball et tout ce qui occupe au milieu de ses camarades un jeune garçon de mon âge en bonne santé, jusqu'à la lecture de romans d'aventures et la collection de timbres-poste à l'incitation de Helmut ; et de l'autre côté les soucis que me donnait ma mère. Pourquoi ne le comprenait-elle pas ? Je ne pouvais tout de même pas rester auprès d'elle jour et nuit ? Autrefois, j'avais été une partie d'elle-même, dit-elle un jour. Mais elle ne voulut pas m'expliquer comment et je ne cherchai pas à en savoir plus, du moins pas à ce moment-là et pas d'elle. (Je l'appris plus tard par mes camarades d'une façon grossière.) Je ne savais pas si en ce moment où sa santé ne voulait pas se rétablir assez vite j'étais encore une partie d'elle, mais elle restait, elle, une partie de moi-même. J'ai eu une belle enfance, je le dis aussi en pensant à cette époque. J'ai toujours été d'une santé à toute épreuve, la grande blessure que m'avait infligée le cheval ingrat avait guéri sans laisser de traces. Mais au cours de l'un des hivers suivants, ma mère fit, avec une étrange amertume, une remarque difficile à comprendre. Elle compara en effet ma rapide guérison avec sa guérison à elle, si lente, si hésitante et malheureusement aussi particulièrement douloureuse. Et pourtant j'avais été alors moi aussi responsable de mon malheur, je m'étais exposé « exprès » au danger, elle non ! Elle était pieuse, dit-elle, plus pieuse que mon père et moi. Et malgré tout, le ciel lui avait imposé une épreuve si amère, le pèlerinage à Altötting n'avait servi à rien ! (L'avait-elle fait pour moi ou pour elle ?) Et dans son état actuel, elle ne pouvait pas le recommencer, même dans une voiture fermée elle n'arriverait pas au but !

Que faire ? Devais-je lui remettre en mémoire, ce que je m'efforçais moi-même d'oublier, combien j'avais souffert moi aussi ? Devais-je tenter de la consoler en mentant et en lui disant que j'avais encore de temps en temps des élancements alors que je n'en avais plus ? Je ne savais pas mentir. Je n'ai jamais bien appris à le faire.

Je ne pouvais rien faire d'autre que lui caresser les mains. Mais elles étaient humides, et elle séchait les miennes comme si je les avais salies en touchant les siennes. Je ne comprenais pas — ou je ne comprenais que trop bien. Je devinais chacune de ses pensées, elle n'avait besoin de rien dire. Mais cela ne nous facilitait pas la vie.

En apparence, elle me laissait toute liberté. Mais comme à la campagne déjà, elle n'appréciait guère quand j'en faisais usage. Or, malgré tout mon amour ou justement en raison de cet amour, j'avais pendant mon adolescence un immense besoin de liberté, de mouvement et de solitude. J'étais irrésistiblement poussé à aller me promener pendant mes heures de liberté, à parcourir, seul, la ville et ses environs. Durant ces promenades, je n'oubliais pas ma mère qui restait pendant ce temps allongée sur le canapé de notre appartement dans la seule pièce réellement ensoleillée, un petit ouvrage jamais terminé entre les mains, auprès d'elle sur une petite table le thermomètre avec lequel elle devait prendre sa température toutes les trois heures. Au contraire, pendant ces expéditions j'étais avec ma mère, mais d'une autre manière, d'une façon beaucoup plus intime et douce que les fois où elle avait réussi à me retenir auprès d'elle. C'est lorsque j'étais seul dans les rues, dans les champs au bord de la rivière ou dans la forêt à penser à elle que je l'aimais le plus profondément, et c'est aussi dans ces moments-là que j'étais le plus heureux. J'essayai une fois de le lui expliquer. Elle me fit répéter mon discours trois fois, puis secoua la tête en serrant ses lèvres qui en devinrent encore plus pâles et plus plissées. Elle ne voulait pas entendre, je parlais pour rien.

Et pourtant, je la comprenais bien : elle ne se défendait pas tant contre moi que contre sa maladie. Maintenant, le médecin était de nouveau souvent chez nous. Il conseilla à ma mère d'aller dans un sanatorium, il garantissait une guérison dans les deux à trois mois, car son cas était « bénin », et elle avait dépassé l'âge critique, c'est-à-dire les trente ans. Elle sourit, mais d'un air plutôt moqueur que confiant. Par la suite, elle me fit remarquer que le médecin, en bon juif, avait toujours à la bouche des expressions viles empruntées au monde des affaires telles que « garantie » et qu'il était si fier de la jeunesse de sa fille Victoire qu'il lui rappelait son âge à elle, ma mère, ce qui ne serait pas venu à l'esprit d'un autre, d'un médecin chrétien. Et malgré mon affection pour le médecin et sa fille, laquelle venait parfois chez nous, un rouleau de toile cirée à dessin en damier sous le bras et une boîte pleine de pions qui cliquetaient dans son sac à main, pour jouer aux échecs avec mon père ou moi, ma mère réussit alors à me persuader, et je lui en voulus. Sa fille bien sûr — j'étais jeune et elle, elle commençait à s'épanouir ! Un parfum émanait d'elle comme d'une rose en plein soleil qui ne sait pas très bien si elle doit déjà s'ouvrir ou non. C'est en elle que j'ai pris conscience pour la première fois du galbe de la poitrine, de la souple plénitude des hanches élancées. Je la regardais de profil, abasourdi, comme enivré. Elle ne se doutait de rien et déplaçait impassiblement ses pions sur le miroir de la toile cirée ; elle voulait toujours gagner. Nous étions de piètres joueurs, et elle aurait tout de même pu nous accorder une fois un échec et mat !

Vint le moment où je dus me décider pour une des sections de notre école : collège moderne ou lycée classique. J'étais un élève médiocre. Pourquoi le nier ? Les professeurs ne me conseillèrent donc pas la section, beaucoup plus difficile et plus longue, du lycée classique où il fallait étudier le grec, matière presque impossible à apprendre qui proclamait déjà sa difficulté avec ses lettres si bizarres. Mais le lycée était la condition première de l'université, de la profession de médecin. Je dus donc demander à mon père l'autorisation de le choisir. Pendant ces dernières années, mon père avait un peu changé. Nos dépenses avaient augmenté, il devait travailler plus et même rapporter du travail à la maison. Il devait s'occuper de ses plans et de ses coupes. Je le regardais avec beaucoup d'attention ouvrir la petite bouteille carrée qui contenait l'encre de Chine à l'odeur agréable et sortir la boîte à compas de son étui de cuir. Ma mère nous contemplait tous les deux depuis sa chaise longue. Elle nous avait souvent reproché ces derniers temps de s'être sacrifiée pour nous en n'allant pas au sanatorium parce qu'elle n'avait pas voulu nous laisser vivre seuls. Une espèce de jalousie ne lui était peut-être pas étrangère, et elle voyait d'un très mauvais œil les visites de Victoire. Un jour, sans donner de raison, elle avait congédié Vroni, une jolie servante, travailleuse et habile, originaire de l'Allgäu, et en avait voulu plusieurs semaines à mon père parce qu'il avait demandé le motif de cette mesure. C'était sans doute sa maladie qui la rendait si méfiante.

Mon père écouta distraitement ma demande d'autorisation de fréquenter le lycée, tout en remplissant le tire-ligne d'encre de Chine et en passant un morceau de buvard sur l'extérieur de l'ustensile brillant et fin, pour enlever l'excès d'encre. Mais il ne dit pas non. Il n'était pas particulièrement enchanté. Peut-être croyait-il que je voulais devenir quelque chose de mieux que lui.

— Moi, modeste ingénieur en chef du royaume de Bavière, j'ai réussi ma vie même sans grec, dit-il, mais fais ce que tu veux.

Cette réponse me réjouit beaucoup et je me précipitai vers lui. Je voulais vraisemblablement lui sauter au cou. Comme il m'était devenu un peu étranger ces derniers temps, je voulais le remercier tout particulièrement pour son accord. Il accepta certes mon étreinte, mais en même temps il posa ses deux mains à plat sur son plan. Cependant il était déjà trop tard. J'avais vu que le plan, dont la plus grande partie était seulement exécutée au crayon, ne représentait pas un projet de pont, mais la coupe verticale et horizontale d'une maison à deux étages. Ma mère remarqua mon trouble que, dans ma surprise, je ne parvins pas à cacher assez vite. Quelques jours plus tard, elle m'en demanda la cause. Je lui dis que je ne savais pas de quoi elle parlait. Je n'ai jamais su mentir. Comme j'aurais mieux fait de me taire ! Ma sotte réponse ne fit qu'accroître sa méfiance. Mais si j'avais eu le courage de dire la vérité, j'aurais peut-être pu empêcher bien des malheurs.

Pourtant je ne voulais que son bien. Les émotions étaient pour ma pauvre mère, dont les forces déclinaient maintenant rapidement « du vrai poison, de la mort-aux-rats », comme le disait banalement le Kaiser des juifs.

— Interdit de pleurer, lui ordonna-t-il en prenant un ton rude de soldat lorsqu'elle accueillit avec des larmes sa décision de la soumettre à une petite ponction lombaire. Que ces larmes me perçaient le cœur ! Je ne puis décrire comme cela m'écrasait. Et il me fallait avoir l'air de m'ennuyer et m'efforcer de ne pas lui montrer ce que je ressentais. Si seulement ma pauvre mère (c'est la seconde fois que je dis « pauvre » en quelques lignes) avait souffert d'une autre maladie ! Mais les douleurs dans le poumon, dans la plèvre, je ne les connaissais que trop bien par ma terrible expérience personnelle.

Le jour où la petite intervention devait avoir lieu, je voulus quitter la maison au début de l'après-midi. Le médecin lui avait proposé d'aller chez lui en voiture. Il voulait faire une intervention indolore, sous anesthésie, puis la ramener à la maison, enveloppée dans des couvertures.

— Non, dit-elle, mille chevaux ne me feront pas bouger.

— Deux suffiraient, dit-il, sarcastique au mauvais moment. Elle s'accrochait à SA maison, à moi. Que devais-je faire ? Je restai. Ce que j'avais craint se produisit, ma présence ne soulagea en rien les tourments de ma mère. J'entendais ses gémissements de la pièce voisine. Elle m'appelait, et je n'avais pas le droit de venir. Et le médecin, un monstre malgré ses qualités et son honnêteté — en cet instant du moins il me sembla tel — dit à la pauvre femme de prendre exemple sur moi qui avais supporté la même « petite opération » avec un calme stoïque, et ne pas se comporter comme une folle (meschugge) ! Ma mère, haletante, ne répondit tout d'abord rien. Quelques minutes plus tard, le médecin lui demanda si elle ne se sentait pas déjà un peu mieux.

Ainsi que je l'appris plus tard, il avait retiré de la cage thoracique un petit épanchement de pus, et c'était là une intervention bienfaisante, exactement comme celle que j'avais subie un an auparavant. Mais ma mère n'était pas reconnaissante ou ne voulait pas le montrer. Avec une certaine méchanceté, elle demanda à son tour au médecin, premièrement s'il était obligé d'utiliser toujours des expressions hébraïques comme « meschugge » et deuxièmement s'il ne craignait pas de me rendre mégalomane en me proposant comme modèle, moi un « blanc-bec », à elle, femme adulte atteinte d'une maladie mortelle.

Sur quoi, faisant enfin preuve de tact, il ne lui donna pas de réponse — et elle pas d'honoraires. Quand j'entrai dans la pièce, je vis qu'il les attendait, car ses revenus n'étaient sans doute pas très brillants, étant donné qu'il soignait gratuitement une foule de gens démunis, et je me rappelai sa joie à la vue de la pièce de vingt marks que ma mère lui avait donnée quand il m'avait soigné. Mais il n'y avait rien à faire. Il prit congé, elle se réinstalla sur la chaise longue avec une expiration ample et longue qui lui fit manifestement beaucoup de bien. Je restai près d'elle, tins ses mains fines serrées dans les miennes et ne dis rien. Moi aussi, je respirai maintenant avec plus de facilité, surtout lorsque je vis une heure plus tard que la température avait notablement baissé, ce qu'on n'avait pu obtenir auparavant, même avec des compresses. Mais ma mère, tout comme le médecin, avait été contre les médicaments antipyrétiques.

Cette fois, mon père rentra un peu plus tard que d'habitude, son visage tout entier rayonnait avant même qu'il eût appris le résultat favorable de la

« petite opération ». De la poche intérieure de sa veste, il tira un petit étui dans un maroquin rouge et le tendit à ma mère. C'était une petite broche avec une pierre d'assez grande valeur, une émeraude. Je ne sais pas ce qui fit penser à ma mère que ce cadeau était un signe de mauvaise conscience. Malgré l'ordre « Interdit de pleurer », elle se mit à pleurer. Nous la consolâmes. La baisse de la fièvre était le meilleur signe, et ce soir-là, elle descendit pour la première fois au-dessous de trente-huit degrés ; et pourquoi donc mon père et moi devions-nous avoir mauvaise conscience alors que nous étions pleins de compassion ? Mais elle s'insurgea contre sa compassion et la mienne.

— Consolez-vous, dit-elle d'une voix presque inaudible, comme si elle voulait et devait s'économiser, sans pouvoir cependant réprimer totalement son sentiment légitime. Consolez-vous, je vais bientôt vous donner votre liberté et partir discrètement dans la tombe. Alors tu pourras te remarier, mieux que la première fois et tu pourras garnir de bambinos les chambres d'enfants de ta villa. Et toi, tu pourras écrire tes secrets en lettres normales.

Il est possible que beaucoup de malades intelligents qui sont longtemps cloués au lit et n'ont le droit de ne rien faire, deviennent à la longue d'une curiosité maladive. Ainsi n'avait-elle pas trouvé le calme et le repos avant d'avoir déniché le « plan » de mon père. Il s'y trouvait effectivement deux pièces orientées à l'est, ce qu'on reconnaissait au dessin d'une rose des vents, et qui étaient indiquées comme chambres d'enfants. La pauvre femme y vit le signe que mon père comptait sur sa mort prochaine et songeait à se remarier et à avoir de nombreux enfants. Or un ingénieur des travaux publics a bien le droit, pour se divertir, de faire ainsi le dessin de ses rêves, avec des fioritures et des balcons sur la façade, des toits pointus et de vastes loggias, simplement pour s'entraîner, pour s'amuser. Le plan n'était nullement récent. Ce qui m'effraya, c'est plutôt qu'elle ait longtemps gardé la chose pour elle-même, qu'elle en ait donc su plus que nous ne le pressentions.

Je n'avais pas la conscience totalement pure. Très tôt, j'avais eu le désir de prendre quelques notes pour moi-même, pour être également seul en esprit ; mais, d'avoir des secrets m'enrichissait, me mettait aussi au-dessus des autres. Je n'appréciais pas du tout de voir que ma mère les dénichait. C'étaient les années où l'on évolue. Doutes religieux, tentations de mon âge me donnaient fort à faire, mon journal m'aidait beaucoup, car j'y étais témoin de moi-même. Je notais tout aussi fidèlement que possible, et en racontant je me jugeais. Constatant que ma mère en avait pris connaissance — elle ne put en effet le taire complètement, pas plus qu'elle n'avait pu garder pour elle l'affaire de la chambre d'enfants — je m'habituai à consigner mes notes, relativement brèves, en lettres grecques. C'était l'époque où j'apprenais le grec.

Je dois dire qu'on peut aimer une personne du plus profond de son âme, la considérer comme une partie de soi-même, tout en éprouvant le désir d'avoir un secret envers elle.

Cette explosion n'eut pas de suites heureuses. Elle ne profita pas à sa santé, le médecin avait raison : interdit de pleurer. Mon père continua à faire ses plans, peut-être se les était-il mis maintenant particulièrement en tête ; quant à moi, je cessai certes d'écrire des journaux intimes, mais je rangeai pour chaque journée un petit morceau de bois, tantôt une petite plaque, tantôt une petite branche gravée de runes qui me rappelaient quelque chose de précis et que je conservais dans une table de toilette qui ne servait plus. Personne, en dehors de moi, ne pouvait déchiffrer ces runes, et même moi, au bout d'un certain temps, je n'y parvenais plus qu'à grand-peine.

Il y eut incontestablement dans l'état de ma mère une amélioration relative, mais les progrès en furent lents et elle consista en fait en ce que ma mère ne fit pas de rechute et ne fut pas obligée de subir une seconde fois la ponction qu'elle craignait. Quand je fus en dernière année de lycée et préparais l'examen de fin d'études, ma mère se décida enfin à aller au sanatorium. Les frais n'étaient pas négligeables, elle présenta la demande à mon père avec une certaine crainte, mais celui-ci exprima son accord presque avant qu'elle eût terminé de parler. Il dit qu'il ferait tout ce qu'un modeste fonctionnaire pouvait faire pour sa petite femme chérie. Ma mère prépara donc son départ, nous laissant sous la garde d'une cuisinière laide et nonchalante. Quand le train eut quitté la gare, mon père m'offrit une bonne cigarette dans un lourd et splendide étui d'argent de Tula gris-bleu que je ne connaissais pas encore.

Depuis l'été précédent, durant lequel Helmut m'avait appris cet art, j'étais devenu un fumeur passionné. En fait, dans cet art, il m'avait seulement mis sur la bonne voie. Cela faisait bien longtemps que j'avais commencé à fumer en cachette. Mais je n'avais pas compris qu'il faut inspirer la fumée, j'avais soufflé à travers la cigarette, ce qui la faisait naturellement brûler très bien et crépiter, étinceler avec force dans l'obscurité — sans que j'en subisse les moindres dommages. Quand j'eus appris comment on devait faire, il me fallut longtemps pour retrouver le même plaisir qu'aux débuts où j'avais fumé « en imagination », c'est-à-dire dans le vide.

Les nouvelles du sanatorium étaient favorables. Quand j'arrivais le premier à la maison, j'ouvrais les lettres de ma mère, mon père devait faire la même chose. Il disait qu'il était maintenant très occupé, mais il ne rapportait aucun travail à la maison, il restait dehors tard dans la nuit et même, au bout de quelque temps, toute la nuit, n'apparaissait plus régulièrement à midi, et il arrivait que les lettres de ma mère s'entassent sur la table à côté de son assiette vide.

Un soir de mai sans nuages, déjà lourd, comme j'avais moi-même terminé mon travail plus tôt et mieux que je ne l'avais pensé, je passai devant mon ancienne école pour aller dans le parc des « Bosquets ». On avait beaucoup construit par là ces dernières années, il n'y avait plus trace de chevaux, la caserne de la cavalerie avait été transférée dans un faubourg très éloigné, et dans l'ancienne caserne il y avait des pionniers. Je marchais dans le parc sans penser à grand-chose, respirant profondément le parfum aromatique de la bourdaine en fleur, lorsque dans une allée de marronniers assez ombragée et en pente, j'aperçus devant moi un couple avec une voiture d'enfants. La femme la poussait de la main droite, tandis qu'elle donnait le bras gauche à un monsieur qui, de dos, ressemblait à s'y méprendre à mon père. Comme je ne pouvais m'imaginer le moins du monde que c'était réellement lui, je les suivis rapidement. Et quelle ne fut pas ma surprise en reconnaissant mon père dans ce monsieur et dans la dame au chapeau blanc à plume d'autruche et aux gants blancs notre ancienne servante Vroni.

Je restai figé, comme frappé par la foudre, LA SENSATION D'ÉCRASEMENT, que je n'avais plus ressentie depuis longtemps, me traversa. Eux aussi furent si surpris qu'ils s'arrêtèrent, la voiture où dormaient deux petits enfants du même âge continua de rouler un peu parce que Vroni l'avait lâchée et que le chemin était légèrement en pente. C'est moi qui l'arrêtai. Pour cacher mon trouble, je me penchai sur la voiture d'où montait l'odeur douceâtre caractéristique qui entoure des nourrissons en parfaite santé. Je ne pouvais détacher mon regard de leurs visages. Je reconnaissais nettement en eux les traits de mon père.

Mon père vint à moi, il ramena prudemment à Vroni le landau tout neuf, bien suspendu, qui se balançait. Puis il me jeta sous son chapeau un regard scrutateur et fut très agréablement surpris par ce qu'il lut sur mon visage — et que je ressentais justement avec ravissement.

Au lieu de les haïr, lui et la servante infidèle, au lieu de ressentir comme une honte ces deux enfants adultérins, au lieu de souffrir de l'injustice que représentait cette tromperie pour ma mère, je n'éprouvais aucune haine, aucune honte, aucune souffrance. Et pourtant je me rappelais distinctement que l'idée du sanatorium n'émanait qu'en apparence de ma mère. En réalité, il s'était fait demander par elle, la pauvre femme, ce qui l'avantageait lui, et elle l'en avait remercié.

Au lieu d'être complètement accablé, je ressentais une joie limpide, divine, comme je n'en avais presque jamais éprouvé de semblable. Je me sentais bien comme je ne m'étais senti depuis longtemps. Mon père le comprit aussitôt. Il caressa tout d'abord le cou étroit, orné d'une chaînette en or, de l'enfant couché à gauche dont les riches boucles blond cendré tombaient profondément sur le front, et me dit son nom, Finchen, puis l'autre enfant, Max, qui ressemblait comme deux gouttes d'eau à Vroni, mais dont les cheveux étaient cachés sous un petit bonnet de velours bleu clair. C'étaient mon frère et ma sœur. J'avais donc un frère et une sœur comme je l'avais toujours souhaité. J'étais le plus âgé de *nous trois*.

Mon père me parla maintenant en toute franchise (c'est du moins ce qu'il me sembla), Vroni restait embarrassée, elle ne savait comment s'adresser à moi. « Jeune Monsieur » n'était manifestement pas ce qui convenait, et elle s'efforçait de parler haut allemand. Je lui dis de m'appeler par mon prénom. Ils ne me lâchèrent plus. Au lieu de rentrer dans notre appartement solitaire, je dus les accompagner dans leur demeure qui me plut beaucoup ; elle était équipée des meubles les plus modernes et les plus beaux que mon père avait dessinés lui-même, et la chambre d'enfants surtout, en jaune clair et bleu clair, était ravissante. J'eus le plus grand mal à m'arracher à eux. Je finis par rentrer à la maison. Mon père resta avec eux. J'étais si fatigué que je ne déchiffrai qu'avec peine la lettre de ma mère qui venait d'arriver. Elle aussi était heureuse. Elle allait bien.

Les examens de fin d'études eurent lieu cette année-là particulièrement tôt ; je réussis le mien dès la fin juin. Je voulus informer tout de suite ma mère de ce résultat favorable dans une lettre rédigée en commun avec mon père. Il me persuada de ne pas envoyer cette lettre et de laisser croire à ma mère que l'examen n'aurait lieu que beaucoup plus tard. Elle reviendrait alors (pour son propre avantage) également plus tard du sanatorium, car nous voulions nous retrouver pour les vacances à S. J'acceptai. Bien que ce fût une tromperie par omission, je n'eus aucun remords. Mon père était heureux, tout lui réussissait. J'étais content de l'aider à prolonger sa vie agréable.

J'ai encore commis une deuxième faute, peut-être plus pardonnable. Des années auparavant, ma mère m'avait donné pour ma fête deux chandeliers en argent afin que je puisse me faire de la lumière pour lire si l'envie m'en prenait la nuit. Peu de temps après, on avait installé la lumière électrique et les chandeliers n'étaient plus nécessaires. Je les avais rangés dans la table de toilette qui ne servait plus, fermée par un plateau amovible, et où je conservais mon journal fait de petites baguettes. Or il me vint à l'esprit que je devais faire un cadeau aux jumeaux. Les chandeliers leur étaient encore moins utiles qu'à moi. Mais c'étaient de belles et lourdes pièces. Je pensais que mon geste ferait en tout cas plaisir à mon père et je leur apportai les objets enveloppés dans du papier de soie et attachés avec des rubans dorés. Cela le plongea dans une joie extrême, il dit à Vroni de se procurer des bougies et nous passâmes la soirée à la lumière de ces bougies près du petit lit des jumeaux, silencieux, fumant avec précaution pour ne pas faire tousser les petits. Vroni leur avait auparavant donné la tétée et souriait, fière et pourtant timide, en nous contemplant tous les quatre.

Quelques jours plus tard, mon père vint me chercher dans notre appartement et m'emmena dans une splendide voiture de location à quatre places qui avait attendu dans la rue jusqu'à un faubourg distingué, situé sur une colline, où se trouvaient ces grandes villas magnifiques, blotties dans de vastes et profonds parcs, pareilles à celle qu'il avait dessinée une fois. Eh bien, sa villa était en construction. Il me dit avoir acquis le terrain grâce à une « relation amicale », c'est-à-dire par l'intermédiaire d'un de ses supérieurs au bureau. Pour la première fois, je ressentis à cette occasion un certain malaise. Pour qui faisait-il construire ? La villa était bien trop grande pour nous, ma mère qui préférait tenir sa maison très modestement et tranquillement ne se serait jamais sentie bien ici. Il ne pouvait tout de même pas habiter la villa avec sa seconde famille. Il ne pouvait même pas l'installer ici provisoirement, cela aurait trop attiré l'attention. Ou bien calculait-il que la mort de ma mère allait le libérer ? Je ne pouvais le considérer comme aussi inhumain. Et il ne l'était d'ailleurs pas. A cette époque, il ne calculait absolument plus. Il calculait aussi peu que moi qui devais pourtant savoir que dans sa grande curiosité ma mère reniflerait attentivement mon diplôme de fin d'études et découvrirait la date exacte, tout comme il lui viendrait tôt ou tard à l'esprit de demander où étaient passés les chandeliers. Mais je faisais ce qu'au fond de mon cœur j'éprouvais l'irrésistible besoin de faire. J'avais tellement soif de gaieté, de santé, de courage de vivre, d'exubérance, d'existence insouciante que, contre ma nature, j'étouffais toute conscience morale et vivais au jour le jour comme mon père. A cette époque, la vérité ne nous aurait été à l'un et à l'autre que prosaïque et grise, mais peu de temps après, elle devint très amère, et les conséquences ont décidé de mes meilleures années de jeunesse.

Mon père était parti depuis quelques jours pour une « réception de pont » et Vroni était allée chez ses parents dans l'Allgäu avec mon frère et ma sœur. C'est alors que je lus dans le journal, en petits caractères et seulement à la quatrième page, qu'un accident s'était produit dans le village où se trouvait mon père. Un pont de chemin de fer s'était effondré, heureusement sans faire de victimes — mais parmi ceux qui participaient à la construction, il y avait eu un blessé grave et quatre ou cinq blessés légers. La SENSATION D'ÉCRASEMENT s'empara à nouveau de moi. Je vis mon père devant moi, couché sous les décombres, le visage contre le sol, grièvement blessé, gémissant sous d'atroces douleurs, la poitrine fracassée par des pierres et des traverses, et je dus me faire violence pour comprendre qu'étant ingénieur en chef, il ne pouvait être compté parmi ceux qui « participaient à la construction ». Je me précipitai au bureau de poste, envoyai un télégramme et reçus à peine deux heures après la nouvelle qu'il n'avait rien et que je l'attende à la gare. Il arriva, très pâle, et, parlant à peine, il repoussa mon étreinte. Du bureau de la gare, il télégraphia à sa chère Vroni. Manifestement, il voulait la rassurer. Je l'assaillis de questions. Il devint sombre mais se domina, afficha son vieux sourire modeste et me consola en me disant d'attendre le lendemain. Le lendemain, ma mère revint, il s'arrangea si bien qu'elle n'apprit rien, du moins ni par lui ni par moi, car il m'avait fait jurer sur mon honneur de me taire.

Bientôt, nous apprîmes toute la vérité par le journal. Le pont devait, comme toutes les constructions officielles, être réceptionné par une commission. Pour le tester, on le chargea de deux trains dont les wagons étaient remplis à ras bord de pierres. Par malheur, une arche s'était révélée cette fois défaillante. Négligence et faute personnelle ? Mais cela pouvait être aussi un défaut du matériau ou la faute du chef des travaux.

En tant qu'ingénieur responsable, mon père fut aussitôt suspendu de son poste, une enquête minutieuse fut ouverte. Il fit à la maison comme si rien ne s'était passé, mais nous ne le vîmes presque plus, il partait très tôt le matin et ne rentrait que très tard le soir. Il était accablé et, de toute évidence, incapable de se maîtriser. Je n'osais pas ouvrir le journal, de peur d'apprendre quelque chose de terrible, cela ne nous fut pas épargné pour autant. On avait fouillé les papiers de mon père au bureau, vérifié les comptes et les pièces justificatives, et découvert que son supérieur immédiat et lui-même avaient reçu des sommes importantes d'un fournisseur. Ils auraient commandé des matériaux de qualité inférieure, les traverses auraient été trop faibles.

Il y eut un procès ; ils étaient accusés de blessures par imprudence, corruption active et passive, parce qu'ils avaient eux-mêmes accepté de l'argent, active parce qu'ils avaient transmis une petite partie des « pots-de-vin » à des subordonnés, notamment au conducteur des travaux adjoint dans le secteur duquel l'accident s'était produit. D'ailleurs les choses s'étaient plutôt bien passées, il aurait pu y avoir un accident beaucoup plus grave si l'on n'avait pas procédé aussi systématiquement au contrôle de charge et si le pont s'était par exemple effondré au passage d'un train de voyageurs.

C'est à cette époque que je vis quelle femme maîtresse d'elle-même, intérieurement inébranlable, était devenue ma mère. Elle voulait me protéger et se protéger elle-même de la honte du procès qu'elle considérait comme perdu avant qu'il eût commencé. Avec raison Elle écrivit à son oncle pour lui demander s'il ne pourrait nous accueillir provisoirement. L'oncle prit son temps avant de répondre. Mais la réponse finit par arriver : il donnait son accord. Nous fîmes nos valises en toute hâte, mais le reste du malheur eut le temps de s'abattre sur nous, c'est-à-dire sur ma mère et moi. Par chance, sa santé s'était maintenant suffisamment améliorée pour qu'elle supportât tout. Elle était devenue un peu « forte », comme on dit, ses yeux paraissaient maintenant beaucoup plus petits qu'auparavant entre ses joues lisses, brunies par le soleil et fermes comme du cuir, et il me semblait qu'elle avait maintenant moins de cheveux gris qu'avant.

Je pensais que le plus dur était maintenant passé mais je me trompais. Je ne voyais pas ce que la claire raison m'aurait permis de voir.

Mon père avait fait une fois une discrète allusion au succès de sa chère Vroni. C'est ainsi qu'entre autres prétendants, son supérieur au bureau, le directeur qui l'avait aidé à acquérir la villa, l'avait courtisée avec passion, mais s'était fait « envoyer sur les roses ». J'avais eu du mal à comprendre cela. Car Vroni dont les premiers charmes juvéniles commençaient à se faner, et qui s'efforçait — pas toujours avec succès — de prendre des manières « nobles », de manger du bout des doigts et de parler d'une façon « instruite », ne m'était pas du tout apparue aussi désirable que cela. Peut-être ce mépris venait-il de ce que j'avais souvent combattu et vaincu mes propres tentations en ne voyant dans certaines femmes d'accès facile rien d'autre qu'un « récipient impur », et en m'en tenant autant que possible éloigné parce que je me jugeais trop bien pour elles.

Mais cette indication de mon père reposait certainement sur la vérité. L'épouse du directeur en avait entendu parler et c'était la jalousie naturelle d'un « récipient impur » qui cherchait une vengeance et découvrit bientôt la méthode la plus sûre pour venger sur sa rivale sa dignité féminine blessée.

A cela vint s'ajouter autre chose. On avait laissé mon père en liberté. Manifestement, sa culpabilité était moins lourde que celle de son supérieur. Or mon père n'y était pour rien. Plus tard, le soupçon courut, là encore à l'instigation de la femme du directeur, que pour se disculper, mon père aurait chargé son supérieur outre mesure. L'issue du procès sembla confirmer ce soupçon. Malgré tout, j'ai toujours eu du mal à le croire.

Les événements se succédèrent alors avec une grande rapidité. Tout d'abord, sans m'en dire la raison, ma mère renonça au projet d'aller avec moi chez son oncle et d'abandonner mon père à lui-même. Puis je remarquai un jour, environ une semaine avant l'audience, que quelque chose d'inattendu s'était produit, et finalement ma mère s'approcha un soir de la table, le visage décomposé, mais d'abord sans un mot pour moi ou mon père qui se tenait, pâle et amaigri, tapi dans un coin sombre, et posa bruyamment devant nous les deux malheureux chandeliers. Sans toutefois y mettre de bougies, car il faisait encore assez jour.

Nous apprîmes alors (ma mère ne put le garder pour elle) que la femme du directeur l'avait invitée chez elle « à une petite causette ». Elle lui avait raconté que ce n'était pas mon père, mais son mari qui avait ravi sa virginité à la belle servante Vroni.

Mais il en avait eu rapidement assez d'elle et l'avait abandonnée à mon père. Vroni n'avait cédé à mon père qu'à contrecœur et ne s'était laissé fléchir que par des cadeaux somptueux et la promesse qu'il lui ferait construire une villa à deux étages sur la colline du Duc. Elle lui avait donné les deux enfants et, comme emporté par la joie d'être père, il avait promis de l'épouser, disant en riant que ma mère ne reviendrait jamais chez elle, qu'elle était au bout du rouleau. Moi aussi, je m'en étais mêlé, j'avais assailli Vroni et voulu gagner ses faveurs en lui offrant les précieux chandeliers, sans songer à la souillure du sang, exactement comme un juif. Les deux femmes étaient allées tranquillement, bras dessus bras dessous, chez Vroni, lui avaient « démontré » qu'elle devait débarrasser le logement avec ses deux répugnants mouflets pour le premier du mois, et que le mieux était pour elle de quitter la ville, de mettre les « bâtards » en pension, de reprendre du service et de ne plus songer qu'à un travail honnête. Elles avaient emporté avec elles les deux chandeliers, et la traînée, la « garce », leur avait en pleurant encore baisé les mains à toutes les deux, ou plutôt avait voulu leur baiser les mains, car jamais elles ne se seraient salies avec ça, etc. etc.

Les chandeliers étaient là, je ne pouvais rien rétorquer. Ce qu'était la souillure du sang, je ne le savais pas. Certainement quelque chose qui venait du « récipient impur ».

La construction de la villa sur la hauteur fut interrompue, le terrain mis en vente. Par la suite, il fut vendu sans grande perte, peut-être même avec un petit bénéfice. Je ne l'ai appris que trop tard. Mais même si je l'avais appris à temps, cela n'aurait rien changé à ma décision ni à la conduite de ma vie. Même le mobilier de Vroni, sur lequel celle-ci n'avait aucun droit légal, fut « mis aux enchères », c'est-à-dire vendu au plus offrant, ce qui ne rapporta cependant pas beaucoup car les beaux meubles dessinés par mon père furent considérés comme « d'un modernisme exagéré et fou ». Notre propre mobilier suivit également le même chemin, mais un peu plus tard. Il rapporta nettement plus car il était de style ancien. Tout cela est secondaire. L'essentiel fut que mon père bénéficia d'un non-lieu par manque de preuves, tout en étant déclaré civilement responsable. (Moi, j'ai ressenti cela comme une contradiction, car ou bien il était coupable ou il ne l'était pas.)

Un jour, après le non-lieu, ma mère me fit encore une fois des remontrances. Elle hésitait encore. Elle dit :

— Comment as-tu pu leur tenir la chandelle ? Comment as-tu pu être des deux côtés ? Ne m'aimes-tu donc pas ? Je l'aimais plus que jamais. Mais ce qui était arrivé était arrivé. Si seulement j'avais su mentir ! Si seulement j'avais su tromper ! Ou seulement n'être que d'un côté !

Mon père réussit sans grandes difficultés à se réconcilier avec elle en peu de temps, et cela d'une manière qui m'a séparé d'elle pour longtemps. Peut-être agit-il dans une sorte de légitime défense. Le malheur avilit l'être humain. La reconnaissance oblige à la bassesse.

Les choses se déroulèrent de la manière suivante : Le Kaiser des juifs ainsi que sa jeune et belle fille nous restèrent fidèles alors que le monde entier nous évitait comme si nous sentions mauvais. Pour eux, nous ne sentions pas mauvais et ils nous aidèrent beaucoup. Nous n'avions presque pas d'argent liquide (c'est du moins ce que disait ma mère, tout en me fuyant du regard). L'oncle, qui avait tout appris par les journaux, ne répondait pas, le traitement de mon père avait été suspendu. Le procès civil avec les victimes de l'accident allait avoir lieu. Le médecin, qui vivait très modestement, nous prêta tout ce qu'il put. Sa fille tint notre ménage pendant quelques jours, car même la vieille cuisinière laide et nonchalante nous avait tourné le dos dans un élan d'indignation vertueuse contre une maison aussi « honteuse ». Mon père comptait comme beaucoup de gens ont compté plus tard, et comme eux avec succès. Il ne comptait pas avec les faits mais avec les préjugés ; il mentit hardiment parce qu'il espérait que le mensonge serait bien accueilli par ma mère, parce que ce mensonge ouvrait la voie de leur réconciliation, et il accusa le pauvre Kaiser des juifs de lui avoir conseillé, en bon talmudiste chicanier qu'il était, à lui, le modeste Bavarois de vieille souche, de fonder une famille saine et racée. Il lui avait dit qu'il devait savoir qu'il n'y avait rien à espérer de ma mère, la maladie l'avait rendue tout à fait insupportable, et mon père devait s'estimer heureux de perdre une « harpie », une bonne femme acariâtre, méchante, et d'avoir à sa place une splendide créature en excellente santé, faite pour la maternité comme Vroni. Pas un mot n'était vrai. Mais ma mère le crut. Elle pardonna à son mari. Elle me laissa tomber. Elle dit, tordant ses mains, mais toujours sans me regarder en face, que j'étais pire qu'un juif, un vrai Judas qui les avait trahis, mon père et elle — et cela même sans salaire, par simple plaisir de trahir, pour savoir ce que c'était ! Et après ce qui s'était passé, je n'étais plus son enfant.

Je ne réagis pas, j'avais honte. Je me représentais

aussi combien ma mère, qui était enfin revenue chez elle guérie de ses souffrances, pleine d'une nouvelle joie de vivre, devait être déçue de trouver son foyer complètement brisé. Je l'aimais. Elle m'était plus chère que moi-même. Ce n'est pas elle que j'aurais trahie, mais moi-même.

Je m'exhortais à la patience. J'étais jeune, je pouvais attendre. Le temps travaillait pour moi, il remettait tout en place, disait-on. Que je fusse encore son fils à ses yeux ou non, cela importait peu, pensais-je, je restais malgré tout près d'elle, nous continuions à vivre ensemble sous le même toit et ne pouvions que nous retrouver. Cela ne se fit pas. Pour mon bonheur ou non, je ne le sais pas.

Mon père supporta son humiliation beaucoup plus facilement que je ne l'avais pensé, il se fit rapidement de nouvelles relations (on ne pouvait pas parler d'amis), et en outre songea très sérieusement à s'installer durablement à S., croyant que la nouvelle de son procès et de sa liaison avec Vroni n'était pas parvenue jusque-là ou que les gens y avaient une conception plus réaliste de ces choses.

Plus important était ce qu'il appelait sa « situation financière modeste ». En fait, celle-ci était plus que modeste. Il avait mis dans la nouvelle construction ses économies considérables et une partie de la dot non négligeable de ma mère. (Mais mes parents racontaient partout à qui voulait les entendre qu'il ne leur était absolument rien resté.) Il avait déposé des traites chez un agent immobilier et considérait déjà comme une grande chance si on lui accordait un délai jusqu'à ce que l'intéressant terrain sur la colline du Duc fût vendu. Ses revenus étaient quasiment nuls. Il avait des dettes, surtout auprès du docteur Kaiser. Il lui écrivit une lettre d'affaires glaciale qui se terminait par ces mots (je les ai lus avec honte et douleur) : il espérait ne pas trouver dans le docteur Kaiser un second Shylock de sang étranger qui, le billet à la main, arrachait la chair des braves habitants du pays. Le médecin, qui connaissait bien les hommes et qui était l'auteur de la phrase évoquée selon laquelle la reconnaissance oblige à la bassesse, se consola plus facilement de la perte de l'argent que de la perte de notre famille. Il s'était habitué à nous. Même après ces événements, il aurait volontiers continué à me recevoir chez lui. Mais ce n'était pas possible, je ne voulais plus être des deux côtés à la fois. Il le comprit. Il poussa même le tact jusqu'à cacher sa défaite, son illusion d'optimiste invétéré à sa fille, et Victoire vint un beau jour chez nous, sans se douter de rien. Ma mère la renvoya sans la laisser entrer, en l'accablant de railleries par l'entrebâillement de la porte. Je vis ensuite Victoire s'en aller dans la rue, rouge de honte, mais avec une expression mauvaise, impérieuse, et non humiliée. Là aussi, j'espérais que le temps apaiserait tout et que ma mère comprendrait et regretterait un jour ses torts.

Mon père, dont la responsabilité, même si elle n'était pas pénale, était évidente pour tous, et qui avait son sens du bien et du mal, se consola très vite de sa « malchance » avec sa maxime « bah, nous sommes tous des hommes ». Lorsqu'il fut condamné à payer une rente à l'ouvrier qui avait été gravement blessé, il grogna contre l'argent « bien trop facilement gagné » par le prolétaire. Et quatre adultes madrés, à savoir mes parents, la femme du directeur et notre avocat « rachetèrent » la longue rente pour une bouchée de pain à l'Italien pâle comme un mort, misérablement vêtu, presque ignorant de notre langue, qui portait son bras cassé à l'articulation de l'épaule dans un pansement de silicate de soude. Toutefois, même cette bouchée de pain, il fallut la payer. Ma mère vendit quelques bijoux et pleura amèrement. Elle avait maintenant le droit de pleurer. Je pensai à l'époque ancienne où, avant le pèlerinage à Altötting, nous nous étions arrêtés devant la vitrine d'un bijoutier, et au soir où, des années plus tard, après le déroulement heureux de la « petite opération », mon père lui avait apporté le bijou avec l'émeraude ; ce bijou, elle ne voulut pas encore s'en séparer, c'était un souvenir qui lui était cher.

Entre-temps, les choses prirent une tournure apparemment très favorable pour moi, comme si le destin voulait me montrer qu'il me dédommagerait. Mon oncle, à qui j'avais écrit à la demande de mes parents avec mes plus belles pattes de mouche, me répondit de sa propre main un gribouillage encore plus affreux et presque illisible. Il m'accordait une aide financière jusqu'à la fin de mes études supérieures, jusqu'à ce que je sois reçu médecin. La somme était suffisante, cent marks par mois.

Cet argent m'arrangeait beaucoup pour une raison particulière. Quelques semaines auparavant déjà, j'avais proposé à mes parents de rester ici pendant l'été et de m'installer sans eux dans l'appartement que nous ne devions quitter qu'à la fin de l'automne, de m'y faire la cuisine moi-même, etc. Ils devaient louer ma petite chambre dans le chalet de S. à des étrangers. Mais maintenant je disposais d'argent. Je promis à mes parents qu'ils en recevraient soixante-quinze marks par mois. Le premier versement était arrivé en même temps que la lettre à l'adresse de ma mère. Je supposais donc tout naturellement premièrement qu'ils m'emmèneraient avec eux à S. et n'y loueraient pas ma chambre à des étrangers, et deuxièmement je pensais que je n'aurais à leur verser cette somme que jusqu'à l'automne. Mes parents, unis comme ils ne l'avaient encore jamais été (il se peut que je fusse pour la première fois jaloux de mon père) acceptèrent ce don comme allant de soi. Mais ils ne me firent pas venir avec eux et ne songèrent jamais à renoncer à cette somme qui était toujours envoyée à leur adresse. Ils étaient dans la détresse et ils pensaient tout d'abord à eux qui n'étaient plus jeunes. Peut-être croyaient-ils que l'oncle qui avait si généreusement répondu à ma première lettre répondrait encore plus généreusement à une seconde supplique, et l'argent était bon, d'où qu'il vînt.

Il me restait encore vingt-cinq marks par mois. Mais je les perdis eux aussi par ma propre faute, sans avoir rien appris. Par ma propre sottise, mes propres excès, pour « vouloir-jouer-au-bon-Dieu », par ma mégalomanie. Ma mère avait certainement raison quand elle avait dit naguère au Kaiser des juifs de ne pas me rendre mégalomane. Est-ce qu'un homme de dix-huit ans, sans expérience de la vie, qui au fond ne pouvait compter que sur lui-même — car du brave et pauvre Kaiser des juifs, je ne pouvais rien accepter, pas même un conseil — est-ce qu'un tel homme qui ne connaissait la vie et sa dureté que par ouï-dire ne devait pas être accusé de mégalomanie, lorsque, ayant le sentiment qu'une injustice est faite à trois êtres humains, à savoir Vroni, mon frère et ma sœur, il leur sacrifie tout ce qui lui reste d'argent parce que son père, qui est, lui, responsable de ces trois êtres, se soustrait « modestement » à ces obligations en s'appuyant sur le Code Civil, lequel renvoie la mère célibataire à l'action judiciaire et lui garantit la « pension alimentaire usuelle dans le pays » ? N'avais-je pas vu avec l'Italien ce que ce droit signifie entre les mains d'un prolétaire ? Mais avec cette misérable pension alimentaire, mon frère, ma soeur et Vroni étaient condamnés à vivre dans la plus grande indigence, comme elle me le démontra avec un crayon émoussé sur le bord d'un vieux journal tandis que les jumeaux, qui étaient loin d'être aussi épanouis et splendides que seulement quelques semaines auparavant, piaillaient en chœur. S'ils n'avaient rien d'autre que la pension alimentaire, ils devraient se séparer, les enfants aller en pension, la mère reprendre du service. Je leur versai donc vingt marks par mois. Jamais Vroni n'a cru qu'ils venaient de moi qui me retrouvais pauvre comme un mendiant, elle pensa que mon père était un « cœur noble, un chic type », et qu'il lui faisait parvenir l'argent par cette voie afin qu'elle n'ait pas à le remercier, afin que madame l'Ingénieur en chef n'en apprenne rien et ne s'irrite pas de sa générosité. Car Vroni voyait clairement quelle était sa situation, ou plutôt notre situation, et si elle n'était pas forte en écriture et lecture, elle l'était en calcul.

Deuxième partie

Moi aussi, j'appris peu à peu à compter, parce que j'y étais obligé. J'appris à compter avec la solitude et l'argent, avec la détresse. Jusque-là, j'avais toujours vécu avec mes parents et n'avais jamais connu la détresse. Maintenant, je me levais le matin sans dire bonjour à personne, et le soir je me mettais au lit sans avoir dit bonne nuit à personne.

Il plut beaucoup à cette époque-là. Je pensais à mes parents dans leur petite maison à S., je songeais combien la pluie allait les incommoder et rendre difficile la location de ma chambre à un touriste, je n'arrivais tout simplement pas à me détacher d'eux, ni le jour ni la nuit. La nuit, lorsque j'étais réveillé par quelque rêve terrible dans lequel le cheval ingrat ou le marécage jouait un rôle, je tendais l'oreille vers la pièce voisine, oubliant tout d'abord ma situation, pour essayer de voir si je n'entendais pas le toussotement de ma mère ou le ronflement de mon père ; je restais leur enfant, qu'ils le veuillent ou non. On avait coupé la lumière électrique, mais les deux beaux et lourds chandeliers étaient encore là ; dans le garde-manger il y avait quelques morceaux de bougies au milieu de bottes d'oignons séchés et un épais trousseau de vieilles clés, et je me mis à écrire. Tant j'éprouvais le besoin, moi d'ordinaire si taciturne, de parler avec eux. Le lendemain, j'achetai une livre entière de bonnes bougies de paraffine. Les frais de port pour l'épaisse lettre se montaient à dix pfennigs. C'était beaucoup de dépenses d'un seul coup. Je croyais que mes parents allaient me faire venir, qu'ils ne tiendraient pas sans moi, quelles qu'eussent été leurs intentions, je préférais donc emporter la lettre avec moi et économiser l'argent. D'ailleurs, je pouvais passer la nuit à S. pour dix pfennigs, pour cinq à l'auberge du lac ou gratuitement dans le foin chez des paysans. Mais la lettre que j'attendais de mes parents ne vint pas. J'étais trop fier pour mendier. Lentement je m'habituai à la solitude ; difficilement, mais je m'habituai quand même.

Compter avec l'argent me fut tout aussi difficile. Ma mère avait certes souvent déploré que la vie fût devenue chère et inaccessible, mais je ne l'avais jamais cru. Maintenant, j'en faisais l'expérience à mes dépens. Tout d'abord, parce que je voulais absolument voir des gens, je m'étais permis un certain nombre de fois le luxe d'aller dans une brasserie. Je n'ai jamais été un buveur, je laissais ma « chope » sur la table. Je voulais surtout ne pas être seul. Bien que cette « chope » n'eût coûté que treize pfennigs, quinze avec le pourboire, et que j'eusse économisé autant que possible en achetant ma nourriture, le pain et le lard maigre, mon pécule fondit rapidement.

J'aurais pu me rendre à S. à pied, mais je ne voulais être une charge pour personne. Après avoir généreusement mis l'argent de mes études à la disposition de ma famille légitime et illégitime, je ne pouvais tout de même pas arriver chez moi à pied comme un « clochard » en vagabondage. Mais il y a longtemps que je n'avais plus assez d'argent pour prendre le train comme je m'en convainquis en regardant les tarifs à la gare centrale.

Il me vint une autre idée. En effet, je possédais encore les deux lourds chandeliers d'argent, rien ne m'empêchait de les mettre en gage. Ce qui était loin de signifier les offrir ou les vendre. Il s'agissait seulement de les confier pour un certain temps au mont-de-piété de son Altesse bavaroise. Je m'y rendis donc en toute quiétude, attendis longtemps dans une atmosphère misérable, au milieu de pauvres hères qui portaient au clou soit leur literie ou des vêtements du dimanche sentant le moisi, soit des montres ou des bijoux. J'obtins enfin trois marks pour les deux splendides chandeliers, pas un pfennig de plus. Indigné, je voulus tout d'abord repousser l'argent. Mais le fonctionnaire me démontra avec flegme que seule une mince couche extérieure, la « peau », était en argent et que l'essentiel du poids venait du plomb en quoi étaient fondus les deux objets. Je décampai donc, mais eus le temps d'entendre que la personne qui venait après moi et mettait en gage une lourde « Tuchendt », un édredon multicolore, se plaignait également. L'épais édredon était-il donc lui aussi fondu en plomb ? Non, mais il n'était pas d'une propreté absolue.

J'avais escompté au moins quinze marks pour les chandeliers, mais j'étais loin d'être découragé. Les premiers plaisirs de la liberté recommencèrent à éclore. Une vie sans contraintes, aller et venir où l'on veut, vivre et laisser vivre, supporter avec une dignité « stoïque » les quelques difficultés inévitables, ne pas se faire de souci, être opiniâtre et bien portant, avoir tout son avenir devant soi, cela me réjouissait malgré tout.

Je me rendis donc sous la bruine à la gare principale. Les porteurs, de gros gaillards en général moustachus et rougeauds, vêtus d'amples tabliers aux rayures blanches et bleues, y avaient leur poste sous les arcades noircies par la fumée. Le cigare ou la pipe à la bouche, ils attendaient les voyageurs qui, étant donné le temps de chien, se faisaient rares. Le lieu de travail de ces porteurs officiels, c'était la gare, ils ne portaient la valise de personne en dehors, ils ne faisaient pas de « commissions », ils n'« indiquaient » pas de logements occasionnels bon marché aux étrangers, etc.

De tout cela s'occupaient toutes sortes de personnages douteux, sans mission officielle, sans plaque numérotée et sans tablier bleu et blanc. Un de ces « traîneurs de valises indépendants », induit en erreur par la qualité de mon costume, vint vers moi et offrit de me procurer un beau logement près de l'Osttor pour un « petit mark » par nuit. C'était un homme jeune, assez maigre, pâle et dégingandé qui sentait fortement l'alcool de gentiane. Je lui dis de ne pas se rendre ridicule, que je n'étais pas étranger et qu'il l'était bien plus que moi. Ce qui était d'ailleurs le cas, il était venu (à pied) d'Alsace et voulait aller à Budapest, mais n'avait pas encore vraiment envie de se lancer sur les routes. Nous nous mîmes à parler et je lui offris au buffet de troisième classe de la gare une chope de bière, ou plus exactement deux, car il but aussi la mienne. Quand il jeta un regard nostalgique vers la bouteille de gentiane au-dessus du bar, je lui payai également une gentiane, mais me promis que ce serait là ma dernière légèreté pour longtemps. Il se versa la gentiane d'un seul coup dans le gosier et se mit à tousser terriblement. Mais il ne me remercia pas avec une cordialité particulière et regagna le hall d'arrivée, le visage tiré et encore plus pâle.

Il fut alors effectivement interpellé par une petite caravane d'étrangers qui débarquaient avec une quantité folle de paquets et traînaient en outre à deux, maladroitement. une énorme valise ; ils lui demandèrent de porter la valise et de leur indiquer un logement « bien bon marché ». La deuxième chose ne lui posait pas de problème, car il avait noté plus de cinquante bonnes adresses sur la dernière page blanche d'une vieille édition Reclam usée. Mais porter la valise, c'était une autre affaire, il était trop faible, il semblait fait de papier, un souffle l'aurait renversé.

Tandis qu'il me regardait de travers, je mis la valise sur mon épaule, et nous partîmes tous en procession par les rues mouillées de la gare jusqu'à un quartier assez misérable où je n'avais guère mis les pieds jusqu'à présent, bien qu'il ne fût pas très éloigné de notre appartement. Traîner la valise dans la rue n'était pas bien malin, mais la monter par l'escalier étroit et en colimaçon, c'était autre chose. Ça aussi, il fallait l'apprendre. Je heurtai le mur vingt fois, ma vieille fracture des côtes se rappela naturellement à moi par des élancements. Mais une fois arrivé en haut, alors que de la main droite je m'essuyais la sueur du front, je reçus dans la main gauche le premier argent que j'eusse gagné moi-même, une pièce d'un mark en argent toute neuve. La femme, qui avait bon cœur, me glissa en plus une vieille « pièce de cinquante pfennigs » en argent, mince et noirâtre.

Je n'eus tout de même pas le cœur de laisser partir les mains vides l'« indicateur » dont les étrangers pensaient qu'il était dédommagé par les loueurs, ce que ceux-ci supposaient à leur tour des voyageurs. Je lui donnai donc la vieille pièce de cinquante pfennigs avec laquelle il pouvait se procurer quatre chopes de bière ainsi que du pain à volonté ou une chope avec une belle saucisse ou bien encore un tout petit verre de gentiane forte.

Je l'ai souvent revu par la suite, la dernière fois, dans la salle de dissection.

Un jour, l'amateur de gentiane me proposa pour deux marks son petit livre couleur rouille de La Rochefoucauld avec toutes les précieuses adresses. Je venais de vendre ma belle collection de timbres pour trente-deux marks. L'argent de poche de toute ma jeunesse était passé en timbres rares, précieux et la plupart du temps authentiques, et je pensais affectueusement à Helmut qui m'avait donné cette idée, et aussi un peu à son père que je comparais au mien. Pour arrondir cette grosse somme vers le bas, j'acceptai de conclure l'affaire. Chez moi, fouillant le petit livre à la lumière de la bougie (sans chandelier), je trouvai certes une quantité infinie de vérités, la plupart du temps amères, que j'avais bien du mal à comprendre, mais malheureusement la page avec les adresses manquait. Moi, je n'avais pas un besoin absolu des adresses, mais pour le compère, elles représentaient le pain quotidien, ou bien la gentiane quotidienne. Il les avait rachetées à un autre « traîneur de valises » qui était parti entretemps pour l'Italie.

J'errai au début entre les maximes du vieux Français, stoïque et incorruptible, avec une telle perplexité que je pensais que la traduction était imprécise. Tout d'un coup, le projet me traversa l'esprit d'employer mes longs moments de temps libre pour apprendre le français à l'aide du livre de La Rochefoucauld. J'allai (pour la première fois le cœur battant) à la grande bibliothèque municipale, me fis donner un exemplaire en français et un dictionnaire français-allemand, et j'essayai de traduire. Comme les formes fondamentales des verbes m'étaient incompréhensibles, je dus faire une nouvelle fois appel aux employés de la bibliothèque et leur demander une grammaire. Quand j'eus enfin traduit une courte maxime, une grande fierté m'envahit. Je me dis, pourquoi devrais-je passer toute ma vie en Allemagne ? Je voulais apprendre le français, puis l'anglais, le cas échéant également l'italien, tout cela en plus des études de médecine dont je commençais déjà à me réjouir. Je voulais, quand je serais un « docteur accompli », parcourir le monde entier, l'Europe, l'Afrique, l'Asie, être partout chez moi et gagner mon pain dans quelque coin du monde à l'aide de mon art médical. C'était l'idéal du cosmopolitisme qui venait si joliment de se révéler à moi.

Entre-temps, l'automne était très avancé, les soirées devenaient longues. Je demandai à la chancellerie de l'Université quelles étaient les formalités à remplir, et on me les expliqua avec précision. « On », c'est-à-dire le major des bizuths d'une association où l'on se battait au sabre, qui s'était planté là pour « coincer » des bizuths, c'est-à-dire recruter de jeunes étudiants pour son association. Il me fournit tous les renseignements souhaités et ajouta que ses camarades se réjouiraient si je leur rendais visite, sans aucune obligation, à la brasserie X... Je lui donnai une réponse évasive mais je savais très bien que je n'adhérerais jamais à une association. Je n'aimais pas particulièrement les entassements de gens dans une salle, je détestais toute contrainte, les flots de bière me répugnaient, et surtout, je n'avais pas d'argent.

J'avais appris que les droits pour le premier semestre atteignaient les cent dix marks. J'attendais cet argent de mes parents. Je savais que ma mère s'était assuré une petite réserve (un livret de Caisse d'Epargne) et je savais également que je venais de leur donner soixante-quinze marks trois mois de suite. Mais manifestement je n'avais plus aucun droit sur cette somme.

Je pensais cependant que ma mère pourrait me donner une avance d'un montant de cent dix marks sur les mensualités à venir, et j'aurais progressivement remboursé cette somme sur le versement de mon oncle au cours du semestre.

Entre-temps, j'avais appris à compter un peu mieux et j'avais vu que si je vivais de manière économe, je pouvais m'en tirer avec cinquante marks par mois. Je comptais dix marks pour le logement, trente marks pour la nourriture et dix autres marks pour les dépenses annexes. D'autre part, je me rappelai que j'avais encore cinq marks, car Vroni ne devait pas recevoir de moi vingt-cinq mais vingt marks par mois. J'écrivis tout cela avec la plus grande précision à ma mère. Pas à mon père. Elle m'avait fait comprendre avant leur départ que quiconque voulait de l'argent devait s'adresser à elle et non à mon père, car ce qu'elle avait en poche ou recevait ne pouvait être prélevé pour réparer les dommages causés lors de l'accident du pont.

Le cœur amer, j'écrivis encore une fois, « en

recommandé », payai un affranchissement supplémentaire pour ne courir aucun risque. J'attendis vainement une réponse, seuls vinrent les vingt-cinq marks avec un virement postal que mon père avait signé : Ingénieur en chef à la retraite.

Par contre, arrivèrent les artisans qui devaient remettre notre appartement en état pour les locataires suivants ; apparut le déménageur qui devait mettre les meubles au grenier jusqu'à l'hiver, car, raconta-t-il, le moment n'était pas favorable pour des enchères. Ma mère lui avait écrit, *à lui*.

Pendant quelques jours, je fus occupé du matin au soir à surveiller l'emballage des meubles, des tapis, des ustensiles de cuisine, de la vaisselle et des vêtements. Je donnai un coup de main et établis une liste précise. Puis les concierges me demandèrent les clés. Cela ne pressait pas, me dirent-ils amicalement. Je devins rouge de honte. Il me fallait rassembler tout ce que je possédais personnellement, je devais partir. J'avais gardé entre autres choses une valise, certes vieille, mais résistante.

Par chance, j'avais encore environ vingt marks de l'argent des timbres-poste ; ces derniers temps, j'avais déjà vécu de manière très économe. Mais personne ne pouvait me révéler comment trouver les cent dix marks plus cinquante marks pour mon premier mois d'études, comment faire pour subsister, personne ne pouvait m'indiquer un logement où aller dès que j'aurais quitté le mien. Devais-je gagner S. à pied comme mes parents l'avaient manifestement escompté ? J'étais solide et en bonne santé, une forte barbe me poussait sur les joues et le menton car me raser m'était devenu trop cher depuis longtemps déjà. Mais je ne voulais pas.

Je me mis donc à la recherche d'un logement. Je

grimpai dans de nombreuses mansardes, visitai maintes petites chambres sans lumière, remplies par l'odeur de la pauvreté, mais tout m'était trop cher.

Je me dis que je devais essayer de me loger quelque part pour un loyer *absolument* assuré, donc pour cinq marks par mois. Mais les petites chambres habituelles coûtaient de douze à quatorze marks. Alors le foyer pour sans-abri ? J'y pensai également, et dans ma béatitude juvénile, les vagabonds ne m'effrayaient pas, ni leur vermine, car là-bas on épouillait tout avant chaque « nuitée ». Mais comment y travailler sans être dérangé, et surtout, était-ce un séjour durable pour un étudiant en médecine ?

Le compère amateur de gentiane, si durement maltraité par la vie, trouva la solution. Il était tout à fait contre l'asile et contre divers dortoirs pour hommes, car chrétiens, donc liés à un lever matinal et à des prières, mais il avait noté sur la page arrachée à son La Rochefoucauld une « petite chambre originale tout à fait agréable » dans le plus beau quartier de la ville, juste en face de la splendide tour de la cathédrale. L'adresse n'était pas bon marché, et il me fallut payer deux marks et demi, ce qui était alors une fortune pour moi. C'était une chambre sous les toits, assez grande pour toute une famille, dit-il en riant. Mais pour parvenir à cette pièce, il fallait ouvrir la porte en fer du grenier avec une clef pesant une livre, puis se faufiler entre les réduits du grenier semblables à des cages et pleins de fatras poussiéreux, jusqu'à ce qu'on parvînt à une solide porte munie d'un cadenas. C'était une pièce à une seule fenêtre, sans lavabo, sans lumière, sans poêle, sans possibilité d'utiliser les toilettes. La vue était splendide. Il y avait une grande table rabotée, un lit en fer avec un matelas mince et un drap grossier. Sur une chaise se trouvaient un broc et une cuvette en fer-blanc. Pour les vêtements, il y avait des crochets. Il y avait assez de place pour les valises et des caisses pour mettre ses affaires. On n'avait pas à craindre les voleurs.

Les hirondelles passaient en sifflant, jaunes et bleu métallique dans le rougeoiement du soleil couchant, les cloches sonnaient dans la tour. Je louai et m'installai le soir même.

J'avais apporté de notre appartement une vieille peau de mouton appartenant à mon père, rongée par les mites, appelée pelisse de chasse. Comme il n'y avait pas de coussins dans le lit, je la calai sous ma tête et dormis fort bien ; plus tard elle me servit à me réchauffer lors des nuits froides, car le gel ne venait pas seulement par la fenêtre, mais aussi d'en haut, de la charpente. Je pouvais jeter les eaux usées dans la gouttière au lieu de les descendre. La concierge qui louait la petite pièce pour son propre compte avait mis également une lampe, mais m'avait conjuré d'être prudent, car il y avait risque d'incendie. J'utilisai aussi peu de lumière que possible, car la lampe avalait le pétrole comme l'amateur de gentiane le schnaps.

Enfin, une lettre de mes parents arriva. Ma mère demandait pourquoi je n'étais pas déjà auprès d'eux. La « mise en dépôt » de nos affaires, la liquidation de notre foyer étaient tout de même terminées. Devais-je croire que ma mère m'avait maintenu en ville tout l'été, après mon succès à l'examen, uniquement pour que je serve de gardien, puis d'emballeur ? Qu'irais-je faire à S. ? Devais-je renoncer à étudier ? Et ensuite ? Devais-je être le seul à payer les malversations et aventures amoureuses de mon père ? Et si elle avait au moins exprimé une demande ! Mais sa lettre était brève et sèche, impérieuse et froide. Elle réclamait d'urgence la « liste ». Je pouvais la lui envoyer. Tout avait été emballé dans les caisses, sauf la pelisse de chasse, et c'est exactement ainsi que l'avait voulu ma mère.

Malgré tout, j'aimais la pauvre femme, je l'aimais plus que jamais. J'avais quelques photos d'elle. Je les regardais chaque jour et parlais avec les portraits démodés, aux couleurs passées, comme si c'étaient les images d'une sainte, d'une morte. Elle pensait également à moi, bien sûr. Elle m'avait reproché avec une grande amertume de traîner dans le buffet de troisième classe de la gare avec de la racaille suspecte, de boire et de fumer démesurément, et de me « causer du tort pour toute la vie ». Etait-ce là son motif ? Je n'avais reçu de mes parents chaque mois que vingt-cinq marks. Même s'ils supposaient que cela me permettait de manger à ma faim, qu'est-ce qui pouvait bien me rester pour boire et fumer ? A l'époque où ils étaient partis, je m'achetais tous les deux jours un paquet de cigarettes, vingt-cinq pour un mark, maintenant le paquet de soixante-quinze ne coûtait que cinquante pfennigs et devait durer une semaine. C'était une herbe amère. Et j'étais prêt à y renoncer s'il le fallait. J'eus plus de mal à renoncer aux cigarettes qu'à la nourriture chaude. Ils ne semblaient pas se douter de la façon dont je vivais, et ils ne pouvaient d'ailleurs pas le savoir, car j'avais été obligé de leur cacher que sur les vingt-cinq marks, j'en avais cédé pas moins de vingt à Vroni, mon frère et ma sœur, obligés eux aussi de mener une vie tout à fait différente de celle d'avant. Etait-ce là aussi être des deux côtés ? Mais pour mon malheur, je comprenais les deux parties, je restais témoin oculaire, je ne jugeais pas, je n'étais pas un pharisien.

Ma mère avait derrière elle une longue maladie qui avait menacé sa vie. Cela l'avait rendue un peu égoïste. Mon père n'était plus le même. Il était tombé trop vite des hauteurs de l'ingénieur en chef, constructeur de villa, responsable de deux familles et homme sans tache — je ne dirai pas à quel niveau. Il se raccrochait maintenant à ma mère et tous deux se raccrochaient à moi, à mon revenu fixe, à mon avenir. Et moi, je voulais continuer à mener mon ancienne vie, je ne voulais pas m'adapter, je voulais utiliser le versement relativement important de mon oncle pour moi et mes études, comme il l'avait ordonné. Ils ne le comprenaient pas. Mon père ne voyait pas à quoi pouvait servir un trop grand savoir, il l'avait déjà exprimé dans son mépris du grec. Et pourtant, sa culture technique lui avait coûté bien des privations. Le métier de médecin répugnait également ma mère — et cela, alors qu'elle ne devait son peu de vie qu'aux longs efforts des médecins. Mais le comprenait-elle ? Elle avait fait un nouveau vœu au sanatorium, et, selon elle, il avait produit des miracles. Ils m'écrivirent donc que je devais les rejoindre et les aider à construire une nouvelle existence. Ma petite chambre était de nouveau libre, elle avait été occupée en dernier par une jeune touriste d'Allemagne du Nord qui, dans le bref laps de temps, leur était devenue plus chère qu'une fille

J'étudierais, soit. Généreusement, ils ne reprenaient pas leur parole. Mais pas tout de suite. Je devais tout d'abord donner un coup de main à mon père et lui exprimer ainsi ma gratitude pour ma coûteuse éducation. Il s'agissait de la fabrication de petits chalets de bois en plaques résistant aux intempéries, qu'il appelait « pavillons suédois ». Il voulait commencer la fabrication à toute petite échelle, on pouvait scier, presser et imprégner les placages sur place, il y avait une demande pour ces chalets fabriqués en séries avec une très grande précision selon un modèle subtilement conçu. Rien qu'à S., disait-il, il pouvait avoir tout de suite plus d'une douzaine de commandes. J'aurais seulement à attendre que l'affaire soit lancée. Selon les estimations de mes parents, cela ne pouvait en aucun cas durer plus de deux ans, et alors je n'aurais encore que vingt ans. Mon oncle n'avait pas besoin d'être mis au courant. Je pouvais bien faire à mon propre père le petit sacrifice de ne rien dire à cet homme qui n'était qu'un étranger, car les soixante-quinze marks étaient indispensables, et vingt-cinq marks d'argent de poche devaient me suffire pour acheter des cigarettes.

Ce raisonnement était convaincant. Ma décision fut prise sur-le-champ. Je renoncerais à l'argent, tout en faisant des études de médecine sans retirer à Vroni les vingt marks. La question du logement était réglée. Je pouvais gagner ma nourriture par des travaux occasionnels. Porter des valises ou faire la plonge dans la cuisine d'un hôtel. C'était un travail de ce genre qu'on avait offert à la noble Vroni. Elle le trouvait trop sale. Et elle n'avait pas tort. Mais moi, je n'avais pas le choix comme elle. De cette façon, je pouvais gagner deux à trois marks par jour. Je pensai également à donner des leçons, mais je rejetai ce projet. Un travail manuel était préférable.

La seule grande difficulté, c'étaient les cent dix marks pour les droits d'inscription à l'Université. Je passai la journée tout entière dans les rues à chercher une issue. Finalement, il m'en vint une à l'esprit, complètement bizarre. Je me rendis à l'appartement du Kaiser des fous, m'enquis de Helmut, dont je savais fort bien qu'il était depuis longtemps à l'école des cadets de G., et quand on m'eut donné la réponse attendue, je demandai à parler au conseiller privé. Il avait été nommé récemment conseiller privé de son Altesse Royale de Bavière, et la fête à l'occasion de cette distinction avait coïncidé avec la célébration de son cinquième mariage. Il avait une nouvelle femme depuis quelques mois, un miracle de beauté à ce qu'on disait. Il me fallut patienter longtemps. La sonnette retentissait fréquemment, et l'on introduisait les malades dans la salle d'attente. Je n'avais pas été invité à y entrer et j'attendais dans un vestibule. Non dans le vestibule principal, mais dans un autre qui ressemblait à un goulet, car de chaque côté s'entassaient des montagnes de livres poussiéreux et de brochures ou revues aux pages non coupées. Je fus soudain pris d'une telle fatigue que l'idée me vint de tout laisser tomber. Seule l'attente m'avait fatigué, non la résistance, les difficultés. Enfin, le conseiller privé vint. Il me connaissait depuis S. Il comprit tout de suite que je n'étais pas venu pour Helmut et me demanda, tout en tirant une revue du fouillis et en la tapant sur sa blouse de médecin, blanche comme de la neige, pour en faire tomber la poussière :

— Que voulez-vous ? Je lui répondis sans ambages :

— Monsieur le conseiller privé, j'ai besoin de

cent dix marks. Il fut surpris que je parle sans gêne et sans détours. Je ne mendiais pas. On n'aime pas beaucoup donner à des mendiants. Le regard toujours fixé sur les pages de la brochure, il m'invita sans un mot à m'expliquer, levant son menton dur qui ressortait de son col et sans se laisser troubler par moi dans sa lecture. Ce que je ne fis d'ailleurs pas. Je restai silencieux. Ce qui devait être dit avait déjà été dit. Je voyais très bien qu'il ne cessait pas de m'observer et que le contenu de la revue lui importait peu. Finalement, il céda. Certes, il ne dit pas un mot, mais il fouilla dans la poche intérieure de sa blouse et tira d'un gros portefeuille en désordre un billet de cent marks et un de vingt. Il me donna l'argent, mais pas la main.

— Vous devrez prochainement travailler chez moi pour me rembourser, dit-il, et faites-vous établir un certificat d'indigence, vous pourrez alors étudier gratuitement. Il resta dans le vestibule, tandis que je quittais l'appartement par l'escalier de service.

Je savais par mon camarade Helmut que son père faisait une grande consommation de gens. C'est-à-dire aussi bien de belles femmes que de « collaborateurs scientifiques » qu'il rémunérait soit comme assistants, soit comme secrétaires particuliers ou bien comme aides.

C'était un savant obsédé par des idées toujours nouvelles, qui connaissait un certain succès comme homme de science dans le domaine de la théorie. Avait-il des résultats concrets en tant que médecin ? Son fils ne le savait pas. Mais il pensait que cela ne prouvait rien contre la grandeur de son père. Au fond, malgré la rudesse du traitement, il était aveugle d'admiration. Selon lui, son père était un génie, mais même dans la main d'un génie, les malades mentaux n'avaient pas de salut. On ne pouvait que s'en servir pour étudier, les observer pendant leur vie, examiner leur cerveau au microscope après leur mort. Et il n'était pas encore né l'homme capable de rendre la raison à un malade mental en procédant systématiquement, consciemment et méthodiquement. A quoi bon d'ailleurs, avait ajouté le flegmatique Helmut, il faut bien qu'il y ait des fous, ne serait-ce que pour que mon père se sente comme un Dieu au milieu d'eux.

J'ai du reste eu moi-même l'occasion, des années plus tard, d'observer Kaiser au chevet de ses malades ou dans le parc de son établissement, etc. Dans sa façon de leur parler ou d'agir sur eux, je l'ai toujours vu traiter les malades mentaux d'une façon presque paternelle, voire en camarade. Ils étaient presque tous, même les cas légers, quand on y faisait attention, dans un autre monde que Kaiser, moi ou les gardiens, et j'avais parfois l'impression que les malades mentaux ou les gens à moitié fous agissaient plus sur les gens sains qu'inversement.

Il leur passait beaucoup de choses. Plus qu'à ses enfants. Lui qui avait une fois à S. proprement « rossé » son fils Helmut à cause d'un insignifiant vol de cigares, congédia son gardien-chef qui avait fait ses preuves, durant quinze ans, à ce poste de haute responsabilité, parce qu'il avait donné à un malade forcené un léger coup que celui-ci n'avait même pas senti. Il y avait en effet répondu par un éclat de rire.

Parfois, j'avais presque l'impression qu'il vénérait l'obscurité mystique de ces esprits incompréhensibles, que cela le fascinait, et qu'il se sentait bien en leur présence pleine de rage, d'affliction, de joie, de mystère et de confusion, de désespoir et de destruction.

Moi, Kaiser me traitait avec froideur et sévérité. Si j'avais cru que ces cent vingt marks étaient de « l'argent facilement gagné », pour utiliser l'expression de mon père, je m'étais fait des illusions. L'année universitaire avait commencé ; pendant la journée j'étais dans les amphithéâtres, j'étudiais l'anatomie, la physiologie, la botanique, la minéralogie, la chimie. Ensuite, j'allais à la bibliothèque, car je ne pouvais pas m'acheter de livres.

L'argent nécessaire à ma subsistance, je le gagnais dans la cuisine du grand hôtel « Au Prince Régent de Bavière », car maintenant, à la fin de l'automne, on ne pouvait plus rien gagner à porter des valises.

Je ne pouvais travailler à la plonge que le soir, mais on m'embaucha. Je vis bientôt qu'on m'avait pris par pitié, qu'on avait reconnu en moi, sans que je dise qui j'étais, un garçon d'un honnête milieu, un « étudiant famélique » bien élevé, avec lequel il n'était pas nécessaire de vérifier le nombre des couverts en argent (au « Prince Régent », on mangeait dans du véritable argent). Au début, je lavai lentement et mal, et cassai beaucoup de vaisselle en m'efforçant de laver vite et bien.

Laver des assiettes est beaucoup plus difficile qu'on ne le croit. Dix assiettes se lavent sans difficulté. Mais quand on arrive à la cinquantième et à la centième, et que de la nouvelle vaisselle arrive sans arrêt par le monte-charge mécanique à la « plonge » située dans le sous-sol, et qu'il faut sans arrêt saisir la vaisselle souillée de graisse et de restes de nourriture, la tenir sous le jet d'eau chaude, la frotter avec une brosse usagée, déjà devenue molle et imprégnée de répugnante graisse blanche, et quand l'odeur de la graisse, des plats et de la lessive vous lève le cœur (au début, je détestais tout particulièrement l'odeur du gibier, très abondant en cette saison), alors, parfois, la force vous abandonne. On laisse tomber une assiette. Mais à l'exaltation intérieure que l'on éprouve quand on l'entend se briser sur le carrelage avec un fracas splendide et qu'on voit tous les morceaux étincelants — on remarque combien on a pris en horreur les assiettes et les plats.

En déployant toute mon énergie, je m'obligeais à ne plus haïr les assiettes, à ne plus détester l'odeur de graisse et de chevreuil, et à faire pour le peu d'argent qu'on me donnait ce que l'on attendait de moi, car en dépit de toute la bienveillance qu'on éprouvait pour l' « étudiant famélique », on voulait du bon travail, et on avait raison.

Au début, je mangeais après le travail pour pouvoir profiter des plats en toute tranquillité. Ensuite, je me lavais les mains avec du savon fortement parfumé.

Parfois j'avais même la permission de prendre un bain — mais je renonçai à cette méthode. Ma faim avait complètement disparu pendant le travail, je ne pouvais plus rien sentir de cuit ni de rôti et j'étais obligé de partir l'estomac vide. Je demandai à la brave « gérante », sous l'autorité de qui était placé ce secteur de l'hôtel, l'autorisation de manger avant le travail, et elle qui avait commencé « à la plonge » me l'accorda malgré la résistance du personnel de la cuisine qui haïssait en moi l'intrus orgueilleux, l'« instruit ». Et pourtant, quelle peine nc m'étais-je pas donnée pour être « modeste » ! Tout le monde ne réussit pas comme mon père. Mais finalement nous fîmes la paix, car nous étions tous logés à la même enseigne.

J'avais considéré comme de pure forme l'invitation du conseiller privé à me présenter chez lui. Les cent vingt marks ne me souciaient pas le moins du monde. Mais lui, il ne voyait pas les choses ainsi. Je téléphonai chez lui un soir, par acquit de conscience, et croyais qu'on ne me mettrait même pas en communication avec lui. Je fus surpris d'entendre la voix du monsieur distingué qui se plaignit amèrement de ce que je l'appelle seulement maintenant. Je devais aller chez lui tout de suite. Par chance c'était lundi, ma seule soirée libre de la semaine. Je me dépêchai donc d'y aller tout de suite. Il n'était pas là, mais me faisait dire de l'attendre.

— C'est pour sténographier des procès-verbaux, me murmura la gouvernante, une femme plus très jeune mais encore belle. Il lui fallait toujours de la beauté autour de lui !

Je n'avais rien contre ce travail. Je n'étais pas sans entraînement dans la sténographie. Mes notes que j'avais rédigées tout d'abord en lettres gothiques, puis en lettres grecques, je les écrivais maintenant en hiéroglyphes sténographiques. Cette fois, j'eus la permission d'entrer dans la salle d'attente décorée de vieux tableaux hollandais. La pendule sonna neuf heures, il ne venait pas. J'entendis dans la pièce voisine la jeune madame la conseillère privée chantonner une petite chanson d'une voix de rose, si je puis m'exprimer ainsi, téléphoner longuement à une amie, s'entretenir avec le perroquet ; finalement le silence se fit, la pendule sonna dix heures, il ne venait pas.

La gouvernante entra et m'avertit surtout de ne pas partir prématurément. Cela le mettrait dans une rage folle, et de toute façon il avait une dent contre moi. Malgré cela, il avait déjà souvent parlé de moi et à S. m'avait présenté à son flegmatique Helmut, elle ne savait pas pourquoi, comme le modèle du vrai spartiate moderne. Le Kaiser des juifs m'avait déjà présenté comme un modèle de courage héroïque et stoïque, et cela ne s'était pas bien terminé pour moi.

Que faire ? Tout d'abord je m'assis, puis je m'allongeai sur le canapé, me réveillai à trois heures du matin, enlevai mes vêtements et mes chaussures, les remis à sept heures, allai voir la gouvernante, lui demandai de me conduire à la salle de bains où je ne laissai pas échapper l'occasion de prendre un bain, et quittai la maison à huit heures moins le quart pour aller suivre mes cours. J'avais un bon café dans l'estomac, j'étais joyeux et chantais. Il n'était pas rentré. On ne savait pas pourquoi. Il avait cependant téléphoné vers cinq heures du matin, disant de ne pas me réveiller mais de me transmettre que je devais absolument l'appeler dans la matinée.

Mais toutes mes difficultés, même celle de devoir rendre à mon bienfaiteur Kaiser les services qu'il attendait de moi en échange, ne m'effrayaient pas. Plus il y avait d'obstacles, plus j'avais d'énergie. J'étais jeune et libre, et j'aimais vivre.

Si j'avais réussi à me rapprocher de nouveau de ma mère, j'aurais sans doute été presque totalement heureux. Au fond, que m'était toute ma science neuve comparée à elle, cette pauvre vieille femme que j'aimais ? Mais elle écrivait des lettres d'affaires, neutres, et malgré toute l'envie que j'avais de lui répondre autrement, c'est-à-dire du fond de mon cœur, je me faisais violence et lui écrivais encore plus froidement, disant que je ne voulais pas lui être une charge et renonçais volontiers pour toujours en sa faveur aux soixante-quinze marks, et que je m'en tirais sans problèmes. Exprès, je n'évoquais pas mon père. Je lui en voulais parce que je ne pouvais plus l'estimer comme autrefois. C'est-à-dire comme à l'époque où il était encore en haut. Sur ce point, ma mère m'a certainement mieux compris que je ne me comprenais moi-même. Elle prenait son parti, dans chaque lettre un peu plus, j'étais et je restais le perturbateur, malgré mon action en apparence si généreuse.

En apparence ? Ne la payais-je pas assez cher ? Ne vivais-je pas complètement seul dans ma petite mansarde perdue, ne regardais-je pas chaque jour sa photographie, ne montrais-je pas à cette petite photo tout ce que je voyais et vivais, en la posant près de moi contre la vitre, de sorte que les yeux de la photo voyaient le monde extérieur, l'église avec son clocher et à l'horizon la chaîne idyllique, bleu azur, des montagnes ? N'entraînais-je pas ma mère en esprit, c'est-à-dire par amour, toute la journée dans l'amphithéâtre, la bibliothèque, de temps en temps à la cuisine populaire et six fois par semaine à la plonge de la cuisine de l'hôtel « Prince Régent de Bavière » ? Une fois, peu avant Noël, la gérante nous offrit à chacun un verre de vin chaud. Je pressai le verre brûlant contre ma joue, le tournai tendrement dans un sens et dans l'autre, tout en m'imaginant que c'était la joue de ma mère bien-aimée que je serrais contre la mienne

Je ne pleurais pas, je ne gémissais pas. Depuis mon expérience avec le cheval ingrat, j'avais perdu la faculté de pleurer. Et pourtant, je me languissais d'*elle*. Mais d'*elle* telle qu'*elle* avait été jadis, non d'*elle* comme *elle* vivait maintenant. Entre ces deux femmes il y avait un abîme. Mais je pensais et j'espérais qu'un jour, *elle* qui me connaissait tout de même si bien et de ce fait *ne pouvait que* m'aimer, elle se rendrait compte de cet abîme, quitterait tout, me rejoindrait et vivrait alors uniquement avec moi, abandonnant à eux-mêmes mon père et ses pavillons suédois.

Cela n'avait pas de sens de s'attendrir et de pleurer la perte de ce que, même avec toute l'énergie du monde, je ne pouvais retrouver. Noël arriva, je *les* attendis ici, *eux* m'attendirent chez eux. En vain.

Peu après le début de la nouvelle année, j'en vins en anatomie aux exercices pratiques, à ma première dissection. On m'avait mis en garde contre les mauvaises odeurs. Mais il m'était advenu quelque chose d'étrange. Maintenant, je ne sentais partout qu'odeur de graisse et de chevreuil « faisandé ». Cette odeur était si forte que je croyais que tous les autres la sentaient obligatoirement. Une fois, en cours, mes voisins s'étaient éloignés de moi. Je n'imputai pas cela au fait que plus bas, plus près du conférencier, quelques places étaient devenues libres, mais au fait qu'ils avaient fui mon odeur. Je leur demandai des explications. Ils ne prirent pas la chose au sérieux, pensèrent à une plaisanterie. Malgré tout, cette idée que je sentais mauvais ne me quitta pas.

Dans la salle de dissection, je ne percevais aucune odeur de pourriture. L'atmosphère graisseuse restait autour de moi, comme elle avait été autour de moi chez le coiffeur ou dans la salle d'attente du conseiller privé. Je m'accommodai donc de cet état de choses et me mis à ma *partie,* marquée sur le cadavre par un petit morceau de carton. On nous avait attribué, à cinq collègues et à moi, un cadavre élancé, gracile et bien fait, au visage paisible et même un peu coquin. Si blême que fût le visage dans lequel les lèvres ne se distinguaient de la peau tout autour que par leur plissement et leur couleur un peu plus foncée, je le reconnus tout de suite, c'était le visage de mon buveur de gentiane. J'éprouvai une sensation sinistre lorsque j'enlevai de la main gauche que j'avais à disséquer le petit écriteau en carton portant mon nom. La main m'appartenait, comme on disait. Des réactions sentimentales ne changeaient rien à son destin ni à ma tâche. Je me mis au travail, tout d'abord avec des battements de cœur, puis de plus en plus calme. Je me montrai plus adroit que je ne l'avais pensé. L'assistant qui nous surveillait n'était pas mécontent de mon travail.

La science objective ne m'avait pas fait oublier le buveur de gentiane. Je savais, et même encore très bien, ce qu'il avait été dans la vie. J'avais encore fidèlement en mémoire ses histoires de vagabond, je revoyais les notes au crayon pleines d'esprit et d'ironie avec lesquelles il avait commenté son La Rochefoucauld. Mais bien vite je n'eus plus cela devant les yeux, je ne vis plus que la merveille concrète et tangible qu'est la main humaine.

Celui qui a compris cette merveille de la mécanique à côté de laquelle la mécanique d'une automobile, d'un métier à tisser mécanique, d'une locomotive de cent chevaux donne l'effet d'une œuvre ratée (sans parler d'un stupide canon géant qui n'est bon qu'à déchiqueter les gens), celui qui n'a pas vu de ses propres yeux comment s'ordonnent dans le minuscule espace entre la peau et les os les tendons les plus variés, les extenseurs et les fléchisseurs, les nerfs, les veines motrices et sensibles, d'approvisionnement et d'évacuation, comment cela collabore ici, se complétant simplement de façon géniale, celui-là peut me condamner. Je levai le dernier les yeux de mon travail. J'avais oublié tout le reste, même ma mère, même le docteur Kaiser qui m'attendait dans la soirée, je rentrai chez moi comme dans un état second, sombrai dans un sommeil sans rêve, bienheureux, et me réveillai le lendemain matin comme ressuscité, avec une grande joie de vivre.

Ces derniers temps, j'étais allé assez souvent chez Kaiser pour sténographier des procès-verbaux. Au début, il s'était amusé à essayer de voir s'il pourrait me harceler à mort, c'est-à-dire dicter plus vite que je ne serais capable de copier. La première fois, il réussit, mais pas la seconde. Je pouvais ce que je voulais. Même si cela me coûtait une nuit avec beaucoup d'exercices et très peu de sommeil. Souvent j'étais chez lui cependant si fatigué qu'il devait me secouer pour me réveiller quand il avait fait une longue pause et que je m'étais assoupi.

— Réveillez-vous, écrivez ! me murmurait-il. Je me réveillais, j'écrivais. De temps en temps, il me demandait après le travail :

— Vous avez peut-être besoin d'un peu d'argent ? J'en avais toujours besoin. Les frais d'études étaient plus élevés que je ne l'avais pensé. Il ne me tenait pas rigueur de ce que ma dette auprès de lui grandît, peut-être l'avait-il même escompté. Cette fois, il excusa mon absence à cause de l'anatomie. C'est lui qui, par la suite, me poussa vers l'anatomie. Il m'interrogeait parfois même avec plus de sévérité que d'équité. Je pensais qu'il le faisait pour mon bien et qu'il voulait me guider comme un père.

A cette époque-là, je considérais ma vie comme très dure, mais elle n'était difficile qu'extérieurement, intérieurement les choses étaient faciles, car le but que je m'étais fixé, la profession de médecin, n'était pas un but difficile, impersonnel et inaccessible ; j'avais toutes les chances de l'atteindre.

Mes besoins étaient limités. Je pouvais vivre en tant que médecin ou savant avec des revenus très limités. Pour garder longtemps ma liberté, je voulais choisir, aussi tard que possible, une femme qui aurait les mêmes intérêts. Et je ne songeais pas une femme très jeune, très avide de vivre, je répugnais à un « récipient impur », si lisse et gracieux qu'il fût, je pensais à une femme un peu plus âgée que moi pour laquelle je n'aurais pas à lutter, dont je n'aurais jamais à douter, qui, même en cas de difficultés et de conflits, serait inconditionnellement de mon côté. C'est seulement plus tard que je me suis rendu compte que cette image idéale n'était rien d'autre que l'image de ma mère. Seulement je ne voulais pas être son fils qu'elle avait tout d'abord gâté d'un amour débordant, affaibli dans sa lutte pour la vie et finalement laissé quand même tomber au profit de son époux, ce que je voulais, c'était jouer le rôle de mon père avec qui maintenant elle affrontait tout.

Elle vint me voir un jour et gravit les nombreux étages sans s'essouffler. J'ouvris la lourde porte du grenier et la conduisis par la main entre les réduits jusqu'à ma chambre. Elle s'assit à la fenêtre et contempla la vue. Elle ne me parla pas beaucoup. Je pense qu'elle avait voulu remplir son devoir de mère, c'est tout. Elle ne s'étonna pas de mon existence misérable. Elle ne pensait qu'à la reconstruction de l'existence de mon père. Ce qui l'accablait, c'est qu'il devait se priver, *lui,* « à son âge et après tout ce qu'il avait réalisé ». Elle voulait me faire croire qu'il avait été victime d'une injustice. Je continuais à l'aimer mais je ne la retins pas quand elle voulut repartir dès l'après-midi. Pourquoi prendre le train de nuit ?

Mon propre père ne m'accorda même pas une visite.

Mon père spirituel, le conseiller privé Kaiser, pensait bien sûr également à tirer profit de moi le plus possible. Mais en même temps ses bienfaits étaient nombreux, il voulait m'enseigner ce que la vie et La Rochefoucauld n'avaient pas su m'enseigner : la méfiance vis-à-vis de tous, y compris de soi-même. Cependant, maîtrisait-il lui-même en toutes circonstances et en tous lieux cet art que beaucoup possèdent de naissance ?

Mais il me rendit un autre grand service, indépendamment de l'argent. Dans ce pays, à cette époque gavée qui, dans la mégalomanie de ses progrès techniques, de son or, de son industrie, de son pouvoir politique, étouffait au milieu de sa propre surabondance et ne savait que faire d'elle-même, il me montra que, du moins dans le domaine de la science, il y avait encore d'immenses contrées en friche, des taches blanches presque incommensurables sur la carte du savoir humain, et du travail sans fin. Donc également de la joie, de l'espoir, du bonheur sans fin, si l'on entend par bonheur l'illusion que nous devons accomplir dans la vie une mission qui nous est réservée, et à personne d'autre.

Pour le moment, tout ne se déroulait pas de manière aussi philosophique. Je lavais la vaisselle, soir après soir à l'exception du lundi, mes mains étaient devenues grasses sous l'effet du savon noir dissous dans l'eau et de la lessive blanche, et parfois, les jambes comme du coton, esquissant un sourire terne sous la fatigue, je me traînais jusqu'au téléphone de l'hôtel pour l'appeler comme je devais le faire. Ici, à l'hôtel, je pouvais téléphoner gratuitement et j'économisais les dix pfennigs de la communication. Peut-être n'était-ce pas seulement le rigoureux concept du devoir mais aussi la détresse quotidienne encore plus rigoureuse qui me poussait au téléphone. Je me rendais compte que je ne serais pas éternellement en mesure de manger aussi misérablement, de vivre dans une pièce sans chauffage et de gagner mon argent comme laveur de vaisselle à la sueur de mon front. Mon seul espoir c'était lui.

Mais si je croyais qu'il m'épargnerait tel ou tel soir d'aller chez lui pour la dictée, eu égard à l'heure avancée, alors que je devais parfois le tirer du lit, je me trompais. Il n'y songeait pas. Je devais travailler pour rembourser l'avance qu'il m'avait faite. Je disais que je ne serais pas libre avant onze heures.

— Tant mieux, me répondait-il, alors prenez un fiacre, faites fouetter les chevaux et venez ! Prendre un fiacre ! Moi qui gagnais cinquante pfennigs de l'heure à laver la vaisselle et dont il ne payait pas mieux les services de secrétaire. Je courais donc chez lui, presque mort d'épuisement. Il venait, vêtu d'une robe de chambre en soie rouge, sentant fortement le parfum de sa femme, laquelle avait maintenant la manie du parfum, comme je l'avais appris de la gouvernante. Le terme de « manie » n'avait rien de bizarre dans la maison du psychiatre, au contraire. Lui qui fumait un cigare après l'autre et vidait un verre de cognac français après l'autre, jamais il ne m'offrit une cigarette ou un verre d'eau. Et pourtant, ces heures de dictée me devinrent une joie, pas un fardeau. Certes, je n'allais pas volontiers chez lui, mais je n'en repartais pas volontiers non plus.

C'était l'époque où la science exacte abordait des tâches titanesques dans un immense élan qu'elle devait à la technique moderne, au microscope, à l'expérience en général et à l'absence de préjugés des savants pour qui il n'y avait ni Dieu ni Satan, mais seulement la « science sans aucune condition préliminaire ». Le chimiste voulait fabriquer des protides artificiels et résoudre ainsi la question sociale dans l'éprouvette. le neuro-psychiatre se faisait fort de trouver un jour dans le cerveau humain l'endroit où résidait le centre de la foi en Dieu ou le concept du moi et où les maladies mentales avaient leur siège anatomique. Pour l'humanité, qui envisageait alors l'avenir avec joie et qui dans le même temps, blasée, désespérait d'elle-même, aucun voile de la nature n'était d'une épaisseur telle qu'elle ne crût pouvoir le soulever, en dépit de toutes les générations passées.

Et elle allait encore plus loin. Un homme comme Gottfried Kaiser estimait pouvoir guérir les maladies mentales, reconnues jusqu'alors incurables, ou bien la faiblesse innée de l'intelligence, dénommée imbécillité, à l'aide d'une combinaison géniale de la technique moderne (par exemplc l'électricité) avec des connaissances purement scientifiques. Les progrès grandioses qu'avait accomplis alors la connaissance scientifique du monde grâce à la découverte du radium et des ondes électromagnétiques hertziennes rendaient tout possible. Ce dont on semblait avoir besoin, c'était seulement d'une énergie puissante, d'une objectivité absolue et de suffisamment de temps et d'argent pour faire les expériences. Kaiser et moi, nous disposions de tout cela. Ce qu'il n'avait pas, je le possédais moi. Il avait plus d'argent, j'avais, moi, plus de temps. C'était mon capital.

Il ne me donnait la main ni quand j'arrivais ni quand je partais, il éprouvait une crainte maladive à se laisser toucher la main. Cela ne nous dérangeait pas, avec le temps nous devînmes presque des amis, en tout cas de bons camarades de travail.

Au printemps, je devais passer quelques examens préliminaires. Il me fallait les réussir pour pouvoir étudier ensuite aux frais de l'Etat. Kaiser, qui, outre ses grands revenus, disposait d'une immense fortune personnelle et versait une rente importante à chacune de ses nombreuses épouses, aurait pu, avec un peu d'argent, m'épargner ces examens qui me faisaient trembler. Il n'y songeait pas et, là encore, il avait finalement raison, comme toujours. Je fus surpris de les réussir brillamment. Il n'y eut aucune question à laquelle je ne sus répondre tout de suite, de manière exacte et correcte. Et pourtant, je n'avais été jusque-là qu'un élève médiocre. Je gardai ma victoire pour moi. J'avais reconnu que je ne la devais qu'au fait que je me concentrais sur *une* chose et que je vivais plus avec la volonté et moins avec le sentiment. Je n'avais toutefois pas renoncé à une petite fantaisie : j'avais continué à étudier le français. Avec peu de succès, je l'avoue. Car on apprend mal des langues vivantes dans des livres morts, et là, toute l'énergie de la volonté ne servait à rien.

Les examens réussis brillamment eurent une autre conséquence heureuse. Quand j'en eus terminé avec le dernier, je poussai un profond soupir de soulagement — et miracle, l'odeur de graisse qui m'avait jusque-là poursuivi si tenacement et si péniblement écœuré, cette odeur avait disparu. Elle ne revint pas. Même si elle continuait à flotter autour de moi comme une sinistre nuée sacrificielle, moi, en tout cas, je n'en eus plus conscience.

Je m'étais déjà réjoui à l'idée de passer des grandes vacances tranquilles, lorsque Kaiser me proposa d'aller avec lui à S., il me donnerait trente marks par mois, c'est-à-dire qu'il déduirait cette somme de ma dette, laquelle se montait à presque trois cents marks, et m'occuperait utilement. Je donnai mon accord, content de revoir malgré tout mes parents, de vivre à nouveau avec eux comme autrefois, et toujours dans l'espoir qu'ils se rendraient compte de leurs torts.

Certes, mes parents ne nous attendaient pas à la gare de S., mais il y avait là les fils de Kaiser, Karl Otto, l'aîné, et Helmut, qui étaient venus d'Allemagne du Nord. Helmut n'avait plus sa beauté de jeune fille comme au temps où j'avais fait sa connaissance. Il me parut un peu changé, oppressé, sombre et timide, plein d'une passion contenue. Il voulait absolument me parler tout de suite. Je vis que cela ne plaisait pas à son père. Je repoussai cette discussion et lui demandai où était passé son flegme. Ma première promenade me conduisit à notre chalet.

Ils étaient assis tous les deux dans le jardin, mon père, qui avait un peu vieilli et grossi, avait devant lui quelques feuilles de placage brun clair et un carnet de notes, manifestement il travaillait à ses modèles en bois. Il m'en montra un plus tard à une échelle très réduite. Je fis aussi la connaissance de l'estivante, la ravissante blonde. La jeune fille, prénommée Heidi, vêtue du costume local court et bariolé, était dans la cuisine et mettait des fruits en bocaux, non les âcres pommes sauvages, objets des vaines tentatives de ma mère, mais des framboises dont l'arôme délicieux emplissait toute la petite maison.

Nous bûmes du café dans le jardin. Pas un instant, je ne fus seul avec mes parents. Après le café, l'estivante s'allongea dans le vieux hamac. Mon père la balançait prudemment, tout en tirant sur son brûle-gueule et jetant de temps à autre un coup d'œil sur son bloc-notes et sur ma mère qui reprisait ses chaussettes. Il ne leur vint pas du tout à l'idée que je puisse leur réclamer le gîte et le couvert, c'est-à-dire ni à mon père ni à son papillon estival. Mais je surpris un regard de ma mère, qui recelait encore quelque chose de son amour et de son attention d'autrefois, quelque chose de ce qu'elle avait été avant son pèlerinage. Une bouffée de chaleur monta en moi. Mais je me dis qu'il était absurde de remuer de force le passé simplement parce qu'une bonne occasion de le faire venait juste de se présenter.

Je me levai, leur serrai la main à tous les trois (ils formaient ensemble un agréable et plaisant cercle de famille) et leur annonçai que je resterais certes dans la ville, mais que j'habiterais et mangerais chez le conseiller privé parce qu'il avait besoin de moi pour son travail. Ma mère devint cramoisie en entendant cette décision, mon père balança plus doucement la jeune fille blonde comme les blés, et tira plus fort sur sa pipe, finalement tout s'apaisa et je partis en paix. Quand je regardai en arrière à travers les lattes de la porte et que résonna la vieille clochette rouillée, je vis que ma mère avait repris ses chaussettes. Elle ne m'avait pas suivi des yeux. Je soupirai et ne me plaignis pas. Je voyais ce qu'il en était. Je pensai que six mois auparavant, en hiver, lorsque j'avais tenu le verre de grog brûlant contre ma joue et m'étais imaginé que c'était elle, elle m'avait alors été plus proche.

Le conseiller privé m'attendait déjà avec impatience. Il m'avait libéré une belle chambre au rez-de-chaussée, claire et avec vue sur le lac ; je mangerais à table avec la famille, j'avais le droit d'utiliser la cabine de bains et les différents bateaux à rames de la famille.

Cette fois-ci, à ce qu'il semblait, il n'était pas question de chasse pour lui. Le maître de maison n'avait emmené avec lui aucun chien de chasse en vacances. Il avait fermé ses cages, les expériences sur les animaux ne semblaient pas s'être déroulées « brillamment », du moins il n'en disait mot.

Mais je n'eus pas non plus l'occasion de ramer, à peine de nager une fois par semaine. Je travaillais. Il s'agissait d'une forme de recherche tout à fait nouvelle à l'époque, à savoir l'examen au microscope, systématique, et sans lacune, d'un cerveau humain découpé en de nombreuses tranches, dans les deux mille je crois. Cette préparation mécanique difficile des études du cerveau avait été réglée depuis longtemps en ville, les tranches avaient été apportées par groupe de cent dans de nombreuses caissettes en bois numérotées, les frais se seraient élevés à cinq mille marks.

A cette époque, le cerveau humain ne m'était plus totalement inconnu. J'avais déjà eu souvent des coupes du tissu sous le microscope, mais jamais une coupe transversale de tout le cerveau, extrêmement difficile à obtenir, toujours de petites parties seulement. Je savais déjà distinguer assez bien le cortex des couches plus profondes. Je savais ce qu'était un noyau, un ganglion, un névrilène, une fibre myélinisée, une voie, un neurone moteur ou sensitif, mais cela n'allait pas plus loin que ces maigres connaissances scolaires.

Je dois maintenant remercier Kaiser pour une disposition qui n'est secondaire qu'en apparence. Durant les cinq années et demie où j'ai travaillé pour lui et avec lui, il a soigneusement évité de perturber l'ordre chronologique de mes études. J'aurais peut-être eu déjà envie d'étudier au microscope le cerveau d'un paralytique, de connaître l'anamnèse d'un fou ou de faire de l'un d'entre eux un examen psychiatrique ou clinique. Il ne me laissa pas le faire prématurément. Je n'appris de lui des détails sur les maladies mentales qu'au moment où j'arrivai à ce sujet dans le cours normal de mes études, c'est-à-dire en quatrième année.

Pour l'instant, il s'asseyait donc à côté de moi. Il me faisait remarquer d'innombrables détails qui m'auraient échappé, comme à toute personne inexpérimentée. Il ne perdait jamais patience. Il n'économisait pas son temps, du moins pas au début. Parfois, surtout quand le temps était splendide, j'aurais préféré me précipiter dans le lac qui était limpide comme du cristal, gris bleuté et vivement agité par le vent d'est. Il me retenait. Sans rien dire, sans faire de promesses, tout simplement.

Il ne retenait peut-être pas aussi fortement sa jeune femme parce que avec elle, il n'était pas aussi calme. Katinka, qui, tout le temps qu'ils avaient passé à la ville, s'était réjouie à l'idée d'être avec son époux, frappait à la porte. Sa voix « de rose » résonnait de tout son charme enfantin. Son caniche gémissait et aboyait. Il la faisait attendre et me demandait finalement de dire aux trois garçons (entre-temps le plus jeune était également arrivé) d'emmener leur mère (avec laquelle ils n'avaient aucun lien de parenté) faire une promenade jusqu'aux lacs de Pâques, mais de prendre garde au marécage trompeur.

Il ne parlait presque jamais de choses personnelles avec moi, je l'avais déjà remarqué à la ville. Malgré tout, bien des choses me furent vite claires. Car je me suis toujours efforcé de lire dans les gens comme en moi, pour les dominer comme moi-même.

Avec ses cheveux gris et ses traits abîmés, il aimait et cette fois encore comme il avait toujours aimé, avec fougue, en ayant presque perdu la tête, pareil à un jeune homme, oubliant tout ce qui l'entourait. C'est en effet ainsi qu'il commençait chaque fois. Il adorait la jeune Katinka avec sa manie des parfums, sa voix de rose, cette créature délicate et noble. (Toutes ses femmes étaient issues de familles aristocratiques, la plupart du temps tombées dans la misère.) Mais après un certain temps, quand il avait percé les femmes à jour, il s'était chaque fois détourné d'elles, lentement, avec égards, mais impitoyablement, pour revenir avec la rigueur d'un spartiate, en homme mûr qu'il était tout de même, à son activité de savant. Il avait seulement cherché la meilleure voie pour s'affranchir d'elles. Mais cette fois-ci, la fin ne semblait pas lui réussir aussi bien que lui avait réussi le début. Jusqu'à présent, les femmes s'étaient toujours accrochées d'autant plus fortement à lui qu'il se détournait d'elles. Mais la dernière, une créature bête à manger du foin mais extrêmement mignonne, douée de cette voix sans âme au ton de flûte à laquelle il était difficile de résister, du moins pour lui, avait su ne pas succomber à ce Barbe-Bleue. Elle riait, faisait la folle, mais restait froide, capricieuse, se parait pour elle, se parfumait pour elle et cajolait le caniche aux boucles brunes comme le conseiller privé voulait être cajolé. C'est en vain que le vieil homme se retrancha derrière ses coupes du cerveau ; au bout de deux semaines déjà, il me donnait mon pensum, mais ne restait qu'une à deux heures par jour avec moi, après il ne quittait plus sa petite femme d'une semelle, il était jaloux de tout regard que la créature enfantine jetait sur un autre homme, que cet homme fût son fils Karl Otto ou bien le timide Helmut devenu laid, ou moi, l'étudiant famélique en vacances. Mais je ne répondais pas à ses regards. Pour moi, elle était un « récipient impur », d'autant plus impur qu'elle était rose et mignonne à croquer. Il croyait la gagner par un nouvel embrasement amoureux. En fait, il devenait son esclave, et bientôt il le sut.

Malheureusement, mon pauvre Helmut était lui aussi devenu l'esclave de l'amour. Sous le sceau du secret, il me confia qu'il était désespérément attaché à un acteur vieillissant qui l'avait poursuivi de son amour jusqu'à ce qu'il lui eût cédé, sans se douter des « délices », mais aussi des atroces tourments de la jalousie qui l'attendaient. Car l'acteur aimait aussi les femmes, peut-être même plus que les hommes. Etait-ce possible ? Questions à n'en plus finir, inquiétude, insomnies, folie, haine et amour mélangés. Cela en valait-il la peine ? J'étais heureux de ne pas connaître ce genre de choses. Aurais-je dû intervenir ? Mais comment ? Peut-être le pouvais-je. J'avais de l'influence sur lui. A moi, il aurait obéi. Mais je préférais être témoin oculaire et bon camarade. J'avais mon travail, cela suffisait.

Mon travail était difficile, mais il me remplissait d'une joie tranquille. Ma vie personnelle, non ; elle n'était pas aussi joyeuse et tranquille. Helmut s'était détourné de moi, déçu parce que je ne voulais pas discuter avec lui de ses passions, mon maître m'observait avec suspicion et ne comprit que plus tard que je n'avais jamais songé, même en rêve, à devenir son rival auprès de la belle Katinka à la voix de rose.

A la vérité, en rêve je l'étais. Mais qui m'en ferait grief ? En rêve, je comprenais avec un ravissement sauvage, rapide comme l'éclair, avec un sursaut de plaisir sanglant — je ne peux utiliser que ce mot effréné — que je portais aussi en moi autre chose que le désir d'une camaraderie conjugale avec une femme plus âgée, plutôt maternelle que passionnée. Mais vis-à-vis de Katinka, je me comportais aussi naturellement que si elle avait été un Helmut ou Karl Otto en jupons. Elle le remarquait et me faisait la tête. Qu'attendre d'une petite sotte toute jeune, dont la gouvernante disait qu'elle avait épousé le vieux Kaiser (indépendamment de son argent et de sa célébrité) principalement parce que le nom KATINKA KAISER avait une résonance si « drôle ». Peut-être aurait-il été un peu plus intelligent de ma part vis-à-vis de la douce nixe (quand elle nageait, je voyais en elle depuis la fenêtre de la pièce un être réellement enchanteur dans son maillot noir au milieu du lac de montagne bleu-vert) d'utiliser ses sentiments amoureux pour l'éduquer. Mais était-ce là ma tâche ? N'avais-je pas besoin moi-même d'une autorité au-dessus de moi ? Avais-je le droit de céder dès maintenant à l'intense besoin d'en être une moi-même et de jouer le rôle du destin ? J'étais jeune, plus jeune qu'elle.

J'avais déjà suffisamment d'obligations qui me donnaient fort à faire, par exemple de pourvoir, du moins modestement aux besoins de mes demi-frère et sœur. L'échéance de vingt marks était arrivée. Vroni réclamait. Je pris mon courage à deux mains et j'allai voir mes parents, sans attendre mon jour normal de visite qui était le dimanche. Mon père ne m'avait pas donné cette fois les vingt-cinq marks comme d'habitude, au terme du premier du mois, parce qu'il supposait que j'étais là libéré de tout souci. Il ne pouvait pas savoir que je devais m'occuper de ses enfants illégitimes (on appelait dans notre région « répugnants mouflets » cette catégorie de malheureuses créatures). Il rassemblait le capital de départ pour sa fabrication d'articles en bois, ma demande ne l'arrangeait pas du tout. Il me demanda si j'avais besoin tout de suite d'une somme de vingt-cinq marks pour acheter des cigarettes. Or ici, les cigarettes ne m'avaient pas coûté un pfennig, car Katinka avait eu dès le début la gentillesse de me poser chaque jour un grand paquet des meilleures cigarettes turques près de mon microscope. Kaiser le voyait, mais n'osait élever la moindre protestation car lui, le grand homme, craignait la colère de Katinka. Mais cela ne pouvait intéresser mon père. Je lui dis que je ne touchais pas un sou du conseiller privé Kaiser car je travaillais chez lui pour payer mes dettes.

— Tiens, tu as des dettes ? dit-il. Voilà qui est bien. Et il frappa bruyamment deux plaques de bois l'une contre l'autre. Je lui enlevai les plaques et indiquai le montant de la somme. Il m'arracha alors les plaques des mains — je les avais saisies tout à fait machinalement pour arrêter le bruit — et siffla à travers les creux entre ses dents (il n'avait pas d'argent de reste pour payer des soins dentaires coûteux) qu'il n'aurait tout de même pas cru que je ferais des dettes sur son modeste nom. Cette parole me révolta. Il oubliait, peut-être parce que cela ne pouvait que l'humilier, que ma mère et lui avaient vécu pendant un an presque exclusivement de l'argent du grand-oncle qui n'était destiné qu'à moi. Je me maîtrisai, j'étais là en observateur objectif, témoin oculaire des faits. Mais je restai ferme, il devait me donner vingt marks s'il n'avait pas les vingt-cinq. Mais que je lui fasse cadeau de cinq marks ne fit que l'irriter encore plus.

— Alors tu oses, canaille, me jeter au visage cinq misérables marks de m... après m'avoir fait perdre ici ma réputation ? Je ne répondis rien. Je restai silencieux. Je savais bien de quoi il voulait parler. Dans le formulaire de l'attestation d'indigence que j'avais fait établir à cause des frais d'études, il y avait une rubrique : profession du père. J'avais inscrit : « Petit cultivateur ». Si j'avais écrit ingénieur en chef à la retraite ou futur fabricant d'articles en bois, ma demande aurait été rejetée. Mais ainsi elle était venue jusqu'à la mairie de S. et n'avait certainement pas servi la renommée de mon père ici. Ma mère nous rejoignit en toussotant, s'essuya les mains sur son tablier (elles transpiraient toujours, c'était lié à sa faiblesse dont elle ne s'était jamais totalement remise) et nous exhorta tous les deux, surtout lui. Je pris la faute sur moi, mais insistai pour avoir l'argent. Et l'obtins. Vroni était placée, les enfants étaient à la campagne, chez de pauvres paysans. Ce que mon père était condamné à verser ne suffisait pas pour « l'habillement », les enfants étaient plus délicats qu'on ne l'avait cru, et j'étais décidé à tenir parole. Je l'avais tenue dans des conditions difficiles, je m'en étais trouvé très bien, tout comme mon frère et ma sœur, qui n'étaient pas du tout de répugnants mouflets.

A la maison, c'est-à-dire à la villa de Kaiser, une surprise m'attendait. J'avais perdu ma chambre. Un nouvel invité était arrivé, c'était l'acteur, l'ami de Helmut, qui, répondant aux supplications désespérées de celui-ci, l'avait rejoint. Helmut s'était tout de suite tranquillisé ; et pourtant je voyais bien que l'acteur, un homme d'âge mûr aux traits marqués, spirituels, très changeants et malgré la routine très enfantins, ne le prenait pas particulièrement au sérieux en tant qu'homme. Il semblait s'intéresser beaucoup plus à Katinka. Mais le vieux Kaiser les vit par la suite tous les deux, Oswald Schwarz et Katinka, bavarder ensemble, ramer, nager, jouer au tennis et même aller à la chasse, dont ils ne rapportaient toutefois que du misérable gibier, comme un grand corbeau, sans en éprouver de jalousie. Etre jaloux d'un homme qui avait plus de trente-cinq ans aurait paru absurde à Kaiser. C'est qu'il était aveugle, il ne voyait pas ce qu'il ne voulait pas voir. Il croyait que seul son âge avancé était cause de l'humeur volage de Katinka, et comme l'acteur avait déjà à trente-cinq ans presque autant de cheveux gris que lui, il ne voyait pas le rival en lui. En outre, il se doutait de ce qui liait son Helmut à l'acteur, et ne voyait pas dans l'artiste aux membres délicats, accablé d'insomnie et de mille autres maux imaginaires, un homme brutal, et surtout pas un voleur de femmes résolu, que rien n'arrêtait.

Il me rejoignit donc bientôt, l'esprit parfaitement tranquille, dans ma grande pièce lumineuse située sous le toit, s'assit devant le microscope et travailla avec moi en fumant et buvant du cognac. Comme

Katinka ne commandait plus de cigarettes pour moi il finit par m'en donner. L'alcool ne me disait rien

J'étais encore au début de l'anatomie du cerveau. Je n'avais pas encore plus de vingt à trente plaques derrière moi, car il fallait examiner les préparations avec précision et jusque dans le moindre détail, et n'en sauter aucune, par exemple sous le prétexte qu'elle ne présentait que des différences minimes, presque imperceptibles, par rapport à la plaque précédente ou suivante.

Ce que je voyais et apprenais m'enchantait. Cela m'enchantait d'une manière tout à fait différente mais tout aussi profonde, si je puis dire, que lorsque je rêvais, le souffle coupé par le ravissement, du corps nu de Katinka ; c'était le jour comparé à la nuit. Cela me faisait du bien. Nager et ramer m'attiraient maintenant beaucoup moins qu'au début, je ne pouvais me séparer du travail. Un jour, en parlant avec Kaiser, je comparai la disposition des cellules, lesquelles se trouvaient dans un rapport énigmatique, rythmique, qui répondait à un plan (bien que personne ne pût résoudre l'énigme, ne saisît le rythme et n'eût encore mis à jour le plan, ne serait-ce que sur une profondeur d'un millimètre ou une surface d'un millimètre carré) avec la voie lactée que je pouvais voir la nuit de mon lit lorsque, dérangé par la musique et les rires sur la terrasse du lac, je ne pouvais m'endormir. Mon professeur était tout à fait hostile à de telles comparaisons. S'en tenir strictement à ce qui est. Ignorer tout ce qui n'est pas, telle était sa devise. Les cellules nerveuses étaient une chose, et la voie lactée une autre. Il était spécialiste de la première, ignorant dans la seconde.

A la mi-octobre, nous revînmes tous en ville. Le docteur Kaiser m'emmena avec lui dans son auto. Sa femme, ses enfants et l'acteur (sans oublier le petit chien) étaient déjà partis en avant, de bon matin. J'avais secrètement espéré que pendant le beau trajet tranquille, Kaiser parlerait de ma situation, car, franchement, j'étais horrifié à l'idée de revenir dans ma mansarde aux murs nus, glaciale en hiver, et bien plus encore à la « plonge » du « Prince Régent de Bavière ». J'y avais fait aussi quelques allusions devant ma mère au moment de la séparation. Elle savait bien tout de même comment je vivais et que ce n'était pas sans privations. Elle m'avait laissé parler, avait longtemps hésité, puis dit que si je voulais revenir sur « ma générosité », elle le *lui* dirait. Sur quoi je n'avais eu d'autre solution que d'embrasser sa main humide, déjà un peu tremblante. Ma mère n'était pas encore vieille, mais elle était déjà toute grise et ressemblait à une paysanne âgée.

Kaiser non plus n'était pas très complaisant. Mais je ne lâchai pas prise. Bien sûr, il ne voulut pas accepter de me verser un salaire mensuel fixe au lieu de me payer aux heures de sténographie, mais je l'amenai, avec certes cette fois-ci plus de difficultés que d'ordinaire, à mettre un peu d'argent « à ma disposition ». Il me fallait absolument encore cent marks. J'avais gagné quatre-vingt-dix marks durant les trois mois. Ma dette totale se montait donc maintenant de nouveau à trois cents marks. Mais je ne pouvais plus me montrer dans mon vieux costume qui partait en morceaux. Il me fallait des chaussures et du linge. Nous nous séparâmes froidement en ville. Peut-être avait-il escompté que je déborderais de remerciements.

La petite mansarde avait été parfaitement rangée pour mon retour, tout étincelait et brillait, et la concierge m'avait mis un bouquet d'asters. Je la remerciai très cordialement. Car elle n'avait aucune obligation envers moi. A l'hôtel, on m'accueillit tout aussi amicalement. J'avais craint secrètement que l'on m'eût trouvé un remplaçant, mais la gérante avait gardé la place libre pour moi. J'étais maintenant un laveur de vaisselle très fiable. Je n'accomplissais pas ce travail autrement qu'un ouvrier d'usine à sa machine, il fallait un incident particulier pour que je casse une pièce. Je n'ai causé de véritables ravages dans la belle vaisselle qu'au printemps suivant, après Pâques, lorsque commencèrent au quatrième semestre les exercices pratiques de physiologie, c'est-à-dire les expériences sur les animaux vivants, appelées vivisection.

J'avais appris ce que c'était depuis déjà longtemps. Helmut me l'avait raconté sous la pluie dans notre petit jardin. Dès ce moment-là, j'en avais été profondément horrifié. Pendant longtemps, je n'avais pas eu envie de donner la main au conseiller privé Kaiser (lui non plus, du reste, ne me donnait pas la sienne) parce que je pensais qu'il avait plongé sa main dans le sang des créatures martyrisées pour la science. J'aurais pu me dire que cela faisait justement partie de notre profession et ne me serait pas épargné. Peut-être me le suis je dit aussi par la suite, m'en suis-je accommodé et consolé en pensant que ce ne serait pas si terrible, et comme j'avais pu disséquer en toute tranquillité d'âme le corps du petit buveur de gentiane, que mon cœur ne défaillerait pas à la vue d'un misérable cabot. Mais je ne décrirai pas les détails. Je ne dirai pas de quel genre fut l'expérience, comment s'y comportèrent et l'animal et les hommes.

Je ne dirai qu'une chose : la profession de

médecin était mon seul but dans la vie. Si l'on veut, mon seul idéal. Mais si j'avais su deux années auparavant ce qui lui était lié, j'aurais préféré devenir guide pour touristes, travailleur sur métaux ou scieur de bois de placage. J'avais voulu dominer et j'avais voulu accroître mon savoir. Mais je ne voulais pas régner sur un animal semblable à l'homme, intelligent, choisi au milieu de tant d'autres par le « destin » aveugle, capable de souffrir comme un homme et, dans sa situation misérable, peut-être encore plus, car il n'avait, lui, ni espoir ni croyance, ni beaux souvenirs, ni rêve d'un paradis pour chiens.

Je ne voulais pas utiliser une telle créature pour apprendre, ni ses convulsions mécaniques pour apaiser ma soif de savoir. J'ai par la suite vu souffrir beaucoup de gens de façon inhumaine, dès l'année suivante pendant le premier semestre de clinique, au chevet des malades, sur la table de pansements. Mais il m'était mille fois plus facile de faire souffrir et crier un homme qu'un chien, de le faire grincer des dents, rouler des yeux et suer de tous les pores de sa peau, car je n'étais pas cause de ses souffrances. Peut-être n'étais-je pas encore capable de l'aider, je n'étais que le témoin oculaire avide d'apprendre. Mais là, je n'étais coupable d'aucune faute, je n'avais nulle intention. En revanche, dans les souffrances du chien ou celles du chat, créature encore plus pitoyable, qui, parce qu'il est plus indocile, se débat d'une manière encore plus terrible et hurle de façon encore plus désespérée parce qu'il est plus intelligent, mon cœur se détournait d'horreur. Je ne voulais pas profiter de cette leçon. Pouvais-je faire quelque chose contre cela ? Question inutile. L'horreur était plus forte que la raison, c'était la vieille SENSATION D'ÉCRASEMENT qui s'emparait de moi. C'était un cœur semblable au mien qui, mis à nu, travaillait là sur la table, un poumon qui respirait comme le mien, et, ce qui me révoltait le plus profondément, c'est que c'était justement cette ressemblance humaine, la parenté de l'homme hautement civilisé avec l'animal primitif, resté inchangé depuis les temps les plus reculés, qui avait valu son destin à la pauvre créature. Hors de moi d'épouvante et de honte, je me demandais qui est le plus bestial, l'homme ou bien la bête. Soudain, je me souvins de mon rêve de Katinka couverte de sang, et elle me fit horreur. Blême comme un cadavre, les genoux titubant, j'allai dans le couloir, attendis que la leçon fût terminée, pris mon chapeau et traînai tout l'après-midi dans la ville. Le soir, je me rendis à mon travail à l'hôtel. Je cassai tout ce qui me passa entre les mains. Et pourtant mes mains ne tremblaient pas, c'était comme si le diable les dirigeait. C'est alors que j'ai cru pour la première fois à l'existence de Satan, j'ai compris que la vision que je me faisais jusque-là du monde était bien trop « drôle », qu'il y avait beaucoup de choses que je n'avais pas vues parce que je ne voulais pas les voir. Pour comble de malheur, l'odeur de graisse et de chevreuil « faisandé » qui m'avait quitté depuis longtemps déjà me colla de nouveau à la peau. Elle ne me quitta pas et ce fut une journée infernale. Je songeai à rentrer à la maison, à me réfugier auprès de ma mère et à me confier entièrement à elle. Je m'étais promis de devenir un spartiate et ne pouvais même pas supporter avec courage ce que mes camarades regardaient tranquillement, une cigarette à la bouche et les yeux pleins d'un froid désir de savoir et de curiosité. Ou bien devais-je me confier au conseiller privé ? A lui qui, par ambition personnelle, pour réaliser une expérience sensationnelle et se présenter aux yeux de l'une de ses femmes niaises comme un homme très célèbre, quand il recevait par exemple un prix scientifique ou une haute distinction, avait procédé — apparemment en vain — à des hécatombes d'animaux ?

Il ne restait plus qu'une issue. Arrêter mes études, rentrer chez mes parents et aider mon père. Or l'aidais-je en remplaçant un manœuvre non qualifié, tout en lui enlevant les soixante-quinze marks ? Car mon grand-oncle ne donnait l'argent que pour les études et exigeait chaque semestre les attestations. Que faire ? Je restai trois jours sans suivre les cours, demandai à la concierge de me monter chaque jour une miche de pain et un demi-litre de lait avec l'eau fraîche, et examinai la question sous tous ses aspects. Enfin, je trouvai une espèce de solution. Je me fabriquai un compromis. Je voulais, si je jouissais plus tard de quelque notoriété en tant que médecin, mettre tout en œuvre pour limiter au maximum la vivisection, vraiment indispensable dans un très petit nombre de cas, anesthésier les animaux chaque fois, créer un fonds pour supporter l'augmentation des coûts de ce traitement plus humain. Je croyais au progrès, à l'humanité, parce que j'y étais obligé. Mais ce n'était pas suffisant. Je décidai de ne plus manger désormais de viande et restai fidèle à ce régime végétarien jusqu'à la guerre.

Aux yeux d'un bon connaisseur des hommes tel que Kaiser, je suis toujours passé pour un homme de sang-froid, sachant bien dominer ses réactions instinctives. J'étais doué manuellement, et il me conseilla avec insistance d'acquérir une formation chirurgicale, laquelle était selon lui utile à tout médecin — même au futur psychiatre — parce que c'était une rigoureuse école du caractère. L'été suivant, au lieu de l'accompagner à S., je m'étais, sur sa demande, porté candidat à un service volontaire, non rémunéré, à la clinique chirurgicale universitaire. Pendant des semaines, j'avais fait le service de nuit, observant, étudiant, aidant çà et là, secondant l' « opérateur du jour », un assistant expérimenté, en l'absence du professeur.

Je l'avoue, à cette époque-là, j'étais incertain. Je m'intéressais certes à la chirurgie, la plus active des branches particulières de la médecine, mais je m'intéressais tout autant à la psychiatrie et au traitement des maladies nerveuses, qui représentaient la branche la plus passive et, par rapport à la guérison, la moins efficace. Mais ce que j'aurais aimé le plus, c'était pouvoir me tourner vers la « médecine interne », médecine universelle, très active, mais pas précisément sanglante, le traitement des organes internes, des troubles du métabolisme, des maladies infectieuses, empoisonnements, tuberculose, maladies tropicales etc., toutes maladies incluses dans la « médecine interne ». Elle accomplissait alors des progrès foudroyants, en particulier grâce à la recherche radiologique dont les résultats bouleversaient tout ce qui était connu jusqu'alors. Elle n'était liée à aucun pays, à aucune langue comme par exemple la psychiatrie, la connaissance des âmes malades (l'âme et la langue ne font pratiquement qu'un) et elle n'était pas aussi impersonnelle que la chirurgie, qui ne connaît l'être humain que sous son aspect corporel.

Mais je devais alors déjà trop de choses à Kaiser,

et pas seulement d'importantes sommes d'argent. Pendant les dernières années d'études, il m'avait versé une rente tout juste suffisante. Et il m'avait donné plus, bien plus encore, il m'était devenu comme un second père. Il avait fait ses preuves dans ce rôle et s'était rapproché de moi, certes pas à pas seulement, tandis que mon vrai père s'éloignait de plus en plus de moi, d'une manière incompréhensible — et à vrai dire sans raison impérieuse.

Après avoir achevé mes études, je passai une semaine en tant qu'assistant volontaire à la clinique chirurgicale. Le hasard me donna l'occasion de constater que je ne manquais pas complètement de sang-froid, de contrôle de la situation, ni de maîtrise de moi. Une nuit, un jeune apprenti-boucher qui avait reçu au cours d'une bagarre une profonde blessure à l'aine, avait été amené, inconscient en raison du choc et du sang perdu. On l'anesthésia, on désinfecta l'aine et on se mit sur-le-champ à agrandir prudemment la plaie déchiquetée pour saisir en dessous les vaisseaux coupés et les recoudre rapidement.

Mais plus l'opération avançait, plus le saignement devenait fort. Un très gros vaisseau sanguin avait certainement été entaillé dans les couches inférieures. Il fallait absolument dégager la plaie dans les plus brefs délais, sinon le pauvre gars allait perdre tout son sang. Mais où la trouver ? Il y avait tellement de sang qu'on ne voyait littéralement rien. Le visage était blanc comme un drap, et en bas, tout nageait dans un rouge brûlant. On pouvait certes tâter prudemment avec le doigt dans les profondeurs, mais comment trouver tout de suite le vaisseau sanguin, puis la blessure au vaisseau avec des doigts portant des gants en caoutchouc, eux-mêmes recouverts de gants de fil ?

Un chirurgien génial l'aurait peut-être trouvée par intuition et aurait fait un miracle, mais nous ? Or si on ne la trouvait pas, il fallait interrompre l'opération et mettre rapidement un pansement de secours. Non dans l'espoir que ce pansement, serait-il appliqué avec l'art médical le plus élevé, arrêterait le saignement et sauverait la vie. Mais simplement pour transporter le pauvre gars encore vivant à l'infirmerie et dans un lit afin qu'il ne rende pas l'âme sur la table d'opération, ce qui aurait entraîné des désagréments pour la clinique, c'est-à-dire procès-verbaux, enquêtes judiciaires, etc.

Quand nous fûmes tous, c'est-à-dire l'opérateur de service, son premier assistant, moi qui faisais fonction de second, et l'anesthésiste, au bout de notre latin, il me vint une idée. J'avais suivi attentivement les revues et lu un article sur la nouvelle méthode d'un médecin militaire du nom de M.B. Elle consistait, dans des cas comme le nôtre, à prendre un simple tuyau de gaz, à l'enrouler autour du ventre du patient, puis à serrer fortement jusqu'à ce que ce tuyau écrase les grosses artères principales du ventre qui amènent le sang. Il n'y avait alors plus de sang dans les jambes. Aucun sang ne descendait du cœur, aucun sang ne remontait au cœur. Quand on avait réussi à ne plus avoir de sang, on pouvait y voir clair. Et quand on pouvait y voir clair, on pouvait rechercher et dégager la lésion. Une fois qu'on l'avait dégagée, il devenait possible de ligaturer le vaisseau, et le patient était sauvé, à condition qu'il ne s'agisse pas de la grosse artère fémorale, la voie d'accès indispensable de la circulation sans laquelle la jambe allait être un organe mort.

Mais ces réflexions étaient inutiles. Il ne s'agissait pas de la mort d'un organe, il s'agissait de mort tout court. L'opérateur écouta ma proposition d'un air sceptique. Mais comme il n'y avait aucune autre solution, comme il n'y avait plus de miracle à attendre ni possible, peut-être aussi parce que, malgré ma jeunesse et mon inexpérience, je sus un peu le guider, il se fit apporter un tuyau de gaz, l'enroula autour du ventre du jeune homme élancé, sans graisse, un aide opérateur tira à droite et une vieille infirmière religieuse stoïque tira à gauche. Au bout de vingt secondes, comme à un coup de baguette magique, l'effet se produisit, le saignement s'arrêta. Trente secondes plus tard, la lésion était repérée. Malheureusement, elle se trouvait à l'artère fémorale principale. Ligaturer ce vaisseau signifiait sauver la vie mais sacrifier la jambe, il faudrait tôt ou tard l'amputer. Seulement amputer est une sorte de honte pour le chirurgien, comme arracher les dents pour le dentiste, c'est le dernier recours.

Or à cette époque, une deuxième invention technique importante avait été faite, celle du médecin américain Armand Carell ; elle consistait à coudre les vaisseaux selon une certaine technique géniale. Pour cela, il fallait des aiguilles très fines. Nous n'en avions pas. Mais les infirmières religieuses, qui occupaient leurs heures de loisirs à de fins travaux manuels, en avaient. On les apporta, elles furent stérilisées en deux minutes, on prit le fil le plus fin, les coutures furent placées comme il est décrit dans la *Revue internationale de chirurgie* pour les médecins du monde entier.

Par chance, nous fûmes tout de suite en mesure de bien réunir les bords de la plaie, car la blessure avait été causée par un instrument tranchant, vraisemblablement un « couteau pliant » aiguisé comme aiment en porter dans un étui glissé dans la poche arrière de leur pantalon les paysans, les bouchers et les bûcherons. Il fallait naturellement ôter très vite le tuyau de gaz, car le corps ne le supportait pas de manière prolongée. Cependant on pouvait faire la tentative. On devait la faire, il fallait faire l'essai pour voir si l'on avait subtilisé une vie humaine à sa Majesté la Mort. Nous vîmes le vaisseau flasque, gros comme un tuyau de plume, se remplir d'un seul coup à l'afflux du sang. Les coutures se tendirent, mais elles tinrent bon. Le reste de l'opération fut un jeu d'enfant. Nous avions tous travaillé en bonne harmonie et nous quittâmes la salle d'opération couverts de sueur, mais satisfaits.

Je restai cependant fidèle à Kaiser qui m'avait voué à la psychiatrie comme une mère voue au couvent sa fille par trop pudique ou trop blessée par l'amour. Mais ce n'était pas moi qui étais malade d'amour et faible de cœur. C'est lui qui avait de profonds soucis, et il avait besoin de moi.

Le jeune compagnon-boucher nous causa d'ailleurs encore bien des désagréments. La circulation sanguine avait été trop fortement perturbée, la gangrène se mit dans les extrémités de ses orteils et il fallut enlever la première phalange d'un pouce et de deux orteils. Ce n'était pas cher, aurait-on pu penser, pour une vie qu'il aurait sinon perdue. Mais ce n'était pas son avis et la clinique dut lui verser une certaine somme parce qu'il était gêné dans son travail et considérait par ailleurs la mutilation de son pied comme une imperfection physique.

Mais nous n'avions pas compté sur une reconnaissance particulière. Nous nous tenions pour des demi-dieux, et les demi-dieux ne font rien par amour de la gratitude.

Les deux progrès techniques qui avaient sauvé la

vie au compagnon-boucher n'auraient jamais été possibles sans de longues et systématiques expériences sur les animaux. Je devais donc m'accommoder des expériences sur les animaux car elles étaient alors indispensables. Une vie humaine était à cette époque quelque chose de si précieux qu'on pouvait la mettre en face d'une masse d'existences animales innombrables et en tirer toujours la conclusion : une vie humaine est la plus haute valeur qui existe en ce monde.

Cette pensée me rendait également acceptables les projets du conseiller privé. Certes, je n'étais pas un adepte fanatique de sa conviction qu'il était possible de guérir un malade mental ou un débile en lui transplantant des morceaux de tissus de la thyroïde d'un être sain.

— D'un crétin, je ferai un homme intelligent, se vantait-il à l'avance. Mais il suffisait que sur deux chercheurs l'un fût fanatique et fît sauter les obstacles, tandis que l'autre veillait à une bonne exécution technique, contrôlait tout et tirait le bilan final objectif, incontestable. Ce devait être mon rôle.

Il ne s'agissait pas pour l'instant de guérir d'authentiques maladies mentales vis-à-vis desquelles on était déjà désarmé pour la simple raison qu'on savait seulement de manière générale que le cerveau est le siège de la souffrance. Comment, où, pourquoi, personne n'y voyait clair dans les maladies mentales les plus importantes. Le fonctionnement normal du cerveau, la pensée, étaient-ils donc quelque chose de clair pour le spécialiste du cerveau ?

Dans ce domaine, même l'intuition la plus géniale d'un savant et médecin comblé par le Ciel ne servait à rien. Toute recherche systématique était restée vaine. J'avais eu au cours des années d'innombrables préparations cervicales sous le microscope, et Kaiser encore plus. Mais si nous avions dû résumer ce que nous savions sur le siège de l'esprit et sur son mécanisme, nous n'aurions pu que nous taire, esquissant un sourire sceptique au milieu de notre tas de préparations et nos amoncellements de procès-verbaux. Peut-être que ma remarque enthousiaste cinq années auparavant, selon laquelle la disposition des ganglions ressemblait à l'image de la voie lactée, était tout aussi exacte que ce que l'on savait sur le siège du langage, sur le centre de tel ou tel mouvement musculaire, quand on ne préférait pas garder le silence.

D'ailleurs le vieux savant éprouvait, plus souvent qu'il ne voulait le reconnaître, le besoin de parler. Il voulait garder son secret qui n'en était plus un depuis longtemps. Et pourtant, tout était si humain, si banal, s'était déjà répété si souvent qu'il fallait vraiment que la passion vous eût fait perdre la raison pour ne pas avoir devant les yeux le déroulement et l'issue logique du processus : Un vieil homme. Une jeune femme. C'était tout.

Ce vieil homme avait été jeune un jour. Ce Roméo aux cheveux gris qui mendiait maintenant la tendresse n'avait pas été peu aimé naguère. Lui qui se sentait maintenant si solitaire avait trois fils splendides et deux filles magnifiques, presque adultes. Mais est-ce que cela le consolait ? Il voulait justement rester jeune et beau, irrésistible, immortel, malgré son corps qui se fanait, il voulait être aimé, il ne voulait pas se passer de l'auréole de demi-dieu autour de son crâne de César osseux et devenu chauve.

Katinka ne l'aimait pas. Elle le disait ouvertement. Il ne la croyait pas et donnait un autre sens à ses paroles. La gouvernante, une femme d'âge assez mûr, divorcée aux torts de son mari, encore belle, à laquelle je m'étais un peu attaché, me le raconta quand je l'interrogeai. Elle et moi, nous n'étions pas malheureux ensemble. Nous n'avions pas de problèmes, peut-être parce que nous n'avions que peu attendu l'un de l'autre. Il n'y a rien d'autre à en dire. Nous tenions tous les deux au vieil homme. Nous réfléchissions au moyen de lui ouvrir les yeux. Mais comment ouvrir les yeux à un homme d'une intelligence exceptionnelle, d'un esprit créateur, qui connaissait les hommes, à qui on ne pouvait rien dire de neuf et qui avait certainement, en tant que médecin, donné à plus d'un homme dans le désarroi le conseil qu'il se refusait maintenant à lui-même.

Or il avait toujours une lueur d'espoir. Je ne sais pas si c'était vraiment le cas ou si Kaiser donnait seulement le change. L'acteur que Katinka aimait, sans songer que « Katinka Schwarz » ne sonne pas tout à fait aussi « drôle » que « Katinka Kaiser », lui aussi était sur le déclin. On lui refusait les grands rôles et dans les petits rôles qu'on lui donnait, il décevait. Car il est difficile d'être grand dans de petits rôles. Il était dans la difficulté, avait quelques personnes à entretenir et les soucis l'avaient plus vieilli que ne l'avait rajeuni son jeune amour. Kaiser s'imaginait que s'il manifestait aujourd'hui sa puissance intellectuelle par une performance scientifique de portée mondiale, Katinka recommencerait demain à l'aimer. Il n'avait jamais pu se faire à l'idée qu'il pût y avoir des femmes qui ne l'aimaient absolument pas, bien qu'il les honorât de son amour. Il pensait donc que s'il revenait de Stockholm avec les diplômes du Prix Nobel, Katinka lui sauterait au cou, embrasserait ses lèvres flétries et « Monsieur Schwarz » serait oublié, parce que c'était un acteur de second ordre. Cette illusion le maintenait debout.

Il avait déjà fait diverses expériences au cours des années, mais elles l'avaient déçu. Sur des animaux, des êtres vivants sans esprit, on ne peut pas faire d'expérience portant sur l'esprit. Or il se croyait en possession d'une idée géniale et il voulait que je le soutienne ; il m'offrit de partager sa gloire et quand, au faîte de cette gloire, il cesserait son activité pour ne plus vivre que pour sa femme à la voix de rose, je pourrais devenir son successeur, me promettait-il souvent. C'était la raison pour laquelle il m'avait fait acquérir une formation dans la technique chirurgicale.

— Par une opération, je ferai de tout crétin un homme intelligent, répétait-il jour après jour dans le cercle familial. Il croyait ainsi faire impression sur Katinka qui, à vivre ainsi entre deux personnes vieillissantes, n'était plus joyeuse et enfantine depuis longtemps déjà, et se fanait.

Nous nous mîmes donc à l'œuvre, tout d'abord sur un crétin qui avait été confié par sa mère à l'établissement de Kaiser. Kaiser persuada la mère de venir au sanatorium pour se faire opérer en même temps que son fils idiot et nain qui, à vingt ans, ne mesurait pas plus d'un mètre dix et qui, par suite d'un œdème cérébral, pouvait à peine balbutier quelques paroles et n'était pas propre. Moi à une table pour prélever sous anesthésie un morceau de la glande thyroïde de la mère, lui à une autre table près de moi pour implanter ce morceau par une petite incision dans le cou du pauvre handicapé mental. Il n'y avait aucun danger. En tout cas, la tentative était intéressante.

Le garçon était avant l'opération si débile qu'il ne pouvait même pas compter les doigts de sa main. Quelle exultation lorsque, quelques jours après l'opération, le regard jusqu'alors terne et animal du crétin s'éclaira et s'humanisa ! Le jeune homme se mit à grandir ; en cinq mois, il ne devait pas prendre moins de dix centimètres. Ses cheveux raides comme de la paille devinrent soyeux, il prononça cent soixante à cent soixante-dix mots, compta jusqu'à vingt, apprit l'heure, etc. Il reconnut sa mère qui en devint presque folle de bonheur. On commença à lui apprendre à lire et à écrire. Il commença à manger comme un adulte il se mit à chantonner d'une voix harmonieuse, car il devenait un être humain.

Le bonheur qui comblait notre chef fut pendant cette période si entraînant, si irrésistible, violent, que sa douce petite femme en fut effectivement saisie et que, avant même les honneurs publics, le vieil homme reçut d'elle des preuves d'une grande tendresse, baisers, caresses, mots doux, regards d'adoration. J'étais le seul à rester sceptique, je croyais reconnaître que c'étaient toujours et plus que jamais les réactions d'une fille envers son père — et les élans d'une mauvaise conscience qui n'avait pu se sentir en paix devant les souffrances de l'homme qu'elle estimait. Elle donnait à son comportement l'apparence de la tendresse d'une jeune femme à la sensualité tardivement éveillée. On pouvait s'y tromper, mais on n'était pas obligé de se laisser tromper.

Ce que je sais, c'est que les progrès dans la croissance physique et intellectuelle du jeune crétin s'arrêtèrent bientôt. Il oublia progressivement, mais irrémédiablement, ses nouvelles acquisitions. Il redevint ce qu'il avait été auparavant. L'ivresse de la glande thyroïde était finie. Il avait été éveillé, maintenant il se rendormait. Sa mère et le chef ne le voyaient pas. Je le voyais au comportement clinique du pauvre garçon, je le vis en prélevant un échantillon du tissu vital implanté. Il était devenu de la banale graisse. Pas question donc de révolution scientifique. Que pouvait faire Kaiser ? Il fit quelque chose de laid, il déclara que par jalousie j'avais falsifié ses résultats ou volontairement exécuté l'opération avec négligence.

Dans sa ressemblance avec Dieu, le vieux monsieur semblait m'en vouloir particulièrement de m'être jusqu'à présent relativement soustrait à ce genre de faiblesse de l'âme par la force de ma volonté, de mon esprit réaliste et de ma maîtrise, et de lui conseiller la même chose en toute modestie.

— Qu'est-ce qu'un végétarien comprend à la chair ? s'écriait-il avec mépris. Mais peut-être que les gens comme moi apprenaient aussi à connaître la chair, le « récipient impur » dans l'homme et la femme, en s'en rendant maîtres.

Sur ce point, il avait raison : je n'aimais pas comme lui et je ne voulais pas être aimé comme lui. Je voulais mener ma vie tout entière à la lumière froide de la raison consciente. Et s'il m'a fallu souffrir plus tard d'une façon indescriptible, c'est peut-être parce que je pouvais ou ne voulais pas comprendre que tout n'est pas contenu dans la raison. Il y a un esprit, une âme ; mais il y a aussi une âme souterraine. Dans les instants décisifs, ce ne sont pas les motifs logiques, l'esprit de La Rochefoucauld ou de Voltaire qui déterminent nos convictions et nos décisions, mais des oscillations impondérables des sentiments.

Ainsi aurais-je pu tirer des faits la conclusion logique que j'avais protégé mon chef d'erreurs dangereuses dans deux affaires importantes de sa vie, sa femme et la conduite de sa profession, et qu'il devait m'en remercier. Et s'il ne me remerciait pas, si, conformément à la parole juste du Kaiser des juifs, il remplaçait le remerciement par la vilenie, il aurait pu tout faire plutôt que me reprocher l'affaire de corruption de mon père, éteinte depuis longtemps. C'était trop absurde, indigne de lui. Car qu'est-ce que j'y pouvais moi ? Mais je reconnus l'intention mauvaise et je lui donnai ma démission. J'avais maintenant pris goût à la psychiatrie, à ses nouvelles méthodes, à sa façon de lutter contre les maladies de l'esprit avec des moyens psychiques, l'analyse, l'hypnose. Je lui devais encore beaucoup d'argent. Je lui rédigeai une reconnaissance de dettes sur les sommes reçues ; il la déchira, fou de rage. Je rassemblai les petits morceaux de papier, les mis tranquillement dans une enveloppe, la cachetai et la laissai sur sa table de travail. Interdit, il me regarda quitter son bureau. Angélique, sa gouvernante, scandalisée par son comportement, donna sa démission. Et comme si sa vie n'était pas encore assez perturbée par tout cela, Katinka lui dit le soir même qu'elle ne pouvait pas vivre sans Oswald. Elle ne voulait pas tromper son mari. (Peut-être aurait-il préféré cela plutôt que de la perdre complètement.) Elle lui demanda de lui accorder le divorce qu'il avait imposé à tant de femmes contre leur volonté. Elle renonçait au dédommagement. Il lui demanda :

— Et de quoi voulez-vous vivre alors, stupides crève-la-faim ? Elle haussa les épaules. Il accepta son renoncement à l'argent, non par avarice ou radinerie, mais par méchanceté, pour qu'ils ne deviennent pas trop heureux, l'acteur et elle.

Elle partit la nuit même avec une toute petite valise. Les jours suivants, il ne quitta pas la maison, collé au téléphone, attendant un appel de sa femme ou de moi. Nous ne pouvions que revenir, se disait-il, et cependant il ne pensait à nous qu'avec fureur et rancœur. J'étais parti chez mes parents, mon père avait construit une petite usine pour les chalets suédois, ses affaires progressaient lentement mais solidement. Il avait toujours son espèce de modestie doucereuse qui me rendait sa proximité peu agréable ; ma mère, déjà très courbée et le visage couvert de rides, avait quelque chose d'âpre, de solennel, mais en même temps d'intense et de vrai, et je me sentais bien auprès d'elle.

Au bout de quelques jours, la gouvernante me rendit visite. Elle venait de la part de Kaiser, il me demandait de revenir et de tout oublier. Il avait également demandé pardon pour tout à Katinka. Quand je le revis, je fus effrayé, car il n'était plus que la ruine d'un homme qui, dans son genre, avait toujours été fort. La barbe autour de la bouche présentait de grandes plaques vides rougies. Cela venait de ce que le conseiller privé, dans son délire affectif, s'était collé une bande de sparadrap sur les lèvres pour dominer les manifestations de sa souffrance, apprendre le silence, apprendre la retenue. Un geste maladif de vieillard « contre le vin, contre les femmes », dit-il d'une voix brisée. Il me montra le brouillon d'une lettre à sa chère Katinka où il lui promettait de faire d'elle sa légataire universelle « en remerciement de mon cœur pour toute ta beauté et ton amour ». Je lui dis que cette bonté excessive apparaîtrait à Katinka comme une raillerie, qu'il ferait mieux de verser quelques centaines de marks par mois au couple et de les oublier

Il s'efforça de suivre mon conseil. Il simula. Il simula l'absence de jalousie, une pure bienveillance paternelle, mais je vis son regard s'enflammer en dépit de son âge d'une sauvagerie passionnée lorsqu'il lut dans le journal que l'ancien mime du Hoftheater, O. Schwarz, « routinier et seulement routinier », avait donné tort à tous ceux qui l'avaient autrefois si follement surestimé et couvert d'or et de lauriers.

— La pauvre ! Oh ! Oh ! Même plus Oswald ! O. Schwarz ! Quand elle lira ça ! dit Kaiser en me tendant le journal. Il rayonnait, redevenait presque jeune, c'était sa première joie depuis longtemps.

Bien sûr, quelques mois plus tard il était de nouveau dans le plus profond désespoir. Non que quelque chose de décisif se fût produit, mais parce que rien ne s'était produit et qu'il ne supportait pas ce qui constituait le déroulement impitoyable du vieillissement, de la résignation et de la solitude.

La gouvernante qui, comme moi, avait accepté de rester, avait gardé d'autrefois de bonnes relations avec la Cour. Le vieil homme avait reçu suffisamment d'honneurs dans la vie. A vrai dire, on ne pouvait s'imaginer que la noblesse « personnelle » signifierait quelque chose pour lui. C'était pourtant le cas, les difficultés étaient grandes parce que Kaiser était noté là-haut comme mauvais catholique et à moitié anarchiste. Alors il changea du jour au lendemain ; tout d'un coup, le trône, l'armée et l'autel furent pour lui les biens les plus sacrés, lui qui avait appris à apprécier dans sa science l'importante contribution de savants juifs, auxquels on devait en particulier les progrès de la méthode purement psychique, se mit à haïr les juifs — parce que Schwarz était issu d'un mariage mixte et avait donc du sang juif. Il s'imaginait que Schwarz deviendrait blême de jalousie s'il apprenait que Kaiser avait été anobli, et il se répétait mille fois, les lèvres tremblantes, le nom de son ancienne femme : KATINKA VON KAISER, et il me demandait si cela ne sonnait pas magnifiquement. J'approuvais de la tête en souriant.

— Et Kat Schwarz à côté ! se moquait-il avec sa mauvaise habitude d'estropier lamentablement les noms de femmes, Ma, Kat, Lu, Pat, Li, Lo, etc.

Tous ces épisodes ne lui apportèrent un peu d'apaisement que pour quelques semaines. Il en eut assez de la vie. Travailler pour la communauté ne lui disait rien. Il méprisait la politique comme étant le champ d'action des instruits les plus vils et le foyer des intrigues les plus banales. Il me dit qu'il voulait entrer au couvent, ajoutant avec un sourire amer, oui, dans un couvent pour athées.

— Et votre famille ? demandai-je, car je pensais à Helmut. Il ne daigna même pas me répondre.

Je devais me charger de la clinique. Il voulait que j'obtienne d'abord un titre universitaire. Pour cela, je devais présenter un travail scientifique, une thèse. La plupart du temps, c'étaient des compilations sans valeur, des travaux laborieux. Je visais plus haut. Ce qui m'intéressait, c'était un phénomène qu'on étudiait alors de manière plus approfondie sous l'influence de la jeune école psychiatrique juive de Vienne et aussi sous l'influence de Charcot : l'hystérie et les troubles engendrés par l'esprit, que l'on appelait troubles psychogènes, étaient en partie d'ordre mécanique comme les troubles moteurs, en partie d'ordre plus psychique comme la cécité hystérique, la surdité hystérique l'aphonie hystérique, le mutisme, l'insensibilité. Il s'agissait de trouver la voie menant de l'âme diurne à l'âme souterraine. L'hypnose et l'analyse nous révélaient beaucoup de choses. Mais on ne trouvait pas de voie absolument sûre. Je rassemblai beaucoup de matériaux, et mon travail fut une compilation meilleure que les compilations habituelles. Je le présentai enfin et obtins grâce à lui mon bonnet de docteur.

Ce domaine qui s'étendait jusqu'aux profondeurs de l'âme souterraine n'était pas non plus inintéressant pour la juridiction ; les troubles psychogènes étaient liés à la simulation, et je devins dans une certaine mesure un spécialiste de ces problèmes.

C'est à cette époque qu'il m'apparut tout d'un coup qu'on ne pouvait pas faire de différence fondamentale entre destin et hasard. Oswald Schwarz avait un homonyme ; non pas un voleur de femmes délicat, finement cultivé et un peu usé par la vie, mais un vagabond, taciturne, sournois, blafard, d'origine misérable, qui était accusé d'avoir tué un compagnon de route dans une auberge pour le voler et qui prétendait être tout d'un coup devenu aveugle. L'affaire n'était pas claire, car après son acte le vagabond avait longtemps erré comme s'il avait perdu ses esprits et il était finalement revenu sur le lieu de son crime, les vêtements tachés de sang, avec encore dans sa poche le morceau de verre ensanglanté avec lequel il avait tranché la gorge de son compagnon de beuverie. On l'arrêta, il tint des propos dépourvus de sens, sombra pendant vingt-quatre heures dans le sommeil — et cessa de voir à partir de cet instant. Inaccessible à toute parole, méditant avec acharnement, il restait accroupi dans un coin de sa cellule, les genoux remontés, presque immobile, ne mangeant que ce qu'on lui enfonçait dans la bouche. On devait le conduire à l'interrogatoire, à la promenade, aux toilettes, et il tâtonnait comme un aveugle à travers les couloirs de la prison, se heurtant à tout, et le corps couvert de bleus. Kaiser, en tant qu'aliéniste connu, devait donner son avis sur son cas.

J'ai toujours été contre l'utilisation du médecin comme auxiliaire du tribunal. Il doit être à côté du malade, ou au-dessus de lui en témoin objectif, mais pas contre lui. Il doit servir le malade ou bien il lui faut être juge de la science. Mais c'est à d'autres de juger. Malgré tout, le témoignage du médecin est une nécessité, je le comprends, et tout comme la vivisection est un amer bienfait, le témoignage qu'apporte le médecin est un bienfait, pour la société en effet qui veut être protégée dans ses biens mais aussi dans sa liberté personnelle. On (je) doit prendre en compte les intérêts des deux parties. Je devais également comprendre la partie adverse. Je devais apprendre à le faire.

Kaiser m'emmena avec lui pour les examens. Nous vîmes tout de suite que la cécité était un « trouble psychogène », une simulation d'origine hystérique. Mais je pensais que cette constatation ne rendait pas compte de toute la vérité. J'examinai le malade de manière plus approfondie, presque contre la volonté du conseiller privé, devenu maintenant généralement très impatient et nerveux, et trouvai confirmation de ce que je soupçonnais : Oswald présentait tous les symptômes de l'épilepsie authentique, il avait manifestement accompli son acte dans un état de somnolence épileptique.

Je pus le guérir de sa cécité. J'y réussis grâce à l'hypnose.

L'épilepsie subsista. Cela pouvait-il échapper à un psychiatre aussi expérimenté que Kaiser ? Assurément pas. Il fut finalement obligé de me donner raison quand je lui expliquai les faits à partir de mes procès-verbaux. Il me prit le dossier des mains. Mais (là le destin d'Oswald commença par un hasard) quand il eut lu le nom du vagabond, il devint cramoisi de rage, jeta le procès-verbal sur la table et ne fit noter par le secrétaire que ce bref diagnostic : la cécité était hystérique. Il ne dit rien de l'état général. Il ne pouvait pardonner au destin le hasard d'avoir donné au pauvre handicapé mental le même nom qu'à l'homme qui lui avait ravi le bonheur de sa vie. Lui, dans sa ressemblance avec Dieu, ne rendait pas un diagnostic faux. Non. D'un point de vue formel, il était dans son droit, car ce qui importait en premier lieu au tribunal, c'était la cécité. Si la cécité était simulée — ce qui était l'avis du procureur du royaume de Bavière — alors tous ses agissements après le crime étaient également simulés, le retour sur les lieux du crime motivé par le désir du criminel de récupérer autre chose ou d'effacer les traces du meurtre en provoquant un incendie. L'affaire vint devant un jury de paysans, esprits simples pour qui la propriété était tout. Oswald Schwarz avait derrière lui de nombreux vols, actes de violence et même délits sexuels. On ne tergiversa pas longtemps, on le condamna à mort. Il fut exécuté le 30 juillet 1914. Cela aussi, c'était le fruit du hasard-destin. Si le responsable de l'exécution de la peine s'était accordé quelques jours de plus pour régler le dossier Oswald Schwarz, on aurait vraisemblablement gracié le meurtrier comme on le fit alors avec beaucoup d'autres dans le tourbillon du premier enthousiasme guerrier.

D'un seul coup, il n'y eut plus d'Europe, les frontières étaient fermées, et partout coulait le sang. C'en était fini du cosmopolitisme. Il n'y avait plus de voyages à « l'étranger », il n'y avait plus de droits à l'individu, plus de liberté de presse, donc de liberté de pensée, plus de liberté de recherche. Plus de critique. Plus de raison. Ce qui régnait, c'était le droit de la guerre, le droit de l'état d'urgence, ce n'était donc pas le droit. Le droit universel des peuples était inférieur au droit sacré de la nation individuelle qui se défendait, luttait contre une ou plusieurs autres nations, lesquelles se défendaient de la même manière. Si elles se défendaient toutes contre toutes, elles auraient aussi bien pu rester chez elles, mais cela, elles ne le voulaient pas, même si elles en avaient encore eu la possibilité.

Les instincts bestiaux, LES ÂMES SOUTERRAINES s'étaient éveillés, on se vantait d'avoir des cœurs inébranlables, solides comme l'acier au milieu des fleuves de sang, des souffrances et douleurs terribles, et des âmes insensibles aux lamentations et aux blessures. Tout le monde était sain, courageux et bon, tout le monde était patriote, tout le monde était fier de sa nation. Une vague douceâtre de sentimentalisme unit vieux et jeunes, pauvres et riches, au pied de l'autel de la patrie vertueuse et menacée. Chacun versait son écot. Le grand et le riche un petit écot, le petit et le pauvre eux aussi un petit écot seulement. Avec un sourire froid ou des larmes d'émotion dans les yeux, les habitants de tous les pays lisaient leurs communiqués de guerre qui parlaient de milliers de morts, de dizaines de milliers de blessés, de cent mille prisonniers en un seul jour, par exemple à l'occasion de la bataille de Mazurie ou à l'occasion du « juste écrasement » du peuple serbe. Personne n'espérait autre chose que la victoire.

Mais ensuite ? Quels étaient les buts de la guerre ?

— Il en sera question quand nous aurons mis à genoux l'infâme adversaire, disait-on, simple dans la pensée, ampoulé dans la forme. Il n'y avait donc pas de buts tangibles. Comment les buts auraient-ils bien pu exister maintenant, dans le chaos, alors qu'auparavant, dans l'ordre apparent, les masses n'avaient pas eu de buts, si ce n'est d'avoir de la nourriture chaude, un bon logement, beaucoup de distractions et une longue vie confortable ? Mais comme c'étaient les buts de tous les Européens, comme la guerre, en cas de victoire, ne pouvait les satisfaire dans le meilleur des cas que pour un seul parti, l'issue était, dès le début, claire pour tout homme qui pensait logiquement. Seulement l'individu n'était plus rien. L'Etat avait besoin de masses, du dernier homme, et les derniers hommes additionnés devenaient grands et, esclaves, se sentaient et étaient les maîtres.

Ce qui importait, c'étaient les masses, et c'est à elles qu'on s'adressait. Une propagande démesurée se mit en marche. Un mensonge gras et réjouissant (par exemple tous, amis comme ennemis, prétendaient n'être que les victimes d'une agression injuste) servait mieux la bonne cause qu'une vérité amère et triste.

Ce qui fait de l'homme un homme, la raison et la mesure, était soudain considéré comme hostile à la patrie : « Interdit par la police de penser. Prière de se taire, de tenir et de fermer sa gueule jusqu'à la victoire. » Au début, un tout petit nombre résista. A la longue, presque plus personne. Chacun avait-il une âme ? La question restait sans réponse. Mais chacun avait une ÂME SOUTERRAINE. Chacun voulait être le plus fort, et, étant le plus fort, avoir le droit pour lui. La victoire était le droit et Sparte la loi de tous.

Avec le temps, la nation entra tout entière au service de la guerre, et celle-ci s'empara peu à peu de tout et ne laissa plus rien échapper à ses griffes. Plus rien n'était grand ou petit, tout prenait valeur dans la masse, rien n'avait de valeur isolément. C'était la situation stratégique qui décidait si une attaque valait cent mille ou « seulement » dix mille vies humaines. On ne demandait son avis à aucun de ceux qui succombaient. Tout le monde prêtait serment, parce que refuser de prêter serment équivalait au suicide. Tout le monde obéissait à tout le monde. C'était leur honneur. Quelques techniciens dirigeaient la guerre, justement parce qu'ils étaient techniciens, sans se demander en tant que spécialistes des batailles pourquoi on faisait la guerre, quand et comment elle finirait. Il n'y avait que des objectifs stratégiques, politiques — aucun objectif moral ou religieux. La Nation comme Dieu. En bas, chacun était mis à une place où il devait rester, travailler ou bien tirer ou bien encore produire à l'usine. Mais cela faisait du bien à la plupart des gens qu'on ne leur demande pas leur avis. L'obéissance passive endormait les soucis, la conscience, l'angoisse de la vie. Personne ne trouvait le repos et personne n'y avait droit.

Légitime défense, droit exceptionnel de l'Etat, chaque homme un moyen pour atteindre un but, et moi comme les autres. Jamais je n'ai eu tant à faire, et jamais je n'ai moins agi et n'ai eu moins de volonté qu'alors.

Au début, j'étais resté au service du conseiller privé Kaiser, parce que celui-ci m'avait déclaré « inapte » auprès du commandement général et m'avait évité de partir à l'armée. Je dirigeai son établissement en commun avec son vieux médecin-chef, jusqu'à ce que des difficultés d'approvisionnement et le manque d'infirmiers exercés et fiables nous missent dans l'impossibilité de garder les malades. Ils furent emmenés en partie dans des établissements de province, en partie dans des sanatoriums situés à la campagne où il était moins difficile de se procurer de la nourriture. L'Etat, au sommet de son pouvoir et de son autorité, ne pouvait ni garantir à ses sujets la vie et le maintien de leur existence, ni protéger les gens, hommes, femmes, vieillards et enfants, malades et personnes bien portantes, contre la faim, le froid et la nudité. Mais il n'en faisait que plus l'important.

Mon père continuait à vivre à S. Il s'était reconverti à la fabrication de matériel de guerre et produisait des fûts de fusils. Les matières premières nécessaires étaient chaque jour de moins bonne qualité, mais comme il s'agissait de cette partie de l'arme qui n'est pas soumise à une usure grossière, il s'en tirait, et augmenta même la production qui n'était assurée au début que par quelques ouvriers. Toutefois il fut obligé pour la bonne cause mais sans joie excessive, de placer ses modestes gains en emprunts de guerre. Il avait peur d'être mobilisé malgré son âge ; il paya sa contribution et fit dorénavant doublement étalage de son patrimoine, fier de son fils, fier de son usine et fier de son peuple victorieux.

Le vieux Kaiser des juifs avait lui aussi mis ses quelques forces à la disposition de la patrie, et il allait d'un hôpital de secours à un autre, vêtu de son vieux costume civil noir, usé, mais portant sur la poitrine la Croix de fer qu'il avait obtenue comme volontaire en 1870-71. On avait besoin des jeunes médecins au front. Sa fille avait épousé un député socialiste, le leader ouvrier Léon Lazarus. Cet homme intelligent et expérimenté n'avait pas échappé à la contagion générale de la folie guerrière, il s'était porté volontaire, et on l'avait mobilisé bien que, étant député, il ne fût pas soumis au service militaire. Il ne manquait ni de conviction ni de courage. J'appris plus tard que pour échapper au conflit entre ses convictions pacifistes internationalistes et son devoir en tant qu'Allemand patriote il avait demandé à aller sur le front de l'ouest. Le destin ne se soucia pas de ses motifs, c'était de la bonne chair à canon et il fut tué lors de son premier combat. Sa veuve, plus belle que jamais dans ses vêtements de deuil, souffrit beaucoup, mais elle garda le silence, supporta tout et entra comme infirmière dans un hôpital militaire après avoir suivi un cours.

Moi aussi, je fus mobilisé. Quand j'étais jeune étudiant, on m'avait réformé parce que mes côtes étaient un peu abîmées par suite de ma blessure et que l'Etat tenait à avoir des soldats au physique impeccable. Maintenant, il n'était plus aussi difficile. Je suivis donc moi aussi la préparation, ne prononçai aucune parole inutile et supportai stoïquement les fatigues. J'avais repris mon vieux La Rochefoucauld et apprenais le français pendant les heures de loisir, car selon toute vraisemblance je serais envoyé sur le front de l'ouest. Angélique, avec qui je vivais depuis des années, dut abandonner sa place de secrétaire et de gouvernante chez Kaiser. Elle avait un peu d'argent et le plaça, contre ma volonté, (ce fut notre première dispute) en emprunts de guerre parce que ceux-ci rapportaient un intérêt élevé et semblaient plus sûrs que l'or pur. Elle avait l'intention d'entrer plus tard comme intendante dans quelque hôpital pour officiers, mais voulait se consacrer exclusivement à moi tant que j'étais encore à l'arrière. Elle parlait un français presque impeccable et nous commençâmes à nous entretenir dans cette langue de manière très formelle. Est-ce à cause de cela, est-ce parce que dans l'inhumanité de cette époque, arraché à mon activité, sans but et sans espoir, je n'étais plus capable d'une relation aussi harmonieuse que l'avait été la nôtre jusqu'à présent — nous nous éloignâmes l'un de l'autre. En revanche, elle se réconcilia avec son ex-mari avant que celui-ci ne parte pour la guerre.

Je lui étais certes très attaché, mais ne pus cependant me lamenter beaucoup de sa perte. Tout en moi s'était émoussé et figé, et j'attendais avec nostalgie le jour où je partirais pour le front comme médecin militaire auxiliaire. Ma mère faisait tout ce qu'elle pouvait pour me faire changer d'avis. On aurait trouvé assez de moyens pour m'assurer une petite place sûre à l'arrière ou du moins dans une garnison, mais je ne voulais pas.

Jeune médecin, j'avais été un bon opérateur, et quand on me demanda quelles spécialités je maîtrisais le mieux, je nommai la chirurgie en premier et la neurologie en second. Aussi ne fus-je pas étonné lorsqu'on m'envoya dans un hôpital de division sur le front de l'ouest, dans le secteur de La Fierté Lescoudes, une région âprement disputée, complètement ravagée par les obus.

J'arrivai tard le soir, et dès la première nuit je dus

procéder aux premières opérations. Comme l'hôpital était très proche de la première ligne, nous recevions surtout les blessés qui avaient besoin d'une intervention chirurgicale immédiate ; nous devions donc la plupart du temps amputer. Les blessés étaient triés, et il n'y avait pas beaucoup à réfléchir, ni pour le médecin ni pour les blessés. Plutôt vivre mutilé que mourir — c'était évident pour tous.

Les durs combats se calmèrent ensuite d'un seul coup dans le secteur ; pendant plusieurs mois nous n'eûmes presque rien à faire. Puis le grondement du canon s'enfla en un roulement de tonnerre ininterrompu, la terre trembla, des avions français passèrent en ronflant, mais sans jeter de bombes, juste au-dessus de nos tentes blanches, marquées de gigantesques croix rouges, où nous opérions, et à peine une heure plus tard, les premières ambulances, chargées sur plusieurs niveaux de blessés graves, commencèrent à arriver à toute allure. Nous vécûmes alors six semaines d'attaques massives ininterrompues. Nous ne quittions plus nos vêtements. A part quelques heures de sommeil agité, pendant lesquelles nous enlevions nos chaussures et nos chaussettes, nous nous tenions à l'une des nombreuses tables d'opérations et pataugions littéralement dans le sang. Tout comme l'odeur de graisse m'avait enveloppé quand j'étais un étudiant famélique, m'enveloppait maintenant l'odeur de chair humaine sanglante.

Les opérations n'en finissaient pas, la sinistre chaîne ne s'interrompait pas. On ne voyait plus de visage humain. Il se trouvait, couleur de terre, sous le masque de chloroforme blanc. On n'avait aucune décision à prendre, tout était organisé du début à la fin, les soldats nous arrivaient (hommes de troupe et officiers sans distinction) déjà préparés et anesthésiés comme des pièces à la chaîne ; pour appliquer la méthode de Ford à cette usine d'opérations chirurgicales, nous les attrapions avec nos mains et nous travaillions avec rapidité et sûreté, exactement comme des ouvriers d'usine entraînés.

Au bout de quelques semaines, j'étais comme hébété, abruti, sans énergie et pourtant toujours tendu, incapable de lire ou d'écrire une lettre, de suivre des communiqués de guerre, de prendre un livre ou de jouer aux cartes pendant les courtes pauses, ou bien encore d'écouter de la musique au gramophone. Opérer. toujours opérer, faire une incision circulaire de la peau après avoir placé la bande pour arrêter le sang, saisir les vaisseaux et cordons nerveux, attraper la scie à os et scier en un éclair. Alors un membre tombait et on l'emportait rapidement. Car le temps c'était de l'argent ou plus que de l'argent, le temps c'était de la vie humaine, et même si l'Etat ne respectait plus la vie humaine, il ne voulait cependant pas laisser mourir inutilement trop tôt quelqu'un dont il pourrait peut-être avoir encore besoin plus tard. Ensuite venaient la recherche et la ligature précises des veines profondes lesquelles se trouvaient toujours là où elles devaient se trouver, les soins au moignon, particulièrement importants pour les amputations de la cuisse, puis le nettoyage de la blessure, la suture de la peau, et vite au suivant. Après des bras et des mains venaient de nouveau des bras et des mains ou bien des jambes et des cuisses, et cela dura ainsi pendant des semaines et des semaines.

La plupart des médecins se mirent à boire beaucoup d'alcool, je ne le fis pas. La nourriture était bonne et abondante, mais tout avait goût d'amputation. Notre activité était humaine et nécessaire. Tout comme nous aidions les autres, il nous fallait à nous aussi l'aide de bons camarades.

Notre vie n'était pas à l'abri. Un jour, de gros projectiles tombèrent sur la baraque où nous opérions. Je n'étais pas présent. J'avais rassemblé ma dernière énergie et j'étais sorti par un beau temps clair avec une petite voiture. Mes camarades, médecins, infirmiers, aumôniers militaires, ordonnances et cuisiniers furent gravement blessés ou tués, tout comme les soldats et officiers hospitalisés. C'était inévitable dit-on. Il n'était même pas possible de prouver que « l'Anglais » à qui appartenait la lourde batterie, une batterie de marine, avait tiré intentionnellement sur le poste de secours. On fit venir du personnel de remplacement au plus vite, et le lendemain j'opérais avec du matériel tout neuf et des collègues qui m'étaient jusqu'alors inconnus. Mais même en temps ordinaire, les médecins changeaient, personne ne tenait longtemps, j'étais encore un des plus endurants. L'alcool ne les aidait que momentanément et portait fortement atteinte à leur capacité de travail, sans parler de la morphine.

Je me maîtrisais et grâce à la force de ma volonté, je m'abstins de l'un et de l'autre. Quand le travail diminuait un peu, on voulait nous remonter le moral, renforcer notre sens patriotique et nous distraire. On avait installé à quelques kilomètres du front, des scènes de théâtre improvisées, et de petites troupes de comédiens jouaient en faisant de leur mieux, la plupart du temps en se dépêchant et blêmes de peur sous leur épais maquillage. Au cours d'une de ces représentations, je vis Oswald Schwarz.

Il était presque méconnaissable. Devenu gros, bouffi, l'ancien interprète de caractères s'était transformé en acteur comique et s'était déjà si bien mis dans son nouveau rôle qu'il faisait rire les spectateurs, hommes de troupe et officiers.

Je ne tins pas longtemps et sortis. Un collègue m'invita à l'accompagner au bordel des officiers. J'allai avec lui, mais à la vue des femmes, je fus autant dégoûté d'elles que de moi et repartis.

La bataille avait pris fin dans notre secteur, et à notre avantage. Le corps sanitaire emballa notre matériel dans des caisses numérotées, se mit en route, et dressa ses tentes quelques kilomètres plus avant. Nous n'attendîmes pas longtemps du travail. « Le Français » lança une contre-attaque et de nouveau suivirent quatre semaines d'opérations ininterrompues. Puis on affirma que le secteur n'était pas important, qu'il ne valait pas les énormes pertes humaines, nous fîmes nos bagages et revînmes à l'endroit d'où nous étions partis quelques semaines plus tôt. On me donna une permission parce que c'était mon tour. La bureaucratie travaillait bien. Nous étions toujours assez bien ravitaillés et la qualité du matériel médical ne se dégrada que peu à peu, au même degré que le matériau humain.

Je rendis visite à mes parents. Ils se réjouirent tous les deux, et à ce qu'il me sembla, mon père cette fois-ci presque plus que ma mère. Je ne savais plus ce qu'était la vie civile, j'avais du mal à converser d'une façon cohérente. Du reste, on ne voulait pas la vérité mais seulement des récits pleins de soleil et d'espoir, c'est-à-dire des récits guerriers, spartiates. Il ne fut pas question d'explication entre nous. Je revis Victoire et nous nous regardâmes avec étonnement. Moi à cause de sa beauté, elle comme si j'étais un animal étrange.

A l'arrière, régnait une atmosphère curieuse, faite en partie d'une exubérance insensée, en partie d'un désespoir insensé. Les masses commençaient à découvrir la guerre, même à l'arrière. Quelques rêveurs pacifistes prirent la parole et parlèrent d'une paix sans vainqueurs ni vaincus, d'un arrêt des hostilités sans annexions ni indemnités de guerre. Ils ne s'imposèrent pas. L'Etat, qui ne pouvait que continuer à combattre obstinément parce qu'il n'avait d'autre but précis que de se maintenir lui-même et devenir plus grand qu'il ne l'était auparavant, lança une puissante contre-propagande dans la bataille d'opinions. Bien que les partisans de la paix eussent une forte majorité au parlement, ils ne purent qu'avoir le dessous car ils ne détenaient pas le pouvoir exécutif. Celui-ci était entre les mains d'un homme irresponsable, un dictateur du rang de maréchal, à qui tout le monde devait obéir aveuglément, sans réfléchir, sans hésiter. Comme il était personnellement sans reproches et ne vivait, comme ses acolytes, que pour la victoire, et accomplissait un travail incommensurable, on lui faisait confiance et on se raccrochait à lui comme s'il eût été le Destin ou Dieu.

Je revins au front. Mais il me répugnait du fond de mon cœur de soutenir en tant que médecin, par ma science et mon art, une cause que je détestais — et au succès de laquelle je ne croyais plus. Ou bien était-ce une autre raison qui me poussa à m'engager dans une unité combattante et non dans un corps sanitaire ?

Etait-ce chez moi aussi L'ÂME SOUTERRAINE qui voulait monter à la surface, avais-je moi aussi goûté au sang (bien souvent, il m'avait giclé, brûlant, au visage) et voulais-je être un de ceux qui savent ce que c'est que de tuer un homme au lieu d'attendre simplement à l'arrière et prétendre réparer le mal fait volontairement à l'avant ? Quel sens cela avait-il de sauver des hommes de la mort si l'Etat les remettait en jeu à peine guéris ? Certes, les amputés ne retournaient pas au front. Mais on leur faisait faire méthodiquement des exercices de gymnastique, on les éduquait pour la profession nécessaire, on perfectionnait les prothèses. En garnison ou à l'arrière, ils se rendaient ensuite utiles de quelque manière, et libéraient ainsi d'autres hommes qui devenaient de la chair à canon. Les femmes aussi étaient embauchées, dans le même esprit. Mais ce n'est pas tout cela, je le reconnais. J'étais entraîné, toute mon énergie était tendue vers quelque chose à quoi ma raison s'opposait en vain. A quoi sert de vouloir comprendre à l'aide d'arguments logiques ce qui provenait d' « oscillations imprévisibles du sentiment le plus intime » ? Libéré des ennuyeux travaux de tranchée et des gardes, j'ai alors participé plus d'une fois dans un « groupe de choc » pour missions spéciales à des combats rapprochés, quelques camarades solides, courageux et de sang-froid à mes côtés. Plus d'une fois, je suis monté à l'assaut, de jour comme de nuit, à la tête de mes gars, j'ai lancé des grenades à main, j'ai servi le fusil-mitrailleur, j'ai entendu chanter l'eau dans le refroidisseur, j'ai tenu la poignée en bois de la mitrailleuse (peut-être une fabrication de mon père) et je n'ai pas eu peur de la mort. Je n'ai pas été un bon assaillant seulement pour moi-même, mais j'avais mes gars tellement bien en main qu'ils m'auraient suivi dans la mort sans ciller. Je les regardais, rien de plus. Jamais aucun d'eux n'a refusé d'obéir. Tous les officiers n'ont pas eu le même succès. Déjà dans mes fonctions de médecin j'ai bien souvent mieux dominé les malades, par suggestion éveillée ou hypnose, que le vieux Kaiser. C'était maintenant très utile. Tant que je n'eus pas à lutter corps à corps avec l'ennemi (il y avait en face de nous des troupes indiennes appelées Gourkhas) tout fut simple. Le combat technique, mené à distance, ne vous donne rien. Mais il faut avoir vécu une fois ce qu'est l'autre, ce que les générations primitives ont connu et aimé il y a des millénaires il faut être monté une fois à l'assaut à la baïonnette, heureux de se battre. Il faut avoir une fois fait une percée en sautant par-dessus les sacs de sable crissant, les grenades offensives aux poings, une à droite, une autre à gauche, il faut avoir senti le fil de fer barbelé vous retenir par le pantalon et les épaisses bandes molletières, il faut avoir, dans un sentiment indescriptible, eu à la fois horreur et envie de tenir contre sa poitrine le gars démesuré à la peau brune et au turban sur la tête, impeccablement vêtu de kaki, et de lutter avec lui quand les grenades qu'on lui avait lancées n'avaient pas explosé. Il faut lui avoir arraché de l'épaule droite le fusil avec la baïonnette au canon, tandis qu'il se penchait un peu pour vous lancer sa grenade en position sûre, il faut lui avoir, d'un coup habile, enfoncé la baïonnette juste au bon endroit entre les côtes, il faut l'avoir entendu hurler dans sa langue gutturale inconnue, l'avoir vu blêmir et rouler en tous sens ses yeux au blanc jaunâtre immense autour de la pupille, lancer ses mains en avant, se couper et se couvrir de sang en essayant d'arracher la baïonnette de la blessure, pendant que moi, je tournais péniblement cette baïonnette dans la blessure et l'enfonçais encore plus dans son corps afin que tout soit vite terminé, lui ayant eu son compte et moi rejoignant les autres — il faut avoir senti son corps agonisant, se raidissant, peser si lourd sur la baïonnette que je percevais jusque dans l'épaule que sa tête s'affaissait et qu'il était temps maintenant de retirer la baïonnette, de suivre à travers les brèches dans le barbelé les camarades déjà loin en avant et de recommencer la même chose une deuxième ou une troisième fois. Ce que je raconte là, ce ne sont que les conséquences extérieures. L'intérieur, la SENSATION D'ÉCRASEMENT, la splendide pulsion bestiale, le bonheur barbare, l'ivresse barbare, cela, on ne le décrit pas. On ne peut pas écrire les mots dans une pièce tranquille en pensant qu'un autre, dans une autre pièce tranquille, seul, le cigare à la bouche, son chien à ses pieds, vous comprendra et saura alors ce que vous ressentez. Un homme livré à lui-même ne vit pas cela. Je ne l'ai vécu que comme individu noyé dans la masse. Les miens étaient devant moi, ils étaient près de moi, ils étaient derrière moi. Quand l'un d'entre eux était tué, les autres étaient toujours là. Un homme cessait de vivre, mais la vie ne cessait pas. J'étais un bon chef de groupe de choc, trop acharné et audacieux peut-être, et j'avais beaucoup de pertes parmi mes gars, des soldats d'élite. Mon capitaine qui m'accrocha la Croix de fer sur le côté gauche de la poitrine me retint souvent en me mettant en garde. Quelque chose me poussait. Une nuit, je fus blessé par une balle perdue. Dans le combat à distance, je n'avais aucune chance, c'est tout. Blessure au poumon. Aucun danger pour ma vie, aucune suite, aucune mutilation. Si cela n'avait pas été mon malheureux côté droit où je portais encore la cicatrice à la plèvre de la blessure que j'avais eue quand j'étais enfant, cela aurait été une affaire de quelques semaines. Je dus donc regagner l'arrière. Ce qui me frappa dans le traitement un peu difficile de ma blessure, ce fut que je ressentais peu de douleurs. C'était l'ancien emplacement, j'aurais dû en fait avoir plus de douleurs qu'à l'époque où j'étais jeune. Mais je ne ressentais souvent presque rien. La plupart du temps, les médecins sont très douillets. Je reçus beaucoup de louanges pour mon stoïcisme, et je les accueillis avec flegme.

Quand je fus guéri, j'eus droit à une permission de convalescence. Mais je voulais travailler. Il était impossible de prendre du repos à cette époque, au début de l'année 1918. Je voulais servir. On examina mes papiers et on constata avec étonnement que j'étais également spécialiste des maladies mentales et nerveuses. On m'affecta à un établissement spécialisé dans ces maladies, situé à P. en Allemagne du Nord tout en m'élevant, hors « promotion », au grade de médecin-capitaine. Au début, je ne l'écrivis à personne et aucune lettre ne me parvint. Puis je retournai progressivement à mon ancienne existence.

Je fus nommé à l'hôpital militaire de P. où j'eus à m'occuper de nombreux mutilés de guerre, mais ce n'étaient pas des amputés, c'étaient des mutilés mentaux qu'on ne pouvait aider par des exercices de gymnastique méthodiques ni par d'ingénieux membres artificiels. Il y avait là autant d'« authentiques » malades que de simulateurs, de graves maladies mentales au stade initial, de l'hystérie à son paroxysme, et je pus poursuivre mes études entreprises au temps où j'étais dans l'établissement de Kaiser.

Au-dehors, la guerre continuait sur de nombreux fronts avec une vigueur inchangée, et même d'une façon encore plus désespérée qu'autrefois. Mais il semblait parfois que la foi du peuple en la victoire finale chancelât tout de même. Les tentatives de percées sur le front de l'ouest, après plusieurs jours d'un feu roulant que ne pouvait supporter un homme aux nerfs solides ni à plus forte raison un homme nerveux, sensible, un hystérique, un neurasthénique, n'arrêtaient plus. Elles coûtaient d'énormes sacrifices « en hommes et en matériel », n'étaient en rien décisives. Des hommes nous arrivaient qui se bouchaient les oreilles parce qu'ils continuaient à entendre le grondement des lourds mortiers, d'autres voyaient jaillir devant eux le feu des lance-flammes, d'autres chancelaient comme si la terre tremblait et se réfugiaient dans des coins sombres, dressant devant eux comme des sacs de sable de la literie pour se protéger, d'autres ne fermaient pas l'œil, d'autres encore tombaient dans un sommeil si lourd qu'on devait les réveiller pour les repas ou pour qu'ils fassent leurs besoins, ils étaient dans un état de somnolence, d'abrutissement, de stupeur, n'avaient plus que la forme végétative de l'être humain, leur âme était si frappée d'horreur qu'ils ne se plaignaient et ne pleuraient même pas. D'autres ne pouvaient supporter la « honte », pleuraient comme des enfants, désespéraient, tentaient de se donner la mort. Plus d'un y réussit, alors que la fin de la guerre était proche.

Une grande partie de notre effort, c'est-à-dire de l'effort des médecins, des officiers qui commandaient l'hôpital et des équipes d'infirmiers surmenés, visait à protéger les malades contre eux-mêmes. Non seulement chacun contre lui-même, mais aussi les différents groupes les uns contre les autres. Les malheureux n'avaient souvent pas assez de la guerre qu'ils venaient de surmonter, ils la poursuivaient ici, se jetaient les uns contre les autres avec une brutalité bestiale après s'être échauffé les esprits en se lançant des piques, la plupart du temps politiques, jusqu'à se mettre dans une fureur incontrôlée.

Je ne pouvais m'occuper de chaque malade de mon service. Avec la plupart d'entre eux, je m'étais contenté de prendre quelques notes que je voulais utiliser plus tard pour un travail scientifique sur les psychoses de guerre. Je n'ai essayé d'étudier, de comprendre jusqu'au fond de l'âme, de traiter d'une manière ou d'une autre et de guérir qu'un très petit nombre, parmi eux un aveugle de guerre agité, épuisé par l'insomnie, un caporal du régiment bavarois List, ordonnance de l'état-major du régiment, dénommé A. H.

On avait attiré mon attention sur lui de deux côtés : un sous-officier, ancien conducteur de locomotives originaire de Essen, responsable militaire du maintien de l'ordre et de la discipline dans la salle où se trouvait H., m'avait demandé d'en prendre soin. Un autre sous-officier, responsable du traitement des malades dans cette salle, de la répartition des médicaments que l'on devait économiser, de la pose des pansements (car plus d'un avait des blessures corporelles en plus des blessures mentales), me l'avait signalé comme un éternel perturbateur, un agitateur fanatique, un meneur et un éternel mécontent qu'il fallait sanctionner disciplinairement.

A ses dires, le caporal A. H. avait été gazé au cours de sa dernière patrouille par une grenade de gaz vésicants qu'avaient tirée les Anglais, ses yeux avaient brûlé comme des charbons ardents, il était revenu, titubant comme un aveugle, faire son rapport à l'état-major du régiment, et ensuite on l'avait transporté sans tarder à l'arrière. Seulement il n'était pas dans un hôpital de campagne dressé pour les gazés, au milieu d'autres gazés dont les yeux avaient effectivement subi souvent d'atroces corrosions sous l'effet des gaz toxiques, de l'ypérite et des gaz irritants, il était chez nous avec les estropiés mentaux de la guerre. Le caporal refusait de se laisser soigner les yeux par le sous-officier parce que, comme je l'avais appris du conducteur de locomotives, celui-ci était juif. La haine des juifs était si forte chez lui qu'il refusait de manger à une table où mangeaient des juifs. Il les évitait et affirmait les reconnaître à l'odeur.

Il ne dormait pas. La nuit, il parcourait les couloirs en tâtonnant dans son agitation fiévreuse, ou se tournait et se retournait sans arrêt dans son lit. Ses camarades de chambre ne devaient alors pas faire de bruit. Ils n'avaient pas le droit de fumer, car il était non fumeur et ne supportait pas la fumée, ils n'avaient pas le droit de boire, car l'odeur de l'eau-de-vie lui donnait mal au cœur. C'était un abstinent. Parfois l'envie le prenait de donner l'ordre à quelques amis (il y en avait un tout petit nombre qui lui étaient attachés de manière fanatique) de venir au milieu de la nuit auprès de son lit (malgré son rang peu élevé, il les avait bien en main) et il leur tenait des discours sans fin sur ses convictions politiques, et ce avec un tel feu qu'après, ils ne pouvaient pas plus dormir que lui.

Que les autres eussent le même droit de dormir et de se reposer que celui qu'il revendiquait si passionnément pour lui-même, ne lui venait pas à l'esprit. Qu'ils eussent en fait des droits quand quelque chose ne lui convenait pas *à lui,* il le tenait pour une offense personnelle et il s'indignait.

Il avait des idées simples mais convaincantes, et il en était tellement pénétré que son cercle grandissait constamment tandis que ne cessait de diminuer dans la salle celui des partisans de la tranquillité. Lui, l'aveugle, avait en permanence la carte du monde devant les yeux et bâtissait ou détruisait des empires d'un seul mot.

Le Deutsche Vaterlandspartei, dernière tentative faite pour réveiller l'enthousiasme de 1914, avait été fondé en 1917. Il devait être le seul parti patriotique, authentiquement national, et le proclamait déjà dans son nom. Il ne devait plus y avoir de classes ni d'autres partis. Il n'y avait sur terre qu'un seul grand peuple, le peuple allemand, que Dieu, dans sa justice, avait élu pour apporter le salut du monde, il était le roi parmi les peuples comme le Christ parmi ses apôtres, le Messie des peuples de la génération à venir, le peuple des Seigneurs grâce à sa naissance, grâce à l'esprit de sa culture, mais encore plus grâce à l'invincible épée allemande et grâce à la force. C'est ainsi que l'épée allemande devait réunir sous le drapeau de la Grande Allemagne tous les Européens de langue allemande et de race pure, ensuite cet empire unifié de cent millions d'hommes devait dominer l'Europe et ainsi le monde entier. Une idée grandiose comme celle-ci aurait encore été acceptable en 1914 au moment des premières grandes victoires de l'armée. Maintenant que la retraite ne pouvait être arrêtée sur le front de l'ouest, que des dizaines de milliers de personnes, en particulier des enfants, des vieillards et des femmes succombaient de faim, de froid et de privations à l'arrière, cette idée était absurde. Mais c'est justement ce qu'elle avait d'absurde, le miracle, qui gagnait à elle des adeptes convaincus. De tendance politique, elle devint une religion. C'était aussi le programme du caporal aveugle A.H. Mais comme pendant à cette mission divine confiée aux Allemands, il prêchait la haine contre la peste noire, les responsables de la guerre (que l'instant d'avant il avait louée comme la seule voie d'accès au pouvoir), contre le « Judt » (youtre), comme il l'appelait dans son dialecte autrichien. Il ne supportait pas la contradiction, sa passion explosait alors d'un seul coup, on aurait dit une éruption, il hurlait, parlait d'une voix rauque, chuchotait et sifflait comme dans un délire, et souvent il criait si fort que les malades se réveillaient dans les salles voisines malgré les somnifères. « Dot Judt » (le youtre) était cause de tout. Il disait d'eux que ces noirs parasites des peuples souillaient systématiquement nos innocentes jeunes filles blondes et détruisaient ainsi quelque chose qui ne pouvait plus être réparé dans ce monde. « Des centaines de milliers de jeunes filles sont séduites par de répugnants bâtards juifs aux jambes torses. » Mais ce n'était pas tout. Walter Rathenau n'était pour lui que le représentant diabolique du capital juif mondial conjuré contre l'Allemagne, et non le grand organisateur froid, couronné de succès, de l'économie de guerre allemande, sans qui la guerre aurait été perdue dès Noël 1914. Non, elle avait été perdue parce que cette « salope juive », l'homme le plus puissant du Reich après le Haut Commandement Militaire, avait trahi le Reich qui s'était confié à lui, et l'avait vendu pour faire réussir la conjuration juive mondiale. Les juifs semaient maintenant à l'arrière et même au front le poison dangereux, corrosif, de la révolution pour que les stupides masses aryennes s'y laissent prendre. Il n'en démordait pas, le « youtre » ne travaille pas, il ne se nourrit que de trafic malhonnête, ne connaît pas le droit mais seulement le mensonge, la tromperie et l'escroquerie.

On pouvait lui opposer tous les arguments qu'on voulait. Tout était vain. Et pourtant c'était un homme qui comprenait vite, il était intelligent. Quand il mentait, il croyait dire la vérité, il touchait les autres par son idéalisme, il les émouvait par sa simplicité, et beaucoup le suivaient sans la moindre critique, ils ne voulaient pas penser ni recommencer à douter. Lorsque les uns lui reprochaient de n'avoir réussi à devenir que caporal malgré son soi-disant si grand courage et ses aventures grandioses (il affirmait avoir un jour alors qu'il était seul en patrouille, « arrêté » douze ou quinze Français dans une cave d'un village abandonné sur la Somme), les autres voyaient en lui un soldat héroïque injustement traité, une victime de l'arbitraire et de l'injustice, tant il avait réussi à se faire aimer d'eux dans sa veste usée, sa vieille casquette gris verdâtre imprégnée de sueur posée de travers sur sa tête.

Il terrorisait les autres comme s'il n'y avait personne d'autre que lui, se révoltait, exigeait d'avoir toujours un homme à sa disposition pour s'occuper de lui dans sa cécité, l'habiller, le nourrir, le conduire à la promenade et aux toilettes. Mais c'est à peine si nous avions assez de personnel pour soigner les forcenés. La majorité se vengeait de lui, le taquinait, mettait en doute sa Croix de fer de première classe. Ils disaient qu'il avait rempli avec de l'encre dans son matricule l'espace séparant les deux II pour en faire un I. On ne comprenait rien aux dossiers, les papiers personnels étaient souvent rédigés sans soin. Ne voulant pas le supporter, on demandait le calme. On le faisait tomber de son lit lorsqu'il ne voulait pas se tenir tranquille la nuit, on lui versait de la saccharine au lieu du sel dans sa soupe, on l'égarait, on l'emmenait dans l'entrée du mess des officiers au lieu de le conduire aux toilettes. Il était aveugle, n'est-ce pas, ou se faisait passer pour tel. Les deux sous-officiers se disputaient à cause de lui, et le mieux aurait été de l'enlever à cet environnement de dérangés mentaux et de l'installer dans un hôpital de l'arrière où il pourrait attendre l'évolution des choses entouré d'hommes physiquement malades, mais mentalement intacts. Mais le soigner ? Comment cela pouvait-il être possible ?

Selon mon ancienne conception des choses, il fallait songer à protéger de la société les malades mentaux que l'on ne pouvait guérir définitivement. Mais encore plus à protéger la société d'eux. Ici, A. H. ne se trouvait qu'avec des hommes qui avaient perdu leur équilibre mental. Moi aussi, j'étais dans ce cas, et il me fallait traverser encore bien des épreuves avant de redevenir l'homme que j'avais été avant la guerre.

Et comment protéger la société de lui ? N'était-il pas dangereux ? « Sans ménagement, brutalement », ces mots revenaient sans cesse dans sa bouche. J'ai soigné plus d'un malade de son genre, sans toutefois le changer fondamentalement. Car le fond de ces hommes, leur instabilité, leur fausseté, leur insatiabilité, leur ignorance d'eux-mêmes, leur incapacité à se mettre dans la peau d'un autre, et même de comprendre ne serait-ce que le simple droit de vivre d'un autre, leur ingratitude, leur feu égocentrique, leur désir de témoignage de tendresse et leur besoin de se faire remarquer — tout cela, seul un Dieu aurait pu le changer de fond en comble. Mais nous autres médecins, nous nous estimions semblables à Dieu, toujours et encore.

Je me rappelais encore le miracle accompli par le Kaiser des juifs auprès de mon lit quand les côtes cassées m'avaient percé la plèvre. Je croyais pouvoir libérer le caporal des souffrances les plus frappantes de sa maladie, sa cécité et son insomnie. Il était seul, n'avait jamais reçu de colis, ne recevait aucune lettre de sa famille, père, mère, frère, sœur, épouse ou fiancée. Il n'avait pas de véritable ami, durant la journée il restait assis dans un coin, grognon, muet, les yeux clos, sa longue moustache à la polonaise au-dessus de ses lèvres, et ses adversaires passaient à côté de lui et disaient :

— Regarde-le, il rumine. Mais les plans qu'il ruminait n'étaient pas ceux d'un destin radieux, seulement d'un avenir noir. On ne l'a jamais vu rire, l'humour lui était aussi étranger que la courtoisie. A part ses deux ou trois idées, il était aveugle au monde. La seule chose qui l'intéressait, c'était la politique ; il amena un de ses camarades à lui lire les journaux à haute voix, il ne s'en rassasiait jamais. Il les comprenait vite et de manière sûre. Il saisissait l'essentiel intuitivement. Empereur, Reich, tradition, frontières ne lui en imposaient pas.

Il y avait encore à cette époque des journaux humoristiques, des plaisanteries sinistres et faiblardes, mais aussi grotesques et cruelles, tout cela pour se consoler de l'époque désolante. Il les refusait avec indignation, et son camarade se fatiguait un peu de ne lui lire que les nouvelles politiques, au fond toujours les mêmes, dans les journaux des tendances nationale, socialiste ou démocratique. Mais le caporal imposait sa volonté. Il écoutait avec une fureur rentrée les articles des journaux libéraux. Dans certains, on faisait preuve d'équité vis-à-vis de l'ENNEMI, on osait maintenant mettre en doute ce qui avait jusqu'à présent été tenu pour un fait incontestable, à savoir que l'Allemagne avait été entraînée dans la guerre contre sa volonté. Il se fit donner le journal et le déchira en morceaux. Il ne voulait pas rendre les journaux, mais les utiliser à un endroit secret. Or, les autres malades attendaient déjà le journal, et il en résulta une nouvelle bagarre dans laquelle le caporal eut le dessous. Un artilleur de religion juive s'approcha de lui martelant le sol de ses lourdes bottes et faisant cliqueter ses éperons, le souleva par les épaules, le regarda droit dans les yeux avec lesquels H. ne voyait soi-disant pas, et l'avertit que s'il recommençait à faire des histoires, il lui cognerait la tête contre le mur d'une façon telle qu'il ne l'oublierait plus jamais. Puis il lui arracha les morceaux de papier de ses poings serrés et s'en alla. Il ne frappa nullement l'aveugle de guerre. H. ne fit que se gausser de lui. Il dit que lui, à sa place, aurait agi autrement. Aide-toi, le Ciel t'aidera, tel était son slogan, tout était permis au plus fort. Pour l'adversaire, même la plus petite marque de respect était de trop.

Le même soir, il raconta à ses camarades plantés au bord de son lit qu'il n'avait jamais pu comprendre que l'on rendît aux officiers français tués au combat les mêmes honneurs qu'aux allemands, par exemple à des aviateurs français abattus. Selon lui, on ne devait même pas enterrer les Français quand ils étaient morts, et pour ce qui est des youtres, ils ne devraient même pas avoir l'honneur de combattre sous l'uniforme allemand, il faudrait leur donner des revers jaunes, etc.

De tout cela, je n'avais jamais à me soucier en tant que médecin impartial. Il était répugnant, mais c'était son droit d'être répugnant. Pour moi, il ne s'agissait pas de prendre parti pour lui ou contre lui, je n'avais pas à le juger.

J'avais le choix entre me débarrasser de ce fanatique ou bien le libérer de ses souffrances avec tous mes moyens et attendre le temps que la grande énergie de cet homme se tourne vers d'autres buts, plus humains et meilleurs. Je n'ai jamais compris qu'un homme puisse être à ce point hypnotisé par lui-même, qu'il n'apprenne jamais, ne doute jamais, ne tire jamais leçon de rien. Mais H. était un de ces hommes.

Cependant, il connaissait bien les hommes, il s'adaptait, il nous voyait, bien qu'il ne nous vît pas. Il savait se montrer complaisant envers ceux qu'il jugeait importants, par exemple avec moi, médecin au grade de capitaine, qui avais combattu au front et avais gagné la Croix de fer de première classe. Il réussit, je ne sais comment, à ce que je m'occupe particulièrement de lui.

Une nuit que j'étais moi aussi frappé d'insomnie (je me faisais du souci pour ma mère qui souffrait beaucoup des privations), je me rendis dans mon bureau aux murs nus et fis entrer H. qui marchait dans le couloir en tâtonnant comme un somnambule. Je le plaçai à la lumière, me tins dans l'obscurité à une distance de la lampe qui me permettait juste de prendre mes notes sténographiques. Je le fis parler et il parla pendant des heures sans interruption. J'appris qu'il était originaire de Haute-

Autriche. Par amour de l'Allemagne, il avait dédaigné de servir dans l'armée autrichienne — « je ne voulais pas me battre pour les Habsbourg » — et était entré au service des Allemands. Il avait salué la guerre avec jubilation comme signifiant son salut et le salut du monde. Son père était un paysan, un petit paysan (par la suite, on dit qu'il avait été fonctionnaire des douanes), un homme sévère, cérémonieux et froid qui avait été marié plusieurs fois, avait des enfants de trois mariages (presque comme le mien). H. avait bientôt perdu sa mère (je pensai à la mienne dont les nouvelles n'étaient pas des meilleures).

Il avait été un pauvre étudiant des Beaux-Arts à Vienne, avait peint de petits tableaux à l'huile, format carte postale, et les avait passés au four jusqu'à ce qu'ils devinssent d'un joli marron et obtinssent la facture de l'Académie. Mais il n'avait pas réussi à être admis à l'Académie, on l'avait considéré comme un grand architecte, trop bien pour la classe de peinture. Souffrant de la misère, il avait travaillé comme peintre en bâtiment sur un chantier, avait été victime des railleries des ouvriers syndiqués, soumis à la domination des juifs, et on l'avait chassé sans raison, simplement parce que ces prolétaires haïssaient l'homme supérieur, cultivé, qu'il était, non fumeur, végétarien et abstinent. Il avait traîné dans les rues, et souvent un brave « clochard », un de ces nombreux vagabonds sans foyer qui passaient même la nuit sous la terre dans les canaux abandonnés de la Wien, l'avaient soutenu en lui donnant quelques sous ou le quart d'une miche de pain. Il avait eu une jeunesse très dure, bien plus dure que moi.

Il avait souvent, dit-il, passé la nuit dans le foyer

pour hommes du XXe arrondissement de Vienne, avait souvent voulu s'en aller en pleine nuit parce que l'odeur des vagabonds lui était insupportable, mais ses vêtements étaient à l'épouillage et on ne les lui avait rendus que le lendemain matin, complètement « chiffonnés » et enlaidis par la vapeur brûlante de la désinfection.

Il dit s'être toujours intéressé à la politique, il était originaire de la région frontalière et avait vu l'Allemagne de près, il avait toujours intensément désiré être allemand parce que la nouvelle Allemagne de 70-71 était grande et dure, tandis que la vieille Autriche de 1866 était molle et vermoulue. C'est le youtre qui l'avait empoisonnée, personne d'autre, comme il avait empoisonné la Galicie et l'avait dévorée « sans faire de restes ». Il en revenait toujours aux juifs. Ils étaient la race noire, au sens propre du terme, les ennemis mortels des Allemands, symbole de la race blanche. La race du Christ contre la race des juifs. Le Christ était un aryen, Judas le prototype du youtre. L'un devait vivre, l'autre périr. Je voulais le détourner de ce sujet. Pour l'amener à parler d'une autre chose qui sommeillait sans doute dans son ÂME SOUTERRAINE, je lui demandai s'il n'avait pas été déçu par des femmes, s'il n'aurait pas connu une femme juive qui n'aurait pas été bonne pour lui. Son visage s'empourpra tout d'abord, puis devint blême de rage. Mais il se domina, car il ne voulait pas se fâcher avec moi.

— De toute façon, Monsieur le médecin d'état-major sait tout, bien sûr, dit-il d'un ton moqueur. Et cela coupa court à la conversation. Il ne parla plus, et ses yeux vides, brillants comme de la porcelaine, allaient distraitement d'un côté à l'autre. En cet instant, il ne voyait rien.

Il avait une voix discordante, rauque et profonde, mais on ne pouvait se soustraire facilement à sa fascination. J'avais beaucoup de travail pour le lendemain et pourtant j'aurais pu l'écouter encore longtemps. Il était par ailleurs également très sensible à une « belle musique », et ce qu'il préférait, c'étaient les œuvres de Wagner, l'ennemi des juifs.

Le destin d'un homme frappé de cécité hystérique est toujours très difficile. Il est plus mutilé qu'un homme qui s'avance en boitant sur deux prothèses. Il est plus malheureux qu'un « véritable aveugle », celui-ci se fait souvent très vite à son malheur. Les aveugles véritables regardent en eux-mêmes. Ils aiment bien travailler, sont adroits, modestes, apprennent un métier d'aveugle et à lire le braille. Ils fondent souvent une famille, et on est surpris par l'expression satisfaite de leur visage. On a pitié d'eux, ce qu'ils ne veulent pas du tout, et on les aide. Mais il en va autrement des aveugles par hystérie. Ici, à l'hôpital, H. n'avait pas de mal à trouver des sympathies. Ici, il était encore hébergé au nom et aux frais de l'Etat, il ne manquait de rien, avait même beaucoup de compagnie, il disposait de tout ce qu'il lui fallait. Mais il ne faisait pas de doute que la guerre touchait à sa fin. Que pouvait-il alors advenir de cet homme ? Qui allait le recueillir ? Pas l'établissement pour aveugles, pas sa commune d'origine, pas même l'asile d'aliénés. Il n'était pas vraiment gradé, car le grade de sous-officier ne commence qu'avec celui de sergent, mais c'était un bon soldat, ce caporal. Il était soldat, soldat, soldat, et rien d'autre.

Mais même si l'ancienne armée continuait d'exister, que pouvait-elle faire d'un homme qui ne voyait pas ? Lui qui avait déjà quasiment mendié, qui avait dû faire du porte-à-porte pour vendre ses cartes postales, il pouvait continuer à mendier, mais quant à peindre des cartes postales, il n'en était plus capable.

Pouvait-on l'aider ? Je réfléchis longtemps et j'eus enfin la solution. Je pouvais essayer de trouver une voie pour le libérer de ses symptômes en reliant ingénieusement ses deux souffrances avec son besoin de se faire valoir, de ressembler à un dieu, avec son excès d'énergie. Mais je ne me reconnus pas la possibilité de le guérir ainsi de sa maladie fondamentale. Sur ce point, j'étais aveugle, je ne voulais pas voir parce que j'avais été saisi d'une sorte de passion. Moi aussi, je voulais agir, il fallait que j'agisse. Je voulais régner, et tout acte est plus ou moins un acte de domination, de transformation, une façon-active-de-surmonter-le-destin. H. aussi avait surmonté le destin. Il avait préféré devenir aveugle plutôt que d'assister au déclin de l'Allemagne. Sa cécité était un signe de sa volonté extraordinairement forte.

C'est par l'imagination que je devais saisir cet homme qui, malgré sa sobriété vis-à-vis du vin, était dans sa mégalomanie un visionnaire effréné. Lui qui, dans le détail, ne mentait peut-être pas toujours intentionnellement, dans un but précis, mais qui était globalement un mensonge gigantesque, pour qui il n'y avait pas de vérité absolue mais seulement la vérité de son imagination, de ses aspirations et de ses instincts, je ne devais pas l'aborder, si je voulais le maîtriser, avec des réflexions logiques mais avec un mensonge grandiose.

Je lui fis savoir par le sous-officier si bien disposé à son égard que je m'intéressais à son cas qui était quelque chose d'exceptionnel et pourrait être guéri peut-être en une heure ; je l'enverrais chercher dans le courant de la journée, dès que j'aurais une minute de libre. On me rapporta qu'il avait pris ostensiblement une attitude de refus ; peut-être craignait-il que je ne l'eusse percé à jour. Mais je ne le fis pas encore venir. J'avais effectivement assez de travail par ailleurs. Je voulais le rendre impatient. Je voulais qu'il m'appelle, m'attende avec avidité, et c'est bien lui qui arriva un soir en tâtonnant par le couloir désert et demanda à entrer. Je le fis entrer, mais continuai à écrire tranquillement, il fallait qu'il entende le crissement de la plume. Il n'osa pas m'adresser la parole. Je l'abandonnai là et sortis de la pièce. Il ne ressortit dans le couloir que beaucoup plus tard.

Je pris mon temps. Je savais que maintenant il ne dormait plus du tout. L'idée que je pourrais lui rendre le sommeil l'agitait tellement qu'il ne dormait même plus deux à trois heures, ce qu'il avait fait auparavant. Enfin, je crus qu'il était mûr. Je le fis entrer, allumai deux bougies et commençai à examiner ses yeux avec l'ophtalmoscope. La cornée reflétait, elle était lisse, la conjonctive était un peu rougie, conséquence de l'insomnie. Les yeux, des yeux gris-bleu, un peu exorbités, d'une expression étrangement perçante, séduisante, pleuraient un peu. Une tension terrible s'exprimait dans ses traits, je voyais qu'il avait peur que je lui dise ce que lui avaient dit jusqu'à présent tous les médecins et l'infirmier juif, qu'il mentait, que ses yeux étaient sains et qu'il *devait* voir pour peu qu'il le veuille.

Je fis le contraire. Je poussai un soupir, remis l'ophtalmoscope dans son étui, éteignis les bougies et parlai avec lui dans l'obscurité. En réalité, l'obscurité ne s'était faite que pour moi, pour lui, cela avait toujours été ainsi depuis son départ ou sa fuite du front. Je lui dis que ma première opinion s'était, après divers doutes, révélée vraie malgré tout, ses yeux avaient été terriblement endommagés par les gaz vésicants, il ne pouvait effectivement rien voir. Je l'entendis pousser un soupir de soulagement. J'ajoutai que je n'aurais jamais pu supposer non plus qu'un pur aryen, un bon soldat, un chevalier de la Croix de fer de première classe mentît et simulât quelque chose qui n'était pas.

Malheureusement, cela m'enlevait aussi ma possibilité de l'aider. Il m'aurait été facile de le libérer de son insomnie s'il avait pu capter mon regard ou s'il avait pu concentrer son regard sur quelque objet brillant. L'hypnose n'agissait que par les yeux. On ne pouvait pas hypnotiser les aveugles, moi, du moins, je ne le pouvais pas. Chacun devait prendre son parti de tout, contre le destin il n'y avait rien à faire. A part ces quelques phrases, je ne dis rien. Il fit comme s'il voulait se lever de sa chaise et partir, mais je l'avais déjà envoûté, et il se rassit. Il secoua la tête. Il se défendait contre moi, mais maintenant j'étais le plus fort, parce que j'agissais sur L'ÂME SOUTERRAINE de cet homme. Car, au fond de son âme, il voulait voir de nouveau, et son souhait était que je l'y contraignisse par la force. Ravi de ma force supérieure, je sentis que je le tenais en mon pouvoir. Sans le lui ordonner, je pensai de toute mon énergie qu'il devait joindre les mains au-dessus de ses genoux. Il le fit. Il devait tripoter sa croix de fer comme s'il voulait l'enlever. Il obéit, je lui ordonnai de me confier son secret sur ses relations avec les femmes. Je surmontai sa résistance, et il parla. Je lui ordonnai de lever le bras droit, il hésita, mais il fit aussi cela. Plus un mot, je savais ce que je devais savoir. Tout se déroula alors dans le silence, esprit contre esprit. Je voyais qu'il avait soif. Je ne lui apportai pas d'eau, à quoi bon d'ailleurs ? C'eût été folie que d'interrompre la séance à cet instant.

Après avoir tout appris, il s'agissait d'agir.

— Il n'y a plus de miracle, dis-je. Il laissa tomber la tête sur sa poitrine et ne répondit pas.

— Mais, poursuivis-je, ce n'est valable que pour les hommes moyens. Des miracles se sont malgré tout produits sur des hommes élus, il doit tout de même y avoir des miracles et de grands hommes, devant lesquels la nature s'incline, ne croyez-vous pas ?

— Comme vous voudrez, Monsieur le médecin-capitaine, dit-il d'une voix enrouée.

— Moi, je ne suis pas un charlatan, je ne fais pas de miracles, dis-je, je suis un simple médecin, mais peut-être avez-vous, vous-même, la force rare, qui ne se présente qu'une fois tous les mille ans, de faire un miracle. Jésus en a fait un, Mahomet, les saints. Il ne répondit pas, mais regarda fixement devant lui en respirant lourdement.

— Je pourrais seulement vous indiquer la méthode grâce à laquelle vous verriez, bien que vos yeux soient brûlés par les gaz vésicants. Un homme ordinaire serait, avec l'état de vos yeux, aveugle pour la vie. Mais pour un homme possédant une volonté particulière et de l'énergie spirituelle, il n'y a pas de limites, la vérité établie par les sciences n'est plus valable pour lui, et l'esprit brisera les murs, chez vous l'épaisse couche blanche dans la cornée, mais peut-être n'avez-vous pas cette force d'accomplir des miracles.

— Comment puis-je le savoir ? demanda-t-il. C'est

vous, Monsieur le médecin-capitaine, qui devez le savoir.

— Mais vous croyez-vous capable d'en avoir la volonté ? répondis-je. Alors essayez, ouvrez tout grands les yeux. Je vais maintenant allumer ma bougie avec une allumette. Avez-vous vu l'étincelle ?

— Je ne sais pas, dit-il, pas de lumière mais une sorte de lueur ronde blanche.

— Cela n'est pas assez, dis-je, cela ne suffit pas. Vous devez croire aveuglément en vous, alors vous cesserez d'être aveugle. Vous êtes jeune, ce serait dommage pour vous ! Vous savez que l'Allemagne a besoin maintenant d'hommes ayant de l'énergie et une foi aveugle en eux-mêmes. L'Autriche, c'est fini, mais pas l'Allemagne.

— Ça, je le sais, dit-il d'une voix complètement changée, il se leva et se tint au bord de la table. Mais il tremblait encore.

— Ecoutez, dis-je d'une voix ferme, j'ai ici deux bougies, une à droite, une à gauche. Vous *devez* voir ! Les voyez-vous ?

— Je commence à voir, dit-il, si seulement c'était possible !

— A vous, tout est possible ! Dieu vous aidera si vous vous aidez vous-même ! En chaque homme se trouve une parcelle de Dieu, c'est la volonté, l'énergie ! Rassemblez toute votre force. Encore plus, encore plus, encore plus ! Bien ! Assez maintenant ! Que voyez-vous maintenant ?

— Je vois votre visage, votre barbe, votre main et la chevalière, votre blouse blanche, le journal sur la table et les notes que vous avez prises sur moi.

— Asseyez-vous, dis-je, reposez-vous. Vous êtes guéri, vous vous êtes vous-même redonné la vue. Je me levai et marchai de long en large dans la pièce.

H. me suivait maintenant du regard, tout comme le fait un homme qui a des yeux normaux. Il regarda également sur la table et essaya de déchiffrer les notes prises sur lui.

— Vous vous êtes comporté comme un homme, dis-je, et si vous avez mis la lumière dans vos yeux par la force de votre volonté, je mettrai par la force de ma volonté à moi un peu de lueur bienfaisante dans les cellules de votre cerveau, et à partir d'aujourd'hui vous recommencerez à dormir. Vous ferez jusqu'à nouvel ordre tout ce je déciderai pour votre bien. Le voulez-vous ?

— Je ferai selon vos ordres, Monsieur le médecin capitaine. Dormir ! Ah ! si seulement vous pouviez y parvenir ? Je ne dis désormais plus rien, le fis se relever et l'installai pour le reste de la nuit sur la table d'opération. Je repoussai sur le côté la mèche qui lui tombait sur le front, passai la main sur son front humide et froid et lui suggérai, sans un mot mais en le regardant fixement dans les yeux, qu'il fallait fermer les yeux, qu'il ne pourrait plus les ouvrir, même si j'essayais de le faire de force, et qu'il dormirait ensuite sans un rêve jusqu'au lendemain matin.

Tout se passa comme je le voulais. J'avais joué au Destin, à Dieu, et j'avais rendu à un aveugle la vue et le sommeil. Le lendemain, j'écrivis à Helmut qui servait au ministère de la Guerre d'essayer de procurer une planque à un caporal A. H. Une planque, c'était un poste facile où un homme comme lui pouvait se remettre.

C'est à cette époque que parut dans la *Vossische Zeitung* un appel du juif Walther Rathenau à un soulèvement de tout le peuple, une *levée en masse**, pour protéger les frontières. L'appel n'eut aucun écho, car Rathenau n'avait pas d'autorité et ne savait pas saisir les masses. L'armée battait en retraite. Les dynasties perdaient leurs trônes l'une après l'autre sans combat ni plainte, et il n'y avait plus d'ordre. On reprochait aux anciens gouvernants d'avoir trompé et abusé le peuple. Personne ne voulait reconnaître que la guerre était perdue et que c'était le peuple qui avait réclamé ces mensonges et ces tromperies.

Après la conclusion de l'armistice, les soldats et les officiers s'efforcèrent de rentrer chez eux. L'hôpital se vida rapidement. La certitude d'être à l'abri d'une balle guérit plus de paralysés, de malades atteints de tremblements, d'aveugles et de sourds que n'aurait pu le faire aucun médecin. Je pris une permission. A l'hôpital, régnait le désordre, l'agitation, il n'y avait plus de commandement depuis qu'il n'y avait plus de « chef des armées ». Je rassemblai les dossiers de divers patients, parmi lesquels se trouvaient mes procès verbaux concernant H. Ils pouvaient me servir, si je voulais, dans un travail scientifique, apporter des exemples sur les conséquences pour les êtres humains des plus violentes souffrances de nature psychique et physique.

Je regagnai M. et m'y installai dans la meilleure chambre de l'hôtel « A l'ancien Prince-Régent de Bavière » où j'avais lavé les assiettes quand j'étais étudiant. Personne ne me reconnut. Le personnel avait changé. Il était composé maintenant d'hommes vieux et de jeunes femmes. Les hommes jeunes avaient dû partir à la guerre.

* En français dans le texte.

Le Régent du pays de Bavière n'existait plus. A sa place, commandaient les conseils d'ouvriers et de soldats. Mais ils ne gouvernaient pas. Comme personne ne savait ce qui était le plus urgent, et comme surtout on n'avait pas d'idéal et de but politique communs, on ne sortait pas des discussions stériles et sans fin sur la question du pouvoir. Le ministère officiel avait encore moins de pouvoir que les conseils, car d'où pouvait venir son autorité ? Peut-être que plus personne ne voulait gouverner et diriger ; les autres aussi peu que moi.

Mon premier acte fut de me mettre en rapport avec mes parents. Comme les chemins de fer servaient exclusivement au transport des troupes et qu'on ne pouvait pas avoir d'auto, je pris une voiture bringuebalante tirée par un cheval sans force, terriblement amaigri, et je partis pour S. sans annoncer auparavant ma venue Je frappai à la porte de notre petite maison, personne n'ayant répondu à l'appel de la vieille clochette pour venir à ma rencontre à travers la haute neige qui recouvrait l'allée du jardin. La voix de ma mère, très faible et entrecoupée de terribles quintes de toux, me répondit. J'entrai.

La pièce était remplie de la vapeur nauséabonde que dégage la tourbe en se consumant quand on s'en sert pour chauffer. Ils semblaient ne pas avoir reçu de charbon, et il y avait près du poêle des tas entiers de briques de tourbe d'un gris noirâtre. Ma mère, qui portait un sweater de laine par-dessus ses vieux vêtements, me prit dans ses bras minces, puis, chancelant de faiblesse et tremblant de fièvre, elle s'allongea sur un canapé près du poêle. Elle était à peine reconnaissable. Ce qui venait de pleurer contre ma poitrine, c'était un être vidé par la phtisie et le souci, tout juste l'ombre de la femme que j'avais vue il y avait encore un an. Elle toussait presque sans interruption. Ses yeux couleur de cerise noire autrefois si brillants étaient enfoncés dans leurs orbites, ils brûlaient du feu de la maladie. Elle parla beaucoup et à voix basse, sans reprendre son souffle, de manière précipitée, mais elle semblait avoir réfléchi à tout et tout médité à l'avance.

Je voulus me rapprocher de son canapé où elle était retournée, tirant la couverture jusqu'à son menton devenu pointu, mais dans la crainte de me contaminer, elle me supplia de ne pas trop m'approcher d'elle. Mon père était allé à la poste demander s'il y avait des lettres de moi. Les facteurs avaient déclenché une grève de protestation et avaient cessé leurs tournées, ils ne vidaient pas les boîtes, et mon père ne savait pas si les lettres et un télégramme qu'il m'avait envoyés ces trois derniers jours (c'est ce qu'avait duré mon voyage de P. jusqu'ici à cause des mauvaises liaisons ferroviaires), m'avaient joint à P. Elle me demanda si j'étais dans le besoin, si j'avais mangé, si j'avais une chambre. Je la rassurai. J'avais économisé beaucoup d'argent, car je n'avais pu dépenser presque rien à P. Je lui en offris. C'était peut-être elle qui était dans le besoin, pensai-je avec un serrement de cœur. Elle prit l'argent avec hâte et le cacha sous l'oreiller.

Elle me raconta, d'une voix hésitante maintenant et comme freinée par la honte, qu'elle ne vivait pas seule avec mon père, mais que l'estivante était revenue, la blonde enfant, la fille infidèle, « retorse », la luthérienne endurcie. Mon père et elle s'étaient déjà mis d'accord, elle savait très bien dans quel état elle se trouvait. On prétendait le lui cacher et lui donner de faux espoirs. Mon père était presque toute la journée en dehors de la maison, mais Heidi avait refusé de faire revenir le prêtre encore aujourd'hui après qu'il fut déjà venu hier. Mais hier, elle ne s'était pas encore sentie aussi près de la mort et aussi lucide qu'aujourd'hui. Peut-être avait-elle dû m'attendre. Maintenant, elle se sentait bien. Je devais avoir la gentillesse de me rendre tout de suite chez lui et ne me laisser retenir ni par mon père ni par la luthérienne.

Je voyais qu'elle avait toute sa conscience, malgré la fièvre élevée, 39,5°. L'ÂME SOUTERRAINE n'avait aucune prise sur elle car sa raison était maintenue par la croyance catholique en l'au-delà. Mais elle me retint encore un instant, formant les mots plus avec les lèvres qu'avec son souffle, car manifestement ses fortes douleurs l'empêchaient presque de respirer profondément et de parler. Elle chuchota qu'elle savait bien qu'elle m'avait causé du tort, que je n'avais pas été responsable de Vroni et que Vroni non plus n'avait pas été responsable de tout le malheur, et elle avait établi dans ses dernières volontés que Vroni ainsi que mon frère et ma sœur naturels devraient recevoir quelque chose de son bien, Vroni recevrait ses anciennes robes qui étaient encore dans le coffre. Elle lui pardonnait, à son mari aussi, mais pas à Heidi, ainsi se nommait la blonde jeune fille luthérienne, une institutrice de Poméranie. Puis elle ajouta en un souffle, caressant mes mains de ses mains presque sans poids et les portant ensuite à ses lèvres et à sa poitrine, comme si je pouvais lui rafraîchir les lèvres ou apaiser la douleur dans sa poitrine, que je devais être encore patient avec elle et rester auprès d'elle jusqu'à ce que tout soit fini. Elle ne voulait plus voir le médecin, les piqûres lui faisaient mal mais ne l'aidaient plus, la science n'était qu'un vain mensonge, elle le savait depuis le Kaiser des juifs. (Il ne lui vint pas à l'esprit qu'elle m'attaquait moi aussi ainsi que ma profession en disant cela.) Elle devait se soumettre à son destin, c'est pour ça que ça s'appelait le destin, dit-elle avec un sourire qui se voulait espiègle et qui me déchira le cœur. Se taisant, soudain, elle me rendit l'argent et ajouta qu'elle n'en avait plus besoin.

Vraisemblablement, elle avait eu longtemps le désir de disposer d'argent. Mais c'est Heidi qui tenait le ménage.

Ses yeux erraient impatiemment en tous sens, également avec une sorte d'angoisse, comme si elle voulait trouver la sortie. Puis elle se ressaisit. Elle me dit qu'après l'enterrement, je devrais remettre au curé du village en personne une somme d'argent pour un nombre déterminé de messes à dire ici et dans son village natal. Elle ne savait pas si cela suffirait, tout était maintenant devenu si cher. Mais je ne devrais surtout pas économiser sur ce point, même si je ne croyais pas au Purgatoire. Elle voulait être enterrée à M. Le tout dans la plus grande simplicité. Elle ne mourait pas volontiers. Elle s'était fait une grande joie à l'idée de me voir et elle avait beaucoup prié, et bien prié. Car Dieu et la Sainte Vierge l'avaient exaucée, j'avais survécu à la guerre qui avait coûté la vie à tant de splendides jeunes gens. (Une ombre passa devant les fenêtres.)

Elle parlait d'une voix de plus en plus faible, je devais regarder ses lèvres de très près pour la comprendre. La tourbe crépitait, explosait, la pièce s'illumina un instant, puis ce fut à nouveau la pénombre. Elle ne voulut pas que j'allume déjà. Je crois qu'elle ne voulait pas m'effrayer par son apparence ravagée, misérable. La vanité féminine n'était pas complètement éteinte. Elle avait encore toutes ses bagues, même celle que mon père lui avait achetée à l'occasion de la « petite opération ». Le souvenir m'envahit, la douleur me monta à la gorge, et les larmes vinrent. Elle le vit d'un air désapprobateur et se recula un peu contre le mur. Je pensai qu'elle se sentirait mieux si au lieu de sa robe et du sweater, elle mettait sa chemise de nuit et une veste de flanelle. Elle secoua la tête, cela ne lui convenait pas. Elle voulait rester comme elle était et elle ne voulait pas que, par ma douleur, je lui rende l'inévitable plus difficile. Elle voulait mourir comme il faut et pieusement, c'est-à-dire dans la joie et la consolation.

— Va maintenant, va ! dit-elle, mais sans me lâcher, elle me retenait sans le vouloir, comme elle l'avait souvent fait autrefois. Je voyais qu'elle avait encore quelque chose sur le cœur, et comme l'ombre s'était de nouveau montrée à la fenêtre et que je ne savais pas si je serais encore seul avec elle au cours de la soirée, je la priai de me le dire vite. Son visage s'éclaira aussitôt et elle se rapprocha de moi, se déplaçant avec peine sur le canapé, elle approuva de la tête, j'avais deviné ses pensées.

— Mais tu me promets, dit-elle, de ne jamais en être fâché. Et de ne jamais me le reprocher en pensée, même si, par la suite, cela ne t'est pas facile. Et tu n'es pas obligé de répondre immédiatement, tu peux me dire demain si tu veux t'engager. Non, non, dit-elle après un terrible accès de toux, et ses sombres paupières battaient d'émotion sur ses yeux profonds et brûlants, demain il ne sera peut-être plus temps, dis tout de suite oui ou non, mais surtout ne t'oblige pas. Mais je mourrais quand même plus tranquille si... Elle n'eut cependant pas le courage de le dire. Elle se mit à parler de l'avis de décès, elle voulait qu'y fût expressément mentionné qu'elle avait supporté sa longue et douloureuse maladie avec une « patience chrétienne ».

— Tu le retiendras ? Je hochai la tête tout en pleurant. Puis elle voulut faire une liste des gens que nous devions avertir afin qu'ils puissent participer à la cérémonie funèbre et à la bénédiction dans l'église de M. Mais je ne la laissai pas achever la liste et lui dis :

— Parle-moi plutôt vite de ce que tu as sur le cœur, mère, dis-moi ce qui est le plus important. Je t'obéirai.

— Tu es encore jeune, dit-elle d'une voix relativement claire. Tu es jeune et tu dois vivre. Tu te marieras. Sans mariage, l'homme ne peut pas être, surtout pas maintenant à cette époque. Lui, je ne peux pas l'empêcher, qu'il fasse ce qu'il voudra. Mais toi, promets-moi de ne pas épouser de luthérienne et surtout pas de juive. Cela ne vous porterait pas chance. Ton père n'a jamais cru à la Sainte Trinité. C'est pourquoi il t'a détourné de moi, et nous sommes devenus malheureux. Tu épouseras une brave femme, une bonne catholique, pauvre ou riche, peu importe, tu n'y feras pas attention. Crois-moi... Je ne la laissai pas épuiser ses forces en longs discours et le lui promis.

Mon père arriva, dans une petite fourrure de chasse, le col en opossum couvert de neige. Heidi entra juste derrière lui. Il fut très content de me voir là et me montra quelques lettres qu'il m'avait écrites, qui étaient revenues et que le receveur des postes venait de lui donner. Heidi s'affaira au chevet de ma mère qui accepta ses services adroits avec reconnaissance et beaucoup plus de patience que je ne l'aurais supposé. Elle ne parla plus beaucoup, resta allongée, haletant, toussant, ses mains bougeant furtivement sur la couverture. J'allai chercher le prêtre. Il vint vers huit heures et lui donna l'extrême-onction. Il y avait dehors une épaisse couche de neige, et Heidi dégagea à la lueur d'une torche (il n'y avait sans doute plus de bougies depuis longtemps déjà ici) le chemin de la porte du jardin à grands coups de pelle.

Nous pensions que tout serait terminé à minuit mais cela dura jusqu'au matin. J'étais couché près du lit de ma pauvre mère, le front contre l'arête de bois des montants. J'aurais aimé prier, les termes liturgiques me revenaient à l'esprit, mais je ne pouvais prier. Et je savais que si je ne pouvais le faire maintenant, je ne le pourrais plus jamais, quoi qu'il advînt.

Je n'avais pas eu de mal à promettre. Mariage et luthériennes étaient loin de mes préoccupations du moment. Je pensais seulement à autre chose que je regrettais, à savoir que je lui avais causé du tourment des années auparavant en écrivant mes journaux intimes en lettres grecques et ensuite en écriture runique, que je lui avais caché mon ultime secret, que je ne lui avais jamais complètement pardonné son injustice, que je ne l'avais pas assez aimée, que j'avais vécu seul avec Kaiser qui me servait de père, et sans mère. Mais elle, je l'aimais pourtant ! Et je l'avais aimée de tout mon cœur. Je n'avais sans doute que des dons moyens, et il ne m'était rien accordé de prodigieux. C'est quelque chose de prodigieux que d'oublier une injustice et de répondre à un coup par un baiser. Cela dépasse la force humaine et c'est pourtant nécessaire. Je comprenais maintenant qu'elle m'en avait voulu, qu'elle m'avait toujours attendu, dans la certitude que je me dominerais, que je supporterais même une injustice et que je l'aimerais plus qu'elle ne m'aimait, elle. Maintenant, j'entendais distinctement, propagé par la planche du lit, le son de plus en plus bas de sa respiration. Même en cet instant, j'étais un témoin oculaire ; sous les larmes, les soupirs et avec ma propre souffrance. Puis, vers le matin, je me levai quand tout fut terminé et ne permis pas à mon père ni à Heidi d'approcher. Je lui fermai les yeux. Je lui joignis les mains qui avaient encore sur elles un peu de l'huile des saints sacrements, avec laquelle on l'avait ointe. Elle pouvait rester dans sa robe noire, seul le sweater de laine ne lui allait pas. Je l'enlevai, ainsi que les nombreux médicaments inutiles.

Troisième partie

Depuis longtemps déjà, mes parents avaient acheté une concession au « Waldfriedhof » de M. Mais maintenant, mon père n'était pas partisan de faire transporter la dépouille mortelle de ma mère à M. pour qu'elle y fût bénie et enterrée. Heidi trouvait cela superflu et dit en bougonnant que c'était là du sentimentalisme d'Allemagne du Sud. Je ne lui répondis pas et pris les dispositions tout comme si c'eût été à moi de décider. Ma mère n'avait jamais aimé le village de S. Souvent, aux moments où elle se sentait très mal, elle était allée sur sa future tombe à M. et elle avait même indiqué les fleurs qu'elle voulait que l'on y plante. Mon père me céda, un peu honteux.

Ancien combattant, je lui en imposais avec mes décorations, mon grade de médecin-major ou de capitaine et il m'avoua pendant que nous nous rendions à M. qu'il avait personnellement toujours désiré que tout se passe conformément aux vœux de la chère disparue, mais que Heidi, femme « tout à fait pratique », lui avait fait comprendre que la concession de M. avait, comme tout le reste, pris de la valeur depuis son acquisition et qu'on pourrait, sans faire de tort à personne, gagner un peu d'argent si l'on enterrait ma mère, qui de toute façon était au ciel et ne savait plus rien, au cimetière de S., bon marché, lui, et si l'on revendait la concession de M.

J'installai mon père dans la chambre voisine de la mienne à l'« Ancien Prince-Régent de Bavière ». Nous laissâmes la porte de communication ouverte et nous nous assîmes chacun à une table — lui dans sa chambre, moi dans la mienne — pour rédiger les nombreux télégrammes et faire-part de décès à toutes nos connaissances proches et lointaines. Mon père versait souvent des larmes. Moi, je n'avais pas cette faculté. Je ne pouvais pleurer que très rarement.

Je n'avais alors peut-être pas encore tout à fait compris combien ma perte était grande. Le cadavre avait été transporté à M. dans une voiture fermée et y avait été mis en bière. Lorsque nous fûmes, mon père et moi, devant la magnifique église en face de laquelle j'avais habité quand j'étais étudiant, je me rappelai la grande nostalgie que j'avais eue de ma mère et la profonde tendresse qui m'avait envahi alors malgré toute ma misère d'étudiant famélique, comme j'avais à la « plonge » pressé le verre de grog brûlant contre mes joues en pensant à elle, et comme, regardant par la fenêtre, j'avais montré à sa photographie le paysage des Alpes et le clocher de l'église à l'intérieur de laquelle elle était maintenant allongée sur le catafalque noir couvert de croix et d'ornements d'argent.

Et d'un seul coup, les larmes étaient venues. J'étais maintenant agenouillé près de son cercueil, mon père à côté de moi. Entre-temps, la nef s'était remplie d'une foule de gens et on entendait toujours arriver des automobiles et des voitures à chevaux.

Quand la cérémonie funèbre fut achevée, nous sortîmes de l'église, silencieusement et solennellement, à la tête d'un cortège assez long, et une foule de fiacres gagnèrent le cimetière sous un temps de neige sec et radieux. Là, le cadavre fut béni encore une fois, une courte prière fut dite, puis un fossoyeur se dirigea vers mon père qui, sous ses larmes, ne pouvait rien voir, et lui mit dans la main une truelle étincelante afin qu'il jette un peu de terre dans la tombe, au fond de laquelle on avait entretemps descendu, à l'aide de cordes grinçantes, le cercueil laqué de noir.

Je voyais tout clairement, et d'une main ferme je jetai dans la fosse un morceau de terre que le gel avait durci comme de la pierre.

A présent la partie la plus désagréable nous attendait ; étant de la famille de la défunte, nous devions remercier les participants aux funérailles et leur serrer la main à tous. Je ne savais pas si je devais pour cela enlever mes gants noirs ou pas. Mon père avait gardé les siens, il faisait froid, et il a toujours eu les mains très sensibles. Il souriait d'une façon douloureuse et modeste, mais cela l'honorait, le réjouissait et le consolait que beaucoup de ses amis de sa meilleure époque se fussent souvenus de lui en lisant l'avis de décès dans le journal et fussent venus, ainsi le directeur et sa femme, tous les deux vêtus de splendides fourrures, le propriétaire de la maison où j'avais passé mon enfance, l'avocat qui l'avait défendu, ses amis de café. Beaucoup de mes connaissances étaient également venues. Le conseiller privé von Kaiser, toujours aussi droit, avec son visage étrangement ravagé, ses yeux brûlants sous les sourcils broussailleux, blancs comme de la neige. Son fils Helmut, qui me sourit avec une chaleur familière et que je priai de venir me voir bientôt. Il était en uniforme, comme moi. Le vieux Kaiser des juifs était également venu, et il était l'un des rares à pleurer. Dans sa bonté et sa fidélité, il avait oublié tout ce qui s'était passé entre elle et lui et s'était seulement rappelé qu'il l'avait soignée pendant des années et qu'il avait voulu tous nous aider. Sa fille aussi était là, plus belle que jamais. Malgré la dureté du moment, un frisson de ravissement me traversa le cœur lorsqu'elle me serra la main et me regarda, rayonnante, avec ses grands yeux clairs, bleu-vert, qui subjuguaient mon regard. Mais elle ne semblait pas avoir tout oublié comme son père. Elle avait gardé quelque chose d'amer, d'impérieux, et j'avais bien vu qu'elle n'avait point, par exemple, laissé glisser doucement la terre de la truelle sur le cercueil de ma mère mais l'avait lancée avec force.

L'estivante, la blonde Heidi, n'avait pas assisté à la cérémonie funèbre dans l'église ; protestante, elle n'aimait peut-être pas ce genre de cérémonies. Maintenant elle était là et, vêtue de sombre et avec simplicité, elle se tenait discrètement près de mon père à qui sa proximité faisait visiblement du bien. Elle ne jeta pas de motte de terre sur le cercueil. Outre ces participants, sur qui on avait plus ou moins compté, quatre autres étaient encore venus qui étaient, eux, inattendus. Vroni, très usée par le travail, mais dont les traits et l'attitude avaient gardé une sorte de beauté paysanne austère, était là avec ses deux enfants qui avaient maintenant treize ans et avaient hérité de sa beauté, laquelle était cependant chez eux encore délicate et tendre, et qui ressemblaient à mon père — et à moi. Ils étaient tous très pauvrement vêtus. Je remarquai que les cheveux, autrefois noirs comme du charbon, et la peau, naguère si fraîche et resplendissante, de l'ancienne maîtresse de mon père avaient maintenant des taches jaune laiton comme en attrapaient les ouvrières des fabriques de munitions qui devaient remplir les obus de matières explosives contenant de la nitroglycérine. Ainsi les traces de la guerre étaient-elles visibles jusqu'ici.

Si l'apparition de ces personnes constituait une désagréable surprise pour mon père et son Heidi, pour moi ce fut celle d'Angélique C., l'ancienne gouvernante du conseiller privé Kaiser, que je ne pensais plus revoir. Mais elle était venue, très digne dans une robe de deuil bien taillée qui lui allait impeccablement. Elle m'apprit que son mari, le major, était tombé au champ d'honneur sur le front de l'ouest lors des combats de repli, et je dus lui présenter mes condoléances comme elle me présenta les siennes. Elle garda ma main plus longtemps que nécessaire. Et je dois dire que, tout comme la belle, fière et irréconciliable Victoire m'avait ravi, cela me faisait maintenant du bien que l'humble et vieillissante Angélique ne veuille plus me lâcher la main et me supplie du regard d'oublier le passé. Qu'avais-je à lui pardonner ? Nous avions vécu ensemble durant des années et nous nous étions évités durant des années. Il n'y avait rien à pardonner.

Entre-temps, le séjour des morts (c'est ainsi que ma défunte mère avait toujours appelé le Waldfriedhof) s'était vidé. Le soleil se couchait, rouge sang, sur les montagnes dont l'éclat nous parvenait, limpide, gris argenté et enneigé ; un vent âpre et froid venait de la rivière proche qui charriait de la glace avec un bruit de craquements. Nous regagnâmes la maison sans rien dire, par les rues parcimonieusement éclairées. Devant les épiceries se tenaient, comme depuis bientôt trois ans déjà, les longues « queues » silencieuses. Les canons s'étaient tus, les lance-flammes s'étaient éteints, les obus à gaz n'explosaient plus, et les avions ne se faisaient plus entendre, le ciel avec ses nuages, ses étoiles et son bleu était redevenu le ciel, mais ce n'était pas la paix. La guerre était finie, mais le blocus continuait. Faim, froid, détresse. Aucun pain n'entrait. Quant à nous, quand nous rentrâmes à S. le soir, nous fûmes contents que Heidi, avec son sens pratique, eût déniché quelque chose à manger ; c'était un cochon de lait « au noir », c'est-à-dire tué clandestinement. Elle avait même réussi à se procurer quelques morceaux de charbon et quelques bonnes bûches pour le grand poêle de la salle de séjour. Peut-être n'aurais-je pas dû m'asseoir à cette table, me chauffer à ce poêle, mais je l'ai quand même fait. Je ne me suis absenté qu'une heure au cours de la soirée pour laisser mon père seul avec Heidi afin qu'ils puissent discuter ensemble de tout, et je suis allé voir le curé du village et lui apporter de l'argent pour les messes des morts comme l'avait souhaité la défunte. Mais il me garda auprès de lui un peu plus longtemps que je ne l'avais pensé.

Je découvris en la personne du curé un homme plein de bonté, dépourvu de tout fanatisme, mais déjà un peu usé par les trop grandes difficultés de l'époque. Il dut faire des efforts pour se souvenir de ma mère bien qu'elle fût venue chaque dimanche dans son église et qu'il lui eût donné l'extrême-onction. Il nota dans un gros livre la somme qui lui était destinée et marqua sur le calendrier la date de la première de ces messes commémoratives. Il ne me laissa pas partir avant de m'avoir offert un verre de ce schnaps que les paysans d'ici distillent en cachette et que j'aurais bien volontiers recraché tout de suite car depuis quelque temps, sans doute depuis les assauts contre les Gourkhas, l'alcool ne me réussissait pas, même en petites quantités.

Il remarqua mon désarroi, me fit rasseoir et se lança dans des discours sur la dépravation des paysans ou plutôt des paysannes qui vivaient de manière païenne avec les prisonniers russes costauds qui, l'été, travaillaient avec elles dans les champs, étaient assis, l'hiver, avec elles près de la cheminée, et qui mettaient au monde de nombreux enfants dont la seule chose qu'il savait c'est que leur père n'était pas un chrétien catholique du village.

— Et que va-t-il se passer maintenant que nous n'avons plus de roi et qu'on veut supprimer toutes les autorités et tous les tribunaux ? Ce fut à mon tour de le tranquilliser car je croyais que le chaos ne durerait que jusqu'à la conclusion de la paix, et, grâce à l'esprit conciliant du commandement militaire allemand et du désir de paix du peuple, celle-ci s'était beaucoup rapprochée.

Il m'interrogea sur mes expériences et mon activité pendant la guerre. Je lui répondis seulement que j'avais été médecin au front, mais je ne lui parlai pas du groupe de choc. Et pourtant le bref laps de temps que j'y avais passé m'avait marqué plus profondément que les longs mois durant lesquels j'avais amputé, sans parler des ruines psychiques envoyées par la guerre à P. Il me dit qu'un jeune médecin catholique et travailleur serait très bienvenu dans la région. Il s'intéressait beaucoup à la vie de sa paroisse, je vis que je m'étais trompé en le jugeant faible d'esprit. Il me raconta que l'ancien médecin de campagne, qui avait été unanimement aimé, avait succombé au typhus en 1916 dans les Carpates où il était médecin-major de réserve auprès de l'armée bavaroise du sud et que les jeunes médecins venus ici en remplacement avaient été incorporés l'un après l'autre, et le dernier, à cause des études superficielles, était si incompétent que tout récemment la femme d'un bûcheron était morte en couches au village de Schrangen. L'enfant, malheureusement non baptisé, était « parti » avec elle tandis que le jeune médecin restait là à s'arracher les cheveux. N'aurais-je pas envie de m'installer ici ? Je lui dis que j'y réfléchirais et revins auprès de mon père et de Heidi.

Dans le peu de temps qui s'était écoulé depuis la mort de ma pauvre mère, ils avaient déjà tous les deux complètement réaménagé le logement selon leur goût. Bien des choses étaient devenues plus jolies, je le concède, car ils étaient avides de vivre et de jouir de l'existence et ne se souciaient pas de l'au-delà, c'est pourquoi ils voulaient autant que possible leur confort, s'épargnaient et ne prenaient rien au sérieux en dehors de leur bien-être ; ils étaient en bonne santé et profitaient de la vie. Je me tenais à l'écart d'eux, l'image de ma mère m'apparaissait de plus en plus souvent et il se produisait la nuit quelque chose que je n'avais pas connu depuis ma première année d'études, mes lèvres bougeaient, je parlais avec elle, longtemps, pendant presque toute la nuit, mais à voix basse, de sorte que ni Heidi ni mon père ne pouvaient l'entendre dans la pièce à côté.

Puis je sombrais dans un doux sommeil. Mais

mon rêve n'était nullement doux. Il me conduisait au milieu d'un assaut contre les Gourkhas et se liait de façon absurde mais suggestive aux souvenirs des amputations. Je voulais oublier ce rêve, mais il ne me quittait pas non plus pendant la journée. Moi aussi, j'étais donc encore dans la guerre, et la paix n'était pas encore là.

Je pris la décision de suivre un cours à la clinique d'accouchement de M., car les récits du curé m'avaient fait prendre conscience de la grande responsabilité qu'avait un médecin de campagne dans une région de montagnes comme celle-ci et qu'il devait avoir une bonne formation en obstétrique pour pouvoir mener les accouchements à bon terme même dans une misérable cabane de bûcheron sans lumière et sans grands moyens.

Au lieu de diminuer enfin, la détresse générale augmentait de plus en plus. Les naissances étaient certes faciles. On n'avait pas besoin de « forceps », peu souvent de « version », jamais de césarienne, car après quatre années de guerre les « fœtus » vraiment pitoyables portés par les femmes étaient si menus et si mous que les naissances se déroulaient très facilement. Même la perte de sang des pauvres mères à moitié mortes de faim était la plupart du temps faible. Mais s'il s'en produisait une malgré tout, les pauvres femmes étaient perdues, car comment remplacer le sang ? Elles avaient également le plus grand mal à nourrir leur bébé, et beaucoup étaient au désespoir. Je rassemblais toute ma force de suggestion pour leur insuffler l'espoir d'un avenir meilleur.

Enfin survint, à l'été 1919, la terrible paix de Versailles qui jeta à terre tous mes espoirs.

Alors un besoin me poussa souvent, à cette

époque-là, à entrer dans l'église. Lorsque résonnait le grondement de l'orgue, lorsque dans le silence glacial précédant l'Eucharistie la clochette retentissait doucement et pourtant d'une manière qui pénétrait tout, un puissant frisson me parcourait. Je sombrais dans une ivresse qui m'emportait dans les airs à travers les voûtes gothiques, mes joues brûlaient, mon cœur battait, je me jetais, docile et humble, à genoux en même temps que les autres. Je priais, bien que je n'eusse pas la foi.

Mais souvent aussi, j'étais attiré par les masses humaines que j'avais évitées jusqu'ici. Les processions catholiques où ma mère avait trouvé naguère consolation et oubli de ses souffrances n'avaient plus lieu, mais tous les jours se formaient dans la ville, la plupart du temps dans les quartiers des usines, d'immenses cortèges humains. Les gens, blêmes, vêtus d'habits déchirés, les visages rongés par le chagrin et la faim, crispés, les poings serrés dans les poches de leurs vestes trop grandes, beaucoup portant des uniformes sans marque de grade, défilaient, lançant sans arrêt comme d'une seule bouche leurs cris, leurs jurons et malédictions, le nom de leurs chefs politiques ou autres slogans. Moi qui avais passé la matinée à la clinique, médecin responsable, observateur lucide, individu isolé, je me fondais ici dans la masse, elle m'entraînait irrésistiblement avec elle. Et je m'oubliais, j'oubliais l'époque et sa misère. Je dois dire que j'oubliais plus facilement toute détresse quand je marchais en rang qu'à l'église.

La misère devint de plus en plus pressante. Quand on avait cru qu'elle ne pourrait atteindre un degré supérieur, elle augmentait quand même et on ne voyait pas quand cela pourrait finir.

On connaissait les guerres depuis qu'on connaissait l'histoire. Notre modeste dynastie n'était pas la première à être renversée par une modeste révolution. Mais ce qui était inconnu, c'était la famine générale que ne pouvait supprimer le pouvoir impuissant qui luttait pour sa propre existence, c'était l'impuissance des autorités, l'insécurité des rues, le manque de charbon, de vêtements, de tout le nécessaire — et surtout la dévaluation de l'argent. L'argent n'était plus sacré depuis que le roi n'était plus sacré et l'Eglise non plus. Personne ne pouvait se soustraire à cette chute, à ce naufrage marécageux de l'argent. Le riche n'était plus riche, car chacun devenait plus pauvre chaque jour, à l'exception de quelques malins qui gardaient pour eux leurs combines. C'était comme lorsqu'un bateau qui a réussi à lutter déjà longtemps contre vents et marées et se croit sauvé, échoue tout simplement parce que la mer se retire sous la quille dans l'abîme et le néant. Les masses d'eau qui ont porté le navire s'enfuient de tous côtés. Jamais l'expression « on est à sec » n'a été aussi impitoyablement vraie qu'alors. C'en était fait de la fidélité et de la confiance. Ce qu'on avait acheté ou vendu la veille cent marks valait le jour suivant plus ou moins. Aucun contrat, aucun cours n'avait de valeur, et l'on doutait de tout maintenant que l'on avait commencé à douter de la stabilité de ce que coûtait une miche de pain de guerre, une nuit à l'hôtel, un vêtement en matière synthétique avec ticket — ou un livre, une visite de médecin, un morceau de savon ou un timbre-poste.

J'avais deux logements, un à T. où je voulais installer mon cabinet de médecin de campagne, et un autre à l' « Ancien Prince-Régent ». Je voyais tout de la grande ville et du plat pays.

Il y avait de grandes difficultés d'habillement. J'avais fait un peu arranger mes vieux uniformes encore en bon état, en enlevant les épaulettes et les autres insignes de mon grade. Ces costumes d'aspect militaire et les longs manteaux d'officiers qui allaient avec, je les portais en ville. Pour la campagne, j'avais reçu de mon père quelques vêtements encore portables. Il s'habillait de neuf, sans doute pour Heidi, aux yeux de qui il voulait apparaître comme un homme élégant, encore joyeux de vivre et bien habillé. J'avais généreusement, sottement, fait cadeau de mes vêtements d'avant-guerre quand j'avais été incorporé. Qui aurait cru que je reviendrais à une époque où il n'y aurait plus de vrai fil ? Mon père non plus n'aurait même pas pu s'offrir une chemise neuve pour son mariage s'il n'avait pas commencé à faire des réserves dès la deuxième année de guerre et à se mettre de bonnes choses de côté, de la toile, du tissu, des « devises nobles » et toutes sortes de choses jusqu'à de la graisse pure, « graisse noble », dans des pots en grès.

Parfois j'avais une heure de libre dans mon travail. Je téléphonais à Victoire. Elle ne se faisait pas prier et venait. Nous nous rencontrions tantôt ici, tantôt là, presque toujours en présence de tiers.

Elle restait froide, je m'y étais attendu. Mais elle le devint de plus en plus, et cela me faisait de la peine. Je ne savais pas ce qu'elle voulait. Elle comprenait très bien que je désespère de moi-même et du monde, mais elle ne me consolait pas. Aimait-elle encore son défunt mari ? Son vieux père faisait preuve en une minute de plus de chaleur et de bonté envers moi qu'elle en de longs mois.

Je me rappelais ma mère et la promesse que je lui avais faite sur son lit de mort. Je ne voulais pas aimer. Je voulais rester libre. Je ne voulais pas épouser de juive. Mais j'aimais, pour la première fois. Je ne pouvais faire autrement. Je ne demandais plus si le « récipient » était pur ou impur. J'avais donné ma parole sur le lit de mort de ma mère. Ma mère était morte. Victoire vivait et elle était belle, d'autant plus belle qu'elle était plus froide. J'aurais voulu être toujours suspendu à ses lèvres, mais ces lèvres étaient dures, ironiques, impérieuses, et n'accordaient ni une caresse ni un mot gentil.

Ce fut déjà beaucoup quand elle me dit un jour en détournant son visage blême qu'elle n'avait rien contre moi, au contraire ; mais elle ne pouvait oublier son mari mort à la guerre, elle avait brûlé la veille les brouillons de ses discours et, ce faisant, pensé à moi en pleurant de rage. Il avait aimé son peuple, l'allemand, non le juif, plus qu'elle-même. Mais était-ce la véritable raison ? J'en doutais.

Mon père me conseilla de participer à sa petite industrie du bois. Il s'était reconverti à la production de meubles. Il était toujours resté modeste, me dit-il en souriant d'un air confidentiel, mais il était plus solidement établi que bien d'autres. Il avait effectivement une quantité de bon bois en réserve dans ses entrepôts, et il fut l'un des premiers à n'accepter des paiements qu'en monnaie étrangère ou selon un code déterminé. Comme il fabriquait des « biens réels » que tout le monde recherchait, on se soumettait à ses conditions, et depuis sa « malchance » et les mauvais matériaux du pont, il veillait soigneusement à n'utiliser que des matières premières de bonne qualité, solides, du bois bien sec, etc.

Il s'était constitué à S. une section locale du Parti

Démocrate dont les membres étaient des anciens combattants mais aussi des hommes et des femmes très jeunes. On m'invita à adhérer. On attendait même beaucoup de mon activité, car, aussi bien comme ancien officier que comme médecin, je jouissais de la confiance des gens et on disait qu'il se dégageait de moi une certaine force tranquille. Je savais parler et j'étais convaincant, disait-on, et je finis par le croire bien que je n'eusse jamais été qu'un orateur médiocre et sans passion.

La présence d'une foule importante ne me gênait pas. Mais elle ne me stimulait pas non plus. Je comprenais bien que ce serait mon devoir que de participer à cette action, car le programme était humain et politiquement sensé, il prêchait la liberté, c'est-à-dire l'équilibre entre la volonté de domination de l'individu et les intérêts des masses, il demandait le calme, la patience et la compréhension des fautes commises durant les années de guerre, il établissait des objectifs clairs et modérés par opposition à l'absence d'objectifs du Parti patriotique qui s'était dissous aussitôt après l'effondrement, mais dont l'esprit était encore très vivant. Mais je dois avouer à ma honte que la pensée de Victoire me fit dire non lorsqu'on voulut m'élever au-dessus de la masse des adhérents, me mettre à un poste de responsabilité et me nommer candidat pour le canton. Je croyais me grandir à ses yeux si j'acceptais un sacrifice et renonçais à une carrière politique car elle ne voulait pas d'homme politique pour époux. Mais cela ne fit aucune impression sur elle. Si elle s'était montrée froide auparavant, à partir de ce moment elle devint de glace.

Je ne pouvais vivre sans elle, c'est-à-dire dans l'espoir de la posséder, et qui pouvait me donner cet espoir si je ne la voyais pas ? Je préférai donc ne plus la rencontrer du tout et cessai de la voir sans explications. J'essayai de dominer mes sentiments à l'aide de ma volonté.

Je m'attachai alors plus étroitement que jamais à mon ami de jeunesse, Helmut. Il était affecté à l'état-major général bavarois, je ne sais si c'était en raison de ses capacités militaires particulières ou à cause de ses relations avec le capitaine R. qui était à cette époque le chef spirituel de l'état-major en Bavière.

La république des Conseils de Hongrie et celle de Bavière s'étaient effondrées, et la lutte contre la république allemande modérée, faible et chancelante, dite de Weimar, était maintenant en préparation. R., un homme atrocement laid, homosexuel, encore jeune et d'une énergie intacte, sans scrupule et brutal, doué d'une volonté puissante et d'une compréhension des choses exceptionnellement claire, ne considérait naturellement pas le petit Helmut comme un égal. Il se confiait à lui, mais comme un frère placé à un poste de responsabilité se confie à son « benjamin », et Helmut n'avait pas de secrets pour moi.

R. ne faisait pas mystère de ses idées. Il avait certes, en tant qu'officier, juré fidélité à Weimar et au président du Reich, et il recevait tout comme Helmut sa solde importante de la république bien trop confiante, mais il la combattait en adversaire déclaré.

— Je ne suis pas disposé, disait-il quand on l'interrogeait, à renoncer à mon droit de penser et d'agir politiquement dans le cadre du service auquel je suis affecté. J'en ferai usage. Mais que recherchait le corps des officiers ? Le retour, voire le renforcement de la situation d'avant 1914, le règne de l'épée, la militarisation « totale » de la nation et la guerre de revanche.

Les objectifs étaient simples et brutaux, mais les méthodes multiples et pleines de ruses. A l'instigation du corps des officiers, qui était le seul soutien de Weimar car le monde du travail était partagé en une tendance conservatrice, libérale, bourgeoise et une tendance révolutionnaire, internationaliste, le droit de vote fut refusé aux membres de l'armée allemande. Il fut interdit aux partis républicains, révolutionnaires, ceux qu'on appelait les partis de novembre, de recruter des adhérents dans l'armée. Novembre, la grande révolution sans effusion de sang, était considéré dans ces milieux tout simplement comme une honte, une désertion devant l'ennemi, un coup de poignard dans le dos de l'armée invaincue.

Dans l'armée modèle reconstituée à petite échelle, la Reichswehr, les supérieurs pouvaient modeler désormais leurs subordonnés comme de la cire et leur inculquer leurs idéaux, leurs objectifs et leurs méthodes. Pour eux, la guerre n'était pas terminée. Je sentais d'ailleurs moi aussi que les choses ne pouvaient rester ainsi.

Helmut et R. m'étaient reconnaissants d'avoir attiré leur attention depuis P. à l'automne 1918 sur A.H., l'aveugle de guerre, le fanatique miraculeusement guéri, cet homme apparemment si simple mais doué de forces inquiétantes. Ils avaient justement découvert ces « forces inquiétantes », et il possédait quelque chose dont ils avaient grand besoin.

Les unités stationnées à M. avaient à cette époque fait des enquêtes pour savoir lesquels de leurs membres avaient participé aux événements révolutionnaires, la honte de novembre, et à la République des conseils. On avait nommé le caporal A.H. à une telle commission d'enquête. Il avait fait ses preuves. Il avait condamné tous ceux qui étaient passés devant son tribunal, sans exception, vraisemblablement aussi sans distinction et sans justice. Mais on n'aurait pu y reconnaître que son fanatisme et non les forces inquiétantes. On devait découvrir celles-ci peu après. On le fit en effet participer ensuite à un cours où l'on « formait » les soldats politiquement. Il devait lutter par des discours contre le poison socialiste et républicain. Il était apparu qu'on pouvait se fier à lui. Il était du bon côté, du côté des puissants.

L'état-major général s'efforçait de former des agitateurs, tout d'abord pour la propagande dans des cercles restreints. Les cours de politique de la Reichswehr bavaroise ne consistaient pas en fastidieuses dictées, ils consistaient en exposés suivis de chaudes discussions. Un jour, l'occasion fut venue pour le caporal d'intervenir dans la discussion.

Il était question des juifs. Quelques orateurs ne leur étaient pas particulièrement favorables, d'autres pas particulièrement défavorables. C'est alors que H. prit la parole. Il se lança dans la discussion avec une fureur incontrôlée et, comme il l'avait déjà fait à P., s'enfonça dans une ivresse, un délire auquel personne ne put résister. Il frappait, terrassait l'adversaire, n'acceptait aucun argument contraire, aucune logique, aucun fait historique. Il ne faisait jamais la moindre concession à l'adversaire, plus il parlait, plus son fanatisme s'exacerbait. Il devenait insatiable, sans bornes, démoniaque, il hypnotisait l'assistance comme je l'avais hypnotisé, lui, un jour, par l'énergie de l'idée martelée mille fois, par le rétrécissement du champ de vision. Pas la moindre richesse de l'esprit. Pas le moindre doute. Pas le moindre changement d'idée. Pas la moindre acquisition d'idées nouvelles. Une idée, deux au maximum trois, mais toujours répétées, avec une ardeur de plus en plus violente, le visage couvert de sueur, aveugle, d'un fanatisme religieux, avec des gestes d'une violence spectaculaire, des larmes dans les yeux, hors de lui, presque hors du monde. C'est ainsi que je le revis des années plus tard lorsque j'écoutai son premier discours dans la caserne des Bosquets, assis entre Helmut et R.

J'avais l'impression de connaître la salle. C'était une chambrée de l'ancienne caserne transformée maintenant en caserne de la Reichswehr. C'était la pièce où l'on m'avait transporté après ma blessure ; elle servait maintenant de salle de conférences. Elle était pleine à craquer et résonnait des tonnerres d'applaudissements. Le triomphe de H. fut grand. Le capitaine R. s'approcha du caporal qui se mit aussitôt au garde-à-vous, et lui promit de le nommer officier *d'éducation*. Déjà dans les tout derniers temps de la guerre, on avait envoyé des officiers au front pour renforcer le moral des troupes et on leur avait donné le nom d'officiers-instructeurs.

H. m'avait reconnu. Il pâlit et détourna tout d'abord les yeux. Puis il se maîtrisa et me donna la main. Je vis que je l'intimidais. Mais j'en éprouvai un sentiment chaleureux et bienveillant, je voulais continuer à l'aider, bien volontiers. N'était-il pas mon œuvre ?

En ces temps qui étaient plus durs que tous ceux qui avaient précédé, j'étais devenu plus sensible à la douleur que je ne l'avais jamais été. Mon amour pour Victoire était une source de souffrances permanentes. Même maintenant, je ne puis exprimer et je ne comprends plus la profondeur de ce que je ressentais et combien j'étais malheureux. La solitude ne m'aidait pas, et la volonté était impuissante contre le sentiment. A l'église où je ne cessais de me retrouver bien que je ne crusse ni en Dieu ni au Christ ni au miracle, je priais, mais les prières étaient contradictoires : un jour je priais pour pouvoir oublier Victoire, un autre jour parce que je souhaitais malgré tout être heureux avec elle. Et bien que je ne crusse pas en Dieu, je le cherchais comme une volonté au-dessus de moi.

J'avais gardé d'autrefois un ami qui m'était un père, un homme d'une haute autorité spirituelle qui m'avait éduqué et dirigé quand j'étais étudiant, puis jeune médecin, jusqu'au début de la guerre, car à ces moments-là je ne pouvais quand même pas vivre totalement sans guide, pas plus que ne le purent une foule d'autres jeunes. Comme j'aurais donc aimé me confier au conseiller privé von Kaiser ! Que de fois j'ai songé à lui rendre visite, jusqu'au jour où le hasard ou le destin le mit sur ma route — ne put que le mettre sur ma route, parce qu'il était dans une situation semblable à la mienne. Je revis cet homme — à l'église. Il était agenouillé près de moi et nous ne nous reconnûmes que quand nous nous relevâmes. Ses traits ravagés n'exprimaient ni le recueillement ni le réconfort trouvé auprès du Père céleste, ni l'espoir en la Rédemption dans l'au-delà qu'éprouve le chrétien pieux, ni la reconnaissance pour les souffrances, mais seulement le désespoir absolu. Je me vis moi-même dans le miroir.

Certes, c'était un homme au seuil de la vieillesse tandis que j'avais, moi, à peine plus de trente ans. Mais cela ne faisait que rendre encore plus triste mon incapacité à résister et à me montrer à la hauteur de mon amour, sans doute difficile mais nullement sans espoir. pour une femme comme Victoire, alors que j'étais, moi, dans la force de l'âge et voyais et comprenais clairement les désarrois et désespoirs d'une époque déracinée.

J'accompagnai Kaiser chez lui. J'appris, ce que j'avais déjà deviné auparavant, qu'il cherchait une consolation à l'église non parce que sa Katinka était loin, mais parce qu'elle était revenue vers lui. Seulement c'était une autre Katinka, ce n'était plus la créature enfantine à la voix de rose, mais une vieille enfant indifférente qui avait perdu ses illusions, vivait au jour le jour et se droguait d'une façon ou d'une autre. Elle s'était séparée d'Oswald Schwarz « en toute affection et amitié » parce que celui-ci n'avait pu renoncer à la longue à son ancienne inclination pour les hommes qui lui apportaient, outre la tendresse, une stimulation intellectuelle.

Kaiser, père, avait donc sous son toit deux êtres qui avaient été attirés, puis repoussés, par Oswald Schwarz : Helmut et elle. Elle tolérait maintenant volontiers les manifestations de tendresse du vieux prétendant, elle les provoquait même. Elle voulait être aimée. Il était le seul homme, disait-elle en essayant de le flatter, à jouer encore un rôle dans sa vie, comme si les femmes amoureuses qu'elle attirait et repoussait et avec lesquelles elle jouait comme Oswald Schwarz avait joué avec elle à la fin, n'avaient compté pour rien.

Le vieux Kaiser savait à quoi s'en tenir. Il aurait pu maintenant se séparer volontairement de Katinka, l'abandonner à elle-même et ne lui assurer que son existence, ce qui lui était possible grâce à sa fortune placée de façon sûre à la Banque d'Angleterre. Mais il préférait vivre des miettes que Katinka, devenue mendiante d'amour, lui jetait selon son humeur et ses dispositions.

Pourtant son feu n'était pas encore éteint, ses yeux foncés étincelaient d'un éclat passionné, la clarté de son esprit n'était pas troublée. Il voyait beaucoup de choses, peut-être tout, clairement. C'est lui qui le premier surmonta sa répugnance vis-à-vis des juifs et reconnut les trois grandes réalisations du juif Rathenau. Mais c'est justement ce que je lui reprochais, de se mettre bien avec les juifs maintenant qu'Oswald Schwarz ne voulait plus entendre parler de Katinka. Il voyait dans cette grande personnalité juive le sauveur du Reich terrassé et profondément rabaissé. Tout d'abord par son action pendant la guerre, la réorganisation de l'économie de guerre allemande, ensuite pour son appel de novembre 1918 à la *levée en masse** et enfin pour son dernier acte d'homme d'Etat, à savoir le traité de Rapallo signé en avril 1921 avec les bolchevistes. Ce traité représentait le premier pas vers la rentrée de l'Allemagne dans la politique mondiale. Le programme pangermanique du Parti patriotique était, selon lui, plus vivant que jamais. Il n'avait pas été rendu impossible par la perte stratégique de la guerre. Seules les batailles avaient été perdues, les anciens objectifs avaient été par trop confus. Mais l'Allemagne avait survécu à la catastrophe, elle avait donc vaincu. La guerre était gagnée. Deux conditions seulement devaient être remplies (que Rathenau a remplies toutes les deux) : l'Allemagne devait avoir la couverture arrière à l'est exigée par Bismarck, vers la Russie avec ses énormes ressources minières, son immense superficie sous-

* En français dans le texte.

peuplée, facile à défricher qui s'étendait jusqu'à l'Extrême-Orient, avec son matériau humain stupide, capable de grandes réalisations, qui avait besoin de l'école allemande, de la discipline et de l'excès de discipline allemands et du génie allemand de l'organisation. Mais dans la Reichswehr et dans les cercles nationaux, on ne reconnaissait pas Rathenau comme un homme d'Etat. L'alliance avec la Russie était certes très populaire parmi les généraux, mais la haine des juifs les aveuglait tous. Et deuxièmement, pourquoi l'Allemagne ne s'appuierait-elle pas maintenant sur l'esprit du cosmopolitisme, sur les juifs qui, toujours, malgré leurs faiblesses et bien qu'on ne leur eût concédé qu'une petite place dans le Reich, avaient compté parmi les meilleurs patriotes allemands ? Il évoqua le député socialiste Lazarus, l'époux de Victoire, qui était parti à la guerre et était tombé pour sa patrie, et l'exemple du fondateur de la flotte commerciale allemande, Ballin, lequel n'avait pas voulu survivre à la guerre comme son bienfaiteur, l'ex-empereur, mais avait mis fin à ses jours en se suicidant par amour pour son pays, non par amour pour son sang. Je comprenais tout, il avait de grandes idées, peut-être plausibles. Cependant je ne le suivais pas. Il ne m'entraînait pas. C'était un homme, comme moi, il aimait, comme moi. Sa personnalité ne subjuguait pas la mienne (plus maintenant), tout comme la personnalité de Rathenau n'avait pas subjugué le peuple allemand.

Il chercha en moi l'ami. J'acceptai cette amitié. Elle valait mieux que rien. Mais je lui tus mes propres expériences, et lorsqu'il cherchait refuge auprès de moi parce que sa Katinka logeait ses « petites souris » amoureuses, ses amies, dans leur domicile commun, je ne pouvais que sourire avec pitié de sa faiblesse.

C'est à cette époque que Rathenau tomba sous les balles d'adolescents fanatiques. On avait su les arracher à leur déracinement et les enthousiasmer pour leur terrible objectif par des hérésies fanatiques. Ils avaient profondément cru, par ce meurtre cruel, délivrer leur patrie d'un traître juif.

L'Allemagne ne broncha pas. Personne ne fut révolté. On plaignit le pauvre Rathenau, on plaignit les pauvres assassins de la Sainte Vehme lorsque, encerclés dans les ruines d'un château abandonné, ils se donnèrent la mort. On ne rechercha pas sérieusement les véritables instigateurs du meurtre dont je savais très bien par Helmut et son ami R. où l'on pouvait les trouver, et le patriotisme déchaîné des deux fanatiques sembla une excuse à beaucoup. C'eût été le moment de faire une révolution, mais on ne fit que des funérailles solennelles à Rathenau.

Mon père vint me voir. Il m'annonça qu'il voulait épouser Heidi. Vroni et les enfants avaient accepté l'argent de ma mère et montré par là qu'on pouvait les dédommager avec de l'argent. Il avait certainement aimé Vroni, mais il devait prouver sa reconnaissance à Heidi, son honneur d'homme l'exigeait. Dans sa fausse modestie, il faisait comme s'il voulait, avec l'anneau du mariage, payer Heidi pour les services qu'elle avait rendus à ma mère durant sa maladie. Je savais ce qu'il en était réellement. Je savais que ma mère était morte auprès d'un feu de tourbe et que, deux jours plus tard, on avait eu un feu de charbon et de bois. Mais je ne m'opposai pas à son projet. Peut-être que mon père se serait laissé retenir par moi, car il hésitait encore, il connaissait les trois femmes, ma sévère mère, Vroni, Heidi, et, homme vieillissant, il craignait l'esprit autoritaire de Heidi. C'est peut-être pour cela qu'il vint me voir, car il n'avait pas besoin de mon accord. Vroni, elle, aurait été son esclave.

Mais quelque chose me poussait, comme déjà quand j'étais jeune, à vouloir donner satisfaction à tout le monde, et, comme disait ma défunte mère, à être des deux côtés à la fois. Vroni avait survécu péniblement durant les années de guerre avec mon frère et ma sœur et avait plus d'une fois laissé passer l'occasion de se marier avec un ouvrier ou un petit paysan parce que... Etait-ce ma faute ? Et pourtant ! C'est moi, et personne d'autre, qui lui avais fait croire en lui versant les vingt marks chaque mois pendant de nombreuses années que mon père l'aimait encore, plus que jamais, pensait avec une inquiétude sincère à elle et aux deux enfants et, « délicat » comme il l'était, remplirait une vieille promesse tacite, non écrite, de l'épouser après la mort de ma mère. Maintenant, ma mère n'était plus de ce monde. Mon père était libre, il était de nouveau aisé, en bonne santé, indépendant ; il pouvait faire ce qu'il voulait. Je pensais être objectivement au-dessus des partis. D'un côté Vroni, fanée et vieillissante, avec l'incurable amertume d'avoir perdu ses belles années, sans culture, et qui nous était au fond hostile dans sa condition prolétarienne (ses regards près de la tombe de ma mère n'étaient que trop éloquents), et de l'autre côté Heidi, institutrice, de bonne famille, épanouie, optimiste, non sans argent et avec de bonnes qualités sociales, excellente maîtresse de maison. Je laissai donc les choses suivre leur cours et elles se terminèrent à l'indignation et la terrible déception de Vroni par le mariage de mon père avec Heidi. Mon père ne m'en aima pas plus qu'avant. Heidi ne m'avait pas fait confiance et Vroni me haïssait parce qu'elle croyait que c'était moi qui avais monté mon père contre elle et fait échouer le mariage.

Une autre solution m'était venue à l'esprit et je la proposai spontanément à Vroni et à ses enfants qui allaient bientôt être déjà adultes. J'avais besoin d'une gouvernante dans la maison où j'exerçais mon activité de médecin et qui était située sur la route de S. à T. J'aurais volontiers pris Vroni et les enfants chez moi. J'aurais essayé d'éduquer les enfants, je voulais voir en eux mon frère et ma sœur, ce qu'ils étaient tout de même par nature. Rien de tout cela ne se produisit. Vroni vomit son fiel quand je lui fis cette proposition. Elle affirma avoir été assez longtemps domestique et ouvrière d'usine, elle voulait être la femme de mon père ou rien du tout, elle l'avait mérité par sa fidélité, etc. Elle alla même jusqu'à crier qu'elle nous jetterait aux pieds le dédommagement que ma mère lui avait légué par dérision et pour lui acheter les droits qu'elle avait sur mon père. Elle se répandait dans sa rancœur en invectives d'une telle grossièreté que j'arrêtai la conversation, car elle ne convenait pas aux oreilles de mon frère et de ma sœur qui étaient présents.

Je n'étais pas vieux. Il me manquait une femme. Je n'aimais plus Angélique. En fait, je ne l'avais jamais aimée. J'avais même cru que j'étais incapable d'une passion profonde et que nous avions seulement vécu comme deux camarades. Maintenant, j'aimais Victoire et ne pouvais la conquérir ni l'oublier quoi que je fisse.

Angélique vint me voir. Elle pleura, implora mon « ancienne affection et amitié », elle se jeta à mes pieds comme si elle avait quelque chose de terrible à se faire pardonner. Je la relevai froidement. Je lui parlai comme à une malade. Aussitôt ses yeux se séchèrent, elle s'installa confortablement dans un fauteuil et regarda autour d'elle avec les yeux d'une maîtresse de maison dans la pièce un peu négligée, pleine de poussière et de toiles d'araignée. Les murs de la maison étaient couverts de lierre, toutes sortes d'insectes couraient dans le bureau où je recevais mes patients.

Nous ne parlâmes plus alors de notre avenir comme nous l'avions fait à une époque heureuse. Angélique était intelligente et devait savoir que je ne l'aimais pas. Je n'aurais pas dû la prendre chez moi. Je le fis cependant, par peur de la solitude, et je me sentis un peu soulagé quand elle eut installé ses affaires dans ma maison, mais pas dans ma chambre. Elle gardait une certaine distance.

Le soir, quand je rentrais mort de fatigue, je trouvais tout parfaitement préparé. Elle avait noté pendant mon absence ce qu'il fallait me communiquer de la part des malades, je pouvais me fier à ses indications, parler de mes cas avec elle. Elle n'avait pas passé tant d'années dans la maison d'un médecin comme von Kaiser sans en tirer profit. Elle n'exigeait pas de tendresse, pas de baisers, sa poignée de main, comme son regard, restait plutôt d'une camaraderie froide. Je pensais que je devais lui en être reconnaissant et me montrer équitable. Le même argument que j'avais trouvé inconsistant quand mon père l'avait présenté pour justifier son mariage avec Heidi, je le revendiquais pour moi. Un soir, je l'entraînai dans ma chambre, puis elle me fit, je me fis soudain horreur, je la repoussai, elle se retrouva à mes pieds comme si elle voulait être piétinée, mais aussi relevée, soulevée et emportée, je ne devinais que trop bien où. Car ce n'étaient plus les tendresses harmonieuses, tempérées comme avant la guerre, je cédais maintenant à mes sombres pulsions que j'avais reconnues en moi après les assauts contre les Gourkhas, tandis qu'elle cédait, elle, à son besoin de plaisir dans la souffrance, de servir, d'être esclave. Alors qu'autrefois nous nous étions séparés après une « heure agréable », chacun une cigarette à la bouche, les baisers et l'ivresse duraient maintenant presque toute la nuit. Dans les moments de répit, elle me serrait contre elle avec une telle violence que mes côtes, mal guéries depuis ma blessure au poumon, me faisaient mal.

En chuchotant, le souffle brûlant comme d'un merveilleux secret, elle me parlait de H. dont elle était l'une des plus ferventes admiratrices parce qu'il était si pur et n'avait, disait-on, jamais touché une femme. Elle savait que je le connaissais depuis les derniers jours de la guerre. Comme elle aurait aimé en savoir plus sur lui !

Cependant, malgré toute notre passion exacerbée, je restais indifférent à elle et ne lui parlais jamais de A.H. et jamais non plus de Victoire. Je pensais qu'elle ne se doutait de rien. Mais elle, en apparence âme sincère, fidèlement dévouée, « l'esclave de son noble seigneur », comme elle se nommait avec une modestie mielleuse, elle savait au moins une chose, c'est qu'elle ne savait pas tout. Elle évitait soigneusement de parler de l'antisémitisme fanatique de H. Elle voyait en lui un homme dépourvu de toute haine, plein seulement d'amour, d'amour de la patrie, qui ne pouvait que tout aimer. C'est ainsi qu'elle n'avait pudiquement manqué aucune de ses nombreuses réunions où il célébrait ses triomphes d'orateur.

Un soir, elle m'avait persuadé d'aller à M. avec elle et de confier la garde de mon téléphone à Heidi avec qui elle s'était rapidement liée d'amitié. Nous téléphonerions de M. à S. pour savoir si je n'avais pas été entre-temps appelé auprès d'un malade.

Ce n'était pas la première fois, mais la troisième, que j'entendais H. faire un discours. La première fois, il m'avait fait face à l'hôpital de P. Un contre un. La deuxième fois, dans la chambrée, lui d'un côté, de l'autre une foule compacte de soldats et d'officiers de la Reichswehr. Mais maintenant, je le voyais pour la première fois dans la masse, seul contre trois mille. Il était au-dessus de la masse, car elle le laissait totalement indifférent, elle ne lui en imposait pas plus maintenant qu'autrefois. Il la méprisait. Elle, en revanche, était complètement fascinée par lui.

Il avait l'habitude de ne parler que le soir. A ce moment-là, les auditeurs étaient fatigués par le travail, incapables de résister, ils voulaient dormir éveillés, rêver, se laisser enivrer, l'adorer, obéir aveuglément, être possédés par l'esprit. Il ne laissait pratiquement personne froid, car il s'enivrait lui-même. Il montrait à tous combien il est merveilleux d'être possédé par une idée de ce monde unique et puissante. Même les gens comme moi qui étaient venus à la réunion sceptiques et avec en tête le diagnostic du médecin succombaient à son pouvoir. Pour quelques instants seulement, mais ils étaient complètement subjugués. C'est ce qu'il voulait, c'est comme ça qu'on satisfaisait son attente. On ne pouvait que lui faire cette joie. Son sentiment agissait sur notre sentiment.

Son instinct, non son savoir livresque, lui avait révélé comment un homme seul acquiert du pouvoir sur tous les autres, comment un homme parle en haut tandis que les autres écoutent en bas, à la fois maître au-dessus de valets, magicien, despote, enchanteur, prêtre cruel et dur.

Mais était-il donc lui-même un être si fort qu'il nous fût doux à nous autres, hommes et femmes, à moi, le témoin oculaire, le médecin objectif et expérimenté tout comme à Angélique, l'esclave avide de souffrir, de sentir sa poigne et de lui succomber ? Avait-il fait ses preuves dans le plus grand danger et était-il resté un homme ? Avait-il, semblable à un homme comme Rathenau, lancé à la face du destin un appel héroïque à la résistance désespérée ? Ne s'était-il pas plutôt caché devant les faits, ne s'était-il pas « dérobé » au front, lâchement réfugié derrière sa cécité, son impotence, jusqu'à ce que fussent revenus des temps meilleurs et que la Reichswehr lui eût délié la langue, eût enflammé le feu sacré en lui et l'eût pris sous ses ailes ?

Vaines considérations de mon cerveau, vaine résistance de ma volonté.

Il parlait, je succombais. Il nous écrasait de son discours, sages et sots, hommes et femmes, jeunes et vieux. Il n'en finissait pas, pendant des quarts d'heure, des demi-heures, trois, quatre heures durant c'était la même chose, toujours la même chose, il tournait éternellement en rond, creusait jusqu'à ce qu'il eût atteint les profondeurs. Il répétait la même chose non pas sept fois, mais soixante-dix-sept fois, et malgré tout, cela ne lui suffisait pas !

Au bout d'un quart d'heure, il ruisselait de sueur. son col lui collait au cou comme un morceau d'étoffe trempé, les veines de son front étaient gonflées, il tremblait comme de fièvre ; avec des gestes grandioses, il nous menaçait, nous attirait, nous conjurait, nous autres en bas, comme à P. il avait jeté en désordre sa mèche sur son front, et il ne finissait toujours pas, et personne ne voulait que cela prît déjà fin. On tremblait dans l'attente de quelque chose de considérable et moi, collé contre Angélique, pour la première fois depuis longtemps, je remarquai avec effroi que moi aussi, je tremblais comme tous les autres et que j'étais devenu un atome dans la masse.

J'avais été averti. Kaiser m'avait raconté comment les choses se passaient dans les réunions de H.

Conscient de sa FORCE SUPÉRIEURE, H. avait d'emblée repoussé ce dont les autres partis, parmi eux le nôtre, avaient besoin : la police pour protéger la salle. Il se disait avec raison que les masses, qui seules l'intéressaient, y verraient un signe de sa faiblesse. Il était le maître, il avait le droit du maître. Il avait le droit. Il était le Droit. Perdu était celui qui osait penser autrement que lui. Il s'en vantait, comme un capitaine R. se vantait de son droit de maître vis-à-vis de la faible république de Weimar, « nous avons souligné ce droit des maîtres sans interruption, à chaque minute et de la manière la plus nette. Nos adversaires savent parfaitement que tout provocateur éventuel sera expulsé sans ménagements ». Tel était son principe. La forme était banale, la langue ordinaire, mais il n'y avait personne qui ne le comprît. « Toute tentative de perturbation serait aussitôt étouffée dans l'œuf par mes camarades. Les fauteurs de trouble voleront en bas de l'escalier la tête cabossée. »

Dès le début de cette réunion, j'entendis (et sans oser broncher) dans un coin un petit homme tout maigre interrompre l'orateur en lançant d'une voix haute de coq le cri aigu et fluet LIBERTÉ. Il ne fallut pas dix secondes et quelques grands gaillards costauds, avec dans les yeux cette expression que mes camarades et sans doute moi aussi avions eue dans les assauts contre les Gourkhas, se précipitèrent sur le pauvre petit bonhomme, le firent tomber à terre en lui martelant la tête, lui mirent le visage en sang, le soulevèrent comme une plume et le lancèrent au vrai sens du terme en bas de l'escalier. Les autres firent « la haie ». Mais l'orateur à la tribune ne s'était pas laissé interrompre, il nous connaissait et connaissait ses gens. C'était sa garde du corps, un tas d'individus dangereux et brutaux, qui avaient, comme je le savais, bien souvent dispersé avec une force brutale, la matraque au poing, des réunions d'autres partis, démocratiques, communistes ou catholiques. Ils adoraient leur idole comme des sauvages, risquaient leur vie, ils étaient sa plus sûre protection. Il les appelait « les fidèles camarades », les adversaires étaient des « bandits ».

— Un bandit décidé aurait donc à tout instant en son pouvoir de me rendre impossible, à moi l'honnête homme, l'exercice de mon activité politique ? avait-il dit autrefois à R. Celui-ci avait souri. Il écoutait patiemment H. lorsque celui-ci parlait avec une haine fanatique de sous-hommes « judéo-marxistes », mais reconnaissait en même temps n'avoir jamais lu Marx. Il disait que ce qui le guidait, c'était son sang, le sang allemand. Ce sang ne pouvait jamais se tromper. Lui, H., ne pouvait jamais se tromper.

Je savais ce qu'il était, j'avais été son témoin oculaire, c'est moi qui l'avais éveillé, j'étais le premier à avoir fait des miracles sur cet être miraculeux — et cependant je lui ai succombé. Soixante-dix millions d'hommes ont succombé à ce Mahomet sans Dieu, pourquoi me vanterais-je d'avoir été plus fort qu'eux ? Je remarquais aux visages qui m'entouraient, aux traits tendus, bouleversés, aux membres tremblants d'Angélique, que le summum n'était pas encore atteint mais allait venir dans les prochaines secondes. Après un déferlement monstrueux et inconcevable de haine contre l'« engeance juive marxiste », ce paroxysme s'empara de lui et de nous. C'était l'instant où l'orateur avec sa voix rauque et son accent autrichien ne sentait plus le sol sous ses pieds.

— Sang allemand ! Sang allemand ! Sang allemand ! criait-il, on ne savait pas s'il criait par amour de ce sang ou parce qu'il craignait pour ce sang divin. Le savait-il donc lui-même ? Un torrent de mots sortaient de sa bouche. Cela le submergeait, nous submergeait, et nous n'étions plus ceux que nous avions été auparavant. Si j'avais été seul avec lui et s'il avait eu la même extase dans la salle des consultations de P. j'aurais peut-être pu rester un froid témoin oculaire. Peut-être pas non plus. Mais pas ici. L'effet se propageait d'un auditeur à l'autre, les trois mille personnes devenaient *une* âme. De haut en bas, d'un coin de la salle à l'autre. Irrésistiblement, à la vitesse de l'éclair, une énorme cataracte, les éléments déchaînés. Il n'était plus en haut sur la tribune grossièrement taillée, il était près de nous, en nous, il fouillait dans ce que nous avions de plus caché et il nous écrasait avec sa volupté d'esclave, obéir, se dissoudre, être en bas, n'être plus rien. Pour la première fois, j'ai compris ce que signifie être une femme et succomber à l'homme, lequel fait éclater la femme tout d'abord contre sa volonté, puis soudain avec son accord, avec ses souffrances brûlantes et avec une volonté encore mille fois plus brûlante, disparaître en lui, se fondre en lui, comme si c'était pour l'éternité. L'amour n'est-il donc qu'esclavage, délices de l'esclavage ? Il se tenait là haut, sanglotait, il criait, avec un gargouillis sortait de lui quelque chose d'inexplicable, de primitif, de nu, de sanguin, il ne pouvait le retenir, ce n'étaient plus des phrases solidement construites, des paroles articulées, l'ÂME SOUTERRAINE, l'âme toujours voilée, le lieu noir et brûlant où résident les mères était monté à la surface, et personne ne pouvait résister. « Allemagne ! Allemagne ! Allemagne ! » Qu'était la pitoyable supériorité du médecin désarmé dans la lutte contre la mort comparée à la sienne ? Sa supériorité, c'était la haine, la fureur, l'extase, l'explosion, les hurlements du combat, dans le lointain seulement, arc-en-ciel après l'orage, brillait un espace plus clair, son pâle idéal, fleuri et bien policé, d'une Allemagne nouvelle, chaste et guerrière, le final sentimental après le chant de haine brutal. Tous reprirent leur souffle. Les applaudissements firent trembler les murs et les hymnes de sa garde noyés sous le tumulte frénétique.

Comme naguère dans les assauts contre les Gourkhas, du sang humain chaud venait de jaillir entre mes lèvres. Et Angélique, l'éternelle gouvernante, la noble veuve, gémissait plus profondément que dans mes bras, des frissons ne cessaient de parcourir son visage déjà si fané, mais ce visage, tour à tour crispé et éperdu de plaisir suprême, était maintenant devenu enfantin, plein de reconnaissance — et de pureté. Ce n'est pas de moi, c'est de lui qu'elle était l'esclave. J'étais pour elle un homme, il était, lui, un Dieu. Je lui faisais du bien, il faisait, lui, des miracles.

Je rentrai à la maison sans rien dire. J'avais rapidement retrouvé mes esprits. J'avais pour ma part échappé à la suprématie spirituelle de H. car je voyais le danger. Peut-être regrettai-je un instant ce que j'avais fait à l'automne 1918. J'avais voulu intervenir, agir, régner. J'avais succombé au destin alors que dans ma ressemblance avec Dieu, j'avais voulu lui commander. J'étais sans pouvoir, car j'étais seul.

A la maison m'attendait un bref message de Heidi ; les tourbiers du marais étaient venus et me demandaient d'aller chez eux aussi vite que possible parce que la femme était gravement malade. Je laissai Angélique, pris ma serviette avec les instruments, mais auparavant, j'allai jusqu'à la fenêtre et tirai d'une petite niche du mur cachée par le lierre abondant une cassette qui contenait les papiers sur A. H. Je les parcourus encore une fois. Peut-être étaient-ils une arme contre lui, un appui pour ceux qui ne devaient pas tomber sous sa coupe, qui ne devaient pas être aveugles comme la masse et lui-même. Je voulais donc cacher les papiers. Peut-être pouvaient-ils être encore utiles au monde.

Tandis que je prenais le chemin du marais que je connaissais bien depuis ma jeunesse, une agréable fatigue s'empara de moi. Je me réjouissais à l'idée de rentrer chez moi dans peu de temps et de dormir profondément. Ce faisant, il me vint à l'esprit quelque chose à quoi je n'avais pas songé jusqu'à maintenant, sa profonde insomnie et sa complète absence d'amour. Son insatiabilité, le feu dévorant de son être qui attirait tout à lui et engloutissait tout. Peut-être était-il aussi fanatique, aussi peu chevaleresque et généreux, aussi mauvais, aussi haineux parce qu'il ne pouvait ni aimer ni dormir.

C'était une nuit froide, claire et étoilée, le marais

était gelé, on pouvait s'y hasarder en toute tranquillité. Les lacs de Pâques étaient comme de la terre ferme, la glace n'était pas souple sous mes pas. Cela raccourcit beaucoup mon chemin. J'eus bientôt atteint l'endroit où j'avais risqué ma vie quand j'étais jeune. J'avais l'intention d'enterrer la cassette à cet endroit, personne ne pouvait l'y supposer. Malheureusement, je n'avais pas pensé que le sol serait dur comme de la pierre, j'y renonçai donc provisoirement, me rendis chez les tourbiers, m'occupai de la femme et rentrai chez moi.

Quand je sortis la cassette de sa cachette derrière les branches de lierre le lendemain, j'eus l'impression qu'elle n'était plus à la même place. Peu importe, elle n'avait pas été ouverte, croyais-je, et la seconde fois je réussis à l'enfouir assez profondément dans le marais. Je me dis toutefois que je devrais la reprendre avant le début de la saison chaude, sinon elle s'enfoncerait dans le marécage. La femme du tourbier allait mieux qu'on ne pouvait l'escompter et en quelques jours elle fut hors de danger. Je n'acceptai pas d'argent de ces pauvres gens.

Ce petit signe de résistance contre H., sans danger pour moi, ne resta pas le seul. Helmut vint me voir à la demande du capitaine R. et me dit que de grandes choses étaient en cours ; moi aussi, j'avais maintenant connu le MIRACLE A. H., on comptait sur moi et attendait quelque chose. De grands objectifs exigeaient de grands moyens financiers. Je le regardai avec étonnement, car il devait bien savoir que mes revenus étaient faibles et me suffisaient tout juste pour vivre. Angélique ne possédait presque plus rien depuis que la dévaluation des emprunts de guerre avait donné le coup de grâce à ses économies. Quand je l'ai appris de sa bouche, je n'ai pas triomphé parce que mes prédictions de l'année 1916 avaient été confirmées par l'inflation. Je l'ai plainte, consolée, j'ai essayé de tempérer sa haine fanatique de Weimar qu'elle rendait responsable de la catastrophe à la place de la défaite.

Mais elle ne cédait qu'en apparence, avec des baisers et des caresses, au fond d'elle-même, elle restait fanatique et butée. Et cette femme vieillissante avait beau se traîner à mes pieds, attendre mes caresses avec une humilité animale, quelque chose comme de la haine était malgré tout parfois aux aguets dans ses yeux, et je remarquais bien qu'elle ne me pardonnait pas de s'humilier, ce que je ne lui avais pourtant jamais demandé.

Nous ne pouvions donc nullement donner beaucoup pour la « grande cause » de H., même si nous le voulions. Mais Helmut sourit dédaigneusement de ma méprise. Je devais aller chercher une certaine somme d'argent réunie par des mécènes inconnus dans une petite ville de Haute-Italie pour lutter contre la conjuration mondiale judéo-bolchevique et la transporter ici comme homme de confiance de H. Je passais pour démocrate. Cela faciliterait beaucoup la mission, dit-il avec un cynisme que je ne lui connaissais pas. Je ne réfléchis pas longtemps, je refusai. Helmut ne pouvait le croire et Angélique encore moins. Il proféra des menaces, et je vis qu'il craignait pour moi des suites fâcheuses. Mais je restai ferme. J'allai encore plus loin, je repris des activités au sein du Parti démocratique, car il m'était apparu lors du discours de H. que ce n'était plus le moment d'être l'observateur scientifique de la fin du monde, le témoin oculaire objectif. H. était pour la lutte impitoyable, c'était un soldat, un soldat dément, mais un soldat. Il ne pensait pas à la paix, à l'armistice, au pardon, à la compréhension. « Toujours hardiment de l'avant ! » Tous les moyens étaient bons. L'attaque ne constituait pas la meilleure défense, elle était le droit en soi. « De tout temps, le peuple voit dans l'attaque impitoyable contre un adversaire la preuve de son propre droit », telle était sa maxime.

Pouvions-nous, de l'autre côté, lui opposer quelque chose de semblable ? Nous ne le pouvions pas. Nous nous étions trop mis dans la peau de l'adversaire. C'était notre faiblesse mortelle. Il nous manquait la brutalité naïve tout comme la sentimentalité naïve, le poing, les larmes et le mensonge.

On ne descend pas au niveau de la masse sans s'être débarrassé des scrupules et de la conscience qui font la noblesse de l'individu. Nous voulions agir avec les anciennes méthodes dans une époque nouvelle où les valets étaient devenus les maîtres et où la force était tout. Fort était celui qui avait le plus de voix. On les gagnait difficilement avec la vérité. Aucune politique ne peut se faire sans mensonges. Mais nous essayions de nous en tirer en maquillant le moins possible la vérité. Dans le camp des nationalistes, nul mensonge n'était assez gros. Bien plus, la grosseur du mensonge, l'impossibilité de saisir l'exagération et le bluff devaient assurer le succès. Et l'assuraient. Ses mensonges fanatiques avaient du succès. Nos demi-vérités non.

J'assistai encore une fois à une réunion de masse, mais cette fois-ci sans lui succomber. Je l'entendis raconter que les juifs soviétiques avaient lentement torturé à mort trente millions de personnes.

— Et pendant que maintenant en Russie les millions d'habitants meurent lentement de privations, le ministre juif Tschitscharin traverse l'Europe en train express et avec lui une suite de deux cents juifs soviétiques et se fait présenter des danseuses nues.

L'absurdité de ces affirmations était patente. Tschitscharin était un Russe de très vieille noblesse, de race pure, il n'avait jamais été question de « danseuses nues ». Sur cent trente millions de Russes, on ne pouvait pas en torturer lentement à mort un sur quatre. Malgré tout, ou peut-être justement pour cette raison, les gens le croyaient, car ils ne pouvaient penser que quelqu'un fût capable de construire une histoire d'une stupidité aussi diabolique et grandiose.

Mais ils ne pouvaient certainement pas plus s'imaginer qu'un Oswald Schwarz II ou un A. H. pouvait s'obliger par la force de sa volonté à mentir ou à être aveugle, et pourtant tous les deux l'avaient fait, et ils ne s'étaient laissé ouvrir les yeux l'un et l'autre que difficilement, sous la supériorité de ma volonté de médecin.

Seulement je n'avais plus de pouvoir sur l'homme debout à la tribune. Je devais m'estimer heureux s'il n'en avait pas sur moi. Je me suis souvent assis au premier rang, je voulais captiver son regard. C'était impossible. Il ne voyait rien.

La haine aveugle contre les juifs revenait sans cesse, c'était le noyau mystérieux de son âme. Je savais bien que je l'avais guéri pour toujours de sa cécité hystérique, pour un temps de son insomnie hystérique, mais pas une seconde de sa haine des juifs. Peut-être était-il tombé sous l'emprise d'une femme juive, d'une « youpine » quand il avait vécu, vagabond misérable, à Vienne ? Sa pureté était-elle volontaire, était-elle obligée ? Ne *pouvait*-il plus se donner à une femme de *sa* race, de son « sang allemand », cela le tourmentait-il, cela le rendait-il insomniaque, cela le rendait-il froid, insatiable — et cela lui donnait-il son énorme puissance fanatique ? Avait-il ce petit éclat sous l'ongle et frappait-il pour cette raison d'un poing aussi brutal ? A la base de ses chants de haine et de ses orages de vertu se trouvait souvent quelque chose comme du désespoir. Sa haine était une source d'énorme puissance. Aucun égard, aucune douceur ni raison, aucun amour ne l'ont freiné.

— L'étoile soviétique est l'étoile de David, disait-il, l'emblème de la synagogue. En réalité, l'étoile de David est à six branches, car elle est constituée de deux triangles imbriqués l'un dans l'autre, alors que l'étoile soviétique est un pentagone que l'on dessine d'un trait. Ancien dessinateur, il le savait bien. Et cependant il mentait et croyait qu'il disait la vérité. Il s'aveuglait de façon mesquine dans cette mesquinerie, comme il s'aveuglait de façon grandiose dans les grandes choses. Et pourtant, avec chacun de ses mensonges, il gagnait plus de pouvoir que n'en gagne jamais un sobre fanatique de la vérité avec un « fait démontrable ». Lui, on le croyait, un Rathenau, non.

— L'étoile de David est le symbole de la race au-dessus du monde, d'une domination qui s'étend de Vladivostok à l'ouest, de la domination du judaïsme. L'étoile jaune représente pour le juif l'or brillant, le marteau désigne l'empreinte des francs-maçons. La faucille la terreur cruelle ! La faucille, le symbole de la moisson, cette petite chose paisible, étincelante sur les monticules verts de l'herbe coupée — symbole de la terreur cruelle ! Angélique le croyait, elle ne jurait que par lui. Depuis longtemps déjà, elle n'était plus accessible à aucun argument rationnel. Elle qui était si esclave vis-à-vis de moi, elle ne souffrait pas la moindre atteinte à son nouvel évangile. Et elle connaissait pourtant de nombreux juifs d'Allemagne du Sud. Elle avait toujours vanté leur amabilité, leur gratitude, leur honnêteté, lorsqu'elle avait parlé d'eux comme malades ou comme parents des patients juifs de la clinique de Kaiser. Elle possédait encore quelques bijoux que lui avaient offerts des patients juifs ou leurs parents, et elle portait ces bijoux dans les réunions.

C'étaient pratiquement les derniers vestiges de son ancienne aisance. Des millions de gens avaient été comme elle presque réduits à la mendicité par la dévaluation de l'argent. La Ruhr était occupée. Le mark avait à peine la valeur du papier sur lequel il était imprimé. Le chaos était partout. Les Français avaient confisqué les planches à billets et augmentaient encore le déluge de papier.

Weimar n'avait plus aucune autorité. L'Allemagne du Sud voulait se séparer de l'Allemagne du Nord, ou plus exactement, le parti d'un nationalisme fanatique auquel H. avait donné un essor considérable refusait d'apporter son soutien à Weimar, au « système », s'il devait y avoir la guerre contre les Polonais, mais il se préparait très intensément à une guerre du Sud contre le Nord, contre le centre du marxisme, le pays infecté des prolétaires. L'Allemagne du Sud avec ses fortes masses paysannes voulait conquérir l'Allemagne du Nord. Les troupes de l'Allemagne du Sud refusaient d'obéir au Nord, les réserves d'or et les provisions de devises des banques bavaroises ne devaient plus franchir la frontière, et au printemps 1923 on voulait procéder, sans ménagements et avec une rigueur sanglante, à la séparation définitive de la partie saine et de la partie malade du Reich. Des Allemands contre des Allemands ? Peu importe. Les plus hautes autorités de la Bavière étaient complices de H. C'étaient tout d'abord des Allemands, ensuite des fonctionnaires, disait-il en se vantant. Autrement dit, ils devaient rompre leur serment de fonctionnaires au nom de leurs objectifs nationaux fanatiques.

Beaucoup dans le pays voyaient cela avec effroi. Il était encore possible de résister. Les masses étaient seulement abasourdies par la misère, entraînées par le flot et déracinées, mais non pas ivres. Elles n'étaient pas encore empoisonnées, elles n'étaient pour l'instant qu'aveuglées.

J'ai beaucoup parlé dans des réunions. J'ai consacré à la bonne cause chaque minute libre que me laissait mon métier. Le nombre de nos partisans augmentait. Les cotisations rentraient, les jeunes aussi venaient. Si le gouvernement du Reich avait été plus énergique, si le « système » avait été moins systématique, plus hardi, plus stimulant, on aurait pu obtenir davantage.

Mais le gouvernement croyait devoir être impartial, à la fois contre la droite et contre la gauche. Il affaiblissait ses défenseurs et renforçait ses ennemis impitoyables et insatiables. Il était le témoin oculaire de son propre déclin, et quand un miracle le sauva, il ne le comprit pas. Il n'avait jamais compris ses ennemis. Il les tenait pour ses semblables ! Il faisait confiance à leurs promesses solennelles et prenait au sérieux leur « parole d'honneur ».

C'est ainsi qu'arriva le putsch de novembre 1923. La Reichswehr croyait que le soulèvement qu'avait organisé H. aurait lieu en sa faveur à elle ; les braves vieux milieux bourgeois, les fonctionnaires comme von Kahr qui soutenaient H. avec leur argent et leur influence, croyaient qu'on allait appeler à une contre-révolution, pour mettre sur le trône la vieille maison royale, encore aimée. Mais H. n'avait pensé qu'à lui. Personne ne l'en avait cru capable, lui non plus sans doute. Ce devait être un second miracle.

Il avait sauté, mais trop court. La police bavaroise sur laquelle H. avait compté tira à balles réelles ; Ludendorff, à la tête du cortège de H., traversa froidement la fusillade. Les ministres, dupés le temps d'une nuit, avaient retrouvé leur clarté d'esprit le lendemain matin.

Tout semblait perdu. Contre Ludendorff qui, cette fois encore, avait mal évalué les « objectifs de la guerre », personne ne pouvait rien. Même maintenant, l'Allemagne tout entière ne pouvait que lui rester fidèle, reconnaissante d'avoir perdu la grande guerre d'une manière si grandiose et d'avoir trahi Weimar pour la seconde fois.

Comme Ludendorff, H. avait également échappé par miracle, sans être blessé, à la grêle de balles de la police bavaroise qui s'était abattue sur le cortège. Le miracle continuait à lui coller aux talons. N'avais-je pas moi-même opéré un miracle sur lui, en faisant de l'aveugle qu'il était un voyant ? Il se présenta au tribunal. On fit preuve de clémence. Il sortit du procès presque en vainqueur de ses juges, des traîtres trahis. Il fut condamné à cinq ans de forteresse. Mais lorsqu'il sortit de prison au bout de six mois seulement, la situation de l'Allemagne s'était, pour le malheur de H., améliorée de façon vraiment miraculeuse. Il y avait de nouveau une monnaie solide. Grâce à Briand et à Stresemann, l'occupation de la Ruhr avait pris fin. Les gens songeaient de nouveau à eux-mêmes, travaillaient, espéraient et reconstruisaient lentement.

Vroni s'était mariée, elle avait épousé (grâce au petit capital de l'héritage de ma mère) un petit fabricant de cigarettes d'âge avancé, dans l'usine duquel l'argent devait travailler. C'était un homme simple et courageux, brave et amateur de bière. Il avait une nombreuse famille dont Vroni devait s'occuper à la maison. Mon demi-frère devint fraiseur dans une grande fabrique de machines, ma sœur secondait sa mère à la maison comme une sorte de bonne de niveau supérieur mais sous-payée. On vivait certes encore un peu chichement, mais tout était incontestablement en expansion.

Je m'étais séparé d'Angélique. Je ne lui faisais plus confiance. Je voyais en elle le « récipient impur », elle, peut-être, la même chose en moi.

H. était pur, moi pas. Je poussai un soupir de soulagement. Cette passion ne m'avait pas fait de bien. Elle était trop brûlante, mais ne me donnait pas de chaleur. Je pris à mon service une femme de la région assez âgée qui s'occupa certes très bien de la maison, mais ne fut nullement en mesure de me seconder dans mon métier.

Je voyais rarement Kaiser. Helmut plus du tout. Il m'évitait volontairement. Il croyait encore en H., et même plus qu'auparavant. H. était et restait pour lui un envoyé du dieu allemand, voire le Christ allemand en personne. Vroni et ses enfants restaient aussi dans leur adoration de l'homme qu'ils prenaient en pitié parce que, selon la rumeur, on l'avait plus durement tourmenté que le Christ sur la croix. En fait il s'était pleinement rétabli dans la citadelle et avait nettement pris du poids. Mais cela, ils ne voulaient pas le croire, ils versaient des larmes amères sur ses « tourments et martyres ». Indépendamment de ses dons oratoires divins qui faisaient parler par sa bouche le Seigneur Dieu, son être chaste, « désincarné », les avait ensorcelés, car depuis des années, il n'avait pas touché une bouchée de viande, se tenait à l'écart des femmes, ne portait pas de bagues en or, ne voulait rien pour lui — et était si reconnaissant pour les témoignages d'amour et de tendresse. C'était la foi ardente des premiers chrétiens.

A cette époque, en 1924, le docteur Kaiser, père de Victoire, tomba gravement malade. Les derniers temps, je lui avais assez souvent rendu visite, ne serait-ce que pour revoir Victoire. Je n'avais donc pas pu m'arracher à elle. J'aimais pour la première fois, en homme mûr. Elle resta froide quand je vins pour la première fois après notre longue séparation. Mais avec le temps, quelque chose se dénoua en elle, et lorsqu'elle se mit à pleurer au chevet de son père mourant, elle saisit mes deux mains, comme ma mère l'avait fait une fois pour me retenir. C'est l'instant que j'avais attendu depuis de nombreuses années. Elle était au terme de sa jeunesse, moi aussi. Elle était encore très belle. J'avais déjà quelques cheveux gris. Je me rappelai que ma mère avait eu également très tôt des cheveux gris. Mon père avait les cheveux moins gris que moi. Il vivait maintenant heureux, marié à Heidi, se construisait, satisfait et l'âme sereine, une maison pour la seconde fois. Ils n'avaient point d'enfants. Mais comme mon père aimait bien les enfants (et c'est ce qui le rendait aimable), il invitait souvent ses enfants naturels. Ils considéraient cela comme une faveur.

Mon ancienne maîtresse s'était liée d'amitié avec

eux et voulait s'installer dans une petite pièce de la tour de la nouvelle villa. Elle était avec la blonde Heidi comme les deux doigts de la main. Ils vinrent tous, mon père, Heidi, Angélique, me féliciter avec une mine douce-amère pour mes fiançailles avec Victoire. J'avais également averti Helmut, mais il ne répondit pas à ma lettre.

Son père m'écrivit d'Italie où il vivait avec Katinka. En paix ? Ce n'était pas évident. Je lui aurais bien souhaité que ce fût le cas. Maintenant qu'une longue période de bonheur paisible semblait s'ouvrir pour moi dans ma maison, j'étais plein de reconnaissance envers ceux qui m'avaient aidé autrefois. Comment aurais-je pu oublier Kaiser ? J'étais respecté dans mon parti. Il continuait à faire des progrès, quoique modestes. Les jeunes, les femmes venaient en nombre réduit, nous étions trop prosaïques pour eux, nous ne les flattions pas assez ; vraisemblablement nous ne savions pas leur parler, les bouleverser et les enthousiasmer.

Ma femme avait fini par s'accommoder de l'idée que j'avais une activité politique à côté de mon métier. Elle aussi connaissait maintenant le bonheur après de nombreuses années sans joie, elle attendait un enfant et s'abandonnait au destin comme moi. Parfois je me demandais pourquoi nous ne nous étions pas unis depuis longtemps déjà. Mais c'étaient des pensées inutiles. A quoi bon ? Nous avions beaucoup de travail et nous étions contents le soir quand nous l'avions accompli.

Après la surprenante embellie de 1923 à 1929, la situation du Reich redevint peu à peu plus critique. Le chômage s'installait lentement et augmentait irrésistiblement. La rationalisation engagée d'une façon bien trop soudaine et sans réserves monétaires suffisantes se vengeait. Ainsi Vroni me disait-elle en se lamentant que son mari avait certes remplacé une foule d'ouvriers par de nouvelles machines à cigarettes américaines, mais les acheteurs manquaient (les ouvriers avaient été sa meilleure clientèle). Elle était outrée que l'on eût sans raison licencié son fils de la fabrique de machines.

— Marxistes ! Juifs ! grondait-elle.

Au début, il traînait dans la maison, mais il s'était par la suite, peut-être aussi pour des raisons idéologiques, rallié à son idole H., avait adhéré à une troupe qui portait un uniforme sans être tout à fait légale, la SA, et recevait une petite solde, versée irrégulièrement. Et comme il recevait en plus son allocation de chômage (versée par l'Etat à la perte duquel il travaillait), il pouvait même donner un peu d'argent chez lui. Bientôt, la SA connut un succès accru. Le chômage augmentait un peu plus vite, je le remarquais au nombre des patients affiliés aux caisses, et avec le chômage grossissaient la misère et l'insatisfaction. Une nouvelle attente du Messie, les accusations contre Weimar, la haine des fonctionnaires, des bonzes, des députés, des parasites, la désespérance de l'ordre juridique existant, du système et même de Dieu. Les élections au Reichstag se succédaient à des intervalles de plus en plus courts.

Mais personne n'attendait quelque chose de décisif des anciens partis. Le Parti national-révolutionnaire de H. qui, comme le vieux Parti patriotique, prétendait être un parti au-dessus des autres, avait surgi de l'effondrement de 1923 comme un Phénix de ses cendres, et attirait peu à peu à lui tous ceux que l'avenir désespérait, déconcertait.

Entre-temps m'était né un fils, Robert, et trois ans plus tard une fille, Lise. Nous étions tous heureux.

Je n'aurais jamais cru que Victoire et moi fussions capables d'un tel bonheur. Nous croyions que cela devait désormais durer éternellement, jusqu'à notre « fin naturelle ».

Je devais travailler plus durement pour assurer notre subsistance, avoir plus de personnel, et la politique ne devait pas me prendre autant de temps qu'auparavant. Tout devenait beaucoup plus cher. Mais j'étais obligé de baisser mes honoraires, de répartir mon temps plus rigoureusement, de renoncer à diverses choses et de calculer à nouveau au plus juste. Notre parti restait stationnaire.

Aux élections suivantes, les socialistes n'eurent pas de grandes pertes, mais les partis d'extrême droite comme celui de H., et les partis d'extrême gauche comme les communistes connurent un afflux considérable de jeunes électeurs qui succombaient à l'agitation et étaient au chômage ou n'avaient encore jamais travaillé, et des couches qui avaient été déracinées par la guerre, la révolution et l'inflation avaient été prolétarisées et perdaient maintenant à nouveau la dernière portion de sol ferme qui leur restait sous les pieds. Tout était comme dans le marais.

Sous une mince couche d'ordre régnait l'anarchie de gauche et de droite. Si l'on raisonnait logiquement, le pauvre Reich allemand n'avait à long terme pas d'autre régime possible que la République parlementaire, précisément cette république de Weimar si méprisée, ou alors le retour aux dynasties. Le vénérable président du Reich (et il n'en faisait pas mystère) était un fidèle de la dynastie qui avait régné sur le pays, mais il voyait bien que son retour était impossible sans révolution et il servait le système. On le respectait. Celui qu'on aimait et qu'on haïssait, c'était H. Il avait entre-temps conquis l'Allemagne du Nord, les masses travailleuses l'écoutaient, les uns avec amour, les autres avec haine, il ne laissait personne froid. Les chômeurs venaient à lui avec des espoirs incommensurables, son parti grossissait comme une avalanche, en de brefs intervalles il monta de douze à cent sept, puis à deux cent trente mandats au Reichstag. Lui-même était resté étranger, citoyen autrichien, allait tout simplement de l'avant, travaillait avec une énergie indescriptible, uniquement pour la cause, c'est-à-dire pour lui. Il n'avait accepté aucune fonction. Il régnait de façon incontestée sur plus d'un demi-million d'hommes de la SA qui avait été organisée militairement avec l'aide du capitaine R., revenu de Bolivie, et grâce aux subsides de l'industrie lourde qui avait peur des communistes. Il parlait, et plus il devenait puissant, plus la force de ses discours fanatiques auxquels personne ne résistait, devenait considérable.

Moi aussi, on m'avait sollicité, tout d'abord en me demandant de me rallier au nouveau parti, puis de verser au moins une contribution assez importante. Je refusai les deux fois. Tard un soir, on me dit qu'un homme en uniforme du parti désirait me parler. Mais il ne voulait pas venir dans mon cabinet, il attendait dehors dans le jardin, sous la pluie battante. C'était Helmut. Il ne me donna pas la main, ne la porta pas à sa casquette. Il me dit seulement brièvement que circulait « parmi des personnalités compétentes » une rumeur qu'il ne croyait pas, mais dont il voulait m'informer en tant qu'« ancien ami ». On disait que j'avais caché des papiers, des dossiers et procès-verbaux sur LUI (il ne prononça pas le nom, chacun devait savoir qui c'était). Je devais les lui remettre. Ils seraient détruits. Je n'aurais pas de désagréments pour ce détournement de dossiers. Cette fois encore, je refusai.

J'avais depuis longtemps sorti les papiers de leur petite cachette dans le marais et je les conservais dans un petit coffre-fort. Ma femme voulut savoir ce dont j'avais discuté dehors. Je lui fis une réponse évasive. Comme lorsque j'étais jeune homme et avais l'habitude d'écrire mon journal sur une petite planche de bois, je voulais avoir mon SECRET. Je ne voulais pas plus me livrer entièrement à ma femme que j'aimais de toutes les fibres de mon cœur que je n'avais voulu me livrer à ma mère. Je n'avais rien appris des sombres expériences de ma jeunesse. J'avais alors rendu ma mère méfiante et, par cette méfiance, j'avais perdu son amour, ce secret-ci, pourtant bien innocent, je l'ai payé cher.

Je ne croyais pas à une nouvelle révolution qui aurait pu s'embraser sous l'influence de H. Elle était à mon avis trop absurde. J'étais fermement convaincu qu'elle ne pouvait améliorer la situation des larges couches populaires. Avec H., trois points seulement étaient sûrs : le premier était l'idée du Führer à la manière d'un Mussolini, d'un dictateur absolu s'appuyant entièrement sur la violence, l'idée de l'empereur du peuple en uniforme brun. Parce qu'il était originaire de Braunau, il avait choisi le brun comme couleur favorite et vêtu de chemises et d'uniformes bruns le million d'hommes de la SA. La deuxième idée était le réarmement de l'Allemagne pour la guerre de revanche. Mais si déjà la victoire de 1918 n'avait pas été heureuse pour les alliés, les Français, les Anglais, les Américains, si l'ennemi qu'ils avaient soi-disant réduit à néant, l'Allemagne, s'était presque complètement rétablie en quelques années malgré la défaite, quels succès durables pouvait alors apporter une nouvelle guerre avec de nouvelles hécatombes, de sacrifices humains et de dévastations ? Ne valait-il pas mieux penser à la paix avant la guerre plutôt qu'après ? H., si insatiable qu'il fût, ne pouvait tout de même pas engloutir toute l'Europe et le reste du monde habité en plus ? Le troisième point était la haine des juifs. Je ne pouvais pas croire que la satisfaction de cette haine contre une minuscule partie d'un peuple pût rendre heureux les vainqueurs du « youpin ». Mais H. comptait mieux que moi. Il comptait avec l'énorme pouvoir du mensonge, de la haine qui attaque sans ménagement, il procédait toujours avec une violence brutale, même quand il aurait pu atteindre son objectif sans elle, et tablait sur trois caractéristiques fondamentales de l'homme, sur sa bestialité, sa faiblesse et sa lâcheté. Ces pulsions existaient peut-être en chaque homme. En périodes calmes, elles étaient réfrénées par la raison et par la loi. En périodes dangereuses, elles étaient déchaînées et se frayaient leur chemin. Moi-même, un médecin, un chercheur, un homme de sang-froid, j'avais succombé pendant la guerre à l'ÂME SOUTERRAINE et j'avais agi bestialement. Si un homme comme H. était en mesure de soumettre à lui des millions d'hommes jusqu'à l'obéissance passive, existait-il alors encore des limites pour lui ? Avait-il autre chose à craindre que la mort ?

Mais étions-nous, nous les hommes du centre, de la mesure, réellement les faibles si nous nous unissions ? L'extrême gauche, adoratrice de la violence sans opposition, d'une dictature brutale, exactement comme la droite, ne s'associait nullement à nous, les partis modérés. Elle faisait cause commune avec l'extrême droite. L'ennemi pour les communistes, c'était la social-démocratie modérée. Le Reichstag fut dissous et réélu et de nouveau dissous parce que les communistes formaient avec les nationaux-socialistes de H. un front uni, une majorité de blocage.

La réélection du président du Reich eut lieu. Le vieux maréchal fut réélu par les partis modérés. Il obtint une forte majorité. Etions-nous sauvés ? Etions-nous les plus nombreux ? Mais nous n'avions pas compté que l'énergie rectiligne du vieil homme d'honneur se laisserait fléchir si son vieux cœur de père se mettait à trembler. Son fils fut compromis dans une affaire de corruption. Seule l'extrême droite pouvait le sauver, ainsi que la caste du maréchal. Seul A. H., qui venait d'être battu, pouvait sauver le vainqueur ! Le président du Reich était tout d'abord père, officier et noble, ensuite seulement président et témoin oculaire, arbitre suprême au-dessus des partis. Il eut peur de la honte. Il céda. H. devint chancelier du Reich. Mais la Constitution existait encore. Les droits civiques n'étaient pas abolis.

Alors H. fit incendier le Reichstag. Que signifiait pour lui et son parti le bâtiment du Reichstag ? Moins que rien. Car il avait toujours considéré le parlement avec mépris. Mais pour la masse, il signifiait quelque chose, c'était l'emblème du régime parlementaire, de la liberté. Le nouveau chancelier du Reich réussit, pendant que les flammes jaillissaient du bâtiment, à répandre effroi et horreur parmi la bourgeoisie. Lui qui ne connaissait d'autre liberté que la sienne, se proclama lui-même, « en vertu de son propre droit », défenseur de la liberté, protecteur des droits parlementaires, gardien de l'ordre. Lui, le révolutionnaire, il était pour la vieille tradition libérale. Le danger venait selon ses discours (et peut-être croyait-il lui aussi à ses élucubrations) de l'extrême gauche, des communistes.

C'étaient donc les communistes qui avaient mis le feu au Reichstag. C'étaient eux, et eux seuls, qui voulaient la révolution et le renversement de tout ce qui était ancien, bon, et expression de la liberté. Il fallait les rendre inoffensifs. Ils devaient mourir afin que vive l'Allemagne. Il commença par prescrire la suppression de toutes les libertés civiques. Plus de droits des travailleurs. Plus de réunions, plus de liberté de parole, plus de liberté de presse. Plus de secret du courrier et du téléphone. Droits illimités de la police qui avait l'ordre de tirer sans sommation. L'anodine matraque en caoutchouc céda la place au revolver. Suppression de la voie judiciaire.

Chacun pensait que cela ne durerait que le temps d'une brève période critique. Aucune mesure contre les juifs. On leur promettait même qu'ils pourraient continuer leurs affaires comme avant s'ils se tenaient tranquilles. Qu'auraient-ils pu faire, eux qui ne représentaient qu'une toute petite minorité, moins de un pour cent ? Ils se turent comme tout le monde, se serrèrent les uns contre les autres comme tout le monde et tremblèrent comme le pays tout entier, excepté les partisans des terroristes. De nouvelles élections eurent lieu. H. avait promis au président du Reich qu'il n'en organiserait pas ? Avec une candeur cynique, il manqua à sa parole comme il l'avait fait en 1923 vis-à-vis des généraux. Ces élections ne donnèrent pas la majorité aux nationaux-socialistes. C'est seulement avec les nationaux-allemands, hésitants et mal dirigés, qu'ils avaient un pour cent de plus que la moitié des voix. Le Führer promit alors sincèrement aux nationaux-allemands une participation éternelle au pouvoir. Quelques mois plus tard, ils en étaient chassés. De la sorte, la petite minorité de H., qui ne reculait devant rien, l'emportait sur une majorité divisée.

Qui aurait eu l'audace de reprocher au plus allemand de tous les Allemands de manquer à la parole donnée ? Il croyait toujours à ce qu'il disait. Mais seulement aussi longtemps qu'il le disait ou s'en souvenait. Or, le souvenir changeait et le trompait, le pauvre. Il était vraiment pauvre, vu avec les yeux d'un homme sain, d'un médecin. Ma mère, une femme du peuple, n'appelait jamais les médecins. Dans la plus grande détresse, elle faisait des vœux. Elle faisait un pèlerinage, comme celui d'Altötting à la mère de Dieu, une femme donc qui accomplissait des miracles.

Dans le cas présent, un miracle s'était produit. Comment, sans un miracle, cet homme, le peintre au chômage de Vienne, pouvait-il devenir l'homme le plus puissant du Reich allemand ? Où s'arrêtait le mensonge, où commençait le miracle ? Lui-même croyait aux miracles, il entendait des voix, il remerciait la PROVIDENCE. Que Dieu soit avec moi, criait-il, et Dieu était avec lui. Aujourd'hui comme en 1918. Ma prédiction était terriblement et divinement devenue vraie : il s'était aidé et Dieu l'avait aidé.

H. n'était plus maintenant l'homme à l'étroit galon de caporal aux épaulettes et à la douteuse Croix de fer de première classe, il était devenu le plus haut et peu après le seul à compter dans l'Etat.

Il aurait pu se taire. Les communistes étaient anéantis, tout comme les partis bourgeois, comme tout, lui excepté ! Mais il fit venir un journaliste d'un journal américain et lui dit textuellement :

— Lorsque, pendant cette nuit d'incendie au Reichstag et au *château de Berlin,* nous reçûmes des appels au secours venant de toute l'Allemagne par téléphone, télégraphe et radio en raison de l'imminence de la conjuration et de la révolution bolcheviques, je décidai d'engager aussitôt sans ménagement tout le pouvoir à ma disposition et toutes les forces d'assaut. Les découvertes qui furent faites deux heures plus tard m'ont donné raison. Rien qu'à Berlin, on trouva lors de l'occupation immédiate des bâtiments publics, y compris l'université, la bibliothèque, de nombreuses mairies d'arrondissements de Berlin et des foyers d'incendies, des cordeaux Bickford, de l'étoupe imbibée d'essence et des explosifs. Si, à cette heure décisive, je n'avais pas agi pour l'ordre et la paix contre la mise à feu de l'Allemagne par les bolcheviks, non seulement le Reichstag et le château, mais *l'ensemble* des bâtiments publics de l'Allemagne et, qui sait, *peut-être l'Occident tout entier* seraient un amas de décombres. Les procès qui vont avoir lieu ouvriront les yeux du monde sur les événements sensationnels de cette nuit qui ressortent du matériel qui a été découvert mais ne pouvait être divulgué en raison de l'enquête. Ces preuves matérielles attestent l'existence d'un complot bolchevique mondial.

Autant de paroles, autant de mensonges. Autant d'indications, autant de phantasmes. Rien n'est vrai de ces déclarations diffusées dans le monde entier et qui ont considérablement attisé, particulièrement en Angleterre et en Amérique, la crainte du

« complot bolchevique mondial ». Le Führer n'a jamais prouvé ce qu'il avait annoncé, il ne l'a même pas tenté.

Si quelqu'un devait connaître le nouveau maître du monde, c'était moi. Je devais le craindre, je devais le fuir, car il était le fort et moi le faible. Mais au fond de mon cœur, le danger m'attirait, m'excitait, me fascinait, et s'il est tragique d'avoir couru à sa perte les yeux ouverts, alors je suis tragique. Mais il ne s'agit que d'une tragi-comédie.

Aussitôt après la prise du pouvoir, un énorme déferlement boueux de dénonciations s'était mis en marche. Des pères dénonçaient leurs fils, des fils leur père, des femmes leur mari, dans l'espoir d'obtenir des avantages du nouveau régime ou simplement par désir de vengeance, par haine ou parce qu'ils étaient d'une nature vile. Ce qu'il y avait de bas en chaque homme remontait maintenant à la surface, et celui qui n'avait pas voulu s'incliner devant la pantoufle de soie blanche du pape à Rome ou devant le pommeau de la dague d'un maréchal dans l'ancien quartier général de l'Empereur allemand, baisait maintenant avec délices les semelles d'un homme qu'un nombre encore important de gens avaient connu vagabond sur le pavé des rues de Vienne. Mais c'est justement le fait qu'il ait été si petit, qu'il soit sorti des fonds marécageux, bouillonnants, muets, de la masse qui le leur rendait si cher, et ils l'adoraient. Il n'était plus, comme il s'en était vanté au début, le prophète Jean d'un futur Jésus, l'annonciateur d'un futur héros, il était maintenant Jésus et héros à la fois. Avec jouissance, ils s'inclinaient jusqu'à terre devant lui que le miracle avait tiré du néant pour en faire le maître.

Je connaissais le miracle à la source. Car je lui avais donné la foi en lui comme miracle divin.

Je savais que ma femme et moi, nous ne serions jamais du côté de l'épée ; ma femme, parce que dans la clarté de son entendement et sa bonté, n'y avait jamais été, et moi qui avais pataugé quelques mois dans le sang, parce que j'étais revenu maintenant — et non sans succès — à un autre travail. On m'a aimé dans la région, et même quand il fut très dangereux de me cacher, des partisans convaincus du faux dieu, loin de me refuser l'asile, me l'ont spontanément offert. Ce fut la même sorte d'hommes, je le dis expressément, qui ont commis sur de pauvres prisonniers impuissants les horribles cruautés des camps de concentration et des cachots souterrains qui ont ensuite risqué leur vie pour me sauver.

Pour la première fois, il m'est alors apparu clairement que l'homme est quelque chose de terrible, mais aussi quelque chose de divin.

Quand nous parvinrent les premières rumeurs selon lesquelles on me « recherchait », alors que j'avais mes consultations quotidiennes de deux à quatre, que je payais régulièrement mes impôts, que j'avais un téléphone, une petite auto, je crus qu'il s'agissait d'un homonyme. Puisqu'il y avait eu deux Oswald Schwarz, pourquoi ne serions-nous pas deux à porter le même nom ?

Mais je pris mes précautions en ce qui concernait les papiers. J'avais pensé les envoyer au conseiller privé von Kaiser comme « papiers d'affaires » sous enveloppe cachetée. Il avait rassemblé une masse de procès-verbaux semblables, sauf qu'ils ne concernaient pas précisément A. H., caporal du régiment List. Puis je renonçai à cette idée. Il était vieux, il pouvait mourir, sa femme détruirait les papiers après sa mort. Je ne voulais pas qu'ils se perdent.

Pensais-je donc les publier, montrer au monde, du moins à l'étranger, ce qu'avait été il y a encore quinze ans le surhomme, le demi-dieu, quelle image clinique il avait donnée à la science, au témoin oculaire tout à fait impartial ? Non, cela non plus, je ne l'osais pas. Non par crainte des conséquences qui ne m'apparaissaient pas clairement, mais par respect du secret médical. Ainsi m'en tenais-je à la loi non écrite de l'honneur du médecin. Il ne connaissait pas l'honneur. Je ne pouvais pas, moi, vivre sans honneur.

Ma femme me conseilla, des larmes aux yeux, de brûler les procès-verbaux. Non, je ne pouvais pas m'y décider non plus. Je voulais me prouver mon courage en les gardant. Encore une fois, et pas pour la dernière. Je me fis fort et imputai les larmes de la pauvre femme à la sensiblerie qui s'empare souvent des femmes enceintes, et me contentai d'une ruse pour conserver les papiers sans toutefois m'encombrer d'eux. Je les envoyai sous un autre nom d'expéditeur et au nom d'une tierce personne poste restante à un bureau de poste de M. Ce genre d'envois restait trois mois sans qu'on s'en occupât, je pouvais ensuite aller à la poste et les envoyer à un autre bureau de poste. Car refaire la même chose au même bureau de poste était dangereux. Les fonctionnaires des postes étaient des partisans fanatiques de H. Spontanément, ils écoutaient les communications téléphoniques, examinaient les lettres et les paquets et n'avaient point honte de devenir les traîtres et les bourreaux des gens qui avaient compté avec leur honnêteté professionnelle et dont ils vivaient.

Ma femme respira quand les papiers eurent quitté la maison. Elle m'incita à faire renouveler mon passeport, valable pour toute la famille, et en outre à faire établir un passeport spécial pour elle seule ainsi qu'à déposer une partie de mes économies en Suisse.

Tout cela était encore facile et permis dans les premiers mois qui suivirent la prise du pouvoir par H. La terrible servitude qu'il instaura par la suite pas à pas, sans un mot, et même sous les applaudissements de la masse, et qui bientôt dépassa toute mesure appliquée par les despotes de l'ancien temps pour juguler toute liberté, personne ne la soupçonnait encore à ce moment-là.

C'est à cette époque que je reçus une lettre anonyme me mettant en garde. Or je n'ai jamais pris au sérieux les lettres anonymes et j'avais pour cela mes raisons particulières. Peu après la mort de ma mère, ma femme avait reçu une lettre où on lui écrivait qu'elle ne devait pas se faire d'espoir à mon sujet ; que j'avais promis à ma mère sur son lit de mort de ne pas épouser de juive. C'est cette information anonyme qui avait malheureusement incité ma pauvre femme à adopter envers moi une attitude froide, de refus, et à se faire violence pour garder ses distances jusqu'à ce que nous nous fussions quand même enfin expliqués au chevet de son père. Une seule personne me semble avoir pu écrire cette lettre, Angélique, qui voulait empêcher notre mariage. Mais quel intérêt pouvait-elle avoir maintenant à me pousser à partir sans retard à l'étranger ? Je songeai à Helmut, mais Helmut agissait sans détour et aurait trouvé une autre voie. C'est ainsi qu'il est venu nous voir plus tard, et c'est à lui que je dois de vivre. Comme je l'ai appris plus tard, ce n'était personne d'autre que ce médecin incapable qui avait passé ses examens pendant la guerre et dont le curé de S. m'avait raconté naguère qu'il était resté assis en se tordant les mains près d'une femme en couches et l'avait ainsi tuée de cette manière si peu scientifique. Il était encore dans la région, dans la petite ville de T., c'était un partisan fanatique de H., un médecin qui n'apprenait rien de nouveau, ne mettait pas à jour ses connaissances, ne doutait pas de lui-même et dont les patients affluaient chez moi. Souvent, je les repoussais, mais dans leur crainte de perdre la santé et la vie, ils ne se laissaient pas écarter, je ne pouvais les empêcher de me faire confiance et de douter de lui. Il voulait se débarrasser de moi. Il savait qu'il y avait diverses choses contre moi, mais rien qui fût contre la loi écrite.

Dans le chaos des passions déchaînées, il n'y avait plus de loi. Il n'y avait plus de liberté, plus de procédure judiciaire normale, défendant également les intérêts de l'Etat et de l'accusé, l'objectivité, la justice, la liberté n'existaient plus.

Ses intentions envers moi étaient même très bonnes. Mais j'avais la conscience tranquille, et le danger m'aura certainement attiré, comme à l'époque où j'étais entré, enfant, dans la caserne des Bosquets, sans le moindre but, poussé par le désir de faire face à un danger et pour me faire briser les côtes par un cheval stupide que je ne croyais capable d'aucune méchanceté. Car j'étais tout de même venu avec un morceau de pain à la main.

Un jour de l'été 1933, mon père vint, tard le soir, et dit qu'il devait me parler seul à seul. Il n'aimait pas ma femme, pour la simple raison que, national-socialiste convaincu, il voyait la juive en elle, mais il éprouvait des sentiments de grand-père pour son petit-fils et sa petite-fille. Ma femme voulait assister à l'entretien, et elle en avait le droit. Mais je ne voulais pas contredire mon père, sinon il serait reparti. Je ne le voulais pas et priai ma femme de nous laisser seuls. Il m'entraîna donc sur la route où se trouvait encore ma petite voiture avec ses lumières en veilleuse, et nous parcourûmes plusieurs fois le chemin qui longe le lac et mène de ma maison à T., mais nous évitâmes de prendre le chemin de S. où nous connaissions beaucoup plus de gens qu'à T.

Il alla droit au but. Il me dit qu'il savait de source sûre qu'on allait bientôt perquisitionner chez moi, on me reprochait mon mariage avec la juive, mon appartenance à la Société allemande pour la paix, mes discours libéraux au Parti démocrate (dissous depuis longtemps). Mais dans la région, j'étais un médecin aimé de tous, j'avais même des défenseurs dans le Parti. Sa femme ainsi qu'Angélique avaient fait tout leur possible pour moi, et c'est à elles et à mon camarade Helmut que je devais d'être laissé en paix. D'autres, à qui l'on avait beaucoup moins à reprocher, étaient dans des camps de concentration.

Il y avait en effet, depuis que H. était devenu chancelier du Reich, chef du Parti et dictateur de tout le Reich, des camps de concentration dans toutes les régions du pays, installés dans de vieilles usines, des baraquements militaires abandonnés, des châteaux délabrés et vides. (C'est dans un château semblable que les deux jeunes meurtriers de Rathenau avaient fini, il y avait des années maintenant, en se suicidant, et aujourd'hui on en faisait des héros nationaux et on allait en pèlerinage porter des couronnes sur leur tombe, sanctuaire national.) On créa les camps comme « nécessité de l'Etat », sous le prétexte humanitaire qu'on voulait protéger de la juste colère du peuple les gens qui s'étaient rendus impopulaires avant la « prise du pouvoir par le Parti » et leur sauver la vie. C'était la détention préventive sans procédure judiciaire, sans procureur ni accusation, telle qu'on l'avait connue pendant la guerre sous forme de légitime défense de l'Etat et qu'on avait alors employée contre Rosa Luxemburg et Karl Liebknecht. Pour être incarcéré dans un tel camp, nul besoin de décision judiciaire, la police suffisait. Il n'y avait pas de défenseur parce qu'il n'y avait pas d'accusation. Les camps étaient entourés de fils de fer barbelé traversés de forts courants électriques entraînant aussitôt la mort. Ils étaient entourés de murs, protégés par des mitrailleuses ; un mirador permettait une surveillance ininterrompue du camp. Derrière les barbelés vivaient un grand nombre de gens, de quelques centaines jusqu'à des dizaines de milliers, hermétiquement coupés du reste du monde. On se racontait en chuchotant des récits atroces sur la façon dont les prisonniers étaient traités. Je n'avais pas voulu y croire jusqu'à présent. J'interrogeai mon père qui, en tant que bon national-socialiste, avait visité un tel camp et y avait même apporté son aide temporairement.

Il ne me répondit pas, saisit seulement mon bras, mais si fortement qu'il me fit mal, et dit finalement qu'il ne s'agissait pas de ça. Je ne devais pas attendre que mes ennemis l'aient emporté sur mes amis. On vivait mieux en Suisse que dans un camp, telle était sa modeste opinion. A tout hasard, il me mit dans la poche une liasse de billets de banque suisses qu'il avait économisés pendant la guerre mondiale.

— Vois-tu, sous le troisième Reich, je n'ai plus besoin de cet argent, dit-il. Quel dommage que tu aies épousé cette femelle juive ! Pardonne ce terme brutal, il s'applique à sa race, pas à elle personnellement, elle n'y peut rien. Pourquoi n'as-tu pas obéi à ta mère ? Sur ce point, cette femme acariâtre bigote — ne m'en veux pas si je parle ainsi, mais elle a gâché toute ma vie et la tienne aussi — sur ce point, elle t'a tout de même donné un bon conseil. Mais ce qui est fait est fait. Victoire est dans son genre une exception. Elle n'a pas la couleur des juifs, elle est blonde comme Gretchen. Peut-être est-elle une bâtarde et a-t-elle quelques gouttes de sang correct, alors tes enfants ne seraient pas des demi-juifs mais seulement des quarts de juifs. Mais ce que je fais, et je fais et risque énormément, je ne le fais pas que pour toi. Tu as toujours méprisé mon comportement discret, maintenant tu vois, Heidi, Angélique et moi, nous sommes là où il faut. Nous sommes de bons Allemands, mais chez vous, les choses sont différentes. Ecoute donc mon conseil. Tu pars aujourd'hui même avec ta voiture te reposer en Suisse. C'est permis. Chacun a sa liberté sous le troisième Reich, tu le sais. Le mieux, c'est même que tu ne rentres pas du tout chez toi. Tu pars tout seul, ta femme te rejoindra. Vous vous retrouverez à Bâle ou quelque part en Suisse et je t'écrirai poste restante, sans signer car tu connais mon écriture. Je te donnerai des nouvelles. Vous laissez les enfants chez moi, Heidi s'en occupera. Ils sont tout de même de mon sang et je me porte garant pour eux. Tu attends. Dans quelques mois ou quelques années, le pays sera peut-être devenu un peu plus calme et si vous vous tenez tranquilles, ne bronchez plus et faites votre travail correctement, on ne touchera pas à un seul de vos cheveux. Tu aurais d'ailleurs des papiers sur le Führer ? Je ne peux le croire. Tu es bien trop intelligent pour garder chez toi quelque chose de compromettant, et ce serait folie de les emporter en Suisse, car tu sais très bien que nous avons le bras long.

Je voyais bien qu'il n'avait pas tort avec son plan, cependant je voulais être plus malin que lui. Nous revînmes encore une fois à la maison. Mais il ne me laissa plus seul. J'appelai au téléphone le médecin de T. dont j'ai déjà parlé et dont je savais qu'il n'avait pas beaucoup de travail et qu'il pourrait se charger tout de suite de mes malades parmi lesquels il n'y avait aucun cas difficile. De toute façon, j'avais dû céder à un médecin national-socialiste les malades affiliés aux caisses. Il connaissait ma décision avant que je ne l'aie exprimée, les bruns étaient solidaires et n'avait pas de secrets les uns pour les autres. Il fut très cordial et me souhaita un bon repos, car j'avais parlé d'un congé de repos. Ma femme était près du téléphone. mon père également, et elle écouta tout, pâle comme une morte, mais avec calme. Elle dit à mon père, à qui cet entretien était pénible, en le regardant droit dans les yeux, qu'elle était aujourd'hui prête à tout sacrifier, si cela pouvait m'être utile ainsi qu'aux enfants, acceptant même le divorce. Mais elle ne pouvait renoncer aux enfants. Je lui dis que je ne me séparerais jamais d'elle, maintenant moins que jamais. Mon père commença à s'impatienter. On décida donc que ma femme attendrait seulement deux ou trois jours, et cela pour deux raisons. Elle venait d'avoir une otite, avait encore un peu de fièvre et n'était pas encore ce jour-là prête à partir en voyage, et deuxièmement elle devait tout d'abord être sûre que j'avais franchi la frontière.

Je me sentais angoissé. Quelque chose de cette SENSATION D'ÉCRASEMENT que je n'avais plus éprouvée depuis déjà de nombreuses années s'était emparé de moi, mais je voyais combien ma femme était calme, combien, dans ces instants difficiles, elle ressemblait à ma mère qui avait d'autant plus gardé son sang-froid que la vie devenait plus dure. Je me soumis à eux deux, mon père et ma femme, je descendrais à l'Hôtel de l' « Ours gris » à Berne, elle m'y tiendrait informé et je prendrais toutes les dispositions nécessaires pour que nous puissions y vivre tranquillement un certain temps, jusqu'à ce que l'ordre, le droit et la loi fussent rétablis en Allemagne.

J'emmenai mon père avec moi jusqu'à M., l'y déposai, poursuivis jusqu'au faubourg de G., mais revins encore une fois en ville vers le matin, allai au bureau de poste, pris les papiers et les glissai tout naturellement dans un pli de la capote. A la frontière, personne ne les remarqua, je la franchis vers midi, soulagé et heureux, et gagnai Bâle. L'après-midi, je me rendis à la banque centrale de la Confédération où j'avais déposé mon argent. Je louai un coffre à mon nom et à celui de ma femme, et j'y déposai les papiers. Puis je continuai paisiblement jusqu'à Berne où je descendis à l'« Ours gris ». Tout s'était passé si vite que je retrouvais tout juste mes esprits. Ici, tout était calme, et j'avais l'impression de m'être précipité, que mon angoisse avait été exagérée, et que j'aurais pu tranquillement continuer à exercer mon métier comme un homme innocent et sans tache, et rester dans mon pays.

J'attendis avec une angoisse croissante au milieu de l'environnement paisible que constituaient cette ville libre et les libres citoyens suisses les nouvelles de chez moi et surtout la dépêche qui m'annoncerait l'arrivée de ma femme, dépêche qui n'arrivait pas. J'avais pris une chambre à deux lits et acheté un beau bouquet de fleurs, mais j'avais déjà de sombres pressentiments.

J'étais désespéré avant même de perdre pied, et je me suis ainsi trahi moi-même. Un télégramme arriva. Le liftier me l'apporta et garda la main tendue pour recevoir un pourboire. Je parcourus le télégramme et, anéanti, je lus : « Ta femme fraude fiscale provisoirement en détention stop déclarations fiscales introuvables — stop reviens, aucun danger, enfants bonne santé stop te salue heil H. Père. »

Je m'effondrai sur ma chaise, et le garçon m'apporta de l'eau. Je parcourus encore une fois le message de malheur.

Je remarquai que quelque chose n'allait pas. Mon père aurait appelé ma femme par son nom, et le soupçon d'incarcération pour fraude fiscale était si absurde qu'il me vint tout de suite à l'idée que la Gestapo voulait m'attirer de son côté de la frontière pour récupérer les papiers. Mais aussitôt après, je m'accusai moi-même, me tirai dans le dos, en me reprochant d'hésiter un instant à sauver ma femme chérie ! Je devais rentrer. Tout de suite. Aveuglément. Sans réfléchir. Je ne devais jamais, me dis-je, laisser ma femme et mes enfants en difficulté. Je fis mes bagages en toute hâte et quittai l'hôtel si rapidement que je négligeai de résilier la réservation de la chambre, de prendre des dispositions pour la voiture qui était au garage et d'annoncer mon départ au portier.

Il m'est alors arrivé quelque chose de réellement tragi-comique. J'avais pris un taxi décapotable et roulais à vive allure vers la gare. Quand j'arrivai dans le secteur de la gare, je vis un autre taxi décapotable venir dans l'autre sens, également à vive allure, et dans ce taxi se trouvait — ma femme. Je poussai des cris et fis des signes à l'instant où les deux véhicules se croisèrent. Mais la femme ne leva pas les yeux et ne se retourna pas. Elle ne pouvait tout de même pas ne pas avoir entendu ma voix à l'instant ? L'explication était beaucoup plus simple et j'aurais pu y penser tout de suite : premièrement l'ouïe de ma femme était affaiblie par l'otite, deuxièmement elle avait du coton dans l'oreille et troisièmement elle ne s'attendait pas à entendre ma voix dans le bruit de la rue. La réaction la plus simple, ce que la claire raison logique aurait dû me suggérer, était de faire faire demi-tour au taxi et de revenir sur-le-champ à l'hôtel afin de m'y convaincre si c'était réellement ma femme que j'avais vue. Mais je ne voulais pas le croire. Je ne trouvais pas la force de croire à cette issue heureuse. Je n'avais plus la foi, et j'en subis les conséquences en cet instant très important. Ma mère avait eu raison.

Je poursuivis ma route, laissai parler le psychiatre sceptique en moi qui diagnostiqua une hallucination, un rêve éveillé, une chimère qui m'avait fait miroiter la présence de ma femme ici alors qu'elle était dans une des prisons de la Gestapo. Le prochain train pour l'Allemagne partait dans douze minutes. J'achetai le billet, mais auparavant je téléphonai quand même à l'hôtel, sans croire à une heureuse coïncidence. Je demandai :

— N'est-il pas venu une dame qui voulait me parler ?

— Non, monsieur le Docteur, personne n'est venu. Or, comme je l'ai appris plus tard, par un effet du hasard malheureux ou du destin, ma femme avait eu la même idée que moi : acheter des fleurs. Cela l'avait retenue quelques minutes. Et c'est ainsi qu'elle franchit le seuil de l'hôtel à l'instant même où je montai dans l'express qui me ramenait en Allemagne.

A M., je pris une voiture et allai chez moi. Ma maison était abandonnée, les scellés étaient mis. La première chose à faire, c'était de rendre visite à mon père.

— Qu'est-ce que tu fais ici ? me cria-t-il en devenant blême, et même Angélique se mit à trembler de peur.

— Pourquoi n'êtes-vous pas resté à Berne ? murmura-t-elle.

— Où est ma femme ? demandai-je.

— Elle est partie depuis longtemps, répondit Heidi. J'aurais aimé voir encore une fois mes enfants et je les attendais lorsque quelques SS dans leurs uniformes noirs entrèrent dans la pièce, saluèrent poliment les deux femmes, vinrent vers moi et m'interpellèrent par mon nom. Je les suivis et croisai les enfants à qui on ne permit pas de m'embrasser. Les SS m'emmenèrent à Munich dans une gigantesque Mercedes neuve. Le trajet que j'avais mis auparavant une heure et quart à parcourir dans un taxi bringuebalant, nous le fîmes maintenant en un peu plus de trente minutes.

Ils ne répondirent pas à mes questions. A M., ils me livrèrent à la préfecture de police, et on me mit dans une cellule individuelle après m'avoir enlevé papiers, argent, montre, passeport, clefs, même la nouvelle pour le coffre, lacets et bretelles et m'avoir examiné de haut en bas, y compris la semelle de mes bottines, comme si j'avais pu y cacher quelque chose d'important. Je passai une nuit que je ne puis décrire.

Je ne raconterai également qu'à grands traits la période qui suivit. Il y a des événements si terribles qu'on peut sans doute trouver la force de vivre en rassemblant toute son énergie quand on est obligé de le faire. Mais la force de les faire resurgir encore une fois en esprit dans toute leur cruauté quand personne ne vous y oblige, je ne l'ai pas. Aujourd'hui du moins, je n'en suis pas capable.

Les jours suivants, le martyre commença avec des tortures psychiques. On m'interrogea sans interruption pendant des heures, presque pendant des jours. Les accusateurs se relayaient. Quand ils ne pouvaient plus continuer, d'autres prenaient leur place, moi seul n'avais pas le droit de bouger. Je disais la vérité. Je reconnaissais tout, je ne me défendais qu'avec des déclarations véridiques. Mais c'est autre chose qui semblait leur importer. Ils croyaient que je m'effondrerais, mais je restai maître de moi.

Je racontai ce qui s'était passé à l'hôpital militaire de P. en 1918. Je reconnus avoir pris des notes sténographiques sur les faits. Mais je n'avais pas emporté les dossiers officiels. S'ils manquaient, c'est que quelqu'un avait dû les faire disparaître, peut-être quelqu'un du ministère de la Guerre ou un officier de la Reichswehr qui s'était intéressé à H. comme agitateur. On m'écoutait, écrivait, m'interrogeait de nouveau. On me laissait chaque fois sortir au bout de quelques heures. L'obligation de faire mes besoins était si forte qu'ils devaient me l'accorder. Si cela avait dépendu d'eux, ils ne m'auraient même pas accordé ces trois minutes de repos pour aller aux toilettes. Ce tourment épouvantable se reproduisit pendant treize jours. Je ne mangeais plus rien et devins maigre comme un squelette. Je ne dormais pas. Je cessais de penser, je devenais un animal et devais cependant jouer à l'homme. Puis un jour, ils interrompirent l'interrogatoire tout d'un coup, me transportèrent avec d'autres au camp de concentration de D. et me laissèrent dans une des baraques en bois.

J'avais décidé de ne pas céder à la tentation du suicide. Je savais maintenant, et c'était pour moi une raison de vivre, que ma femme était sauvée. Elle était en sécurité. C'est pourquoi je devais tout mettre en œuvre pour ne pas me trahir une deuxième fois et me supprimer de quelque manière sans trop de tourments. Peut-être n'auraient-ils pas été contre. Je le sais par d'autres. Ils m'avaient rendu mes bretelles, j'avais de minces mais solides lacets à mes chaussures, j'avais des mouchoirs. Un homme qui a une grande volonté peut s'étrangler, se pendre, même sans escabeau et poignée de fenêtre. Il n'a pas besoin de lumière. Il lui faut seulement en avoir la ferme volonté, être un spartiate.

Je ne décrirai pas ce camp, il était comme tous les autres. Je n'évoquerai pas non plus, ne serait-ce que d'un mot, l'histoire de l'un de mes compagnons d'infortune, elle est comme la mienne. Sinon, je n'en finirais jamais. L'un d'entre eux m'a dit, dès mon arrivée :

— Sois prêt à tout, mon vieux ! Apparemment, je le connaissais d'autrefois, après tout nous étions tous des hommes, peut-être du temps de la Société allemande pour la paix, je ne puis le dire. J'avais perdu la faculté de penser à autre chose que : « Que rien, maintenant, ne te pousse au suicide ! Tiens bon ! Peut-être reverras-tu ta femme et tes enfants ! Ils vivent, tu les reverras. Ne te laisse arracher ton secret en aucune circonstance ! Ne livre pas les documents ! Ne livre pas le secret ! Tiens bon ! Que rien donc ne te pousse au suicide... » Ce raisonnement très étroit tournait en rond, et bientôt je ne pensais effectivement plus à rien d'autre. Je ne voyais et n'entendais pour ainsi dire rien. J'étais accroupi sur le châlit et me conjurais moi-même.

Je crois que j'avais ainsi trouvé instinctivement le seul moyen de survivre à tout en tenant bon, j'avais limité mon horizon intellectuel, je m'étais suggéré ce que je devais penser et j'avais fait agir, si je puis m'exprimer ainsi, la supériorité du médecin dans mon propre cas. Je me tenais, témoin oculaire, à côté du détenu. Je me donnais des ordres et m'obéissais. Des choses terribles m'attendaient. Je devais être en accord avec moi-même. Je ne devais pas me contredire, car toute contradiction me menait au désespoir, et le désespoir n'était qu'un autre nom de la mort.

La nuit tombait lentement. A partir de neuf heures, les cellules des baraques de bois où je vivais maintenant ainsi que tant d'autres connurent une agitation de plus en plus grande au lieu de devenir de plus en plus calmes.

— Tiens-toi prêt, mon vieux ! me dis-je alors à moi-même. J'entendis le bruit des serrures et le craquement de lourdes bottes sur les allées couvertes de sable. Ils étaient passés devant ma cellule. Je me sentais comme quand j'étais enfant et que le Kaiser des juifs avait longuement cherché l'endroit où enfoncer l'aiguille et m'avait chatouillé de sorte que j'aurais voulu hurler d'angoisse et rire sous les chatouillements. Mais maintenant, l'heure n'était plus à rire. Les parois étaient plus minces que je ne l'avais pensé, on entendait tout ce qui se passait ici. Il n'y avait pas seulement un homme qui frappait, ils étaient plusieurs. J'appris par la suite qu'il y en avait la plupart du temps trois. Ils le faisaient en mesure, en chœur. J'entendais. Quand je m'enfonçais les doigts dans les oreilles, j'entendais encore plus distinctement. Cela s'enflait et les gémissements n'en finissaient pas. Je ne pensais qu'à une chose, qu'ils arrêtent, qu'ils arrêtent à côté. Il valait mieux qu'ils viennent vers nous, vers moi ! S'ils me tuaient, c'était mon destin. Je ne voulais pas me rendre de mon propre chef. Je voulais tenir. Mais c'est sur moi, sur ma propre peau que je voulais subir ce traitement atroce, non sur mes oreilles et les battements fous de mon cœur. Mais que pouvais-je avec toute ma force spartiate contre le sentiment de dégoût qui m'étranglait, contre les tremblements involontaires, contre les crampes intestinales, contre le flot d'urine que je ne pouvais maîtriser. Tandis que je faisais mes besoins dans un coin, les gémissements s'enflèrent à côté en un hurlement animal déchaîné. C'était plus horrible que le hurlement du tigre. C'était plus horrible que les cris de douleur des hommes qui, dans les barbelés du front de l'ouest, mouraient, bien que souvent légèrement blessés, d'une mort terriblement lente et douloureuse, parce que personne ne pouvait jamais s'approcher d'eux sous la grêle de balles.

— Ne s'arrêteront-ils donc jamais plus ? C'était désormais mon unique pensée. Même l'autre, que je m'étais auparavant si bien fourrée dans la tête, disparaissait à côté.

A ce moment, ils s'arrêtèrent. Peut-être que la victime n'en pouvait plus. Elle ne faisait que gémir et râler sourdement. Mais c'était encore plus inhumain à entendre que les cris aigus et perçants d'avant. Un coup siffla dans l'air. Mais la victime d'à côté n'avait plus la force de crier ni de gémir, elle était silencieuse, les cogneurs jurèrent et toussèrent, peut-être c'en était-il fini d'elle. Alors ils entrèrent, un homme tenant une lanterne les précédait. Chacun d'eux avait un nerf de bœuf à la main, le bout épais au poing, l'extrémité fine avec les derniers épis vibrait dans l'air à titre d'essai. Dans la cellule voisine, on entendait l'homme bouger à nouveau, il râlait, le bois de lit craquait sous lui, il se tournait et se retournait. C'était maintenant mon tour. Je pensai tout d'abord qu'ils m'interrogeraient, qu'ils essaieraient de tirer quelque chose de moi en me faisant peur. Je fus content, si l'on peut dire content dans une telle situation, qu'ils ne le fissent pas.

Je ne peux pas dire qu'ils avaient des visages inhumains. Ils étaient fatigués par leur travail, ils transpiraient, mais c'était comme s'ils avaient cassé du bois. C'était effectivement leur travail. Ils étaient eux-mêmes soumis à une rude discipline. S'ils avaient refusé, on leur aurait fait ce qu'ils devaient faire à d'autres.

— Allonge-toi, allez ! me dit l'homme à la lanterne. Il avait posé la lumière sur la grossière table du mur et me considérait avec une sorte de curiosité sauvage. Je voulais m'allonger, mais quelque chose en moi s'y opposait. J'aurais préféré être frappé debout. C'était terrible : je n'arrivais pas à m'obliger à me coucher sur un lit, sur ce qui est souvent la consolation du malade. La position du sommeil, de la mort, de la joie, de la naissance. Comme j'avais du mal à m'obliger à ne pas implorer de ces hommes la grâce qu'ils ne pouvaient absolument pas m'accorder. J'avais maintenant compris quel pouvoir monstrueux la peur de tourments physiques peut exercer sur l'homme. Endurcissement, mépris stoïque de la mort ne servent à rien. On peut mépriser la mort. Pas les tortures.

— C'est un vrai sage, dit l'un des bourreaux en se moquant, tandis qu'il feuilletait mon dossier et le tenait tout proche de la lumière de la lanterne, c'est un docteur de Sion, un sage de Sion.

— Viens, dépêche-toi, nous avons à faire, beaucoup d'autres nous attendent encore avant que nous allions dormir !

J'étais allongé et me cramponnais solidement avec les mains. Je voulais retenir mon souffle. J'en avais du moins l'intention. J'avais un endroit particulièrement sensible, là où les trois côtes étaient cassées. Je m'allongeai de manière à ce qu'ils ne puissent toucher tout de suite cet endroit. Je retins mon souffle. Mais au premier coup inhumain, je criai comme un animal, je ne pouvais rien retenir, ni mon souffle, rien. Je voulais épargner l'emplacement des côtes. Mais lorsque tout le reste du dos fut couvert de coups de fouets et me brûla comme du feu, comme l'enfer, comme une lame tranchante chauffée à blanc, je me tournai tout de même de façon telle que cet emplacement qui leur avait échappé jusqu'à présent se trouva face aux extrémités de leurs fouets, et ils frappaient tous les trois, en mesure, comme des paysans qui battent le blé au fléau, de toutes leurs forces, haletant, et c'est eux qui criaient, qui hurlaient d'une seule voix, en chœur et en mesure :

— Hourra les sages de Sion. A « Siii- », ils frappaient, c'est-à-dire que l'un frappait de la droite, l'autre de la gauche, et le troisième appliquait ses coups où il pouvait. La sueur me coulait du visage, les larmes des yeux, le sang des lèvres. Mais la peau de mon corps ne saignait pas. Ils frappaient si adroitement que la peau n'éclatait nulle part. Lorsqu'ils furent fatigués, ils frappèrent plus faiblement, mais ils avaient retourné leurs nerfs de bœuf, si bien qu'ils frappaient avec la partie cartilagineuse et tenaient la partie fine à la main. Et ils ne frappaient plus seulement le haut du corps, ils cognaient aussi sur les jambes, sur la plante des pieds. Il y eut bien cinquante à soixante coups. Je ne les comptais pas. C'est le quatrième homme, l'homme à la lanterne, aux dossiers, le poète du chœur des sages qui les comptait.

Je savais par les livres qu'un homme d'âge mûr ne supporte pas plus de cent coups semblables. Mais avant d'en mourir, il s'évanouit. Je ne m'évanouis pas. Ils devaient donc avoir sans doute reçu l'ordre de me rosser aussi durement que possible, mais d'épargner ma vie.

Je pensais, si tant est que je pusse penser à quelque chose, aux papiers. Je serrais les dents avec une telle rage qu'elles grinçaient et je pensais que s'ils ne me tuaient pas de leurs coups, je triompherais peut-être quand même plus tard de LUI. Lui, à qui TOUT réussissait, ne réussirait au moins pas cela, me voler mes notes.

Mais maintenant la douleur brûlait d'une manière encore plus vive, et je remarquai que je vomissais, et je me sentis alors tout de même très faible, et soudain le noir se fit devant mes yeux.

Mais ce n'était pas la mort, les valets étaient sortis et nous avaient laissés dans l'obscurité. Je n'avais pas entendu la porte.

Si, au moins, j'avais été tranquille maintenant !

— Ne s'arrêteront-ils donc plus jamais ? Car le supplice continuait, ma peau brûlait, tout en moi tremblait, j'étais couché dans l'humidité, écrasé, je me bouchais les oreilles et j'entendais quand même le sifflement des nerfs de bœuf, le claquement sur la peau, les appels au secours de la victime, le craquement du châlit sur lequel il se débattait, les cris railleurs :

— Victorieuse révolution mondiiiale ! Et toujours un coup de fouet venait à « -iiiale ». Ainsi s'offraient-ils un peu de variété dans leur service. Ils n'arrêtaient plus. Je me suis endormi au milieu de leurs chœurs, de leurs coups de fouets, de nos plaintes et gémissements. J'ai dormi. Profondément. C'était tout à fait rare, me dirent des camarades d'infortune. Ils ne savaient sans doute pas que j'avais derrière moi treize nuits passées sans dormir à la préfecture de police.

Le lendemain matin, tandis que je boitillais devant la baraque sur mes jambes lacérées par les coups de fouets, en m'efforçant de respirer aussi légèrement que possible parce que j'avais craché un peu de sang pendant la nuit, je vis deux des valets de la veille. C'étaient des hommes comme on en voit tous les jours, comme j'en avais soigné une grande quantité à S. Je n'avais jamais connu leur être profond, leur véritable nature ; ce qu'il y avait de terrible en eux m'était resté caché. Si leur Führer, leur idole, leur faux dieu, cette divinité d'une brutalité douceâtre n'était pas apparu un beau jour, ils seraient restés petits fonctionnaires, tourneurs dans une usine, pêcheurs. fonctionnaires des eaux et forêts, tourbiers ou sous-officiers. Un Satan en chair et en os les avait métamorphosés, et peut-être ne se comprenaient-ils plus eux-mêmes quand, après tout cela, ils revenaient auprès de leur femme et de leurs enfants et à leur chope de bière. On ne peut pas plus les qualifier de bestiaux qu'un malade mental. Ce serait être injuste envers les animaux. Peut-être aussi envers ces valets des bourreaux. Ils n'avaient vraisemblablement même pas le sentiment de se conduire honteusement. Ils n'avaient tout simplement plus de conscience ni de raison quand ils agissaient ainsi. On avait seulement tiré d'eux ce qu'ils avaient de plus bas, un point c'est tout. On me battit encore souvent, mais la SENSATION D'ÉCRASEMENT de la première nuit ne revint pas. Il y eut aussi de nouveaux interrogatoires. On ne voulait pas ma mort. On se souvenait que j'avais servi au front pendant la guerre mondiale sans y être obligé. Ils me demandaient sans arrêt où étaient les procès-verbaux, mais ils ne se moquaient plus, et quand ils me frappaient, ils le faisaient un, deux, trois, simplement et objectivement. C'était une distinction. Ils ne parlaient plus de Sion.

Je me sentais très misérable, mais ma résistance n'était pas brisée. Une pause vint interrompre ces brutalités, on m'emmena dans une baraque pour malades, alors que d'autres, dont l'état était encore bien plus pitoyable, devaient rester dans les grandes baraques et tout supporter. Quelques jours plus tard, le camp reçut une visite, c'était Helmut, qui occupait un rang élevé dans la SS et qui conduisait une mission de journalistes étrangers à travers le camp. On nous avait donné du linge neuf, la nourriture était devenue plus abondante, nous ne devions pas avoir l'air de morts en sursis, mais plutôt faire honneur à la nouvelle Allemagne, au troisième

Reich et à ses méthodes d'éducation, son humanité. Helmut montra tout aux étrangers, la centrale électrique, le four crématoire où on brûlait les cadavres pour envoyer ensuite la cendre aux parents dans des urnes de zinc soudées, avec une facture de plus de trente-cinq marks, il leur montra les cuisines dans leur propreté exemplaire, il leur montra quelques misérables détenus lâches qui déclarèrent qu'on ne les traitait pas trop mal et qu'ils désiraient seulement être bientôt libérés car ils s'étaient améliorés et avaient appris à aimer le Führer de tout leur cœur. Helmut vint également chez nous, dans la baraque des malades, avec sa suite. Il m'aperçut tout de suite, comme s'il savait où j'étais. Mais pas une fibre ne bougea dans son visage, il ne fit qu'un vague mouvement circulaire de la main, comme pour dire aux journalistes :

— Regardez autour de vous, nous n'avons rien à cacher. Nous faisons des misérables marxistes, démocrates, juifs et catholiques des membres utiles de la société.

Il se garda bien de leur montrer le règlement du camp ou les nerfs de bœuf ou les minuscules cellules dans le bunker où l'on nous enfermait debout, pendant des demi-journées, des journées entières, des moitiés de semaines. Laisser un homme sans lumière, dans une solitude mortelle, dans une chaleur étouffante, incapable de se donner la mort — et toujours obligé de rester debout, jusqu'à ce que ses genoux soient blessés par les frottements contre les murs de béton, n'est-ce pas le meilleur moyen de faire de cet homme un bon Allemand ? Mais grâce à la force de ma volonté, je réussis à ne plus m'indigner, car cette indignation n'aurait fait que me rendre la vie encore plus amère. Je supportais en spartiate ce que personne ne m'enlevait. On devient insensible. Grâce à cette insensibilité, on sauve ce qui reste d'espoir, et celui-ci vous protège de l'auto-déchirement — par exemple par le regret.

Je pensais que j'allais bientôt devoir revenir dans la grande baraque, sur le châlit, sous les nerfs de bœuf, aux marches forcées de quinze à dix-sept heures. Mais quelque chose semblait avoir changé. Contre toute attente, on me laissa dans la baraque des malades et on ne me roua plus de coups, on ne m'arracha plus d'aveux sous les tortures, et on ne parla plus des papiers. Une nuit, un SS originaire de ma région me prit à part et me dit que j'avais un jour sauvé la vie de son enfant, un garçon de deux ans (mais je ne me souvenais plus de son fils), et qu'il voulait, en remerciement, me donner une information importante. Une fois par mois, on révisait et huilait la grande dynamo du bâtiment central. La lumière s'éteignait alors pendant cinq minutes et les barbelés n'avaient plus de courant électrique. Or, cela pouvait être une feinte du commandant du camp qui voulait se débarrasser de moi d'une manière simple. On donnait à de nombreux détenus, en toute tranquillité d'âme, le conseil d'en finir en se suicidant, et on mettait même des cordes à leur disposition. J'aurais alors eu l'avantage de mourir tué par le courant électrique, en l'espace d'une seconde donc, sans décider de me suicider et sans grandes souffrances, par un malheureux hasard. Mais d'autre part, il était également tout à fait possible que ma famille, Heidi, Angélique et mon père se fussent efforcés d'obtenir ma libération et eussent versé beaucoup d'argent, car l'argent avait toujours cours dans le Parti, en particulier s'il s'agissait de grosses sommes. Au fond de moi, je ne pouvais cependant pas le croire. Et j'hésitai jusqu'au soir. Mais alors commencèrent les sévices habituels, les cris de douleurs retentirent des baraques, et je me dis que je ferais mieux de tenter ma chance. En dépit de toutes les mesures, plus d'un détenu avait déjà réussi à s'échapper. La baraque des malades était moins rigoureusement surveillée que les autres, celui qui s'y trouvait était la plupart du temps si proche de la tombe qu'il n'avait pas la force de quitter seul son lit. J'étais de loin le plus valide et le plus fort de tous, et cela facilita ma décision. Je savais qu'on ne pouvait plus me garder longtemps ici. La garde faisait sa ronde à huit heures. Je me levai vers dix heures, m'habillai, me mis en route et me glissai jusqu'à la ceinture de barbelés. La chose était simple. Si la lumière s'éteignait dans la maison du commandant et dans le mirador, il était possible que les barbelés ne fussent plus chargés. Je restai allongé là pendant des heures, le ventre collé contre l'herbe couverte de givre, et les cris des pauvres créatures martyrisées ne se turent pas cette nuit d'hiver. Quand l'horloge sonna onze heures dans la maison du commandant, la lumière s'éteignit. Il se peut même qu'elle se soit éteinte un peu avant. Malgré le froid et l'excitation, je m'étais un peu endormi et j'avais peut-être raté la minute unique. Mais je voulais sortir. Je me jetai de toutes mes forces avec le dos dans les barbelés pour les écarter. Ils me déchirèrent la nuque, les oreilles et les mains, mais ils avaient un peu cédé sous la masse de mon corps et il était possible de se glisser à travers. Ils n'étaient pas chargés. Sinon, j'aurais été mort, brûlé sous la décharge électrique. Il faisait nuit noire, je devais me frayer un chemin à tâtons, je devais passer la tête à travers les barbelés et tenais les mains devant mes yeux. Je ne pouvais faire attention aux douleurs. J'avais maintenant l'esprit très clair. J'étais témoin oculaire de moi-même. Je me voyais par une nuit semblable, froide et claire d'avant-printemps, traverser les réseaux de barbelés sur le front de l'ouest et sentais les fils tressés, pourvus de pointes acérées, s'accrocher à moi, me tirer et s'efforcer de me retenir. J'avais déjà la tête dehors lorsqu'il me parut impossible de continuer. A chaque instant, la lumière, le courant pouvait être rétabli. Par un dernier effort, je m'arrachai aux barbelés. Je tirai mes épaules et mon corps en m'accrochant au sol avec les mains. Maintenant, j'étais de l'autre côté des barbelés, saignant des mains, saignant du front et de la nuque, des oreilles et des chevilles.

Je dus attendre que le plus fort du saignement fût passé. Mais ensuite je remarquai que j'étais si fatigué que mes yeux se fermaient. J'étais de nouveau couché là, le ventre collé contre l'herbe, lorsque la lumière revint. Des lambeaux de mon costume étaient encore accrochés aux barbelés. Le vent était froid, les étoiles brillaient, claires, il me semblait que c'étaient d'autres étoiles, je croyais respirer un autre air qu'à l'intérieur du camp. Je me relevai avec peine, fis difficilement les premiers pas, progressivement un peu de force me revint, et j'avançai en restant soigneusement à l'ombre.

Une patrouille passa. Je me cachai derrière un arbre. Le garde ne me vit pas et poursuivit sa ronde, sifflant et tirant sur sa cigarette alternativement. J'étais étonné qu'il ne me vît pas. Un regard un tant soit peu exercé aurait dû reconnaître un homme même dans la nuit sans lune. Maintenant m'attendait encore le plus difficile. Un épais mur, fait de pieux en bois, entourait le camp. J'avais été autrefois un bon gymnaste, en bonne santé il ne m'aurait pas semblé impossible de franchir un tel obstacle. A cet instant, j'étais bien trop faible, mon cœur battait à tout rompre, du sang coulait de mes lèvres, et mes côtes mal ressoudées me faisaient mal chaque fois que je respirais. Seulement ma situation était bien pire qu'avant. Je ne pouvais plus regagner la baraque des malades, car les barbelés étaient de nouveau chargés. Je longeai le mur, parfaitement calme — et en même temps désespéré.

Je fis le tour, un kilomètre à gauche, un kilomètre à droite. Soudain, je vis une petite porte. Il y avait de semblables petites portes d'accès pour les gardiens. A quoi me servait-elle si elle était fermée à clef ? Mais je me rappelai mon incrédulité à Berne. Je m'approchai, la secouai : alors se produisit le grand miracle — pour la première fois de ma vie, alors que je m'y attendais le moins, il arriva — la porte céda, j'étais hors du camp. Etais-je sauvé ? J'étais loin de l'être.

Je savais où était le camp. Il se trouvait à moins de cinq heures de S. Bien sûr, je devais éviter de marcher sur les grandes routes. Il valait même mieux que je marche la nuit et me cache le jour. Même alors, le danger était grand qu'ils me reprennent et, ou bien m'achèvent tout de suite à coups de crosses ou bien me torturent à mort dans le camp pour donner aux autres détenus un exemple dissuasif.

Je ne fis donc pas le chemin jusque dans ma région au cours de cette seule nuit. Dès le matin du second jour, je commençai à ressentir une telle faim que je mâchai de l'écorce de bouleau, des herbes et des fougères séchées. Çà et là, il y avait un peu de neige. Mais elle ne sert qu'à apaiser la soif. Cependant, mes forces ne diminuèrent pas aussi rapidement que je l'avais craint. Enfin, je vis le marais devant moi au petit jour. Je venais de la forêt où se trouvait la petite centrale électrique et où il y avait encore de la lumière. Le moteur ronflait. Cela sentait la mousse, l'essence et l'huile. Devais-je entrer et demander au machiniste un morceau de pain, une couverture ? Je l'entendais aller et venir dans le hangar de pierres, et l'odeur de café frais me causait de grands tourments. Mais je me dominai et poursuivis mon chemin. Parmi les premiers et les plus enthousiastes partisans de H., il y avait eu les pauvres tourbiers dont j'avais vu les baraques couvertes de carton goudronné quand je m'étais promené jeune garçon dans le marais. Ils me connaissaient en tant que médecin. J'y avais aidé une vieille femme. Je me mis en route pour aller chez eux. Ils m'accueillirent quand je frappai à la porte, ils devinaient certainement d'où je venais, car selon toute vraisemblance, la région entière savait où l'on m'avait emmené. Mais ils firent au début comme si j'étais venu voir un malade et parlèrent avec moi de façon toute naturelle.

J'ai compris un peu plus tard bien des choses liées à mon évasion, au fond pas si miraculeuse que ça, du camp de concentration. Mais les tourbiers n'étaient pas dans le coup. Ils n'avaient pas oublié le médecin, ils acceptèrent le risque d'être eux-mêmes envoyés au camp pour un temps indéterminé quand ils me laissèrent dormir dans leur lit encore chaud, me donnèrent à manger, m'habillèrent de vêtements usuels dans la région et m'accompagnèrent à S. le lendemain soir. J'avais conçu le plan de me montrer à mon père et à Angélique et de leur demander de continuer à m'aider. Mais la maison de mon père était sombre et abandonnée. Je n'ai pas vu mes enfants.

Les tourbiers attendaient dehors, ma malchance ne les étonna pas beaucoup, ils me remmenèrent avec eux, nous traversâmes le marais encore dénudé en prenant de petits sentiers, longeâmes à nouveau les lacs de Pâques gelés, nous assîmes près du feu de tourbe dans leur cabane, bûmes du café, mangeâmes du pain et discutâmes de tout tranquillement. La nuit, nous partîmes et ils m'accompagnèrent sur de petits sentiers à travers la montagne jusqu'à la frontière autrichienne. Ils pouvaient et voulaient risquer leur vie, leur liberté. Je leur avais tout dit. Ils m'aidaient, mais n'avaient pas pitié de moi. Ils ne pouvaient pratiquement pas me donner d'argent. Tout ce que je reçus, fut une pièce d'un mark en argent. C'était émouvant de les entendre dire (il y avait le père et le fils) qu'ils me devaient l'argent « depuis plus d'un an » pour l'aide que j'avais apportée « à la vieille ».

Dans le minuscule hameau de l'autre côté de la frontière du Reich, il n'y avait pas de bureau de poste. Je dus m'enfoncer plus profondément dans le pays, craignais toujours de rencontrer un gendarme autrichien qui pouvait me demander mes papiers. Enfin, je parvins à un village assez important. J'allai à la poste, j'envoyai un télégramme à ma femme à Berne et payai avec le mark en argent. Je lui indiquai où j'étais. J'étais très maladroit pour écrire, je bégayais, les nombreuses tortures m'avaient enlevé la voix, et la perte de sang, la longue marche, la faim m'avaient affaibli. Il me fallut longtemps pour comprendre que je n'étais plus au camp. Deux jours plus tard, ma femme vint et me délivra de l'auberge du village où l'on m'avait accueilli avec mes vêtements déchirés sur ma bonne foi et sans un sou. On se doutait bien que je m'étais enfui, on voyait les déchirures et les cicatrices sur mon visage et sur mes mains. On me prêta des vêtements, un manteau, une chemise grossière mais propre. C'étaient de braves gens. Mais ce qui m'était incompréhensible, ici aussi on aimait H. On souhaitait sa venue, on voulait vivre sous sa domination. Ils me voyaient et ne pouvaient pas ne pas voir mon sort. Et malgré tout, ils ne le voyaient pas, prisonniers qu'ils étaient de leur croyance fanatique en H. Je faillis sombrer dans le désespoir quand je vis combien les gens étaient incorrigibles. Pourtant, je n'étais pas au bout de ma peine, j'avais trop attendu de ma femme — ou j'avais vu en elle quelque chose qu'elle n'avait jamais été, et j'allais faire encore une amère découverte.

Après quelques jours de repos, nous regagnâmes la Suisse. J'avais trouvé tout de suite bizarre que ma femme ait apporté notre passeport commun que la police m'avait enlevé à M. Elle avait toutes les clefs, même celle du coffre de la Banque confédérale de Bâle. Je voulus au passage aller à la banque, mais ma femme dit que je devais tout d'abord me rendre chez nous, c'est-à-dire à Berne. Mes enfants m'y attendaient. C'était un mensonge, et très maladroit. Victoire n'a pas mieux appris à mentir que moi. Les enfants étaient avec mon père et Heidi à M. Comme ils avaient du sang juif dans les veines, on leur avait rendu la vie impossible à S. bien qu'ils fussent les enfants d'un médecin estimé et les petits-enfants d'un fabricant de meubles très apprécié et de « sang allemand ». Dans une grande ville, il était plus facile de passer inaperçu. Mon père, Heidi et Angélique avaient fait ce sacrifice. C'est pourquoi j'avais trouvé la villa de mon père vide. Pourquoi ma femme voulait-elle que je quitte Bâle aussi vite ? Je le lui demandai quand elle fut obligée de m'avouer son mensonge à propos des enfants juste avant que nous entrions dans l'hôtel « A l'Ours ». Parce que, dit-elle, Bâle grouillait d'espions et d'agents secrets allemands et j'étais plus en sûreté à Berne. Mais je n'attendis que quelques jours pour aller à Bâle enlever les papiers du coffre. Ma femme m'en empêchait sous mille prétextes. Elle était souffrante, elle n'avait pas mis au monde l'enfant qu'elle attendait il y avait bientôt un an, juste avant mon départ pour la Suisse. Comme elle se mettait à pleurer de façon incontrôlée à la moindre allusion à cette triste affaire, je ne lui demandais pas pourquoi je ne devais pas partir.

Elle avait également d'autres secrets envers moi. Elle rencontrait des gens que je ne connaissais pas et qui ne me plaisaient pas, elle disposait d'argent dont je ne savais pas d'où il venait. Au début, je pensais qu'elle avait une liaison avec un autre homme. Pourquoi, moi qui comprenais tant de choses, ne comprenais-je pas aussi cela ? N'avais-je donc pas été déjà comme mort, sans perspective de retrouver jamais ma liberté de mouvement ? Avais-je le droit de l'empêcher si elle voulait partager le reste de sa vie avec un autre homme, peut-être un homme de son sang ? Je le lui aurais pardonné, je lui aurais même apporté mon aide autant que je l'aurais pu si elle m'avait avoué quelque chose de semblable. Dans mon aveuglement, j'étais sur le point de lui proposer le divorce qu'elle m'avait proposé, elle, un an auparavant.

Elle pleurait, c'était sa seule façon de me répondre, en cela, elle ressemblait tout à fait à ma mère. Finalement, je pris secrètement la clef du coffre dans son trousseau de clefs, j'allai à Bâle et j'ouvris le coffre. Les papiers n'étaient pas là. Seulement quelques billets de banque, une foule d'extraits de journaux agrafés ensemble, je ne sais plus de quels journaux ni sur quel événement. Je rentrai chez moi comme abasourdi, après m'être assuré encore une fois que c'était bien *mon* coffre qu'on avait pillé. Ma femme m'attendait à la gare. Cette fois, elle ne pleura pas. Elle me dit la vérité. Helmut avait pris contact avec elle. Ils n'avaient pu me sauver que contre la remise des documents, et ce que j'avais vécu à la fin au camp était un coup monté. On avait coupé exprès le courant, la sentinelle avait fermé les yeux exprès. N'était-ce pas bien ? N'étais-je pas sauvé ?

— J'ai perdu mon premier mari par sa propre faute, me dit-elle d'une voix froide en répondant à mes reproches, je n'avais pas d'enfants de lui et je l'ai surmonté. Tu n'avais pas le droit de faire ce que tu as fait. Tu as mal agi et j'ai agi comme il fallait. Nous ferons venir les enfants ici ou à Paris, et tu devrais être heureux que les choses se terminent ainsi.

Elle avait raison, mais je n'étais pas heureux.

Quatrième partie

Nous ne nous décidâmes qu'au printemps de l'année 1934 à quitter la Suisse pour Paris. J'étais un homme malade. Je ne m'étais pas remis des sévices, et lorsque je parlais à haute voix ou faisais des mouvements vifs, les élancements dans ma poitrine étaient à peine supportables. Victoire me ménageait. Mais cela me torturait. J'aurais souvent préféré rester des jours entiers sans voir personne autour de moi. Elle, j'étais obligé de la tolérer, car elle était finalement ma seule attache à la vie. Mais nous sentions bien l'un et l'autre que trop de choses étaient détruites entre nous. J'étais devenu craintif. Je ne regardais plus personne dans les yeux, j'avais peur des gens. De tout le monde, et donc également d'elle. Celui qui a enduré de très fortes tortures physiques a besoin de beaucoup de temps pour reprendre courage. Je regardais toujours avec appréhension autour de moi avant de parler. Avais-je encore peur d'être épié ? Et, ce qui était le plus pénible, je n'avais plus confiance en Victoire non plus. On peut fort bien, même sans amour, vivre des années avec quelqu'un ; je l'avais vu avec Angélique avant la guerre. Mais sans confiance, on ne peut pas vivre. Ma femme ne pouvait pas ne pas le remarquer. Mais au lieu de me comprendre, elle devint elle-même méfiante. Je ne lui faisais pas confiance parce que en livrant les papiers à la Gestapo, elle avait fait de mes sacrifices une vaine tentative de résistance contre H. J'avais eu une arme contre lui, qui n'était peut-être qu'une arme minuscule, mais elle avait représenté pour moi quelque chose de grand, et seule la pensée que sur ce point je lui étais supérieur malgré toute sa violence brutale, ainsi que le sentiment de mon amour et de ma confiance pour ma femme, m'avaient permis de supporter les tourments du camp. Maintenant, il avait les papiers, moi, je n'avais plus ma femme, car je la croyais capable d'une autre trahison après cette première trahison par amour. Elle commença à se méfier de moi parce qu'elle ne comprenait pas ma manière d'agir et y voyait — la haine envers les juifs ! Elle se rappela, et me rappela bien mal à propos, la haine de ma mère pour les juifs, son ingratitude après le procès, les paroles mauvaises que ma défunte mère lui avait criées par l'entrebâillement de la porte, le serment qu'elle m'avait arraché sur son lit de mort de ne pas l'épouser.

Tous ces faits étaient exacts. Mais les mensonges déversés à grands flots par A.H. sur son pays y rendaient les gens heureux dans l'ivresse de leur aveuglement ; les vérités que, dans nos longues nuits blanches, nous nous chuchotions pour ne pas déranger les voisins nous rendaient malheureux et nous éloignaient encore plus l'un de l'autre. Les mensonges de H. avaient uni tous les Allemands, de la mer du Nord jusqu'aux montagnes bavaroises, avaient abattu toutes les frontières. Et nous, dans notre chambre d'hôtel exiguë à Berne, nous ne pouvions rien trouver qui nous rapprochât.

Tant qu'elle vivait, j'avais pu attaquer ou éviter ma mère et prendre parti pour Victoire. Mais maintenant qu'elle n'était plus, elle m'était devenue sacrée. J'étais l'époux de Victoire depuis bientôt douze ans, mais le fils de ma mère depuis le début de ma vie.

Ma femme était encore belle, une beauté mûre, un peu plantureuse, mais je ne la voyais pas vieillir. Je voulais me rapprocher d'elle, elle se reculait imperceptiblement, murmurait que je devais me ménager. Elle avait raison, j'avais tort, mon dos n'était qu'une blessure qui guérissait mal, et pourtant j'aurais mille fois préféré me réveiller avec des douleurs le lendemain matin plutôt que de nous voir couchés comme deux pierres l'un à côté de l'autre.

Parfois, nous faisions de belles promenades et nous passions sur un pont magnifique. De là, on voit toute la ville, les belles collines et les sommets des montagnes couverts de glace, en particulier le massif de la Jungfrau. Ce jour-là, ma femme m'avait de nouveau pris chaleureusement par le bras et elle me murmura à l'oreille, me frôlant de ses cheveux doux et soyeux, traversés seulement de quelques fils gris :

— Tu ne m'es pas reconnaissant de t'avoir fait sortir de ce terrible pays et du camp ? Ne pense surtout pas que ce fut facile ! Helmut hait les juives, et il m'a fallu longtemps jusqu'à ce que...

Je secouai la tête. J'étais révolté qu'elle me rappelle que je lui devais de la reconnaissance et qu'elle avait sacrifié de sa fierté pour obtenir d'Helmut ce qu'il aurait dû m'accorder en tant qu'ami. Elle le remarqua, dégagea son bras du mien et, rougissant de honte et de colère, ne put m'empêcher de me blesser :

— Sur le châlit et sous les nerfs de bœuf, tu aurais parlé autrement ! Là-bas, tu n'aurais pas eu honte de moi. Mais tu sais bien que je ne t'ai pas obligé à m'épouser. J'aurais pu vivre seule, mon père m'a souvent conseillé de ne pas te faire confiance.

Ça, ce n'était pas vrai. Mais je ne le relevai pas. Je n'espérais rien et n'avais plus plaisir à rien. Je lisais les journaux avec leurs terribles nouvelles comme si je feuilletais un dictionnaire traduisant une langue inconnue de moi, par exemple du chinois en une autre langue inconnue, comme du japonais. C'étaient des mots, des sons, des grincements, des voyelles et du souffle. Mon âme ne participait pas.

Mes enfants également m'étaient déjà un peu étrangers. Si seulement j'avais pu les voir, ne serait-ce que brièvement, à S. ! Leurs lettres arrivaient, je ne les ouvrais pas et les laissais à ma femme qui s'en emparait avec angoisse et passion et les relisait dix fois. Je me demandais ce qu'elles pouvaient contenir. Je repris mes études de langue, je voulais parler un peu le français si j'allais à Paris. Ma femme maîtrisait cette langue tout à fait bien. Nous parlions maintenant français ensemble. Et, exactement comme des années auparavant avec Angélique, cette conversation dans une langue étrangère nous éloigna l'un de l'autre plus que tout ce qui avait précédé. Je le notai avec une joie muette. Je faisais des progrès. Je cessais d'aimer et commençais à parler couramment.

Nous arrivâmes à Paris fin mars et nous nous installâmes dans un petit hôtel à Montmartre. Je ne tenais pas en place. Les premières semaines, je traînais dans les rues du matin jusqu'à une heure avancée de la soirée. Mais je ne voyais rien. J'étais aveugle à tout, sauf à cette seule et unique pensée, trouver la paix. Mais comment pouvais-je trouver la paix si j'étais animé d'une telle haine, si je devenais de plus en plus solitaire, si tout glissait sur moi, si je n'avais aucune activité ? C'est une chose pénible pour un être adulte que de vivre sans travail, même si sa nourriture est assurée. Ma femme, qui était devenue maintenant très autonome, avait emporté de Bâle une modeste somme d'argent. Au bout d'un certain temps, il me sembla que cette somme devait commencer à s'épuiser, et malgré ma vive répugnance à faire des comptes avec ma femme, je le lui proposai tout de même. Elle sourit, montrant toutes ses belles dents, et caressa un petit bouquet de violettes encore humides qu'elle portait dans le décolleté de sa robe d'été claire. Elle semblait ne pas se faire de souci pour l'argent.

Son humeur changea. Elle supportait parfois de rester trois jours sans nouvelles des enfants, sans se plaindre à haute voix et sans s'inquiéter, mais elle se dominait mieux que moi. Nous haïssions tous les deux le nouveau Reich. Mais elle le haïssait, elle, parce que la situation des juifs y était abominable, et je le haïssais, moi, parce qu'il avait fait de mon peuple un peuple d'esclaves qui obéissaient comme des chiens et se trouvaient bien dans leur félicité servile. Au fond, nous aurions pu nous comprendre dans notre haine, nous aurions pu retrouver le contact entre nous, nous soutenir, nous faciliter la vie, mais chaque jour nous devenions plus étrangers l'un à l'autre, et parfois je croyais que ma femme commençait à haïr en moi l'homme qui n'était pas de sa race et à regretter son mariage. Je ne lui rendis pas la pareille. Je détournais les yeux lorsqu'un de ses regards froids, bleu-vert, qui transperçaient tout, voulait m'atteindre. Je le répète, je ne voulais que la paix.

Bientôt je compris que sans activité régulière je ne la trouverais jamais. Qu'entreprendre ? Je pouvais songer à redevenir médecin. Mais les lois du pays auquel je devais être reconnaissant de son hospitalité l'interdisaient, les médecins de ce pays se regroupèrent et présentèrent une loi contre les médecins immigrés de nationalité étrangère. Nous n'avions même pas le droit de participer aux études. A part quelques exceptions, nous devions oublier ce que nous avions été.

Peut-être qu'une occasion se serait tout de même présentée ici et là. Mais maintenant cette profession me répugnait. Je ne pouvais pas voir de sang, la peau nue qui me rappelait les scènes de torture au camp de concentration me dégoûtait et, je le dis ouvertement, l'être humain me dégoûtait.

J'appris qu'on cherchait des médecins à l'Institut Pasteur. Il s'agissait là de grandes recherches scientifiques, cultures de bacilles, expériences sur les animaux pour éclaircir des questions purement scientifiques ou trouver de nouveaux médicaments. J'allai jusqu'à la porte de l'Institut, je pensais que je trouverais peut-être un nouveau but à ma vie sous la direction de savants expérimentés d'esprit humaniste. Mais avant même que je franchisse la porte, le vieux dégoût qui me serrait la gorge monta en moi. Je me mis à trembler, l'air me manqua, un voile noir descendit devant mes yeux. Tout cela par dégoût.

Non par faiblesse. Je ne pouvais plus rien faire à un animal, je ne pouvais plus comprendre que les souffrances ou la mort atroce d'un animal ne signifiaient rien s'il s'agissait de servir la science pure ou d'apporter aux hommes de nouveaux remèdes pour lutter contre leurs souffrances. Je ne voyais plus dans la vie de l'homme, comme avant la guerre, la valeur suprême. C'était devenu une chose sans valeur. Elle ne méritait pas autant.

Je me dis un soir que moi aussi, j'étais devenu sans valeur. Il était indifférent que je vive encore quelques années ou pas. Et à qui en faisais-je des reproches muets mais amers ? A ma femme qui m'avait enlevé ma dernière croyance en un être humain et en sa fidélité. Nous restions assis, le soir, dans la plus grande des deux pièces, face à face. Victoire s'était procuré un jeu d'échecs, et nous jouions, apparemment calmes, coup après coup. Mais même dans ce jeu, dans cette intimité muette au-dessus de l'échiquier noir et blanc, cela jaillissait des profondeurs, et nous jouions avec haine, nous inventions des ruses et des perfidies pour vaincre. Jamais nous n'avons joué l'un et l'autre aussi magnifiquement. La haine rend parfois génial. Ensuite, nous nous levions, le visage convulsé, les yeux brûlants, tenant encore les dernières pièces dans nos mains crispées, n'abandonnant le jeu qu'à contrecœur, car personne ne voulait reconnaître sa défaite, personne aller se coucher vaincu. Là non plus, je ne trouvais pas la paix.

Dans les premiers mois de l'été, je cessai de traîner dans les rues, les musées et les églises. Cela ne servait à rien, j'aurais aussi bien pu errer derrière les barbelés électrifiés du camp. Je cherchais la paix, mais je ne la trouvais pas dans les beautés et les trésors des musées. Je m'étais quelque peu détaché de ma femme, nous ne nous embrassions plus, et bientôt nous cessâmes de jouer aux échecs. Je me coupais de l'époque, et pour cela j'évitais de fréquenter d'autres émigrés, bannis et esprits tourmentés. Je cessai de lire le journal. Je cherchai un travail manuel et le trouvai difficilement. Il consistait à laver les assiettes dans un restaurant pour émigrés. Ce n'étaient plus les vastes sous-sols carrelés du « Prince Régent de Bavière ». Les mauvaises odeurs, les ingrédients souvent avariés, la graisse rance, la mauvaise vaisselle auraient dû me dégoûter plus qu'au « Prince Régent de Bavière ». Mais ce ne fut pas le cas. Le dur travail de midi à trois heures de l'après-midi, de sept à dix heures le soir, me faisait du bien. J'étais content des quelques francs qu'il rapportait, je m'en emparais avec avidité et ne disais rien à ma femme de ce que je faisais et gagnais.

Au bout de quelques semaines, j'abandonnai ce travail. Je ne pouvais plus supporter la proximité de mes compagnons de souffrance. Ce que je voulais, c'était oublier l'Allemagne et non qu'elle me soit rappelée en permanence.

C'est à cette époque, pendant l'été 1934, que furent assassinés le commandant R. et quelques centaines d'autres hommes et aussi de femmes. Sans acte d'accusation, sans jugement, sans procès-verbal.

R. avait toujours été un homme fort. C'était un esprit intelligent qui avait une vision claire des choses. Sinon, comment aurait-il pu, officier-instructeur de l'armée bolivienne en 1925, se hisser en 1934 au rang de chef de trois millions d'hommes qui lui obéissaient aveuglément, et donc également au Führer ? Mais il se doutait si peu de la nature de

H. qu'il lui faisait confiance comme à un frère. L'action de H. ne fut pas une explosion de fureur incontrôlée. Elle était préméditée et fut menée à son terme avec esprit de suite. H. avait acquis de l'énergie, mais c'était un homme froid, calculateur, souverain. Il n'aimait pas. Il n'a jamais aimé. C'est pourquoi il ne perdit jamais sa supériorité. C'était un spartiate. Le sang était pour lui comme de l'eau.

Ce qu'il haïssait et craignait chez R. et dans son entourage n'a jamais été complètement éclairci. Ils étaient trop nombreux, c'est la seule chose sûre. H. voulait être seul. Une nuit, H. vint voir le capitaine R., le tira du sommeil, le mit en état d'arrestation. lui cracha au visage, l'insulta et l'enchaîna. On lui arracha, ainsi qu'à ses jeunes amis, les épaulettes de l'uniforme. On raconte que le Führer roua de coups avec son célèbre fouet l'aide de camp du chef d'état-major, un certain comte Spr. On accorda à R. la grâce, que je connaissais bien depuis le camp, d'en finir en se suicidant. A nous, on nous jetait une « corde » sur le châlit de la baraque et on nous montrait un solide clou avant de refermer la porte derrière soi. R. était un grand soldat, c'est pourquoi il avait le droit de finir « par une balle honorable ». On lui donna en souriant un lourd revolver. Il refusa. Non point par lâcheté. R. était l'un des hommes les plus courageux de son époque. Mais parce qu'il aimait H. comme un chien. Il le supplia de l'abattre de sa propre main. Mais H. en était incapable. C'est un homme doux. Il ne verse jamais le sang. Il quitta la cellule de R. et dit à quelques SS de faire le nécessaire. Je restai froid en lisant ces nouvelles. J'avais connu R. Je ne l'ai jamais aimé ni estimé. Peut-être l'ai-je craint, et cela m'a attiré —

comme... Lui et moi, nous n'avons guère parlé ensemble. Qu'étais-je pour lui, qu'était-il pour moi ? Mais pour H., pour lui, il représentait beaucoup, et pour R., H. c'était purement et simplement Dieu sur terre.

R. et les siens ne furent pas les seuls à tomber. Une semaine plus tard, H. en énuméra soixante-dix-sept dans un grand discours. Ils peuvent aussi bien avoir été deux cent soixante-dix ou huit cent soixante-dix. Finalement, on s'est mis d'accord sur trois cent soixante-dix. Le tri fut vite fait. Depuis la guerre, la vie humaine était sans valeur. Il se peut qu'il y ait eu parmi eux des gens moins coupables ou même complètement innocents, H. le reconnut.

— Un certain nombre d'actes de violence qui ne sont nullement liés à cette action seront déférés aux tribunaux ordinaires pour qu'ils en jugent.

Mensonge. Fabulation. Jamais on n'a entendu parler par la suite d'une telle activité de la juridiction normale. Une fois mort, on était mort.

Les trois millions de membres des SA s'étaient-ils mutinés et en a-t-on sacrifié trois cent soixante-dix pour briser la mutinerie ? H. s'en remit au jugement de son pays et tint un discours :

— Les mutineries, on les brise selon des lois qui sont éternellement les mêmes. A ce moment-là, j'étais responsable du destin de la nation allemande, et de ce fait, le juge suprême du peuple allemand, c'était moi.

Mais R., le plus fidèle des fidèles, était-il un mutin ? Ne s'était-il pas abandonné en toute quiétude aux joies de l'existence telles qu'il les comprenait, lui ? Ne l'avait-on pas tiré du sommeil ? Un mutin dort-il aussi profondément ? Un Judas qui trahit son ami s'accroche-t-il ainsi au Sauveur, ne voulant la mort que de sa main ? Mais l'idole du peuple allemand ne s'en tint pas à cette accusation. H. trahit ceux qui l'avaient servi, dont il avait fait lui-même de puissants chefs d'armée à sa solde, des sous-dictateurs auxquels il avait confié la plus grande autorité et responsabilité. Enflammé de colère, il se mit à hurler, parlant de dépravation et de corruption, affirmant que leur vie était devenue très mauvaise. Il les traita de conspirateurs, d'agitateurs, leur reprocha le luxe qu'ils déployaient « avec les sous des plus pauvres de nos concitoyens », il leur jeta à la figure leur homosexualité, qu'il connaissait depuis de longues années :

— Ce sont des hommes que je veux voir à la tête des SA et non des singes ridicules.

Il impliqua l'ambassadeur de France dans l'affaire. Mais lorsque celui-ci se défendit contre ce mensonge, H. fit comme si rien ne s'était passé, se montra aimable, et on n'en parla plus jamais. On avait assassiné, on n'avait même pas gardé l'apparence d'une procédure judiciaire. On avait assassiné le général Von Schleicher, l'ancien chancelier du Reich. Peut-être craignait-on qu'il ne fût en possession de documents sur le comportement de H. pendant la guerre. On assassina également sa femme, qui assurément ne possédait pas de documents, on assassina l'ancien ministre bavarois, le vieux von Kahr, pour se venger de son attitude onze ans plus tôt, on abattit des gens contre le mur des casernes parce que leur nom était exactement le même que celui d'un accusé.

Mais ce n'était pas cela qui me révolta, jusqu'à m'étrangler. Le président du Reich, vieillard antique, télégraphia : « Par les rapports qui me sont faits, je vois que grâce à votre intervention énergique et l'engagement courageux de votre propre personne, vous avez étouffé dans l'œuf toutes les menées de haute trahison. Je vous en exprime ma profonde gratitude et ma sincère reconnaissance. » Un évêque protestant dit qu'il était du devoir de tous les Allemands de célébrer un office pour remercier le Sauveur de ce salut... « Nous voulons être derrière lui et intercéder pour que Dieu continue de le protéger et donne force et réussite à sa grande œuvre. » Le plus terrible pour moi fut de voir qu'on ne l'aimait réellement que maintenant, depuis que tout le « sang allemand » tremblait devant lui à qui il se donnait avec délices. Il avait fait de tous les Allemands des Angélique. Personne ne bronchait. Aucun de ceux qui en avaient encore la faculté ne refusait de respirer l'air de ce pays d'esclaves et n'émigrait. L'Allemagne puait le meurtre et la trahison, et tous humaient cette puanteur comme un parfum de roses. Pendant quelques jours, je ne rentrai pas chez moi. J'avais honte devant ma femme d'être allemand et de ne pouvoir échanger mon sang contre un autre. Mais ensuite, j'eus également honte de cette pensée. Cela dépendait-il donc du sang ? Etais-je donc moi aussi devenu en esprit l'esclave de H. ? Jamais je n'ai été aussi proche du suicide qu'à ce moment-là. Seule la pensée que ce serait alors lui succomber *volontairement* me retint. Non la pensée de ma femme, de mon père, de mes enfants.

Les listes des victimes de ces massacres parues dans les journaux allemands ne pouvaient être naturellement qu'imprécises et fragmentaires. Je les parcourus et y trouvai le nom de H. von Kaiser. Je restai calme. Ma froideur m'étonna. Je me dis logiquement que seul le vieux Kaiser, qui vivait en Italie depuis des années, était anobli, son fils n'avait aucun droit au « von ». Et que pouvait bien signifier « H. » ? Je me rappelai même l'ironie avec laquelle le père de Helmut avait accueilli il y a des années le nom « O. Schwarz ». Je savais bien que je devais ma vie à Helmut. Mais quel sens avait pour moi la reconnaissance ? Pouvais-je même lui être reconnaissant d'une telle existence ? Elle était vide, froide et plus tourmentée que la vie au camp ou pendant ma fuite.

La nouvelle plongea ma femme dans une grande agitation. Elle pleura, s'arracha les cheveux et cria si fort que je dus lui fermer la bouche car je n'avais pas envie que l'on se plaigne de nous dans le petit hôtel pour cause de tapage nocturne. Pouvais-je croire possible qu'elle éprouve quelque chose de profond pour Helmut, en dépit de sa laideur et de sa haine des juifs ? Même cette pensée ne me troubla pas. J'avais remarqué, témoin oculaire des lamentations et des soubresauts de Victoire sur le fauteuil grinçant, qu'elle avait des semelles percées. Ces derniers temps déjà, elle avait économisé plus que d'habitude. Alors je lui demandai, ne serait-ce que pour la faire penser à autre chose, si nous étions réellement dans la détresse.

— Dans la détresse, dit-elle, oui, dans la détresse ! Et elle ajouta qu'il ne s'agissait pas de nous deux, vieilles personnes perdues de toute façon, mais des enfants, c'est eux qui étaient dans la détresse et ils ne le savaient même pas encore ! Elle allait se remettre à pleurer, je sortis et refermai doucement la porte derrière moi. Le lendemain, elle me pria de lui pardonner, me disant que bientôt je comprendrais tout. Je la regardai d'un air interrogatif. Elle ne voulut pas en dire plus, elle ne voulait pas mentir et ne pouvait dire toute la vérité. Nous allâmes ensemble chez un cordonnier, nous assîmes chacun sur une chaise, retirâmes nos chaussures qui étaient en très mauvais état (car les miennes ne valaient pas mieux que les siennes) et nous attendîmes patiemment notre tour. Toute une foule de pauvres gens attendaient, les hommes en chaussettes et les femmes en bas de soie artificielle grossièrement reprisés, lavés et relavés, qu'on leur rende leurs chaussures réparées, ils tiraient leur bourse de leur poche, comptaient l'argent français et je voyais qu'ils recomptaient leur argent en allemand pour voir s'il y en avait assez.

L'attente pour nous deux ne dura pas moins de trois heures. Mais nous autres émigrés, nous étions tous habitués à l'attente, et quand nous fûmes dans la rue, ma femme me dit qu'elle se sentait tout de suite beaucoup plus courageuse et solide dès qu'elle avait de belles semelles de cuir épais sous les pieds. Je la crus, car sa démarche qui était déjà devenue nettement traînante et rappelait la démarche lourde du vieux Kaiser, avait retrouvé la souplesse qu'elle avait jeune fille, quand elle montait l'escalier en bondissant avec l'échiquier et les pièces qui claquaient pour jouer aux échecs avec mon père et moi. Chez nous, je lui passai la main sur les cheveux. Elle tressaillit. Je ne lui avais passé la main sur les cheveux que très doucement, comme avec crainte. Mais c'est justement cette excessive tendresse qui sembla l'émouvoir. Nous ne nous rapprochâmes de nouveau que très lentement, et il nous semblait impossible que nous recommencions à nous aimer comme au début de notre mariage ou les derniers temps encore à S.

Deux jours plus tard, Helmut vint nous voir. Il avait été blessé, ne dit ni où ni comment, avait le bras gauche dans un bandage sali par le voyage et avait l'air vieux et abattu. Il nous tendit la main à tous les deux, un peu gêné, nous lui offrîmes la meilleure chaise, envoyâmes chercher un peu de nourriture et le regardâmes manger, puis se laver. Il le faisait avec tant de maladresse et il était tellement gêné par son bras blessé que ma femme se plaça près de lui en riant et lui lava le visage, le cou et les mains avec une éponge. Même alors, il ne raconta rien de ce qu'il avait vécu. Pas un mot sur la façon dont il s'était enfui d'Allemagne. Je lui montrai son nom sur la liste. Il haussa les épaules, vraisemblablement il était ailleurs avec ses pensées. Il n'avait pas d'argent français, à part quelques petites pièces, mais une lettre de crédit de quelques centaines de francs. Il me demanda d'aller tout de suite à la banque et de retirer l'argent pour lui ; je lui objectai qu'on ne me le remettrait pas. Il devait au moins me donner une pièce justificative.

— A toi ? demanda-t-il laconiquement. Il regarda ma femme et elle me fit signe d'aller. A peine étais-je sorti que j'entendis les premières paroles de ma femme, prononcées sur un ton passionné que je ne lui avais pas connu depuis mon départ de S. :

— Et Bobby ? (Robert) Helmut rapprocha sa chaise d'elle, j'entendis craquer ses pas sur le sol sans tapis, il parla si vite que je ne pus ni ne voulus suivre ce qu'il disait. Je partis. Contre toute attente, on me remit l'argent. Je me permis le luxe d'acheter sur cet argent une bouteille de bon vin et des fleurs, et je les rapportai à ma femme et à Helmut. Ils n'y prêtèrent pas attention. Ils étaient assis devant l'échiquier, la tête en feu. Je regardai leurs coups. Tantôt j'aurais voulu aider Helmut qui était un joueur plus fort, mais imprudent, tantôt ma femme, qui ne jouait plus maintenant qu'avec routine et avait en fait toujours le dessous. Mais j'avais toujours (plus fortement qu'autrefois) envie d'intervenir auprès du joueur le plus faible, de donner un conseil, peut-être d'un regard, et de jouer le rôle du destin. Depuis mon incarcération, j'avais été entraîné de façon de plus en plus décisive du côté du plus faible. Mais là, il n'y avait rien d'autre en jeu que le jeu. Je me dominai et laissai la partie suivre son cours.

Le soir, Helmut s'installa dans ma chambre. Il avait encore les joues brûlantes, et son pouls battait rapidement. Il me demanda, à moitié en plaisantant à moitié sérieusement, si je ne voulais pas, moi son plus vieil et son seul ami, lui changer son pansement, examiner sa blessure et le soigner. Etait-ce une plaisanterie, était-ce sérieux ? Je fis comme si je prenais cela pour une plaisanterie et dis qu'ici les médecins étrangers étaient interdits d'activité, mais que je l'emmènerais le lendemain matin dans une clinique française où l'on soignait les indigents gratuitement et où l'on pourvoyait à tout de la façon la plus moderne.

Nous nous déshabillâmes dans le noir, et c'est seulement en m'endormant que je me souvins que nous ne nous étions pas dit bonne nuit.

En fait, j'aurais dû être reconnaissant à Helmut d'être venu. Sa présence me tranquillisait. Quelque chose de l'ancien temps, de l'avant-guerre était revenu avec lui, et cette nuit-là, je dormis mieux que pendant toute la période précédente. Mon dos était encore à vif par endroits, là où les marques des coups se croisaient. Je devais dormir sur le ventre, et alors je manquais d'air. Cette nuit-là, j'eus assez d'air et ne ressentis pas de douleurs dans les cicatrices laissées par les nerfs de bœuf. Je me levai avant Helmut, j'avais honte de me laver en sa présence et de lui imposer le spectacle de mon physique misérable. Mais avait-il connu un sort bien meilleur ? Il n'avait rien dit de ce qu'il avait vécu le 30 juin. Quand je revins de la chambre de ma femme, il était justement en train de se laver. Je n'avais pas frappé, pensant que ce n'était pas nécessaire entre camarades de jeunesse. Au claquement de la porte refermée, il sursauta, se précipita instinctivement, comme un animal sauvage effrayé, sur son lit en désordre (il avait donc eu une nuit plus agitée que moi) et tira de dessous l'oreiller un énorme pistolet automatique. Il ne pouvait s'en servir correctement que d'une main, la gauche était empêchée par le pansement. J'éclatai de rire, il resta interdit. Je n'avais pas peur des énormes pistolets, mais j'avais peur de l'expression animale, vraiment bestiale, traquée, de son visage blême et laid. Il se força à rire et fit comme si tout cela n'avait été que plaisanterie de théâtre. Je m'obligeai à aller vers lui, lui enlevai de la main la lourde arme que je reposai sous l'oreiller. Il s'y trouvait encore quelque chose de froid, dur, lisse : un minuscule revolver incrusté d'argent. Comme si le pistolet automatique n'avait pas suffi. Je l'aidai à s'habiller, puis l'abandonnai à lui-même car il le voulait ce jour-là absolument. Il refusa que je l'accompagne à la clinique. Nous ne nous vîmes que le soir. J'avais supposé qu'il aurait cherché un autre hébergement, mais il ne voulait pas me quitter — par crainte de poursuivants, pensai-je, car son visage conservait son expression craintive. Ma femme aussi se montrait très inquiète, je savais que c'était à cause des enfants.

Nous nous assîmes autour de la table, et ils se mirent à discuter de questions d'argent. Ils citèrent des noms que j'entendais pour la première fois, peut-être des intermédiaires à l'aide desquels ma femme avait obtenu des nouvelles des enfants, je ne le sais pas. Au fond, c'était absurde, car il n'était pas interdit à une émigrée d'entretenir une correspondance avec ses enfants. Mais elle craignait peut-être quand même que cela pût leur faire du tort de recevoir des lettres d'ici. Helmut souriait d'un air sombre, soudain il s'adressa à moi comme s'il me découvrait seulement à cet instant, me tendit la main et me demanda avec son sourire juvénile d'autrefois si nous n'écririons pas une lettre au vieux à Rome pour lui demander de l'argent. Je savais que la veille encore il avait quelques centaines de francs. Que pouvait-il bien avoir dépensé entretemps ? Mais il ne voulut donner aucune explication, son visage était redevenu figé et fermé, et il ne retrouva même pas sa sérénité quand je rédigeai avec ma femme et lui une longue lettre à son père. J'étais pour la brièveté. C'est ce qui avait toujours produit le meilleur effet sur le vieux. Mais Helmut ajoutait de grandes phrases doucereuses, au fond froides (il écrivait comme A.H. parlait) et ma femme était de mon avis. La réponse ne vint que tardivement, au bout de quelques semaines. Le vieux Kaiser refusait d'envoyer de l'argent, il voulait bien, en cas de besoin, accueillir son fils parce que Katinka avait intercédé en sa faveur. (Pourquoi se présentait-il encore maintenant comme son esclave ? Cela lui faisait-il du bien ?) De moi, il n'était question qu'à la fin, il écrivait qu'un homme comme moi n'avait pas besoin de lui, je m'en tirerais, comme toujours, et il viendrait ici me voir encore une fois avant sa mort, donc en tout cas avant le début de l'hiver.

Ses paroles ne me firent pas de bien, mais je n'en dis rien, et quand Helmut et Victoire se mirent à vitupérer contre la radinerie du vieux, je restai silencieux. Je l'ai considéré comme un père. S'il pensait à la mort, il savait pourquoi. La pensée de le perdre me touchait plus que la peur que mon propre père pût un jour mourir. C'est peut-être inhumain d'éprouver de tels sentiments contre son sang, mais j'aurais mille fois préféré l'avoir ici plutôt que mes enfants que ma femme voulait faire venir en compagnie de mon père et de Heidi. La seule chose positive fut que Helmut me libéra de sa présence continuelle. Il se chercha une autre chambre et je n'eus plus besoin de quitter ma chambre et de traîner dans la rue quand il recevait de mystérieuses visites de messieurs à l'allure très martiale ou très raffinée.

Il gardait ses secrets pour lui, moi les miens. Un jour, il se mit à parler de quelque chose qui avait déjà été évoqué auparavant. Qu'il avait payé mon salut d'une sorte de disgrâce. Il avait certes livré à la Gestapo jusqu'à la dernière feuille cette partie de mes carnets que j'avais conservée dans le coffre, et la Gestapo s'était mise en relation avec le Führer. Mais elle non plus n'avait pas été reçue avec bienveillance. On disait qu'il manquait la partie la plus importante, celle qui se rapportait à ses relations avec les femmes. Bien sûr, j'ai effectivement, au cours de notre longue conversation à P., appris bien des choses qui sont restées cachées au monde jusqu'à ce jour. Mais en 1918 déjà, je n'en ai rien noté par écrit.

Je sais encore tout. C'est un cas trop important. Mais on en cherchera vainement la trace dans ces feuilles. Ce secret aussi, je l'ai consigné en runes que personne à part moi ne peut déchiffrer. Cela, le grand homme ne pouvait le croire, et je pense qu'il regrettait maintenant de m'avoir laissé sortir vivant de ses griffes. Mais il se peut aussi qu'il ait craint de tuer un homme qui lui avait rendu la vue par un miracle. Un second miracle ne pourrait-il le faire redevenir aveugle, s'il éteignait la flamme de ma vie, comme il l'avait fait pour tant d'autres ?

Paris était beau, céleste, merveilleux, pétillait de vie, ce qui était ancien et vénérable se mêlait par enchantement avec ce qui était moderne et hardi. Mais était-ce là pour moi, était-ce là pour nous ? Ce n'était pas notre langue qu'on y parlait. Cette langue, je la connaissais depuis mes années d'études, mais je ne fus jamais capable de l'apprendre assez bien pour pouvoir la parler sans fautes.

Jamais il ne nous fut possible à nous autres de nous fondre dans l'anonymat de ses quatre millions d'habitants. Mais la langue allemande dans laquelle nous pensions, espérions, craignions, comptions, nous souvenions et rêvions (n'était-ce pas toute la vie et tout ce qui nous restait ?), c'était en fait la langue interdite, quelque chose qui ne nous appartenait plus et qui aurait dû nous être devenu étranger. Et ne l'était pourtant pas ! Ma femme ne comprenait pas cela. Elle était de nouveau épanouie à la pensée d'avoir les enfants auprès d'elle. Elle chantait parfois et montait d'un pas léger les nombreux étages, me sautait au cou et me couvrait de baisers. Non comme son mari, plutôt comme son enfant. Je lui caressais les cheveux et m'obligeais à le faire d'une main ferme afin qu'elle ne vît pas combien je tremblais.

La nuit, je la retrouvais. Pour elle, c'était naturel moi, cela me faisait horreur. Je le faisais pour elle mais mon comportement ne pouvait que lui faire croire qu'elle m'aurait autrement manqué, que je me serais langui d'elle, etc. Cet « etc. », je l'écris parce que c'est ainsi que je ressens les choses. Cet « etc. » c'est aussi que je cherchais un gagne-pain. Je savais qu'il y avait divers comités qui offraient des sommes importantes aux émigrés les plus pauvres. J'y envoyais ma femme, bien que ce fût maintenant moi qui semblais plus digne d'intérêt qu'elle, une femme bien conservée dans la force de l'âge.

Je ne voulais pas accepter d'aumônes, et pourtant j'y étais obligé. Quelque chose s'y refusait en moi. Jeune homme, j'avais vécu de l'aide de Kaiser, mais alors je pouvais espérer tout rembourser, aujourd'hui je ne le pouvais plus, car je vivais chaque jour comme si c'était le dernier jour de ma vie. Peu avant l'arrivée de mes enfants, je me secouai. « Finis-en », me dis-je, assis sur un banc du joli jardin du Luxembourg déjà légèrement marqué par l'automne, devant moi le petit bassin où les enfants faisaient voguer leurs petits bateaux, « finis-en, tu trouveras bien un moyen, ta femme et tes enfants s'en sortiront avec l'aide du comité et peut-être d'Helmut, le vieux Kaiser leur donnera ce qu'il te refuse parce qu'il te surestime. Bien. Mais si tu veux malgré tout continuer à vivre, cesse de t'affliger. Oublie ou crève ! désespérer est bon. Continuer à vivre aussi est bon. Mais continuer à vivre et désespérer en même temps, ce n'est pas bon. »

Belles intentions. Quoi qu'il en soit, cela me fit du bien de m'être rabroué brutalement, en spartiate. En rentrant à la maison, je ne m'apitoyais plus autant sur moi-même et trouvai le courage de m'exposer à la moquerie de mes camarades de souffrance au restaurant pour émigrés et de mendier du travail qu'on m'accorda par pitié — et à des conditions plus mauvaises qu'au printemps — c'est-à-dire en ne me donnant plus quelques francs par jour, mais seulement ma nourriture. A la maison, je ne dis rien. J'avais honte devant Victoire.

Mes parents vinrent. Maintenant, ma belle-mère m'était aussi proche et aussi lointaine que mon père ; malgré son âge, il avait une mine excellente. Il eut tout d'abord l'intention de me saluer avec le « salut allemand », mais finalement il laissa retomber son bras tendu. Mes enfants me sautèrent au cou et se frottèrent ensuite les joues et les lèvres, car mes joues étaient piquantes. Je souris : enfant, j'avais fait exactement la même chose.

Ce qui me toucha réellement, c'est quelque chose d'autre. Heidi avait apporté une miche entière de pain paysan. Quand je la pris dans mes bras comme un petit enfant et la touchai, je revis mon pays perdu. Je reposai bien vite le pain et me précipitai dehors où je fis les cent pas dans une petite rue à l'écart, sanglotant, pleurant, les dents serrées, jusqu'à ce que je me fusse calmé.

Le lendemain, je montrai les curiosités à mes parents, m'excusai à l'heure du repas, prétextant un rendez-vous d'affaires important, et j'allai laver les assiettes ; la même chose le soir. Heidi se laissa tromper, pas mon père. Quand je rentrai, fourbu, tard dans la soirée, il me dit qu'il me comprenait. Il n'y avait pas grand-chose à faire pour moi dans le troisième Reich, mais il « dégagerait » trente marks. Chaque Allemand avait le droit d'envoyer dix marks à des parents à l'étranger, donc lui, Heidi et Angélique, ce n'était qu'une modeste obole. J'étais reconnaissant, mais mes yeux restèrent secs.

Ma femme ne voulait pas encore dire aux enfants qu'ils devaient rester là, elle voulait attendre que les vieux fussent partis. Mais je la poussai à leur dire la vérité tout de suite. Je croyais qu'on ne pouvait mentir que si l'on était né pour ça. J'avais rarement menti, mais chaque fois j'avais causé des malheurs, mon mensonge ne jouissait pas de la bénédiction de Dieu. Ma femme me jeta un regard quelque peu indigné de ses yeux bleu-vert d'aigue-marine, mais elle éclata ensuite de rire et courut comme une folle dans la chambre si bien qu'elle éveilla non seulement les enfants, mais aussi les voisins aux nerfs sensibles. Le lendemain matin, je pris mon fils à part et lui dis tout. Il devint blême. Je le priai de prendre sur lui d'informer maintenant sa sœur. Cette mission honorifique lui facilita les choses. Ce n'est pas du tout ce que les enfants avaient escompté. Ils n'avaient pas trouvé la ville belle, ils faisaient des comparaisons sardoniques, par exemple sur la saleté des rues ou du métro, sur le pain, l'eau, tout ce qui était différent de chez eux leur paraissait « bizarre », et je voyais avec amertume combien ils aimaient leur ville, ma ville natale, qui m'était devenue maintenant si étrangère.

Mes parents partirent donc. Ils nous laissèrent leurs ustensiles de voyage, brosses, peignes, plaids, etc. Ils avaient très vite compris combien ces choses nous étaient nécessaires. Les enfants, par contre, ne comprenaient rien. Ils saluaient toujours avec le « salut allemand », le portier de l'hôtel affichait alors un sourire mauvais et renfrogné ; dans la rue, ils faisaient exprès de parler allemand très fort. Ma femme s'efforça de leur apprendre quelques bribes de français pour qu'ils puissent aller chercher du pain ou du lait, etc. Ils ne voulurent rien apprendre, se bouchaient les deux oreilles et criaient des choses insensées et désordonnées.

Ma femme n'a jamais été d'une patience particulière. Je la pris à part, laissai seuls les enfants qui se calmèrent bientôt, lui demandèrent même pardon et se montrèrent disposés à prendre quelques notes, rongeant le bout du porte-plume avec leurs belles dents blanches.

Les enfants ne savaient pas écrire en lettres latines ou faisaient comme s'ils ne savaient pas. Ma femme laissa passer un jour ou deux, le troisième, elle perdit patience. Je me serais bien soustrait à ces scènes, je ne me dominais qu'à grand-peine, mais je voyais qu'elle était la plus faible, et j'étais obligé de la soutenir contre les deux garnements mal éduqués.

Ah si seulement ils avaient été mal éduqués ! Ils n'étaient en fait que trop bien éduqués, à savoir dans *son* esprit. La colère faillit me mettre hors de moi quand je vis que *son* esprit était également dans ces enfants à moitié juifs, que mes enfants se sentaient aux trois quarts allemands et pour un quart juifs (peut-être était-ce Angélique qui, par vengeance, leur avait appris ce stupide calcul), qu'ils faisaient l'éloge de *leur* Führer et chantaient ses chants, marchant au pas cadencé dans la chambre, et qu'ils glorifiaient le « sang allemand ». Mais avais-je le droit de me laisser aller à la colère ? Un autre l'aurait pu, mais pas moi. Car tout aurait été perdu lorsque Victoire, particulièrement sensible à tout ce qui était juif, dans son infinie déception de retrouver ses enfants ainsi transformés, perdit le contrôle de ses nerfs et se précipita sur eux pour les châtier. Or, même en colère, elle a toujours eu la main légère. Elle-même n'a jamais été battue, son père, le Kaiser des juifs, détestait les coups comme méthode d'éducation. Je crois qu'elle n'aurait pas voulu faire mal aux enfants délibérément. Mais maintenant elle ne se contrôlait plus ; le visage décomposé, les yeux lançant des éclairs, elle se précipita sur les petits qui, au lieu de se réfugier chacun dans un coin ou de s'enfuir, s'accrochèrent l'un à l'autre et tentèrent de se défendre, poussant tous les deux des cris affreux. Soudain, je reconnus avec effroi dans ces cris de mes enfants le son de ma propre voix lorsque je gisais sous les nerfs de bœuf. J'avais été battu sans raison d'une façon inhumaine, mes enfants n'étaient menacés que d'une innocente correction et, comme je l'appris plus tard, ils avaient eu à subir des sanctions bien plus douloureuses dans leur école néo-spartiate. Et pourtant, à ma honte, il me faut l'avouer aujourd'hui, je regrettai en cet instant d'avoir repris courage peu auparavant près du bassin du Luxembourg et de ne pas avoir mis fin à ma vie dans la Seine qui coulait à proximité.

Mais je fis alors le nécessaire. Je me jetai devant les enfants, arrêtai moi-même les quelques coups et bourrades des petits poings de Victoire et ris de tout mon cœur. Je ris lorsque ma femme voulut me déchirer le visage avec ses ongles. Je ris lorsque les enfants se mirent à crier comme d'une seule voix :

— Aide-nous ! Nous n'avons pas à supporter ça d'une juive ! Aide-nous ! Aide-nous ! Je ris lorsque ma femme cria dans sa colère insensée qu'elle voyait bien de quel côté j'étais, qu'elle ne voulait plus vivre sous le même toit qu'un homme qui haïssait les juifs et qu'elle « ne connaissait plus ses enfants ». Je riais, car je me rappelais les paroles identiques qu'avait criées ma défunte mère. Je ris en regardant les enfants complètement stupéfaits par la tournure vraiment « bizarre » qu'avait prise cette bataille allemande dans une chambre d'hôtel française.

Mais je savais aussi comment guérir mon fils.

— Tu es bien un petit gars courageux ? lui demandai-je en me tournant vers lui, comme m'avait interrogé un jour son défunt grand-père. Mais je ne lui posai pas cette question pour l'endurcir contre les « douleurs et souffrances » et en faire un spartiate, mais pour l'amener par l'observation, la méthode directe de l'enseignement pratique, à respecter la douleur. Il devait commencer le jour même à mépriser ceux qui, dans leur brutalité, rabaissaient par des tortures un être humain sans défense plus bas que l'animal. Je savais bien que le Führer, dans toute sa sentimentalité, avait promulgué des lois en faveur des animaux, interdiction de battre les chiens, d'égorger les bovins, obligation de faire preuve d'humanité vis-à-vis des bêtes. Quel effet cela n'avait-il pas produit sur l'âme naïve de Robert et Lise et de tant de millions d'autres enfants ! Alors j'emmenai le garçon dans la pièce voisine, je fermai à clef et me déshabillai. Je n'avais pas honte devant lui comme devant Helmut. Je ne gardai rien sur le corps. Je ne dis pas un mot. On peut, en ne disant rien, produire souvent un bien meilleur effet sur les gens. Les maîtres éloquents sont souvent des imposteurs.

Tournant lentement sur moi-même, je lui montrai mon dos, mes reins, mes jambes jusqu'aux orteils. Je pris sa main et lui fis toucher les raies encore humides qui s'enflaient et devenaient rouges à chaque émotion. Je ne lui dis pas : voilà ce qu'on a fait à ton père. Je ne lui dis pas : ton père est... Il suffit. Il fondit en larmes. Je lui dis de ne pas pleurer. « Interdit de pleurer ! » Il devait maintenant se laver les mains et le visage, rejoindre sa mère et sa sœur et faire ce qui était son devoir. Il le fit. Il chancelait un peu en marchant, ce garçon trapu et costaud avec son quart de sang juif dans les veines, mais ce fut toujours un être énergique, comme je l'avais été moi aussi quand j'étais enfant. Il demanda pardon à sa mère. Il prit sa sœur à part. Désormais ils se laissèrent mieux éduquer. Plus de salut allemand. Ils ne se moquèrent plus du beau pays d'accueil. Mais il fallut encore longtemps avant qu'ils aient appris à écrire les lettres latines.

Ils apprirent très tard à écrire le français et, pour autant que je peux en juger, ne l'écrivirent jamais sans fautes. Mais il leur fallut peu de temps pour le parler couramment. C'est Lise qui parlait le mieux, ensuite venait Bobby, puis ma femme et moi en dernier. J'avais le vocabulaire le plus riche, le plus grand sens des nuances, mais la plus mauvaise prononciation. J'ai fait de grands efforts pour me perfectionner, je n'ai jamais réussi.

Nous nous étions chargés d'une grande responsabilité en faisant venir les enfants. Je ne savais pas combien ma femme possédait d'argent et si la source la plus importante, c'est-à-dire les envois d'Helmut, n'allait pas se tarir. Je voulais le savoir, car j'étais encore le chef de famille. Un soir que j'étais rentré tard, je priai ma femme de venir avec moi dans un petit café au coin de la rue. Elle se releva, jeta un vêtement sur ses épaules, couvrit un peu mieux Lise qui dormait dans la même pièce qu'elle, et nous sortîmes. Dans l'escalier même, je dis à ma femme ce qu'il en était de mes revenus. L'escalier était long, l'énumération courte. Il y avait en tout et pour tout les trente marks.

Le franc avait chuté, pour ces trente marks, on pouvait acheter beaucoup plus à Paris que dans notre pays. Mais cela restait une aumône. Nous n'avions pas encore atteint le seuil de notre hôtel que ma femme me demanda d'une voix calme, mais en soulignant chaque syllabe :

— Et pourquoi ne travailles-tu pas ? Je lui dis qu'il n'était pas possible comme médecin d'obtenir ici l'autorisation de travailler, la loi s'y opposait.

— D'autres ne s'en soucient pas, répondit-elle, il faut que tu comprennes enfin que tu as fait venir les enfants et qu'on doit penser à leur avenir.

— Que dois-je donc faire ? demandai-je.

— C'est toi l'homme, tu dois le savoir, dit-elle en me prenant le bras.

— Je t'ai souvent conseillé, et pas toujours mal. Si tu m'avais écoutée, nous serions aujourd'hui encore dans notre pays et les enfants auraient un toit au-dessus de leur tête.

— Ce qui est arrivé est arrivé, dis-je, voulant la

détourner de ce sujet, car je ne tenais pas à remuer le passé.

— Je ne veux pas dire, poursuivit-elle d'une voix un peu plus douce et en dégageant son bras du mien, ce qui m'arrangea, que je n'ai retiré les papiers du coffre que pour toi. C'était aussi pour moi. C'était à cause des enfants. C'était aussi pour ton père, si étrange que cela puisse te paraître. Mais tu as raison, il est inutile d'en parler. Je n'ai pas fait beaucoup de fautes dans ma vie, mais celles-ci étaient graves. Je n'aurais jamais dû épouser un Léon Lazarus, je n'aurais jamais dû t'attendre aussi longtemps.

— *Toi,* tu m'as attendu ? demandai-je. Elle resta silencieuse, puis dit avec son rire clair d'autrefois :

— Quel enfant tu es ! Je secouai la tête, mais ris moi aussi. Il faut que je m'occupe de vous trois comme une mère, mais je réussirai. J'ai aussi guidé et conseillé mon défunt père, il n'a fait aucune démarche sans moi. Maintenant, nous devons nous demander comment nous allons gentiment élever les enfants et ce qui doit advenir d'eux. Ne peux-tu faire un effort sur toi-même ? Il n'est tout de même pas possible qu'ils t'aient brisé *là-bas.* Qu'est-ce que tu fabriques chaque midi et chaque soir ? As-tu besoin d'une autre femme, plus jeune, plus gaie ?

— Non, Victoire, dis-je, tu es... Je n'en dis pas plus, ce n'était pas nécessaire. J'attendis que nous eussions pris et payé nos rafraîchissements, puis nous rentrâmes à l'hôtel, et sur le chemin, je parlai pour la première fois à ma femme du lavage d'assiettes. Mais l'effet ne fut nullement celui que j'avais attendu. Elle entra dans une colère folle, se frappa la tête contre le mur d'une maison, pleura sans pouvoir se calmer. Finalement, je réussis à la persuader de revenir avec moi dans le petit café qui allait justement fermer. Autour de nous, on posait les chaises sur les petites tables et nous dûmes payer les boissons dès qu'elles nous furent servies.

— Pourquoi ? Pourquoi ? dit-elle en sanglotant et repoussant les deux verres. Cette boisson coûte de l'argent, et nous manquons de pain. Elle prit ma tête par les tempes et la tira tout près d'elle, de sorte que je sentais son haleine brûlante.

— N'as-tu pas songé que tu ne veux pas prendre le pain d'un médecin français bien gras et qu'il te faut pour cela prendre le maigre pain d'un laveur d'assiettes français. Non, non... non... Sans transition, elle se mit à rire, d'un rire aigu. Elle était à l'âge de la ménopause. Elle avait des bouffées de chaleur, je la comprenais en tant que médecin. Pas en tant qu'époux. De nouveau, elle fut de bonne humeur. Elle vida les deux verres. Je n'avais pas soif. J'insistai pour qu'elle me dise où nous en étions avec l'argent. Elle continua de rire et dit :

— Trois cent mille francs-or. J'eus beau faire pour l'amener à me donner des explications, ce fut en vain. Elle garda ses secrets pour elle. Moi, j'avais livré le mien.

Je n'avais pas cessé de chercher la paix, parfois j'avais espéré la retrouver auprès d'elle que j'avais jadis tant aimée. Non, non pas *tant,* tout simplement aimée. Mais elle m'enlevait le peu de calme que j'avais entre-temps retrouvé, et je me rendis compte avec effroi que le malheur commun ne rapproche pas les gens, mais les éloigne. Je ne distinguais plus son ironie de son sérieux, et bientôt nous cessâmes de ne parler que de choses sérieuses.

J'avais supposé que von Kaiser viendrait dans le courant de l'année 1934. Qu'il ne vînt pas et me laissât sans nouvelles m'était douloureux, car il me manquait ; et d'un autre côté (aujourd'hui encore, j'essaie toujours de voir avec équité les deux côtés d'une chose) je me disais que la santé du vieux monsieur était sans doute très bonne puisqu'il avait pris la décision de ne me rendre visite qu'au moment où il sentirait sa mort proche.

Mes enfants fréquentaient maintenant de bonnes écoles dirigées pour moitié par des Allemands, pour moitié par des Français. On venait les chercher le matin dans des autos qui ramassaient les enfants dans la ville, et on nous les ramenait le soir. Je ne demandai plus d'où venaient les moyens financiers. De temps à autres, j'avais de petits gains annexes, je faisais des traductions, lentement, mais avec précision, mot à mot, avec la plus grande exactitude et conscience possibles. Mes enfants faisaient les fous dans la chambre pendant que je travaillais, s'envoyaient d'épais dictionnaires, et je m'étonnais que les voisins ne se plaignissent jamais. Mais on les aimait bien dans cet hôtel avec leur pétulance, chacun leur faisait une gentillesse, leur glissait un bonbon, un billet pour le cinéma ou le cirque, ou les regardait en riant amicalement. Moi, on me traitait avec gravité et froideur.

Tant que j'étais là, ni les enfants ni Victoire ne parlaient de l'Allemagne. Parlaient-ils de leur pays quand j'étais absent, qui pouvait le savoir ? Au début, les enfants avaient été surtout de mon côté, mais c'était encore l'œuvre d'Angélique qui leur avait insufflé l'amour de moi en tant qu'aryen « à cent pour cent ». Mais bientôt cela aussi changea et ils se rallièrent à leur mère. J'étais aussi trop mesuré pour eux, trop maître de moi. Je ne les battais jamais et ne leur témoignais guère d'affection.

Un jour, ils vinrent vers moi tous les trois et Lise déclara qu'elle avait pris une décision, Bobby déclara la même chose, tout comme Victoire. Je levai les yeux de mon travail, sans me douter de rien. Alors ils éclatèrent de rire tous les trois comme d'une seule gorge, et j'appris leur secret. Ma femme avait reçu (par l'intermédiaire d'Helmut qui connaissait des Français distingués) l'offre de tenir le ménage dans une grande villa qui ressemblait à un château et se trouvait près de Versailles, contre trois cent cinquante francs par mois, le gîte et le couvert pour elle et les enfants. Quelle chance ! Un permis de travail officiel n'était pas nécessaire.

Ma fille pouvait y apprendre à tenir une maison. Elle avait d'autres projets pour plus tard. Elle avait hérité de sa mère sa splendide chevelure blonde. Ma femme, qui voulait se parer de l'enfant à la belle prestance, avait conduit Lise peu auparavant dans un très bon salon et lui avait fait faire une coiffure comme en portaient les adolescentes françaises de bonne famille. Le lendemain, j'eus le droit de considérer avec étonnement cette splendeur. Mais elle ne fit pas impression sur moi. Je vivais depuis trop longtemps déjà dans un autre monde que ces trois êtres. Lise avait pris goût à l'art de la coiffure. Son plus cher désir était de l'apprendre. Elle était encore trop jeune pour entrer dans l'immédiat en apprentissage, mais cela ne dura pas longtemps, et je la vis, avec le peigne et la brosse de Victoire, expérimenter son art sur d'autres enfants de l'hôtel, assise dans l'escalier sur une marche plus élevée, la petite tête de la victime coincée entre ses genoux, faisant habilement aux enfants patients « des crans » qu'elle mouillait avec l'eau d'un petit pot. On ne m'avait jamais demandé mon avis. Ma voix ne comptait guère, et avec raison. Comment, d'ailleurs, aurais-je pu le lui interdire ?

Les choses étaient différentes avec Bobby. Il lui était venu à l'esprit de devenir serveur, soit serveur dans un café, ou mieux, serveur dans un hôtel. Il avait certainement vu un jour dans un grand hôtel distingué une troupe de serveurs élégants en frac impeccable, en plastron amidonné étincelant et aux mains soignées, mais je n'appris pas où, peut-être chez Helmut qui avait maintenant un appartement chic et ne m'avait encore jamais invité chez lui. Mais ce choix professionnel me répugnait profondément. Et ma femme aurait donné son accord d'un cœur léger ? Je ne pouvais le croire. Notre fils, serveur ? Je tentai encore une fois d'avoir une explication. Mais lorsque je voulus un soir entraîner de nouveau ma femme dans un café, elle ne voulut pas quitter le bon lit bien chaud et, comme naguère son défunt père, me posa le doigt sur les lèvres afin de m'obliger à me taire.

— Les enfants sont modernes, ils savent ce qu'ils font. Tais-toi maintenant ! Ne les réveille pas !

Le jour où ma femme devait prendre son service arriva. Je les aidai tous les trois à empaqueter leurs affaires, mais je ne les accompagnai pas à Versailles. Ensuite, soulagé, je fis de l'ordre dans ma chambre et mis le lit de mon fils dans le couloir. Je ressentais comme un avantage de pouvoir dorénavant vivre seul. Je n'avais pas encore trouvé la paix, mais tout de même le calme. Je me restreignis encore plus. Les trente marks que je recevais régulièrement de chez moi suffisaient tout juste car on me donnait assez à manger au restaurant d'émigrés. Je m'étais habitué au travail dans cette cuisine et y avais appris quelque chose que je n'avais autrefois jamais pu faire : j'entendais certes parler les gens, mais me fermais à leurs paroles avec une telle force que j'avais l'impression qu'ils ne parlaient pas ou qu'une voiture passait à côté ou que le réchaud à gaz sifflait. Je n'étais pas devenu aveugle comme *lui,* mais sourd.

Ma femme me donna bientôt de bonnes nouvelles. Le travail n'était pas simple, mais l'environnement splendide, les gens avaient deux autos, trois salles de bains, « notre Lise » s'était liée d'amitié avec la « petite princesse », la fille de la maison, et lui avait fait une « coiffure formidable », tout en lui arrachant à vrai dire pas mal de cheveux. Elle ne parlait pas de mon fils, je ne lui posai pas de questions. Je commençais à me rétablir un peu physiquement, les raies dans le dos devenaient moins saillantes et moins rouges. Elles n'ont jamais disparu. Parfois, je pensais que Kaiser ne viendrait plus jamais et que s'il venait, il ne me reconnaîtrait pas. Je me trompais complètement. Il vint nous voir, Helmut et moi, à l'été 1936, cette fois sans Katinka, il ne songeait pas à mourir bientôt.

Mais le fait est que le conseiller privé Dr Gottfried von Kaiser était un véritable phénomène. Un beau vieillard qui se tenait très droit (grâce à une sangle placée avec art entre la peau et la chemise), à la chevelure abondante et blanche comme de la neige, de même que sa grande barbe, les sourcils par contre noirs de jais, avec les gestes mesurés, habillé à la perfection par un tailleur anglais, digne et charmant à la fois dans son parfum le plus délicat à l'arôme un peu amer, qui l'enveloppait comme la nuée enveloppe les dieux, au sommet de ses facultés intellectuelles, plein de nouveaux projets et pensées, regardant de haut avec indifférence notre misère et nos joies, jouissant de tout, observant tout, méprisant tout, ainsi apparut-il au milieu de nous, nous éclipsant, Helmut, son fils préféré, et moi, son disciple préféré. Il était intact, il s'était libéré depuis longtemps des liens par lesquels Katinka l'avait enchaîné, et il parlait d'elle avec équité. D'ailleurs, comme c'était normal à son âge, elle était devenue un peu forte, et dans la conversation, il la nommait tantôt petite poupée, tantôt petite grosse. Il était à la recherche d'un parfum qu'elle ne connaissait pas et me traîna avec Helmut dans sa grande auto, également blanche comme de la neige, un nègre noir de jais en livrée estivale blanche au volant, d'un couturier à un autre, affirmant que ce n'était pas aux parfumeurs mais aux couturiers qu'on devait maintenant les parfums les plus excitants. Après en avoir acheté une bonne provision, il nous emmena chez les bijoutiers de la Place Vendôme, et moi pour qui cent francs étaient une fortune, je dus le conseiller dans le choix d'une émeraude, d'un rubis ou d'une perle noire d'une valeur de quelques dizaines de milliers de francs — et je le fis de mon mieux.

Je l'accompagnai dans la banlieue de Vincennes où il rassemblait des informations pour ses « études d'histoire de la psychiatrie » dans le musée de la guerre mondiale. Il prenait plaisir à étudier les signes de la folie individuelle et de la démence collective à partir de ces ordres de l'armée, coupures de journaux et autres documents. Il était devenu vieux et sage. Il avait renoncé depuis longtemps à vouloir guérir les gens. Il les saisissait au cœur même de leur être, trouvait des choses nouvelles qui s'ajoutaient à ce qui était connu depuis longtemps, et ne cessait d'apprendre. Au lieu des coupes anatomiques du cerveau, il étudiait une coupe transversale de l'Europe au début du XXe siècle. Comme je lui aurais volontiers donné la petite contribution à l'histoire de l'homme le plus puissant de notre époque que le destin ou le hasard m'avait livrée en 1918 ! Ce n'étaient pas mes mains qui devaient détenir ce rapport. Mes mains avaient provoqué le malheur. Dans ma présomptueuse ressemblance avec Dieu, j'avais rendu la vue à un aveugle sans lui donner un sommeil régulier, c'est-à-dire la paix de l'âme. Il ne dormait pas et, tout comme à l'hôpital militaire de P., il ne laissait dormir personne. Avec cette seule différence qu'à l'époque il avait perturbé une chambrée, alors qu'aujourd'hui c'était un continent tout entier.

Mon maître comprit bien plus clairement que moi que les guides victorieux qui secouent vraiment les hommes ont toujours été des fous. Leur haine n'était pas impuissante, elle créait. Leur mensonge ne s'effondrait pas mais donnait forme à toute vie autour de lui, comme la foi lui donne forme.

Kaiser en était arrivé à ne plus haïr ni aimer. Il se sentait bien parce qu'il n'avait plus ni espoir ni crainte. Il craignait seulement de mourir, c'est-à-dire la souffrance, mais pas la mort. Comment n'aurait-il pas trouvé la paix puisqu'il s'était détaché de tout ce qui est humain, qu'il était plein de reconnaissance pour ce beau soir de sa vie et n'en craignait pas la fin ?

Il prenait connaissance de toute l'histoire de

notre malheureuse patrie avec la véritable objectivité du savant.

J'avais voulu être témoin oculaire, c'est lui qui l'était. Car il n'aimait pas. Son amour pour Katinka (la seule femme à qui il ait jamais vraiment appartenu et en qui l'amour s'était révélé à lui comme un esclavage) était éteint depuis longtemps, depuis qu'il avait appris à percer à jour non seulement les « petites poupées » mais aussi lui-même. Il me faisait face, tel un second La Rochefoucauld, moins féodal, mais également moins aigri, immortel dans sa lucidité retrouvée. Enclin à tous les plaisirs accessibles, s'inclinant devant la beauté d'une nouvelle Katinka (dont il ne me trahit pas le nom, mais dont il vanta seulement les « grands yeux d'onyx » et quelques mystères enivrants de son corps) — il était au-dessus de mon idéal de paix, de droit, en démontrant dans ses recherches et ses plaisirs qu'il avait le courage, dans un monde anarchique, de se montrer tout aussi dur et indifférent qu'était devenu ce monde, et il avait ainsi la force de laisser les barbares marteler du dehors les murs de sa tour sans leur ouvrir.

Son bonheur aurait été complet si deux souhaits, apparemment faciles à réaliser, avaient été satisfaits. Il avait eu l'intention de nous emmener tous les deux avec lui en Italie. Pourquoi ne réussit-il pas avec Helmut ? Etaient-ce les « amis » d'Helmut qui attachaient celui-ci à Paris ? Je ne pouvais le croire. De tels gens, il y en a partout. C'était quelque chose d'autre. Helmut avait une sorte d'épingle à grosse tête dans la boutonnière de sa veste. Il fallait y regarder très attentivement pour reconnaître dans l'ornement en argent une minuscule croix gammée. Helmut était donc moins le fils de son père qui ressemblait à un dieu, que le disciple de son Sauveur H. Il lui avait pardonné le sang de R. et n'attendait que le moment où H. lui pardonnerait, *à lui,* et l'autoriserait à rentrer dans le splendide troisième Reich. Et moi ? Je sentais que quelque chose devait changer. Mais pas par ce vieillard-dieu. Kaiser, c'était le passé pour moi, un splendide passé épanoui. Mais il ne me libérait pas, il ne me donnait pas la paix.

Lorsque von Kaiser me rendit visite, le grand affrontement entre le gouvernement républicain et les généraux rebelles avait déjà commencé en Espagne. Les généraux avaient l'armée et une grande partie de la flotte derrière eux, ils étaient sous la protection de l'Allemagne et de l'Italie. Ils avaient l'aide du haut clergé et des grands propriétaires terriens, tandis que la masse du peuple et le bas clergé étaient du côté de la république. De part et d'autre, la lutte était menée avec la vigueur la plus impitoyable. La république ne possédait pas d'avions, les rebelles en recevaient à profusion d'Allemagne et d'Italie. Les rebelles n'avaient pas assez d'hommes, alors ils firent venir des Maures et des Berbères noirs dans leur pays catholique, ils ne manquèrent pas non plus de mercenaires protestants. Les troupes rebelles marchèrent sur Madrid avec une extrême rapidité. La capitale du pays était presque cernée de toutes parts, sa chute, et partant, la chute de la république, semblait n'être qu'une question de jours. Début septembre, la ville frontière d'Irun tomba entre les mains des rebelles, et il s'ensuivit d'épouvantables scènes de meurtres, d'incendies, du déchaînement de l'ÂME SOUTERRAINE en comparaison desquelles les horreurs de la guerre mondiale devenaient insignifiantes.

Un soir, nous prîmes congé de Kaiser, Helmut et moi. Il n'avait plus renouvelé son offre de partir avec lui pour Rome. Il ne pleura pas. Je crois que les vieillards pleurent soit très facilement soit très difficilement. Il appartenait à la deuxième catégorie. Il ne fit qu'une chose. Il se pencha soudain par-dessus la magnifique table de marbre, à laquelle nous étions assis à boire du whisky et des liqueurs — et un bruit inquiétant nous parvint de son côté. Sous sa chemise avait craqué son corset qui n'était pas fait pour les émotions. Helmut sourit de son père. Moi pas. Nous étions jeunes tous les deux, comparés à lui, nous n'avions que des cheveux gris, les siens étaient blancs, il avait vingt-six ans de plus que nous. Nous nous disions tous que, nous séparant maintenant, — il devait repartir pour Rome — nous n'aurions vraisemblablement plus guère l'occasion de nous retrouver ensemble. J'avais en effet compris par des allusions que Helmut n'avait d'autre but que d'aller en Espagne pour y combattre du côté des généraux victorieux. Il se souciait peu d'en revenir vivant, il n'a jamais fait grand cas de la vie, mais il voulait lutter du côté des plus forts avec la perspective du succès et du retour au pays, pour y rentrer en grâce auprès du Führer, après avoir fait preuve d'un tel manque d'héroïsme lorsqu'il s'était soustrait par la fuite à la justice de H. Comme moi, Helmut n'a jamais été un ami des longs discours. Il a toujours obéi à sa voix intérieure. La contradiction en soi lui était étrangère, et je suis près de croire qu'à cette table il était le plus heureux de nous trois.

Kaiser habitait dans un palace près de l'Opéra.

Quand je continuai avec Helmut sur le boulevard de la Madeleine, nous parvînmes à une devanture vivement éclairée. Mais dans cette devanture, il n'y avait ni chaussures ni lingerie de soie ou fourrures, ni livres ni bouteilles de parfum, il n'y avait là qu'une grande quantité de photographies très agrandies, et au-dessus courait un texte lumineux qui apportait les dernières nouvelles de la situation militaire en Espagne. Helmut s'arrêta, comme moi. Nous lûmes les informations qui défilaient, mot après mot, en écriture lumineuse. Quand il fut question d'un repli stratégique, le visage, de toute façon grognon, d'Helmut s'assombrit. Mais comme il s'éclaira, lorsqu'il lut les derniers mots du texte lumineux, car à sa grande joie il apprit que ce n'étaient pas les rebelles qui avaient opéré ce petit recul stratégique, mais les troupes gouvernementales, et que le texte lumineux présentait les informations républicaines. Il était maintenant visiblement satisfait, voulait m'entraîner, et était même disposé à passer encore une heure avec moi dans un café.

Je contemplais les photographies exposées. Ce n'étaient pas les chefs d'armée qui m'intéressaient, ni les milices civiles marchant en rangs, les mineurs des Asturies en chemises ouvertes, je ne pouvais détacher mon regard d'une photographie placée plus dans l'obscurité et qui représentait un pauvre enfant de quatre ou cinq ans, qui avait été écrasé par une bombe et gisait, déchiqueté, dans son sang.

— Qui cela peut-il bien intéresser ? dit mon ami.

Ce fut à mon tour d'être brutal, je le repoussai avec une telle violence qu'il fut projeté sur la chaussée et faillit passer sous un autobus.

Dans une agitation terrible, je regagnai mon quartier et ne me souciai plus d'Helmut.

Mais avec ce sentiment terrible, quelque chose de divin s'était également éveillé en moi, un espoir, une illumination, un but et une ultime joie de vivre. Je sus tout d'un coup que je n'étais pas encore un mort-vivant. J'étais plus vivant que Kaiser et son fils, je voulais agir, je voulais faire quelque chose et ne plus me consumer en moi-même. « Aide les autres, me dis-je, alors tu t'aideras toi-même, laisse Dieu de côté. » Je respirais avec légèreté, je marchais rapidement et sans peine, je grimpai avec la légèreté d'un garçon de dix ans les rues à pic de Montmartre. Je ne dormis pas, mais mon insomnie ne venait pas de mon absence de paix comme auparavant, il me fallait rester éveillé pour réfléchir à ce qui m'attendait le lendemain et établir ma route avec précision, comme je l'ai toujours fait.

J'avais encore un rendez-vous avec Kaiser pour le lendemain. Je l'appelai très tôt, trop tôt. Il ne put comprendre que je n'aie pas de temps ce matin-là, je ne pus comprendre que Katinka, la belle aux yeux d'onyx et ses études d'histoire de la psychiatrie soient pour lui plus importantes que ce que j'avais voulu lui dire de vive voix. J'avais pensé qu'il devait venir avec moi en Espagne. Qu'il meure là-bas ou que la mort l'atteigne dans son palais parfumé à Rome — moi, je n'aurais pas hésité. Lui non plus n'hésita pas. Il partit pour Rome, et son fils pour Burgos.

Le lendemain, j'avais deux décisions à prendre. La première concernait ma volonté de m'engager en Espagne dans l'armée fidèle au gouvernement. Je n'étais pas le seul à me présenter. Il y avait donc encore aujourd'hui beaucoup de gens qui pensaient que le camp des plus faibles pouvait représenter la cause la meilleure. On m'examina comme une vraie recrue. Je suis un homme de grande taille et musclé, mais mes cheveux gris me faisaient paraître plus vieux que je n'étais. On accepta ma candidature. J'étais un ancien combattant, j'étais un ancien médecin militaire, j'avais des décorations de l'ancien Reich allemand. Mais qu'allais-je devenir ? En quelle qualité devais-je servir ? Comment pouvais-je servir le mieux la bonne cause ? En tant que médecin à l'arrière du front ou chef de commando au front ? Au fond de mon cœur, je n'hésitais pas. Je savais exactement où je voulais aller. Mais je laissai au destin, c'est-à-dire cette fois à la commission du consulat général d'Espagne, le soin de décider comment je pourrais être le plus utile. On décida que je pourrais rendre de plus grands services en tant que médecin. Ils avaient peu de médecins, mais assez de soldats. La population civile dans son ensemble s'était déjà montrée prête à prendre les armes et à être formée à leur maniement. Cette formation ne demandait que quelques semaines, tout au plus quelques mois. Après, un ouvrier métallurgiste de la ville, un paysan de la campagne était un parfait soldat. Un médecin, on ne le fabriquait pas aussi vite. Je fus satisfait de cette décision, je mis mon nom au bas d'un formulaire et appris où et quand je devais me joindre au prochain convoi qui allait franchir les Pyrénées.

Au consulat, il y avait quelques personnes qui me connaissaient d'autrefois. Mais je ne me laissai pas entraîner dans une longue conversation et me dépêchai de rentrer chez moi mettre en ordre tout ce qui devait encore l'être.

Je téléphonai à ma femme et la priai de venir tout de suite. Elle reconnut au son de ma voix que quelque chose de décisif s'était produit et me fixa un rendez-vous, mais à Versailles et non à Paris, parce qu'elle voulait perdre aussi peu de temps que possible, tant elle prenait au sérieux son rôle dans la maison dont elle s'occupait avec Lise.

Sur le chemin de Versailles, dans le petit train qui longeait la rive gauche de la Seine, je réfléchis à la seconde décision. Devais-je me confier à ma femme, devais-je lui dire ce que je faisais, ce qui me réjouissait et me rendait même heureux ? Ou bien devais-je le recouvrir d'un voile bienfaisant et indiquer que je partais « à l'étranger » avec mon maître ? Cette fois, ce n'était pas comme au consulat, il me fallait prendre la décision moi-même. Je craignais que ma résolution ne détruisît le dernier lien conjugal qui subsistait encore entre elle et moi, elle ne me pardonnerait jamais d'agir comme Léon Lazarus. Elle écouta tout, pâle comme une morte, le visage décomposé, garda les yeux baissés et ne dit mot. Moi non plus, je n'avais pas fait de grands discours. Peut-être que la forme était rude. Mais plus j'aurais hésité à exprimer ce qui était fermement établi en moi, plus j'aurais provoqué de dommages.

Après avoir marché peut-être un quart d'heure côte à côte sans rien dire dans le parc du château de Versailles, nous nous assîmes sur un banc et commençâmes à parler. Je voulais voir mes enfants avant mon départ. Avec Lise, c'était tout à fait possible, c'était un peu plus difficile avec Bobby qui avait obtenu une place de « liftier » dans un hôtel de seconde catégorie. Ma femme remarqua avec un peu d'amertume qu'il avait encore eu de la chance, il n'avait pas été obligé de changer son nom Bobby, car on appelait presque tous les « liftiers » Bobby. Je savais ce qui se cachait derrière cette ironie et fis comme si je ressentais aussi cela comme une chance. Il avait un service de nuit et dormait jusqu'au soir. Mais comme je devais partir l'après-midi, il fallait bien le réveiller. Je le trouvai d'ailleurs ravissant dans son uniforme bariolé, serré, encore presque plus ravissant que sa sœur. Ils ne furent nullement émus à la pensée de devoir rester quelque temps sans me voir. Ils regardèrent leur mère, et comme celle-ci gardait calme et maîtrise de soi, ils firent de même. Je leur fis à l'un et à l'autre de petits cadeaux qu'ils échangèrent parce que je m'étais trompé dans mon choix. Puis je restai avec ma femme. Elle évita de parler du passé et de l'avenir. Une seule fois, elle leva ses yeux clairs et froids vers moi et dit qu'il était maintenant prouvé qu'elle avait tout de même bien agi avec les papiers. Si elle ne les avait pas livrés, il y a longtemps que je serais enterré au camp. Mais ainsi je pourrais être encore utile à une cause honorable. Je lui répondis en serrant entre mes mains et en caressant sa main rugueuse, rougie, usée par le travail, que tout était bien comme ça. Si elle s'accommodait de ma décision, je partirais faire mon travail content, aussi content que pouvait l'être un homme de ma sorte dans une époque comme celle-ci. Ce travail vaudrait mieux que laver des assiettes. Et quand elle voulut m'interrompre, je dis que je la comprenais bien, que je lui confiais les enfants — ce qui n'était pas une preuve de confiance particulière — mais je lui confiais aussi toutes mes notes pour qu'elle en dispose si je ne revenais pas. Cela l'a réconciliée avec moi. Je lui promis d'écrire aussi souvent que possible, de lui envoyer ma solde et de penser toujours à elle avec respect, confiance et gratitude, mais aussi avec l'amour que des amis éprouvent l'un pour l'autre. Peut-être qu'Helmut serait face à moi en Espagne, de l'autre côté du front. Mais elle et moi, nous ne deviendrions jamais ennemis. Ainsi lui restais-je fidèle comme à moi-même.

COLLECTION FOLIO

Dernières parutions

3061.	René de Ceccatty	*Aimer.*
3062.	Joseph Kessel	*Le tour du malheur I : La fontaine Médicis. L'affaire Bernan.*
3063.	Joseph Kessel	*Le tour du malheur II : Les lauriers-roses. L'homme de plâtre.*
3064.	Pierre Assouline	*Hergé.*
3065.	Marie Darrieussecq	*Truismes.*
3066.	Henri Godard	*Céline scandale.*
3067.	Chester Himes	*Mamie Mason.*
3068.	Jack-Alain Léger	*L'autre Falstaff.*
3070.	Rachid O.	*Plusieurs vies.*
3071.	Ludmila Oulitskaïa	*Sonietchka.*
3072.	Philip Roth	*Le Théâtre de Sabbath.*
3073.	John Steinbeck	*La Coupe d'Or.*
3074.	Michel Tournier	*Éléazar ou La Source et le Buisson.*
3075.	Marguerite Yourcenar	*Un homme obscur — Une belle matinée.*
3076.	Loti	*Mon frère Yves.*
3078.	Jerome Charyn	*La belle ténébreuse de Biélorussie.*
3079.	Harry Crews	*Body.*
3080.	Michel Déon	*Pages grecques.*
3081.	René Depestre	*Le mât de cocagne.*
3082.	Anita Desai	*Où irons-nous cet été ?*
3083.	Jean-Paul Kauffmann	*La chambre noire de Longwood.*
3084.	Arto Paasilinna	*Prisonniers du paradis.*
3086.	Alain Veinstein	*L'accordeur.*
3087.	Jean Maillart	*Le Roman du comte d'Anjou.*
3088.	Jorge Amado	*Navigation de cabotage. Notes pour des mémoires que je n'écrirai jamais.*

3089.	Alphonse Boudard	*Madame... de Saint-Sulpice.*
3091.	William Faulkner	*Idylle au désert* et autres nouvelles.
3092.	Gilles Leroy	*Les maîtres du monde.*
3093.	Yukio Mishima	*Pèlerinage aux Trois Montagnes.*
3095.	Reiser	*La vie au grand air 3.*
3096.	Reiser	*Les oreilles rouges.*
3097.	Boris Schreiber	*Un silence d'environ une demi-heure I.*
3098.	Boris Schreiber	*Un silence d'environ une demi-heure II.*
3099.	Aragon	*La Semaine Sainte.*
3100.	Michel Mohrt	*La guerre civile.*
3101.	Anonyme	*Don Juan (scénario de Jacques Weber).*
3102.	Maupassant	*Clair de lune* et autres nouvelles.
3103.	Ferdinando Camon	*Jamais vu soleil ni lune.*
3104.	Laurence Cossé	*Le coin du voile.*
3105.	Michel del Castillo	*Le sortilège espagnol.*
3106.	Michel Déon	*La cour des grands.*
3107.	Régine Detambel	*La verrière*
3108.	Christian Bobin	*La plus que vive.*
3109.	René Frégni	*Tendresse des loups.*
3110.	N. Scott Momaday	*L'enfant des temps oubliés.*
3111.	Henry de Montherlant	*Les garçons.*
3113.	Jerome Charyn	*Il était une fois un droshky.*
3114.	Patrick Drevet	*La micheline.*
3115.	Philippe Forest	*L'enfant éternel.*
3116.	Michel del Castillo	*La tunique d'infamie.*
3117.	Witold Gombrowicz	*Ferdydurke.*
3118.	Witold Gombrowicz	*Bakakaï.*
3119.	Lao She	*Quatre générations sous un même toit.*
3120.	Théodore Monod	*Le chercheur d'absolu.*
3121.	Daniel Pennac	*Monsieur Malaussène au théâtre.*
3122.	J.-B. Pontalis	*Un homme disparaît.*
3123.	Sempé	*Simple question d'équilibre.*
3124.	Isaac Bashevis Singer	*Le Spinoza de la rue du Marché.*
3125.	Chantal Thomas	*Casanova. Un voyage libertin.*

3126. Gustave Flaubert — *Correspondance.*
3127. Sainte-Beuve — *Portraits de femmes.*
3128. Dostoïevski — *L'Adolescent.*
3129. Martin Amis — *L'information.*
3130. Ingmar Bergman — *Fanny et Alexandre.*
3131. Pietro Citati — *La colombe poignardée.*
3132. Joseph Conrad — *La flèche d'or.*
3133. Philippe Sollers — *Vision à New York*
3134. Daniel Pennac — *Des chrétiens et des Maures.*
3135. Philippe Djian — *Criminels.*
3136. Benoît Duteurtre — *Gaieté parisienne.*
3137. Jean-Christophe Rufin — *L'Abyssin.*
3138. Peter Handke — *Essai sur la fatigue. Essai sur le juke-box. Essai sur la journée réussie.*
3139. Naguib Mahfouz — *Vienne la nuit.*
3140. Milan Kundera — *Jacques et son maître, hommage à Denis Diderot en trois actes.*
3141. Henry James — *Les ailes de la colombe.*
3142. Dumas — *Le Comte de Monte-Cristo I.*
3143. Dumas — *Le Comte de Monte-Cristo II.*
3144 — *Les Quatre Évangiles.*
3145 Gogol — *Nouvelles de Pétersbourg.*
3146 Roberto Benigni et Vicenzo Cerami — *La vie est belle.*
3147 Joseph Conrad — *Le Frère-de-la-Côte.*
3148 Louis de Bernières — *La mandoline du capitaine Corelli.*
3149 Guy Debord — *"Cette mauvaise réputation..."*
3150 Isadora Duncan — *Ma vie.*
3151 Hervé Jaouen — *L'adieu aux îles.*
3152 Paul Morand — *Flèche d'Orient.*
3153 Jean Rolin — *L'organisation.*
3154 Annie Ernaux — *La honte.*
3155 Annie Ernaux — *«Je ne suis pas sortie de ma nuit».*
3156 Jean d'Ormesson — *Casimir mène la grande vie.*
3157 Antoine de Saint-Exupéry — *Carnets.*
3158 Bernhard Schlink — *Le liseur.*
3159 Serge Brussolo — *Les ombres du jardin.*

3161	Philippe Meyer	*Le progrès fait rage. Chroniques 1.*
3162	Philippe Meyer	*Le futur ne manque pas d'avenir. Chroniques 2.*
3163	Philippe Meyer	*Du futur faisons table rase. Chroniques 3.*
3164	Ana Novac	*Les beaux jours de ma jeunesse.*
3165	Philippe Soupault	*Profils perdus.*
3166	Philippe Delerm	*Autumn*
3167	Hugo Pratt	*Cour des mystères*
3168	Philippe Sollers	*Studio*
3169	Simone de Beauvoir	*Lettres à Nelson Algren. Un amour transatlantique. 1947-1964*
3170	Elisabeth Burgos	*Moi, Rigoberta Menchú*
3171	Collectif	*Une enfance algérienne*
3172	Peter Handke	*Mon année dans la baie de Personne*
3173	Marie Nimier	*Celui qui court derrière l'oiseau*
3175	Jacques Tournier	*La maison déserte*
3176	Roland Dubillard	*Les nouveaux diablogues*
3177	Roland Dubillard	*Les diablogues et autres inventions à deux voix*
3178	Luc Lang	*Voyage sur la ligne d'horizon*
3179	Tonino Benacquista	*Saga*
3180	Philippe Delerm	*La première gorgée de bière et autres plaisirs minuscules*
3181	Patrick Modiano	*Dora Bruder*
3182	Ray Bradbury	*... mais à part ça tout va très bien*
3184	Patrick Chamoiseau	*L'esclave vieil homme et le molosse*
3185	Carlos Fuentes	*Diane ou La chasseresse solitaire*
3186	Régis Jauffret	*Histoire d'amour*
3187	Pierre Mac Orlan	*Le carrefour des Trois Couteaux*
3188	Maurice Rheims	*Une mémoire vagabonde*
3189	Danièle Sallenave	*Viol*
3190	Charles Dickens	*Les Grandes Espérances*
3191	Alain Finkielkraut	*Le mécontemporain*
3192	J.M.G. Le Clézio	*Poisson d'or*

3193	Bernard Simonay	*La première pyramide, I : La jeunesse de Djoser*
3194	Bernard Simonay	*La première pyramide, II : La cité sacrée d'Imhotep*
3195	Pierre Autin-Grenier	*Toute une vie bien ratée*
3196	Jean-Michel Barrault	*Magellan : la terre est ronde*
3197	Romain Gary	*Tulipe*
3198	Michèle Gazier	*Sorcières ordinaires*
3199	Richard Millet	*L'amour des trois sœurs Piale*
3200	Antoine de Saint-Exupéry	*Le petit prince*
3201	Jules Verne	*En Magellanie*
3202	Jules Verne	*Le secret de Wilhelm Storitz*
3203	Jules Verne	*Le volcan d'or*
3204	Anonyme	*Le charroi de Nîmes*
3205	Didier Daeninckx	*Hors limites*
3206	Alexandre Jardin	*Le Zubial*
3207	Pascal Jardin	*Le Nain Jaune*
3208	Patrick McGrath	*L'asile*
3209	Blaise Cendrars	*Trop c'est trop*
3210	Jean-Baptiste Evette	*Jordan Fantosme*
3211	Joyce Carol Oates	*Au commencement était la vie*
3212	Joyce Carol Oates	*Un amour noir*
3213	Jean-Yves Tadié	*Marcel Proust I*
3214	Jean-Yves Tadié	*Marcel Proust II*
3215	Réjean Ducharme	*L'océantume*
3216	Thomas Bernhard	*Extinction*
3217	Balzac	*Eugénie Grandet*
3218	Zola	*Au Bonheur des Dames*
3219	Charles Baudelaire	*Les Fleurs du Mal*
3220	Corneille	*Le Cid*
3221	Anonyme	*Le Roman de Renart*
3222	Anonyme	*Fabliaux*
3223	Hugo	*Les Misérables I*
3224	Hugo	*Les Misérables II*
3225	Anonyme	*Tristan et Iseut*
3226	Balzac	*Le Père Goriot*
3227	Maupassant	*Bel-Ami*
3228	Molière	*Le Tartuffe*
3229	Molière	*Dom Juan*
3230	Molière	*Les Femmes savantes*
3231	Molière	*Les Fourberies de Scapin*

3232	Molière	*Le Médecin malgré lui*
3233	Molière	*Le Bourgeois gentilhomme*
3234	Molière	*L'Avare*
3235	Homère	*Odyssée*
3236	Racine	*Andromaque*
3237	La Fontaine	*Fables choisies*
3238	Perrault	*Contes*
3239	Daudet	*Lettres de mon moulin*
3240	Mérimée	*La Vénus d'Ille*
3241	Maupassant	*Contes de la Bécasse*
3242	Maupassant	*Le Horla*
3243	Voltaire	*Candide ou l'Optimisme*
3244	Voltaire	*Zadig ou la Destinée*
3245	Flaubert	*Trois Contes*
3246	Rostand	*Cyrano de Bergerac*
3247	Maupassant	*La Main gauche*
3248	Rimbaud	*Poésies*
3249	Beaumarchais	*Le Mariage de Figaro*
3250	Maupassant	*Pierre et Jean*
3251	Maupassant	*Une vie*
3252	Flaubert	*Bouvart et Pécuchet*
3253	Jean-Philippe Arrou-Vignod	*L'Homme du cinquième jour*
3254	Christian Bobin	*La femme à venir*
3255	Michel Braudeau	*Pérou*
3256	Joseph Conrad	*Un paria des îles*
3257	Jerôme Garcin	*Pour Jean Prévost*
3258	Naguib Mahfouz	*La quête*
3259	Ian McEwan	*Sous les draps et autres nouvelles*
3260	Philippe Meyer	*Paris la Grande*
3261	Patrick Mosconi	*Le chant de la mort*
3262	Dominique Noguez	*Amour noir*
3263	Olivier Todd	*Albert Camus, une vie*
3264	Marc Weitzmann	*Chaos*
3265	Anonyme	*Aucassin et Nicolette*
3266	Tchekhov	*La dame au petit chien et autres nouvelles*
3267	Hector Bianciotti	*Le pas si lent de l'amour*
3268	Pierre Assouline	*Le dernier des Camondo*
3269	Raphaël Confiant	*Le meurtre du Samedi-Gloria*

3270 Joseph Conrad	*La Folie Almayer*
3271 Catherine Cusset	*Jouir*
3272 Marie Darrieussecq	*Naissance des fantômes*
3273 Romain Gary	*Europa*
3274 Paula Jacques	*Les femmes avec leur amour*
3275 Iris Murdoch	*Le chevalier vert*
3276 Rachid O.	*L'enfant ébloui*
3277 Daniel Pennac	*Messieurs les enfants*
3278 John Edgar Wideman	*Suis-je le gardien de mon frère ?*
3279 François Weyergans	*Le pitre*
3280 Pierre Loti	*Le Roman d'un enfant* suivi de *Prime jeunesse*
3281 Ovide	*Lettres d'amour*
3282 Anonyme	*La Farce de Maître Pathelin*
3283 François-Marie Banier	*Sur un air de fête*
3284 Jemia et J.M.G. Le Clézio	*Gens des nuages*
3285 Julian Barnes	*Outre-Manche*
3286 Saul Bellow	*Une affinité véritable*
3287 Emmanuèle Bernheim	*Vendredi soir*
3288 Daniel Boulanger	*Le retable Wasserfall*
3289 Bernard Comment	*L'ombre de mémoire*
3290 Didier Daeninckx	*Cannibale*
3291 Orhan Pamuk	*Le château blanc*
3292 Pascal Quignard	*Vie secrète*
3293 Dominique Rolin	*La Rénovation*
3294 Nathalie Sarraute	*Ouvrez*
3295 Daniel Zimmermann	*Le dixième cercle*
3296 Zola	*Rome*
3297 Maupassant	*Boule de suif*
3298 Balzac	*Le Colonel Chabert*
3300 Molière	*Le Malade imaginaire*
3301 Sand	*La Mare au diable*
3302 Zola	*La Curée*
3303 Zola	*L'Assommoir*
3304 Zola	*Germinal*
3305 Sempé	*Raoul Taburin*
3306 Sempé	*Les musiciens*